i

# El despertar

La saga de Ydron
Volumen 1

Una novela de Raymond Bolton

REGILIUS
PUBLISHING™

*El despertar*
Publicado mediante un acuerdo con el autor.
Todos los derechos reservados.

ISBN-13: 978-0991347186

Ficción
Fantasía de otros mundos

¿Podrá evitar la conquista que viene de más allá de las estrellas un
mundo armado con arcos, flechas y catapultas, donde la energía de
vapor apenas ha comenzado a reemplazar a los caballos y a los barcos
de vela?

El príncipe Regilius ha sido transformado para combatir a los dalcin —
una especie alienígena depredadora que esclaviza otros mundos
telepáticamente— y, para hacerlo, debe unir a su pueblo. Pero cuando
su madre asesina a su padre el reino se sume en el caos y puede
resultarle imposible cumplir con su tarea. Resistiéndose a matar a quien
le dio la vida por proteger a su mundo, busca una opción mejor.
Ambientada en una tierra vasta y diversa donde telépatas y aquellos con
habilidades mentales extraordinarias cambian el curso de los eventos,
*El despertar* nos traslada a la médula de la familia, la amistad y la traición.

Para obtener más información sobre los libros de Raymond, dirígete a:
**www.RaymondBolton.com**
o envíale un correo electrónico a **author@raymondbolton.com**.

Bolton, Raymond (1 de julio de 2014). *El despertar*. Regilius Publishing
Segunda edición: 1 de septiembre de 2018

# AGRADECIMIENTOS

Esta edición en español no habría sido posible sin la colaboración de Font Translations, muy especialmente de Sylvia Vázquez, quien realizó la traducción como tal, y Joaquín Font, presidente y gerente, quien revisó su trabajo antes de pasarlo para aprobación. La atención meticulosa de ambos al mínimo detalle gramatical para asegurar la precisión de la traducción satisfaría incluso al lector más exigente, pues siendo lamentablemente el inglés un idioma que no guarda correspondencia exacta con el español, han producido un trabajo del cual siento verdadero orgullo en presentar.

Una inesperada colaboradora en este esfuerzo fue Carole Chávez Hunt, profesora de español en Santa Fe Community College. Como hablante del inglés como su primer idioma, su sensibilidad a los matices del manuscrito original acompañada de su vasta experiencia en la enseñanza sirvió para enriquecer el producto final.

El antiguo corrector de una editorial, ahora profesor invitado de español en Manchester University de Indiana, Shane Thomson, me orientó sobre cómo localizar e identificar a traductores cualificados. Siempre estaré agradecido de su consejo.

Debo extender mi agradecimiento a una cliente que tuve, Lisa Contarino, por presentarme a Joaquín Font.

Asimismo debo dar las gracias a mi esposa, Toni, quien pacientemente y con su apoyo toleró las incontables horas que dediqué a escribir, sin ninguna promesa de que mis esfuerzos jamás sirvieran para algo más allá que no fuese practicar un pasatiempo que consume muchas horas. Ha sido mi primera lectora y correctora, señaló, en el transcurso de numerosas lecturas y revisiones, errores tipográficos e inconsistencias que me colé, y nunca titubeó al señalar cuando una parte de la historia o un final particular no era satisfactorio. Por su honestidad y su asombrosa intuición identificando lo que hace que una historia sea buena, si disfrutas leyendo *El despertar* es en parte gracias a ella.

Me gustaría también agradecer a mi amiga de Facebook, reconocida por el *New York Times* como autora de éxito en ventas, Melissa Foster, sin cuyas páginas web, Fostering Success, **http://www.fostering-success.com/**, y World Literary Café, **http://www.worldliterarycafe.com/**, posiblemente este libro no habría estado nunca en tus manos. Si tú o alguna persona que conozcas aspiráis a publicar por cuenta propia, el conocimiento y las herramientas que estos recursos en línea proveen te servirán de valiosísima ayuda.

Si bien es cierto que no se puede hablar de un libro solamente por su portada, contar con una que resalte ayuda a persuadir al lector a que distinga y tome en sus manos el fruto de la labor de un autor entre miles de títulos alineados en los estantes de las librerías del mundo reales y virtuales. La portada de *El despertar* fue creada por Natasha Brown, a quien encontré mediante World Literary Café. Con su atinado gusto y talento indiscutible trasladó esta ilustración excepcional del concepto a la realidad en menos tiempo del que hubiera creído posible.

Además, debo agradecer a la artista feminista, novelista gráfica y caricaturista Maureen Burdock por convertir mis bocetos en el mapa de Ydron.

La fotógrafa cultural, Jennifer Esperanza, fue el ojo detrás del lente para la foto del autor en la última página de este libro.

Fui privilegiado al contar con la autora y exeditora icónica de Redbook Magazine, Audreen Buffalo, para que leyera una primera versión de mi manuscrito con su ojo crítico y me encaminara en la escritura formal.

Por último, le hago un guiño de agradecimiento a mi amigo de la infancia, George *Pooge* Pryor. Fue el primer lector de mi libro, y sus palabras de ánimo me mantuvieron trabajando hasta conseguir publicar *El despertar*, incluso mientras atravesaba momentos de desánimo.

A principios de 2018, Rosina Iglesias aportó su ojo crítico al manuscrito, lo que ha dado como resultado esta segunda edición de la obra.

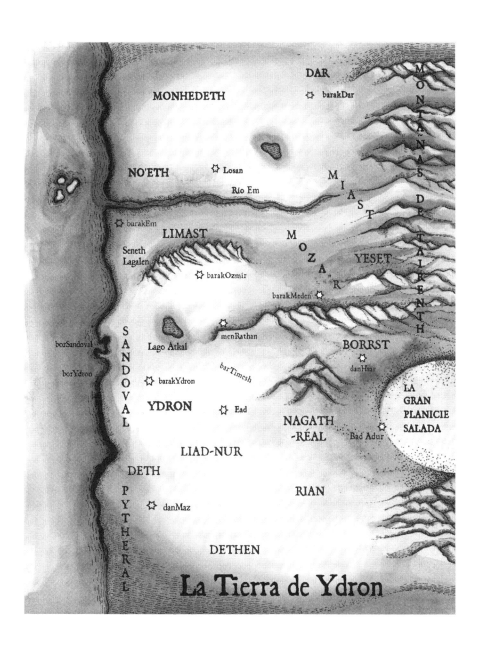

La Tierra de Ydron

# REPARTO DE PERSONAJES

Familia real:

| | |
|---|---|
| Regilius Tonopath (Reg) | príncipe de Ydron |
| Lith-An Tonopath (Ría) | hermana pequeña de Regilius |
| Manhathus Tonopath | padre de Regilius |
| Duile Morged Tonopath | madre de Regilius |

Amigos de Reg y sus familiares:

| | |
|---|---|
| Ered | hijo del barquero |
| Pedreth | padre de Ered, el barquero del rey |
| Danth Kanagh | amigo de la infancia de Reg |
| Leovar Hol | amigo de la infancia de Reg |
| Lord Emeil | conspirador |

Personal del palacio:

| | |
|---|---|
| Satsah | cocinero del palacio |
| Marm | institutriz de Reg |
| Ai'Lorc | maestro de Reg |

Asesores reales:

| | |
|---|---|
| Meneth Lydon | asesor principal de Manhathus, conspirador |
| Badar Endreth | ministro de Asuntos Exteriores, conspirador |

Miembros de la corte real:

| | |
|---|---|
| Lord Zenysa | conspirador, gobernante de Pytheral |
| Lord Kareth | conspirador, gobernante de Rian |
| Lord Danai | conspirador, gobernante de Dethen |
| Lord Ened | conspirador, gobernante de Liad-nur |
| Lord Hau | conspirador, gobernante de Miast |
| Lord Mon | conspirador, gobernante de Deth |
| Lord Bogen | gobernante de Limast; aliado de Regilius |
| Lord Dural Miasoth | gobernante de Moza'r |

Rebeldes:

| | |
|---|---|
| Pithien Dur | líder rebelde |
| Jenethra | bailarina en la cantina de meshedRuhan |
| Benjin | esposo de Jenethra y propietario de la cantina |
| Bedya | amigo de Pithien |
| Roman | amigo de Pithien |
| Loral | amigo de Pithien |

| | |
|---|---|
| Justan | amigo de Pithien |

Monasterio Losan:

| | |
|---|---|
| Hazis | sumo sacerdote |
| Osman | guardia de la entrada |
| Jez'ir | monje |
| Mordat | monje |
| Bort | monje |

dalcin:

| | |
|---|---|
| Husted Yar | asesor de Duile |
| Pudath | captura a Danth |
| Dargath | rastrea a Regilius |

Personajes misceláneos:

| | |
|---|---|
| Barnath | sastre y exnovio de Marm |
| Ganeth | sastre y amigo de Barnath |
| Samel | caminante con el que Pedreth se encuentra en el Paso de Hassa |
| Ohaz | regenta la fonda en Bad Adur |
| Orim | dirige la cocina de lord Bogen |
| Ghanfor | agente de lord Dural |
| Boudra | padre de acogida de Lith-An |
| Sa'ar | madre de acogida de Lith-An |
| Bakka Oduweh | hombre de la tribu haroun |

# PRIMERA PARTE

El vuelo

# 1

*¡Padre!*

Regilius se despertó jadeando. Intentó sentarse, pero se enredó entre las sábanas húmedas y hormigueantes. Empapado en sudor, se las retiró de encima, se apoyó en los codos y se asomó a la oscuridad. En una mesita a su derecha, cuyo contorno se percibía tenuemente a pesar de las contraventanas opacas, descansaba una esfera luminiscente. Apoyándose en un brazo tembloroso, se estiró hacia la esfera y le arrancó la tela que la cubría. Al hacerlo, una suave luz azul bañó el espacio. El cuarto era sobrio, esterilizado. No podía decir dónde se encontraba, pero estaba seguro de que no se hallaba en el palacio.

Se estremeció al tratar de recordar dónde podía estar y cómo había llegado allí. La mano que se pasó por el cabello retornó goteando mientras que en su boca seca, la lengua, espesa y cuarteada, se le pegaba al paladar. Alcanzó un vaso de agua, pero al inclinárselo a los labios, la habitación comenzó a girar. Confundido, consiguió vaciarlo en un florero con capullos de morrasa antes de que el mundo se le tornase negro.

Se despertó otra vez. En esta ocasión, la mente se le anegó de imágenes de asesinos entrando a su casa, de matanzas y escenas que no deberían pasar. Sin embargo, al contrario que en las pesadillas de la infancia que se vuelven etéreas y se desvanecen, estas se fusionaron formando una apariencia de verdad, de sustancia. Luchando por despejarse la mente, empujó todas esas imágenes a un lado y buscó el vaso. Milagrosamente, este descansaba intacto sobre la mesilla de noche. Estaba buscando la jarra cuando sus ojos se fijaron en el florero. Las flores, antes blancas y fragantes, ahora lucían negras, retorcidas, grotescas.

La puerta se abrió y él dio un respingo. La luz lo inundó todo y una mujer con cofia de enfermera se asomó a la habitación.

*¡Ah!*

La expresión no fue verbalizada. Llenó su cabeza y se aposentó entre sus pensamientos.

*¿Aún vivo, joven príncipe?*

La mujer entró y cerró la puerta.

*Sois realmente increíble. Nunca había sentido a nadie como a vos. Percibís mis pensamientos. Qué aprieto para mí y los míos.*

La enfermera —no, el ente, porque la sentía tan extraña como las flores— se acercó a la cama, y a Regilius se le erizaron los vellos de los brazos, el cuello y la cabeza. Su instinto le ordenaba escapar.

*Quedaos donde estáis.*

No se había movido, pero había adivinado sus intenciones. La criatura comenzó a brillar a medida que se acercaba. Su forma y color empezaron a cambiar, y el abdomen, ahora blando, grisáceo y agusanado de lo que había sido su cuerpo, se agitó. Algo similar a una boca se abrió donde debería estar la barriga; a continuación se cerró y apareció una boca y otra más hasta que eran muchas las bocas que se abrían y cerraban.

Una protuberancia brotó de su torso y serpenteó hacia él. En una ocasión había visto algo similar bajo el microscopio de su tutor cuando una diminuta célula depredadora se estiró para llegar a su comida. Con los ojos como platos, incapaz de moverse, seguía con la mirada esta aparición cuando, antes de que pudiese reaccionar, esta se le enroscó en el tobillo y comenzó a arrastrarlo hacia ella. Cuando Regilius abrió la boca para gritar, la luz inundó el cuarto.

Consiguió apartar la mirada de eso que le atrapaba la pierna y se giró para encontrarse a un médico y a dos celadores que entraban. El doctor se detuvo, observó a su paciente detenidamente y le preguntó —: ¿Alteza? ¿Qué se supone que estáis haciendo?

El príncipe Regilius se descubrió al pie de la cama, aferrado a un embrollo de sábanas. La colcha, que parecía una fuente congelada que venía de la almohada, marcaba cómo había sido arrastrado. No obstante, excepto por su extraña ubicación, todo lo demás parecía normal. Sus ojos se dirigieron del médico a la enfermera y vio que parecía normal y corriente, con un rostro inexpresivo.

—Me gustaría que os pusieran ropa seca y os cambiaran las sábanas —le estaba diciendo el médico, pero al seguirle la mirada al príncipe, reparó en la mujer del rincón y se sobresaltó—. Enfermera, ¿por qué está usted aquí?

—Iba a de camino a la planta superior cuando noté la luz y decidí echar un vistazo —respondió.

—Bien —comentó el doctor, soltando el aire que había retenido—, ya que está aquí, quizá pueda ayudarnos.

Ella y los celadores se pusieron a trabajar y al cabo de varios minutos el príncipe estaba limpio y seco, vistiendo una nueva bata sobre una cama recién mudada. El doctor les ordenó que saliesen y, después de un somero reconocimiento, dijo a Regilius:

—Habéis mejorado un poco, alteza, y eso me reconforta. Volveré a examinaros en unas horas. Mientras tanto, por favor, tratad de dormir. —Tapó la lámpara en forma de esfera y cerró la puerta al salir.

Reg habría hecho lo que le instruyó el médico si no hubiera sido por las flores, cuyas deformidades insistían en transmitirle que no estaba a salvo. En su lugar, caminó descalzo sin hacer ruido hasta el armario donde encontró su ropa. A medida que se quitaba la bata y procuraba vestirse con manos temblorosas, una percepción extraña lo sobrecogió: la absoluta certeza de que la enfermera, sintiendo que él se disponía a marcharse, regresaba. Se aseguró de que no se dejaba nada y se dirigió a la ventana. Forcejeó unos instantes para abrir el cerrojo y, mientras la oscuridad de la noche daba paso al cielo verde intenso de la mañana, se escabulló y descendió hasta llegar a pie de calle.

Girándose para mirar sobre el hombro, sintió la presencia detrás de él y corrió por las calles empedradas entre los edificios de granito y mármol de la parte alta de la ciudad. Al rato, sin embargo, la debilidad de su estado lo hizo volver a caminar. Estaba febril y sediento cuando divisó una fuente. Se acercó y zambulló la cara entre sus aguas. Aturdido por el frío, echó atrás la cabeza y lanzó un grito ahogado, elevando una lluvia de gotas al cielo. Entonces, reclinado contra el borde de la piedra mojada, se llevó a los labios la mano colmada de frescor vigorizante, una y otra vez. Satisfecho, se secó la boca con la manga, respiró profundamente y siguió su camino.

Ahora no había duda de que tendría que ir más despacio. Después de haber bebido tanto, sabía que se acalambraría si se esforzaba tan pronto. El ritmo lento le dio tiempo para reflexionar el incidente que lo había llevado hasta allí.

Justo el día anterior había estado jugando un partido de disco con sus amigos Danth, Leovar y Ered. Recordó cómo había hecho Leovar una brillante atrapada de revés. Sin detenerse, se había girado en redondo y le había lanzado el disco a él. Fue un lanzamiento errático y Reg había saltado para atraparlo. Luego… nada. Ningún recuerdo de haberlo agarrado, de fallar o de haber vuelto al suelo… Nada hasta que se despertó en el hospital. Y ahora, guiándose solo por el instinto, estaba huyendo de unas apariciones y de una voz en su cabeza. Tuvo que sacudírsela.

Cuando la carretera comenzó a ascender en dirección al palacio, ya había amanecido y la ciudad estaba despierta. Mahaz, el gigantesco sol anaranjado, había ascendido dos horas sobre el horizonte, y una segunda luz le seguiría pronto cuando su astro compañero menor, pero más caliente y brillante, el enano blanco, Jadon, apareció. Había transcurrido tiempo más que suficiente para que cualquiera que lo hubiese buscado hubiera descubierto su ausencia y organizado una búsqueda. De modo que abandonó la carretera y optó por seguir las veredas en lugar del pavimento. En cualquier otra ocasión, se habría dirigido directamente a la seguridad de su hogar y familia, pero las visiones que persistían le advertían que se mantuviese alejado, incluso de su propio batallón. A pesar de que internamente se aconsejaba lo contrario, decidió dejar la ciudad. Pasaría cerca de la ciudadela, pero no necesitaría entrar a sus terraplenes para alcanzar su destino. El día anterior, antes del juego, había dejado su deportivo en el club. Como era demasiado pequeño para transportar a cuatro personas, lo había dejado allí y se había montado con sus amigos en el carruaje de Leovar. El club quedaba a medio camino entre donde se encontraba y su casa, pero concluyó que si podía caminar esa distancia, podría escapar inadvertido.

A medida que fue ascendiendo por una pendiente cada vez mayor, le venció la fatiga. Había abandonado las rutas más frecuentadas por las que había conocido de niño y el suelo ahí no era siempre compacto. Las piernas se le hacían gelatina y los pies resbalaban en la tierra suelta de los trechos más escarpados. Al final, la pendiente era tanta que en lugar de caminar se arrastraba y tenía que usar las manos para sostenerse hasta que la respiración se convirtió en jadeo y el agotamiento lo obligó a detenerse.

Se dejó caer al suelo tras un arbusto en la cresta de la montaña. Se dio la vuelta para observar a cuánta altura había ascendido sobre la ciudad. Cambió la dirección de su mirada y avistó una pequeña mancha marrón y blanca por encima de su cabeza: una paloma mensajera que volaba hacia el palacio. Lo más probable era que la hubiesen mandado al hospital para luego informar a Manhathus, su padre, de si cambiaba su estado. Pasó la mirada del ave a barakYdron, la fortificación hacia la que esta se dirigía. Motitas brillantes de color avanzaban por la carretera empinada. Eran estandartes, y los diferentes colores de las camionetas indicaban que formaban la procesión guardias de distintos séquitos. Como su número, paso y dirección sugerían que su actividad no estaba relacionada con él, decidió que podía proseguir.

Había empezado a levantarse cuando un movimiento le llamó la atención. Mientras oteaba tras el arbusto, un vehículo tomó una curva en la carretera, pasó bajo su punto de mira y redujo la velocidad. Tenía bajada la capota y el trío de individuos que lo ocupaban estiraron las cabezas en su dirección. Reg trató de aplastarse contra el suelo mientras los ojos de los otros exploraban la maleza. El vehículo frenó hasta detenerse. Los pasajeros brillaban y, para su asombro, cambiaron de forma. Tres enormes babosas grises como la enfermera emergieron.

No había emitido ningún ruido y estaba seguro de que ellos no pudieron haberle visto; así y todo, parecían advertir su presencia. Inicialmente, lo buscaron con indecisión. Una y otra vez, sin embargo, regresaban a su ubicación hasta que los ojos de todos ellos se posaron en el punto donde se encontraba Reg. Cuando comenzaron a escalar la colina, él podía sentir sus mentes tratando de ponerse en contacto con la suya y empezó a sentir pánico. Según se acercaban a su escondite, comenzó a encontrarse mal y a sudar. Quería correr, pero estaba demasiado débil. Se le aceleró la respiración y el corazón empezó a palpitar. «¿Habrá alguna forma de librarme de ellos?», se preguntó. Curiosamente, cuando surgió el pensamiento, sintió cerca algo pequeño y tibio. Al percatarse de ello, su cuerpo se estremeció y sintió que su mente expulsaba algo en dirección de esa diminuta presencia. Simultáneamente, el pequeño animal peludo salió corriendo del arbusto. Era una *mármata*. Aparentemente, las criaturas habían asustado al roedor y este huyó de su madriguera, pasó de largo entre el trío y cruzó la carretera. Sus cuerpos se irguieron y se giraron para ubicarlo. De nuevo miraron hacia el escondite de Reg y otra vez a la *mármata*. Peinaron con la vista los arbustos y parecieron discutir entre ellos. Los minutos pasaron y Reg temió que decidieran retomar la búsqueda. Entonces, lentamente, con vacilación, regresaron a su vehículo y se marcharon.

Reg no sabía qué pensar. ¿En realidad los había atraído el roedor o había sido él? Por alguna razón, dudaba. Si no fue eso lo que pasó, ¿qué fue entonces? Era como si, al escaparse el animal, él se hubiera quedado sin... ¿qué?... ¿sin rastro?

El vehículo desapareció en la curva y Reg salió lentamente de su escondite. Se quedó quieto hasta asegurarse de que se habían perdido de vista, entonces bordeó la cresta de la montaña y descendió con cautela.

# 2

A la media hora de caminar penosamente a través de la maleza, Reg llegó a un altiplano desde el cual se divisaba el club. A pesar de la hora temprana, el lugar desbordaba actividad. El humo de la cocina ondeaba en el aire sereno de la mañana. Varios miembros habían llegado y unos pocos estaban reunidos cerca del lugar donde estaban estacionados su deportivo y otros vehículos de vapor. Aunque su esperanza de marcharse sin que se diesen cuenta se había desvanecido, consideraba improbable que se hubieran percatado del atolladero en que se había metido. No obstante, quedarse esperando dándole vueltas no serviría para nada, así que se recompuso y bajó a zancadas hasta las instalaciones del club. Sabía que tenía mal aspecto, pero esbozó una sonrisa y esperó tener suerte.

—Buenos días, lord Emeil —saludó con entusiasmo mientras caminaba hacia el grupo.

Emeil era el de mayor edad entre los reunidos cerca de su vehículo. Curiosamente, a medida que el príncipe se aproximaba, los que estaban junto a lord Emeil se inclinaron en señal de reverencia y se retiraron.

—Vuestra alteza —espetó Emeil cuando vio a Reg acercarse. Aunque visiblemente sorprendido por la irrupción, tuvo la entereza de inclinarse correctamente—. ¿A qué debemos el placer, vuestra alteza? —preguntó, observando la ropa arrugada de Reg.

—¿Sería tan amable de ayudarme a echarle combustible a mi deportivo y ponerlo en marcha? —le preguntó Reg y, notando, entonces, la mirada fija de Emeil, le torció una sonrisa—. Se me pegaron las sábanas.

—¿De modo que esto no es un asunto de Estado? —cuestionó Emeil, reprimiendo una sonrisa.

—Tengo el atuendo adecuado esperando por mí. Necesito llegar al lago Atkal antes de mediodía. —Mintió Reg, ocultando su molestia por tener que explicarse—. Se supone que tenemos que registrar el balandro deArdano para la regata de la semana próxima. Si no me apuro, mi tripulación pensará que los he abandonado.

—Ciertamente no queremos dejaros tirado. El personal ya llenó de combustible y agua los vehículos que pasaron aquí la noche, pero para mí será un honor poner el vuestro en marcha. —Lord Emeil se giró hacia un par de sirvientes que trabajaban en las inmediaciones—. Muchachos, echadnos una mano.

Los jóvenes abandonaron de inmediato lo que hacían para ocuparse del vehículo.

—Ya que tiene quien le ayude, voy a la cocina —indicó Reg—. Si no quiero pasar hambre, deberé aprovisionarme.

—Con vuestro permiso, ordenaré que os abastezcan.

—No, gracias. Necesito usar las instalaciones —indicó, señalándose vagamente.

—Muy bien, vuestra alteza. Vuestro coche estará listo cuando regreséis.

Mientras los sirvientes se ponían manos a la obra, Reg se apresuró a conseguir lo que necesitaba. No solo estaba hambriento, también quería comunicar su plan a sus amigos. El club criaba palomas mensajeras; con suerte, tendrían una que se dirigiera a la casa de los Hol o a la de los Kanagh para avisar a Leovar o a Danth.

Estaba llegando a la sede del club, preocupado por los sucesos de la mañana, cuando un hecho inesperado lo hizo dar un traspié. Su mente parecía abrirse, expandirse y los pensamientos de lord Emeil se desplegaron frente a él por un instante. Como una ventana a otro mundo, el fugaz destello le reveló que, aunque Emeil no representaba un peligro inmediato, constituía, sin embargo, una amenaza. No para Regilius; más bien su intención era derrocar a Manhathus. Y no estaba solo. Se estaba conjurando una conspiración y contrastaba con las visiones que tenía Reg últimamente. Dudando de si era una fantasía o una premonición genuina, decidió continuar con su plan y darle a su padre la voz de alarma tan pronto como estuviera a salvo.

Minutos más tarde, cuando dejaba el edificio con un bolso de provisiones al hombro y consideraba las virtudes de tomarse una siesta, llegaron sonidos de trompetas que provenían del palacio. Reg se despabiló y se apresuró a llegar a su vehículo, complacido de que ya estuviese generando buenas cantidades de vapor. Incluso sin revisar los calibradores, Reg podía observar que la presión de la caldera estaba alta. Uno de los sirvientes agarró su bolso y lo acomodó en el asiento del pasajero. Temiendo que su rostro reflejara su súbita desconfianza, se forzó a sonreír mientras se deslizaba tras el volante.

—Todo está listo, alteza —aseguró Emeil—. El día envejece cada minuto que pasa.

—Gracias. Una vez que pase el extrarradio, podré recuperar el tiempo perdido —respondió Reg mientras le daba unas palmaditas al panel de instrumentos—. Este bebé genera vapor de sobra. Llegaré con tiempo suficiente.

—Por favor, tened cuidado. Me apenaría mucho enterarme de que os pasó algo.

—¿Qué me podría pasar? —preguntó Reg, mirándolo de frente.

—Las carreteras secundarias son traicioneras. No dudo de que vos seáis un conductor hábil, pero un bache en la calzada podría ocasionar que los neumáticos se deslicen, especialmente si vais a mucha velocidad. Me preocupo por vuestro bienestar.

—Gracias —respondió Reg, sin detectar peligro alguno. El consejo parecía provenir de una preocupación genuina, nada siniestro.

Miró alrededor y vio a más miembros del club que se iban reuniendo. Era hora de ponerse en marcha. Exhibió otra sonrisa y se despidió con la mano; a continuación, pisó el acelerador, arrojando grava tras de sí.

Rebasó las puertas del centro de la ciudad sin disparar las alarmas. Una vez dejó atrás la muralla, aceleró al máximo y al doblar una esquina levantó en el aire una estela de polvo a su paso. Afortunadamente, el sistema de suspensión del deportivo era bueno, ya que las condiciones de las carreteras allí eran pésimas.

Los suburbios contrastaban drásticamente con el centro de la ciudad. Aquí las chabolas y carromatos que se alineaban en las calles eran en los verdaderos centros de comercio, no los edificios de piedra de la parte alta. Raídas pancartas en color azul, verde, rojo, negro y otras tonalidades —un color para cada oficio—, señalaban cada puesto y carreta, indicándole al comprador la naturaleza de cada negocio. Eran los animales de carga en lugar de máquinas los que cargaban los bienes que se vendían aquí. Mujeres con bebés sucios y desnudos a horcajadas en sus caderas regateaban por los precios del queso y el pan o una *deleta*, esa dulce fruta, mientras los hombres, holgazaneando a la sombra de los toldos o árboles de *duela*, se sentaban a apostar o a chismorrear.

La carretera descendió de forma abrupta y, a medida que el deportivo de Reg se adentraba más y más entre el gentío, las condiciones empeoraban. En otra ocasión, habría concebido a estas almas como gentes simples y tranquilas bendecidas con vidas y necesidades básicas. Hoy no. El desertor real vio las cosas como nunca antes a medida que las historias de estas personas invadieron el santuario de sus pensamientos.

Aquí no existía la felicidad. Su percepción de un pueblo apacible dio paso a la visión de personas que hace tiempo habían abandonado sus esperanzas. Algunos vagaban sin rumbo o se apoyaban ociosamente contra los costados de los tugurios. Caminaban con el paso tambaleante de un borracho. Cojeaban descalzos, sin afeitar y polvorientos. Abundaban los indeseables. Había niños sentados en charcos, con barro en la cara y ropa deshilachada: las marcas distintivas de la miseria a plena vista.

Desde arriba, en la parte amurallada, donde los afortunados de Ydron vivían alimentados y protegidos, los suburbios parecían una tela de retazos coloridos que se difuminaba en los tonos apagados de la distante campiña. No se entrometían ni en las vidas ni en los sentidos de los pocos afortunados que habitaban aquellas alturas, pero existían como la fuente de trabajo e ingresos. Era más sencillo pensar en ello con un carácter impersonal que darle un rostro. De esta forma, nunca se perturbaban las consciencias y el plácido tenor del día no se transgredía jamás. Para Reg, sin embargo, era algo más que un rostro. Hoy eran cientos y se impregnaban firmemente en sus pensamientos.

Una mujer que cargaba su fardo de lavado miró en su dirección y él vio el abuso que siempre había padecido. Durante su infancia, su padre, reducido a la bestialidad por el alcohol y la desesperanza de su condición, maltrató al más fácil de los objetivos disponibles, a quien menos podía defenderse. Años más tarde, los guardias del palacio, los por así decirlo 'protectores del reino', encontraron deseable a la joven, y, cuando ella defendió su dignidad y rechazó sus proposiciones, ellos le mostraron los azotes de sus látigos y la brusquedad de sus porras. Aquellos para quienes ella trabajó en su madurez terminaron siendo quienes compensaron su labor con un golpe de sus manos para acompañar las dos o tres monedas de bronce que le pagaron.

Un jovencito que daba de beber a su extenuado caballo en un abrevadero vio el contorno azul sobrepasando la carreta de su padre, y Reg conoció la privación a través del chico. Para este, el radiante juguete con ruedas del príncipe excedía las expectativas de su vida futura. La noche anterior había comido su primera verdadera comida en días: una sopa de verduras y cereales. Su padre había tenido suerte en el mercado, y la sopa era la mejor forma de poner esos pocos víveres en la mayor cantidad de bocas cuando también había madera para un fuego. Habitualmente, el jovencito solía comer restos que buscaba en los contenedores situados detrás de los puestos del mercado, y entonces lloraba hasta quedarse dormido, con el hambre como compañero de cama y la comida formando sus sueños.

El deportivo se ladeó al doblar velozmente una esquina, justo cuando alguien con reflejos de joven agarraba a un anciano a punto de cruzarse en su camino. Esta vieja alma todavía trabajaba día a día. Podía recordar con vaguedad su infancia si lo intentaba. Ya entonces trabajaba. Ahora, la artritis lo maniataba como grilletes filosos y cortantes. La fatiga lo empujaba y lo tumbaba hasta que pensar sobre la muerte se convertía en una dulce fantasía de liberación. Y cada mañana, con sus pensamientos apagados y su ambición desde hace tiempo extinguida, se levantaba como un autómata a andar los mismos pasos ensayados infinitamente…

La esposa de otro desafortunado hacía tiempo había abandonado las esperanzas que el matrimonio ofrece a una jovencita. Las múltiples posibilidades que ese vínculo concede a la imaginación de los jóvenes se hallaban ahora truncadas dentro de un largo y estrecho túnel oscuro de servidumbre…

Al lado de su carreta, un comerciante con voz ronca y rostro arrugado por la preocupación vendía su mercancía sucia. Esta había interesado únicamente a un comprador ocasional en muchos más días de lo que podía recordar. Los pocos que se habían interesado no tenían dinero para gastar; así que nunca se podría permitir nada mejor…

Bajo el dintel de una puerta, un hombre joven que alguna vez fue brillante y podría haber tenido posibilidades, se reunía con sus amigos para planificar un robo…

Reg estaba desbordado por tantos rostros. Sus historias le llegaban como una riada. Una ola le seguía a la otra y lo anegaban hasta el punto de ahogarlo. No eran simples imaginaciones. Superaban cualquier concepto que jamás hubiese conocido y muchas divergían de su forma de pensar. Mientras luchaba por conservar un punto de apoyo estable en medio de lo que se convertía rápidamente en una vorágine de miseria y desesperación, se iba haciendo incómodamente consciente de la viveza y el sentimiento personal e intenso que cada experiencia le ofrecía. Estas no eran otras vidas. Cada una parecía ser la suya. Era él, Regilius Tonopath, quien había sido golpeado, quien se había embriagado, quien había fallado y había perdido las esperanzas. Era él, el heredero al trono de Ydron, quien era el ladrón, la lavandera, el niño. Por un lado, sabía que eso no podía ser así; por otro, recordaba cada vida con la claridad y certeza con la que conocía cada baldosa y cada esquina de los corredores del palacio.

Bajo esta miseria, cocinándose a fuego lento continuamente hasta alcanzar la superficie, surgieron pensamientos nuevos y de otra dimensión. Inmerso como estaba en estas vidas, su percepción de lo familiar estaba cambiando. Los soldados, sus protectores de siempre, ya no eran de confiar, sino de temer. Ya no eran guardias ni veladores del cumplimiento de la ley, sino la fuente de la brutalidad y los secuestradores de esposos y niños. Las mujeres se escondían del yelmo y el escudo del trono.

No compensaba tener éxito fuera de las murallas del palacio. Cualquier excedente o ganancia se confiscaba. Uno nunca podía evadirse de pagar los impuestos. El cobrador se aseguraba de eso. Cuando alguien se las había arreglado para ganar un poco más de lo habitual, la visita del recaudador de impuestos era inevitable. Como nadie sabía nunca cómo se llegaba a saber, cada cual sospechaba de su vecino. Lo más probable era que hubiese espías por todas partes. Una palabra dicha al oído correcto podría llenar de comida un estómago vacío; así que abundaba la desconfianza.

A Reg le dolía la cabeza, y temblaba según atravesaba el terror. No podía creer que nada de esto sucediese en la tierra que su familia había reinado, pero las imágenes eran implacables. Este vuelo desde el peligro se había tornado en una zambullida en la realidad. Ni estaba preparado ni se sentía con la capacidad para asumir lo que cada momento le hacía entender. ¿Tan protegido había estado que no podía ver su mundo tal como era?

De algún modo —no tenía idea por qué fortuna— su vehículo volaba por la carretera sin provocar accidentes. Aun cuando lo intentaba, a duras penas podía enfocarse en aquello que lo rodeaba. Carretas, calles, pancartas, hombres, mujeres y niños, todo se confundía en un torrente borroso, mientras los sueños o revelaciones —no podía decir si uno o lo otro— lo bombardeaban hasta que se perdió en la confusión. Ya no sabía dónde estaba y era el coche el que lo guiaba a él hacia delante.

En algún momento pasó por la muralla exterior de la ciudad. No recordaba la salida ni a los guardias, pero la densidad de la periferia de danYdron se fue reduciendo en granjas y villas dispersas, y la cabeza se le comenzó a aclarar. Respiró hondo, con solo el recuerdo vago de su propósito al desvanecerse la cacofonía de visiones y sonidos. Como un luchador brutalmente golpeado que procura ver a través de los sentidos entumecidos por los incontables golpes y tambaleándose de camino a la esquina del cuadrilátero y a los segundos que disponía para reponerse, Reg condujo hacia el oeste. La familiaridad lo mantuvo en su ruta, aunque su mente continuaba aturdida, ignorante de la carretera que giraba bajo las ruedas e iba dejando por detrás.

… … … … …

Bandadas de rémoles sobrevolaban la pradera emitiendo con sus graznidos ondas de gritos agudos y definidos como carillones. El viento de poniente soplaba incesante desde el mar acompañado de la hierba guadaña que cubría las llanuras costeras, donde se convertía en un canto resonante. Las cavernas frente a la empalizada estallaban huecas y prolongadas en octavas más bajas y las olas del océano se estrellaban contra los pies rocosos de la muralla, puntuando la eterna sinfonía de Sandoval.

Estacionado junto al mar amarillo y melodioso de filos ondulantes y bajo la verdosa bóveda del cielo, el recubrimiento azul brillante del deportivo de Reg reflejaba el resplandor de dos soles. A cierta distancia, posada al borde de la empalizada y ajena al esplendor que la rodeaba, una figura diminuta lloraba, con sollozos entrecortados.

Reg se puso en cuclillas. Se balanceó de un lado a otro, exigiendo respuestas, aunque sin obtenerlas, a las incontables preguntas que los eventos del día le habían suscitado. Las lágrimas surcaban sus mejillas. Alzó las manos en un gesto desesperado, y en ese momento se quedó mirando fijamente, con extrañeza, la sangre oscura que manaba de sus nudillos y el borde de sus palmas. Las había golpeado con furia y frustración contra la piedra y, aunque debería haberle dolido, no sentía nada.

Nunca en su vida se había sentido tan confuso. Le habían enseñado a controlar y dominar todas las situaciones, pero nada, ni las enseñanzas de Ai'Lorc, y ciertamente tampoco las amenas historias que Marm tejía a la sombra del viejo árbol de falo'an, lo habían preparado para tales imprevistos. Incapaz de distinguir entre qué era real y qué imaginario, y aterrorizado por la posibilidad de perder la cabeza, comenzó a temblar. Todo en lo que había creído se había enmarañado. Su familia, su reino y la gente a su alrededor ya no eran dignos de confianza. No podía pensar en nada de lo que pudiera fiarse, y era todo lo que podía hacer para no caer de lleno en la desesperación. De modo que aquí se sentó, al borde de un acantilado que daba al mar, agradeciendo la ráfaga fría del viento de poniente. Lo disfrutó, encontró fuerza en él y lo acogió.

—¿Tan mal está todo, vuestra alteza?

Reg saltó ante la intromisión. Al tornarse, se topó con el rostro de un viejo amigo.

—¡Ai'Lorc!

## 3

Separado, por fin, del abrazo de su maestro, Reg se sintió más calmado y dio un paso atrás para examinar el semblante que se le había aparecido tan de repente. Los ojos grises claros de Ai'Lorc transmitían una intensidad que solía sobresaltar a otros, pero el príncipe veía en ellos un raro propósito y claridad. Su tez oscura identificaba a Ai'Lorc como proveniente de las provincias orientales y, en efecto, él reclamaba a Nagath-réal como su hogar. Decir que su nariz prominente era como el pico de un pájaro habría sido insultante. Estaba finamente esculpida y quizás su tamaño ayudaba a admirarla mejor. De hecho, lo mismo podría haberse dicho de sus pómulos altos y su frente amplia. Las facciones exageradas en algunos producen una apariencia desgarbada, pero en su caso la perfección de las formas daba lugar a una combinación memorable. Sus prominentes cejas y barba oscuras acentuaban esta imagen. Estaba bien arreglado pero sin vanidad, y bien vestido sin afectación. Como maestro de Reg, había demostrado su destreza en todas las materias académicas y sociales. Se sentía tan cómodo en los campos abstractos de las matemáticas puras y la filosofía como en las disciplinas concretas de la ingeniería y la química. Parecía que no había idioma que no supiese hablar, y fue mediante este extranjero que el príncipe había desarrollado su comprensión de las responsabilidades y deberes de un soberano, así como del protocolo diario dentro y fuera de las paredes del palacio. Ai'Lorc era excepcional en todos los sentidos.

Mientras Reg lo contempaba, se fue alarmando—. ¿Cómo supo que estaría aquí?

Ai'Lorc advirtió desconfianza en los ojos de su pupilo. No obstante, le sonrió dulcemente, posó una mano reconfortante en el hombro de Reg y, con una voz tranquila y llena de afecto, respondió—: No soy alguien a quien debáis temer, vuestra alteza. Los guardias apostados en las puertas de la ciudad me indicaron la dirección. Siempre he sabido que este es vuestro lugar secreto favorito. ¿No me confiasteis una vez que aquí era donde veníais cuando algo os atribulaba?

—¿Qué le hizo pensar que estaba atribulado? —insistió Reg.

—Me lo dijo un amigo. Venid. Caminemos y os lo explicaré todo.

Reg reaccionó automáticamente. En esos momentos era incapaz de tomar decisiones por sí mismo y lo que necesitaba urgentemente era un amigo que lo guiara. Se fueron paseando, dos figuras proyectando cuatro largas sombras bajo los soles binarios que cruzaban la extensa llanura sobre el mar. Sus leotardos de piel de *oreto* les protegían de los bordes cortantes de la hierba afilada como un cuchillo. Los cortes de esta hierba podían ser letales, pero con protección y cuidado era posible dar un paseo allí, donde nadie se atrevería a interrumpirlos. Era una razón por la cual Reg había elegido este sitio como su santuario.

—Es imposible —señaló Ai'Lorc— contestar a vuestra pregunta sin referirme a los eventos de estos últimos dos días.

Reg miró con aspereza a su maestro.

—¡Oh, por supuesto! Sé que os están pasando cosas trascendentales y sospecho más de lo que puedo decir. Pero, antes de tratar estos asuntos, necesito enseñaros un poco de historia.

—Si se refiere a ahondar sobre la forma en que mi padre gobierna su reino —Reg se adelantó, aún sensible a lo que había aprendido—, ya estoy al tanto.

—Me alegro de que ya hayáis descubierto algo de eso. Es una buena señal. Pero no, me refiero a algo mucho más significativo. Pretendo impartiros un entendimiento mucho más profundo de vuestro reino, vuestra gente y el mundo en general que lo que ya habéis aprendido. No podré corroborar directamente ciertos temas. No obstante, por vuestras experiencias recientes podréis comprobar mucho de lo que os diga. Vos me conocéis y sabéis la clase de hombre que soy. Todo esto os permitirá evaluar cuánto de lo que le diga es cierto.

»El primer hecho que debe conocer es que soy un extraño para su mundo.

—Lo sé. Usted es de Nagath-réal.

—No estáis escuchando. No dije que fuese un extraño para su reino. Dije que soy un extraño para su mundo.

Reg se detuvo, sin comprender.

—Provengo de otro mundo que queda a una gran distancia de aquí —señaló con expresividad hacia arriba—, más allá de las estrellas. Mi gente y yo llegamos por primera vez en vuestro lejano pasado. Éramos muchos. Vinimos a un mundo maravillosamente prístino donde abundaban las posibilidades. En aquellos días no había ciudades ni civilización.

—Imposible —protestó el príncipe.

—En este universo, muy poco es imposible. El cosmos es inimaginablemente vasto; las realidades que contiene, mucho más aún. Nosotros viajamos por las estrellas como vuestro pueblo navega los mares.

—Lo siento, pero no le creo.

—Antes de hoy, no habría esperado mucho que lo hicierais, pero pienso que los cambios recientes que habéis experimentado en vuestro interior confirmarán lo que os diga en cuanto a que no todo es como habíais sospechado. Cuando hablo de estos cambios, creo que podéis notar que poseo información especial que habéis pensado que nadie tiene aparte de vos.

—Ha hablado con los médicos —replicó Reg.

—Ellos no tienen ni idea de lo que os ha pasado. Si la hubieran tenido, ¿de verdad creéis que os habrían permitido escapar?

Reg no pudo responder.

—Claro que no. Os habrían mantenido vigilado de cerca. Habrían querido estudiaros, eso sí, en caso de haberos creído. Por otro lado, es mucho mayor la posibilidad de que os hubiesen considerado desequilibrado y os habrían puesto bajo cuidado especial tras convencer a vuestros padres de que debían hacerlo por vuestro bien. ¿Realmente creéis que los médicos me proporcionaron esta información? Aunque sea solo como hipótesis, creedme cuando os digo que mi gente y yo no somos de este mundo y que hemos estado entre vuestra gente desde aquellos días a los que os referís como el principio de los tiempos. Creedme hasta terminar de escuchar lo que tengo que deciros y después decidid.

Reg se detuvo a sopesarlo, luego asintió.

—Cuando vinimos por primera vez, vuestros ancestros nos parecieron bastante primitivos, apenas un poco superiores a las bestias con las que compartían este lugar. En aquel entonces, el futuro de esas gentes podría haber sido todo o nada. Quisimos ver cómo podía evolucionar una raza, pero observamos vuestro mundo en las sucesivas expediciones que hicimos y en vano buscamos señales de adelanto. Quizá si les hubiésemos dedicado más tiempo, se hubiera dado un progreso. Pero éramos novatos en el campo de la exploración y fuimos impacientes. Aparte de que estábamos abrumados por nuestra nueva capacidad de viajar grandes distancias. Llenos de prepotencia e incapaces de evitar inclinar la balanza, concebimos un gran experimento: para ver lo bien que podíamos crear un mundo, os alteramos.

—¿Qué quiere decir con «os alteramos»? —Reg encontró cómico el pensamiento y se rio—. ¿Quiere decir que nos quitaron los rabos o algo así?

—Fue más sutil. Recordaréis de nuestros estudios en biología que dentro de cada uno de nosotros existen diminutas unidades de vida.

—Se refiere a las células que examinamos en el microscopio.

—Exactamente. Dentro de cada una de ellas se encuentra toda la información sobre el organismo en general: lo alto que será, de qué color, su duración de vida, su inteligencia, etcétera. En resumidas cuentas, vuestra alteza, alteramos parte de esa información dentro de vuestros ancestros para acelerar y dirigir su desarrollo.

—Eso me parece increíble, pero mire dónde nos encontramos en la actualidad. Hemos logrado muchísimo. Si lo que dice es cierto, no veo daño en ello. —Y soltó una risita.

—Pero ¿dónde estáis en la actualidad? Hay mucha maldad en vuestro mundo y la gran cantidad de enfermedades sociales que padece no son sino síntomas.

—¿No habría pasado esto de cualquier forma?

—También podría no haber pasado. Llegado a este punto, todo es debatible. El hecho está consumado. En todo caso, algunos de nosotros nos hemos sentido responsables. Nos hemos sentido forzados a asegurarnos que no acabaría en un resultado desastroso y, admitámoslo, algunos teníamos curiosidad sobre cómo evolucionaría nuestro experimento. Dejamos unos pocos de los nuestros aquí para velar, aprender e informar. Por eso estoy aquí.

—¿No está un poco preocupado por la acción que podría tomar yo tras haberme revelado su identidad?

Ai'Lorc se rio—. ¿Vos? —Aguantó la risa—. Lo siento. No os quiero ofender, pero os conozco demasiado bien y no estoy preocupado en lo más mínimo.

Reg alzó una ceja, dudando de lo que implicaba el comentario.

Ai'Lorc se detuvo, encaró al príncipe y dijo:

—Vos no sois ese tipo de persona. No es así vuestra naturaleza.

Reg hizo una pausa, degustó la idea como se saborearía un vino fino, y entonces sonrió reconociendo la verdad. Sí, no era ese tipo de persona.

Ambos retomaron el paseo y Reg notó que se dirigían a un grupo de árboles de *damasas*. «Una buena idea», pensó. A medida que atardecía, el viento era cada vez más frío y los árboles brindarían cierto refugio. Se ciñó más la capa y Ai'Lorc continuó con su explicación—. En algunos aspectos, estáis en lo correcto. Habitualmente, no habría revelado quién soy y mi razón habría sido salvaguardar la seguridad. Sin embargo, vuestro pueblo no habría sido mi primera causa de preocupación. —Al ver la mirada inquisitiva de Reg, replicó—: Sospecho que ya os habéis topado con algunos de esos a quicnes más yo temo. Habrán sentido mucha curiosidad por vuestra transformación.

Sin entender al principio, la perplejidad de Reg fue convirtiéndose lentamente en comprensión.

—¡Ah! Los habéis conocido. Los llamamos 'dalcin'. Son vuestro mayor peligro ahora mismo… —Hizo una pausa— … y vuestra razón de ser.

—¿Mi…? ¿Qué quiere decir? ¿Quiénes son?

—Mi gente no es la única que visita otros mundos. Aunque los motivos de mi raza a veces son cuestionables, hay otros cuya intención es la maldad pura. No me gusta el término. Es tan drástico. Pero así es: los dalcin son malvados.

»Cuando descubrieron vuestro mundo hace muchos años, se toparon con un lugar maduro para sus propósitos, un lugar que podrían explotar, aunque no sin cierta dificultad. Por fortuna para vuestro mundo, su hogar se encuentra muy lejos de aquí y, por ello, la comunicación no resulta sencilla. De hecho, cualquier transmisión desde aquí se recibiría unos cuarenta de vuestros años más tarde. Una nave, en cambio, necesitaría más de cuatro veces ese tiempo para llegar aquí en respuesta a su transmisión.

»Hasta cierto punto, el paso del tiempo los ayuda. Para que puedan tener éxito, deben infiltrarse en su sociedad tanto como les sea posible. Con toda probabilidad, la nave que los trajo pudo haber traído entre cincuenta y cien individuos. Sabiendo lo que necesitan hacer, se han estado integrando en vuestro mundo.

—¿Con qué fin?

—Los quieren subyugar. Vuestra gente cosechará los recursos del planeta por ellos y, lo que es peor, los dalcin os cosecharán a la vosotros.

—¿Cosecharán? Lo dice como si fueran a…

—Os criarán como se crían los rebaños de vacas y ovejas.

Sin comprender, Reg se quedó con la mirada fija.

—Seré directo. Os usarán para trabajar y… —vaciló por un momento, claramente encontrando repugnantes las palabras—, los criarán para comérselos.

—¿Qué? —gritó Reg.

Habían llegado a la arboleda de *damasas* y Reg se desplomó contra un gran tronco gris. El viento se recrudecía y mientras su capa le golpeaba los brazos y las piernas, las hojas de los árboles magnificaban el rugido del viento de poniente. La sensación de que todo había sido dispuesto para atacarlo volvió a apoderarse de él.

—Pero ¿por qué habrían recurrido al subterfugio? Cualquiera diría que una raza tan poderosa simplemente habría traído una gran nave, nos habría aplastado bajo sus talones y el mundo se habría rendido.

—Cualquiera pensaría eso, pero no es tan sencillo en la realidad. La gente como la vuestra posee cierta nobleza. No se rendirían tan fácilmente. Muchos morirían al tratar de resistirse. Desde su punto vista, sería una gran pérdida de recursos. Diezmar a la especie humana no satisfaría sus propósitos. Más aún, con el mundo como escondite, el conflicto continuaría por generaciones. Muchos de ellos perecerían también. Aunque poseen tecnología arrebatada a las civilizaciones que han conquistado, no son invulnerables. Además, cualquier imperio que se haya extendido tan lejos y con tan pocos efectivos como ellos tendría problemas para mantener líneas de suministro. Por lo tanto, sería más fácil controlar y persuadir desde el interior.

»Su primer movimiento será sutil y disimulado. Cuando su gran nave arribe, vendrán como amigos. Aquellos que ya hayan estado viviendo entre vosotros harán lo posible para persuadir y cambiar opiniones. Si todo les va bien, algunos de los vuestros comenzarán a trabajar para ellos, ya sea como respuesta a los obsequios maravillosos que traigan o, más probablemente, porque habrán penetrado en sus mentes. Pasará cierto tiempo antes de que muestren cualquier indicio de sus verdaderos propósitos. Para entonces, será demasiado tarde.

—No entiendo.

—Mucha de su fuerza proviene de su habilidad para ejercer influencia en el pensamiento.

—Como los mentalistas de Nagath-réal que entretienen en la corte de mi padre —aportó Reg.

—Los dalcin no ponen en un trance hipnótico —explicó Ai'Lorc—, sino que se estiran y tocan un pensamiento igual que vos estiráis el brazo para cortar una flor. Os hacen ver lo que no está ahí y sentir lo que de otra forma no sentiríais.

—Así que nos apiñarán para montar en sus naves y nos transportarán a su mundo. ¿Quién de entre nosotros podría sobrevivir tal travesía?

—No pretenden que realicen ese viaje. Aunque tienen los medios para garantizar que sobrevivan, han aprendido que a la mayoría de las especies les va mejor en su mundo nativo. Así que, sencillamente, al final colonizarán este mundo y los humanos satisfarán las necesidades de la colonia.

Reg, que había fijado su vista en el horizonte, se giró para mirar a su maestro.

—Dígame, por favor —le pidió—, cómo es que estas criaturas asquerosas son… ¿cómo dijo?… mi razón de ser.

—Mi gente no alteró a su raza solo una vez. Cuando detectamos a los dalcin, muchos de nosotros nos alarmamos. Algunos quisieron evitar el plan. Otros pensaron que debíamos dejar que alcanzaséis vuestra propia solución. Al final, decidimos tomar el rumbo anterior ayudándoos a ayudaros a vosotros mismos. Aunque vuestra gente y los dalcin compartís ciertas percepciones básicas —específicamente las de la vista, el oído, el tacto, el olfato y el gusto—, vuestros enemigos poseen sentidos de los que vosotros carecéis. Ellos los usan para comunicarse sin ser detectados por vuestra sociedad. Determinamos que sería inmensamente más útil que alguno de vosotros pudiera percibir el mundo como lo hacen ellos. Pero una cosa es secuestrar a un ser primitivo para realizar algunas alteraciones y otra cosa es hacer lo mismo entre un pueblo avanzado como el actual, algo sustancialmente más difícil. Los secuestros atraen muchísima más atención ahora —sonrió irónicamente.

»Un problema añadido es que somos muy pocos los que seguimos aquí: poco más de una docena en este continente y solo dos en este reino. Nuestros efectivos están tan escasamente desplegados como los de ellos y a distancias comparables. Era imperativo tener acceso fácil a nuestra selección de ciudadanos y que ellos, a su vez, estuvieran en una posición que les permitiera tanto influir sobre quienes los rodean como trasladarse en todo momento con libertad.

Reg echó una mirada inquisitiva y ladeó la cabeza, así que Ai'Lorc se explicó—: Tuvimos la suerte de tener a dos miembros de nuestro equipo dentro de barakYdron, así como a un médico que ya se fue de este mundo, para atender a la familia real. Fue de ese modo que os elegimos a vos, vuestra alteza, y os alteramos, así como a otra persona más.

—¡¿Qué?!

—Os dimos la habilidad de tratar con los dalcin.

—¿Cuándo? ¿Cómo?

—Cuando erais un bebé. No tengo los conocimientos para explicaros la forma. No soy cirujano.

—No puedo creerme su arrogancia.

—¿Quién, entonces, salvaría vuestro mundo?

—Ustedes conocen a los dalcin. Su pueblo es más avanzado que el nuestro. ¡Háganlo ustedes! —gritó Reg— ¿Cómo se atreven a recostarse y observarnos ociosamente como ácaros bajo el microscopio y luego, sin miramientos, pincharnos, abrirnos y manipularnos para satisfacer sus caprichos?

—No podemos ayudaros tan bien como os podéis ayudar a vosotros mismos —argumentó Ai'Lorc.

—¿Y por qué es eso?, ¿lo suponen? Apostaría a que hay bastante cobardía en sus venas.

Ai'Lorc rechazó morder el anzuelo—. Solo podemos detectar la presencia de los dalcin, y no muy bien. Vuestro sistema nervioso está mejor dotado para la tarea. Somos muy distintos a vosotros, a pesar del parecido exterior.

—El cual, supongo, también ingeniaron.

—Correcto.

Reg se había quedado sin palabras, desprevenido ante las implicaciones de esa respuesta. Hasta el momento, no tenía ninguna razón para aceptar a Ai'Lorc como otra cosa que no fuese lo que parecía ser. No estaba preparado para tan simple, cándida e incluso increíble confesión. Había esperado que lo negara o le ofreciese una excusa. Se habría tomado con calma cualquiera de estas respuestas, lo que le habría proporcionado nuevos motivos para enfrentarse a él. Sin ellas, tuvo que replanteárselo.

—¿Cree que estoy preparado ahora para hacerme cargo de otro mundo? —preguntó.

—En absoluto. Vuestros sentidos tan solo han comenzado a despertar. Debéis darles tiempo para que se desarrollen. Cuando lo hayan hecho, estaréis perfectamente equipado para defenderos contra este enemigo.

—Hasta que su nave arribe —respondió Reg—; entonces, en ese momento nos destruirán con facilidad.

—Como ya he dicho, ellos os necesitan demasiado para destruiros por completo, lo cual aumentará las oportunidades que vosotros tenéis.

Contamos con eso.

—¿Cuentan con eso? ¿Y si se equivocan?

—Si hubiésemos ordenado que enviaran una o más de nuestras naves en el preciso momento en que nos enteramos de su presencia, habrían llegado aquí años después que la nave de los dalcin y no habríais tenido oportunidad alguna de salvaros.

Ai'Lorc hizo una pausa. Reg no supo qué responder.

—Ninguna en absoluto. Vuestra raza habría sido esclavizada y nada que hubiésemos hecho antes habría sido de utilidad. Nada de lo que hubiésemos hecho después habría importado tampoco. No estamos preparados para involucrarnos en una guerra. No quedamos muchos de los que todavía somos libres, porque los dalcin han conquistado nuestro mundo también. Para los que hemos escapado, nuestros recursos son escasos y el único factor que nos permite intentar esta estrategia es que nuestras vidas son muchísimo más largas comparadas con las vuestras. He conseguido vivir aquí, trabajar y observar durante mucho tiempo. Ahora, por lo menos, vuestro pueblo tiene una oportunidad. Vos nacisteis para liderar y ahora tenéis una causa para dar sentido a ese liderazgo. Una sola cosa os queda por hacer con el fin de mejorar esa oportunidad.

—¿Y cuál podría ser?

—Debéis abandonar Ydron.

Reg miró a Ai'Lorc.

—Es la única forma de darles a vuestras habilidades tiempo de desarrollarse. Ahora mismo, aunque vuestros sentidos están agudizados, sois como un imán para los dalcin. Es como si estuvieseis quieto en un inmenso salón oscuro gritando tan fuerte como pudierais y preguntándoos cuánto tiempo tardarían los demás ocupantes del salón en encontraros. Con el tiempo, no será así, pero por ahora es solo cuestión de días u horas hasta que os localicen.

Reg se quedó paralizado por la inmensidad de lo que le estaba explicando, por lo cual Ai'Lorc, ignorando lo impropio del acto, tomó gentilmente el codo del príncipe—. Venid, Regilius Tonopath. Vuestros amigos os aguardan en pelPedreth, en Sandoval. Iremos a encontrarnos con ellos esta noche. Por la mañana, zarparéis. A vuestro regreso, tomaréis el reino de vuestro padre para cazar y destruir a los invasores.

—Eso no es muy probable.

Ai'Lorc se detuvo abruptamente.

—¿Y por qué no? ¿Tenéis miedo?

—Mi cobardía o valentía nada tienen que ver con ello. Estimado Ai'Lorc, aunque regresase como un semidiós, no importará una pizca si ya no tengo reino.

—Me temo que no entiendo.

—¿No sabe lo que se está cociendo? En este preciso instante, ciertos nobles están conspirando para destruir a mi padre. No le servirán más. El día que regrese, podría no haber un reino que liderar.

—¿Estáis seguro de eso?

—Ustedes me dieron la capacidad de ver.

—¿Y cuándo comenzará el derrocamiento?

—Ya está en curso.

—Entonces, todo puede echarse a perder a pesar de nuestros esfuerzos. —Ai'Lorc se detuvo a reflexionar su próxima revelación—. En vista de lo que indicáis, debo informaros que temo por la seguridad de Marm.

—¿Mi institutriz? Ella no debería causar gran preocupación a los traidores.

—Ella es la otra destinada dentro del palacio; la que me habló de vuestra condición, debería añadir. Si lo que decís es cierto, entonces me temo que todos los que residen ahí están en peligro.

# 4

Mahaz se estaba poniendo y Jadon se encaminaba directo hacia el horizonte. Las hojas de la hierba guadaña cantaban al embate de las ráfagas y brisas provenientes del mar. En la caleta de abajo, protegidas de las inclemencias de la naturaleza, las embarcaciones se movían de arriba abajo y tiraban de sus amarres. Los mástiles se mecían y bailaban al ritmo de las olas y las variadas brisas del mar. Las chimeneas del puñado de embarcaciones de vapor atracadas en el puerto estaban más sosegadas en rotación.

Danth rompió el silencio—. Esto es ridículo.

Estaba apoyado contra una columna de la terraza con los brazos cruzados contemplando la puesta de sol. Al volverse a sus amigos, el viento hizo que le entraran en los ojos mechones de su larga melena y se los retiró de la cara. Leovar se puso de pie de un salto. Se había perdido en sus pensamientos y el repentino comentario le sobresaltó—. ¿Por qué dice eso? —preguntó.

—Estamos aquí a petición de alguien que ya no conozco, mirando cómo se acaba el día, esperando por quién Siemas sabe, ¿y todavía lo pregunta?

»Aparte, yo no estoy acostumbrado a que me traten como escoria. Usted podrá tolerar que los mercenarios del hospital lo aparten a empujones, pero a mí los sucesos de ayer no me parecieron satisfactorios en absoluto. De hecho, cuando el fiasco de hoy concluya, me propongo regresar y poner las cosas en su sitio.

—No nos apartaron a empujones. Pidieron que nos fuéramos porque no había nada más que pudiéramos hacer —recordó Leovar—. ¿Hubiera preferido que nos llevaran a su reunión de consejo, pidieran nuestra opinión e incluso hicieran algo para entretenernos?

—En absoluto. Es solo que los de su clase…

—¿Su clase? —interrumpió Ered—. Eso suena un poquito elitista viniendo de usted.

Danth, como Leovar, aunque hijo de un lord, siempre decía que había que a tratar a todo el mundo por igual, aun cuando sus compañeros, que no pertenecían a este grupo habrían considerado peligrosa esa postura. Por cierto, la reprimenda de Ered no era el tipo de comentario permitido a alguien de procedencia común, como la suya. Un extraño se habría alarmado ante tal osadía, pero en este caso no estaba pisando terreno peligroso. A pesar de la extracción social distinta, en todo lo demás eran iguales. Habían crecido juntos y se habían asociado como nadie más lo hubiera hecho en circunstancias similares. Las regatas que habían ganado o perdido en el lago Atkal o en el mar las habían ganado o perdido como compañeros de equipo y cada uno miraba al otro como igual.

—Sabe que solo seguían el protocolo normal —recordó.

—¿Y qué tipo de protocolo estamos siguiendo? —cuestionó Danth.

—¿Qué quiere decir?

—Nuestro amigo lunático nos envía una nota para que nos encontremos aquí. ¿Cómo es posible que él creyera que lo iban a soltar tan pronto? ¿Vamos a estar toda la semana esperando a que él se presente?

Danth se refería a una nota que habían recibido unas horas antes. Estaba escrita a mano por Reg, llevaba su insignia y leía: «Esperad por mí en pelPedreth. Me uniré a vosotros pronto y os lo explicaré».

Como respuesta, Ered había juntado unos cuantos artículos que podrían necesitar y se había preparado para visitar en pelPedreth a su padre Pedreth, que tenía una casa en la costa, sin cuestionarse los deseos de Reg. Tampoco Leovar necesitó mucha persuasión. Sin embargo, Danth, como siempre, era desconfiado y estuvo a punto de no acudir. Fue solo tras dejarle a su padre una nota explicativa de dónde estaría que aceptó unirse al grupo. Aún entonces insistió en que se quedaría solamente un día.

—¿Vieron cómo echaba espuma por la boca? —continuó Danth, refiriéndose al colapso de Reg en el campo de juego—. Cosas como esas no pasan así porque sí. Los amigos no se caen al suelo temblando. Se lo llevaron en una ambulancia, atado como a un perro con rabia.

—Exagera —argumentó Ered—. No está loco. Se puso enfermo. Eso es todo. Podría ser un ataque de epilepsia. Lo ataron con una correa y lo amordazaron para que no se hiciera daño a sí mismo.

Danth insistió en su opinión—. ¿Desde hace cuánto tiempo lo conocemos? De toda la vida. Si alguna vez hubiera tenido una convulsión, nos habríamos enterado. Pero no ha sido así. Nunca. No lo reconocí.

—Lo que haya causado esa convulsión está relacionado con una enfermedad, posiblemente una fiebre repentina. Si cree que ya se le pasó, vendrá.

Leovar se puso de pie y se les unió—. Y si no viene, regresamos a casa y no habrá pasado nada.

—¿Esperamos, entonces?

—Un solo día —replicó Ered—, la mayor parte del cual ya ha pasado. Vamos a ver lo que pasa. Por la mañana, si no tenemos noticias, nos marchamos. Si estuviéramos en nuestras casas, ¿qué más podríamos hacer?

Danth se encogió de hombros. Como era su costumbre, acataba la opinión de Ered.

Ered era un año mayor que sus compañeros. Cuando de niños los demás venían al lago Atkal a aprender a navegar, su padre era quien cuidaba, arreglaba y limpiaba sus embarcaciones. Pero aunque Pedreth —barquero del Rey Manhathus— se ocupaba de sus embarcaciones, el entrenamiento de su manejo se lo había dejado al hijo. Ya en esos días, Ered era sumamente diestro operando el timón. Había navegado casi desde que podía caminar y maniobraba las naves con tal facilidad y elegancia que sus alumnos de la nobleza lo admiraron desde el principio. Él, por otro lado, nunca se burlaba de los primeros intentos erráticos de estos para aprender a dirigir la nave, sino que les enseñaba a enfocarse en un punto distante y a mantener parte del aparejo fijo en dirección a ese punto hasta que sus manos se moviesen rítmicamente al antojo del viento y el vaivén de las olas. Cuando terminaban frustrados por completo, maldiciendo las escotas y las drizas, sudados y con las caras rojas, enredados con las marañas de nudos, su voz calmada los guiaba a desenredarlos y poner el pozo en orden. Ered hizo de la disciplina un juego y cuando participaban en una regata imponía disciplina en el equipo. Les instruyó en la autoridad del capitán y la obediencia de la tripulación. Si las cosas fueran a pasar rápido y tuvieran que actuar como uno solo, no había otra forma. Habían navegado juntos y crecido juntos. Siempre como un equipo: Ered, Leovar, Danth y Reg nunca pusieron en su trato a uno por encima del otro.

—Tengo hambre —se quejó Leovar. Entró en la cabaña y comenzó a destapar las esferas luminiscentes.

—Vengan adentro —los llamó—. Ayúdenme a servir la comida en

la mesa o comeré solo.

Como el frío los habría hecho pasar al interior en breve, lo siguieron.

··· ··· ··· ··· ···

El viento silbaba cada vez más. Hacía rechinar las ventanas, resonaba al bajar por la chimenea y, de vez en cuando, devolvía el humo a la habitación. En medio del estruendo, oyeron que alguien aporreaba la puerta. Leovar y Danth no se dieron prisa en levantarse, así que Ered fue directamente a ver quién era. Corrió el pestillo y giró la manija sin dejar de agarrarla para prevenir que la puerta se abriera de golpe cuando el viento entrase como una tromba para evitar que humedeciese el fuego. Los ojos de Ered tardaron en adaptarse a la oscuridad exterior. Al asomarse a la noche, una figura solitaria se abrió paso. Ered se debatía entre cerrar la puerta y detener al intruso cuando el hombre se enderezó y se dio la vuelta—. ¡Padre! —exclamó.

La puerta golpeó con fuerza la pared cuando el viento se la arrancó de las manos. Los objetos sueltos daban vueltas por la superficie de las mesas y los papeles salieron volando antes de que Danth se armase de valor lo suficiente para abalanzarse hacia Ered y cerrar la puerta con el fin de dejar el viento fuera.

—Gracias, Danth —dijo Pedreth, jadeando.

La ineptitud de Ered era atípica y su padre no pudo reprimir una sonrisa sacudiendo la cabeza mientras soltaba su carga. Se quitó la gorra y miró por la habitación.

—Bueno, ¿dónde está? —soltó Pedreth.

—¿Dónde está quién? —preguntó Ered mientras observaba el fardo.

De pronto, se oyó el estruendo del viento traqueteando las ventanas y sacudiendo la puerta contra la cerradura y las bisagras.

—Madre mía, esta noche está haciendo una ventolera de verdad —comentó Pedreth mientras descorría una cortina y miraba hacia afuera. Tiró la gorra sobre una silla, se aflojó la capa y la colgó de un gancho junto a la puerta. Entonces comenzó a desabrocharse el abrigo—. Necesito un té caliente y la oportunidad de recuperar el aliento antes de bajar a revisar los amarres.

—Ya bajamos allí antes, padre. Todo está asegurado.

—Ah, ¿sí? Qué bien. No debí haberme apurado por eso, pero bueno, ya lo entienden. Es una vieja costumbre.

Danth tomó su abrigo.

—Gracias de nuevo —Pedreth se sacudió y alborotó el pelo con ambas manos para soltar los mechones que la gorra había aplastado.

Leovar se adelantó con una taza de té humeante—. Póngase cómodo, señor Pedreth, cociné un guiso hace un rato y queda bastante. ¿Quiere un poco?

—Sí, por supuesto —Pedreth se lamió los labios por el ofrecimiento—. Claro. Tengo un gran apetito.

—Padre, discúlpeme.

Pedreth se detuvo y se dio la vuelta lentamente.

—¿Sí, Ered?

—¿A quién creía que iba a encontrarse?

—¿No se lo dijo él?

Danth dio un paso al frente—. ¿Quiere decir que habló con Reg?

—¿Reg? —Pedreth pareció desconcertado. Miró de nuevo alrededor—. ¿No está el príncipe Regilius aquí con ustedes? —Luego, viendo que no estaba, continuó—: No, lo siento, no me refería a su alteza.

—¿A quién, entonces? —insistió Ered.

—Pues, a Ai'Lorc, por supuesto —replicó.

—Lo siento, no lo entiendo.

—Ered, tengo hambre y estoy muy cansado. Por favor, permíteme comer algo y luego te lo explico. Es evidente que no has hablado con el oriental, así que tengo mis dudas sobre lo que ha pasado. Pero, por favor, un poco de paciencia —dijo mientras se sentaba a la mesa.

··· ··· ··· ··· ···

Pedreth limpió el plato con el pan. Al darle un mordisco generoso, el trozo se desmigó sobre el plato y algunas migas se le alojaron en los pelos de la barba. Se limpió la boca con el dorso de la mano, y bajó el pan de grano grueso con un buen trago de té. Por fin, tras zamparse dos tazones grandes del guiso de Leovar, se sintió satisfecho.

—Así que, ¿Ai'Lorc no llegó a hablar con ustedes? —insistió Pedreth.

—Ni una sola palabra —replicó Danth.

—Qué extraño. Estoy seguro de que me dijo que habían acordado mutuamente reunirles aquí.

—No, padre —intervino Ered —La razón por la que estamos aquí es esta nota. —Sacó el papel de su bolsillo y lo extendió encima de la mesa.

Pedreth la examinó—. ¿Te dio esto el príncipe?

—No. Lo trajo una paloma mensajera.

—Qué curioso. Estoy seguro de que recibiremos una explicación. Ai'Lorc dijo que estaría aquí, y esta nota promete lo mismo de parte de Reg.

Una llamada a la puerta le interrumpió y Leovar se levantó para atenderla—. Sospecho que no tendremos que esperar mucho sobre este aspecto —opinó Leovar—. No me sorprendería que quien acaba de llegar fuera uno de los dos.

Estuvo en lo correcto por partida doble.

Ai'Lorc y Reg se mostraban visiblemente preocupados mientras se calentaban al fuego de la chimenea. Era evidente que sus amigos desviaban la conversación de lo obvio hasta que ambos descansaron lo suficiente. Una vez dejaron los platos limpios y todos estaban acomodados, Pedreth, Danth y Leovar comenzaron a preguntar, incrédulos mientras Ai'Lorc y Reg relataban los sucesos y ofrecían explicaciones difíciles.

—Lo que dicen, entonces, es que todo lo familiar ya no existe, que nos sobreviene el desastre y que debemos huir por mar con el rabo entre las piernas —apuntó Danth—. Pues yo, por lo menos, no le temo a las sombras.

—Me va a tener que perdonar, entonces, si le recuerdo que la bravuconería cuando el enemigo es superior en número no suele ser sabia —replicó Ai'Lorc—. No es el momento ni de heroísmos ni de reacciones emocionales. Si cuenta cuántos estamos en esta habitación, mi señor, verá que somos solo seis. Ciertamente carecemos de efectivos para enfrentarnos a un derrocamiento. Y le aseguro que nos quedamos muy cortos en cuanto a la fuerza requerida para deshacernos de los dalcin.

—Con el debido respeto —cuestionó Leovar—, ¿por qué no puede protegernos su pueblo?

—Mi nave abandonó este mundo hace muchos años. Los únicos que representamos a mi pueblo en esta parte del mundo somos Marm y yo. No podríamos ayudarlos contra ninguna amenaza.

—Así que se sienta y aguarda pacientemente el resultado —espetó Danth.

—No tenemos otra opción.

—Tiene el descaro de sentarse aquí y hablar sobre esto sin reparo. Debemos echarlos de aquí y mandarlos de vuelta a reunirse con los de su especie.

—Tiene razón —admitió Ai'Lorc—, mi pueblo no es precisamente admirable. Desearía poder hacer algo para cambiarlo, pero no puedo. Sin embargo, valga o no la pena, yo no los abandonaré. Aunque mi nave haya partido, me la juego con ustedes e incluso, si pudiera, no desertaría.

»Además, consideren lo siguiente —estudió sus caras—. Nosotros no les trajimos a los dalcin. Aunque no hubiésemos venido, aunque no hubiésemos jugado a ser dioses con su mundo, ellos habrían venido de todos modos.

—¿Por qué los dejó aquí su pueblo? —inquirió Danth.

—Se les estaba acabando el combustible y no podían abastecerse aquí. Además, nuestra capacidad actual no nos permite reemplazar estas naves ni otros recursos necesarios para la supervivencia de nuestra raza. Precisamos mantener estos recursos alejados del peligro, es decir, alejados de los dalcin. Si los pocos que hemos elegido quedarnos aquí sobrevivimos, y todo marcha bien, y si para entonces todavía somos capaces de comunicarnos con ellos, su intención es regresar. Y si, por una de mil razones, decidieran no venir o no pudieran hacerlo, al menos sobrevivirán. Nosotros seguiremos aquí haciendo lo mejor que podamos.

—Háblenos más sobre esa gente, los dalcin —pidió Pedreth.

Ai'Lorc se tornó hacia él y replicó con énfasis—: De lo que estamos hablando no es 'gente'. Es verdad que son inteligentes, pero no tienen emociones ni empatía alguna. No se parecen a nada de lo que alguna vez hayan conocido. Son parásitos, insensibles devoradores de razas enteras. No crean nada; solo usan y devoran, desvalijando y esclavizando a mundos enteros. Fueron otras razas las que construyeron las naves que los transportan entre las estrellas. La tripulación a cargo de esas naves son pobres almas a las que les han hecho promesas de mejores vidas que nunca cumplirán o, peor que eso, tienen la mente bajo el control de los dalcin. Los esclavos que trabajan en sus minas viven mejor.

Reg, que seguía tratando de asimilar el relato de Ai'Lorc, presionó a su maestro—: Anteriormente reconoció que no es como nosotros y que su gente ha hecho cosas para explotarnos. Según sus propias palabras, su apariencia fue alterada para que se pareciese a la nuestra. ¿Por qué tendríamos que creerle a un alienígena más que a otro?

—Alteza, aunque soy distinto a vos, no soy tan diferente como podría pensar. Mi gente no tiene tanto vello corporal como ustedes. Además, nuestros rasgos faciales son más exagerados. Probablemente notaréis algunos remanentes de esto en mi propio semblante. También nuestras manos y pies poseen cada uno un dedo adicional. Por otro lado, igual que ustedes, somos de sangre caliente. —Ai'Lorc le tomó con firmeza una mano a Reg y lo miró a los ojos—. Pero más importante aún, nos parecemos mucho por dentro. Somos compasivos con otros seres vivos. Nos duele ver sufrir a alguien. Reímos, lloramos y nos conmueve la belleza. Creamos y nos esforzamos por mejorarnos a nosotros y al mundo en que vivimos.

Se recostó y se dirigió al resto de los compañeros.

—Los dalcin son de una naturaleza radicalmente distinta. Llamarlos de sangre fría es compararlos con ustedes mucho más de lo que se merecen. La configuración completa de estos seres es diferente a la suya. Curiosamente, es solo con relación a la manera en que operan sus sinapsis neurales que existe algún parecido. En ese respecto, son casi idénticos a ustedes. La base química es radicalmente opuesta; sin embargo, la actividad de los dalcin imita el proceso de la suya en su totalidad. Deben ustedes ser conscientes de que, en este mundo, abundan las historias de personas con habilidades psíquicas. Estas historias no son infundadas y señalan la naturaleza inherente de estas habilidades de vuestra gente. Además, alteza, vos habéis conocido a los dalcin. Incluso, quizás habéis tocado sus mentes y habéis percibido un poco sobre ellos. ¿Habéis identificado alguna similitud entre ellos y yo? No lo creo.

—Tiene razón —coincidió Reg, estremeciéndose mientras reflexionaba—. No la he identificado.

—Entonces, me creéis. —Parecía más una pregunta que una afirmación. Ai'Lorc se quedó pensativo. Al no obtener una respuesta inmediata, comentó—: Me parece que os gustaría creerme, pero aún no estáis convencido. Me queda una pequeña forma de probar que lo que digo es cierto.

Ai'Lorc extrajo una cajita metálica de uno de sus bolsillos. Al abrirla, se descubrió un interior repleto de múltiples luces de colores. En lo que su audiencia intentaba adivinar su naturaleza, él comenzó a manipularlas. De repente, ante un coro de suspiros, una escena luminosa apareció en el aire entre ellos. Gradualmente, la historia de un mundo entero se fue desplegando: escenas de montañas y ríos, ciudades maravillosas distintas a cualquiera que hubieran conocido, un mundo repleto de gente hermosa. De repente, se mostraron imágenes de criaturas espantosas y, sin palabras, la cajita reveló la esclavización de un mundo. Todos los presentes en la habitación se quedaron tan boquiabiertos que cuando, finalmente, concluyó la historia y los espectros desaparecieron, cada uno permaneció en silencio, sorprendidos por lo que habían visto.

Ered rompió el hielo—. Es mágico.

—¿Se lo dio un hechicero de Mitheron o Glaudion? —preguntó Danth.

—No, lord Kanagh, ni es mágico ni un producto de las Artes Perdidas.

El fuego había comenzado a extinguirse, de modo que Leovar se levantó y comenzó a atizarlo para avivarlo otra vez.

—¡Vaya, vaya! Eso no le corresponde, mi señor, ponerse a trabajar como si fuera del pueblo, como nosotros —lo reprendió Pedreth.

Leovar, acuclillado frente a la chimenea, con el atizador en la mano, se tornó hacia su maestro de navegación y trató de sonreír—. Eso no parece importarle cuando doblo el velamen o lavo la cubierta.

En lugar de responder, Pedreth simplemente le dirigió una sonrisa también y se giró hacia Reg—. Así que, vuestra alteza, ¿estáis de acuerdo con el consejo de vuestro maestro? ¿Hacemos el equipaje y salimos corriendo?

Reg tardó un minuto en responder mientras sopesaba su respuesta —. Estoy de acuerdo. He visto a los dalcin y me aterrorizan. Y el reino… —Se calló y miró con impotencia a sus amigos— … está cayendo mientras hablamos. Según nos dio a entender Ai'Lorc hace un rato, en efecto, el rey ha sido derrocado.

Pedreth no podía esconder su incredulidad y soltó una carcajada—. Estáis bromeando. El reino ha permanecido en pie durante generaciones. Ni siquiera el ataque a barakYdron, tras la batalla en menRathan, fue suficiente…

—No, Pedreth. Cuánto quisiera estar bromeando. Lord Emeil, algunos de los ministros de mi padre y muchos de los grandes del reino han conspirado juntos. Ahora mismo, en este mismo instante, están en el interior del palacio.

—¿Estáis seguro?

Reg asintió.

Danth había dejado de dar vueltas por la sala—. Reg, ¿debemos regresar para reunir a la guardia?

—Me temo que haya pocos que reunir. Sospecho que la mayoría están muertos o se han pasado al otro bando.

—¿Incluye entre ellos a vuestra propia guardia?

Reg asintió.

—Tal traición es inaudita —expresó Danth.

—Era inaudita —corrigió Reg.

—¿Qué ha pasado con vuestra familia? —preguntó Leovar.

El aplomo de Reg comenzó a derrumbarse. Las lágrimas anegaron sus ojos y apretó los puños.

Ai'Lorc se prestó a finalizar la narración—. Justo cuando hablábamos desde las empalizadas, Reg se enteró de que el asalto se estaba produciendo y de que su padre había sido asesinado.

Se alarmaron.

—Hasta el momento, su madre está viva y tanto la princesa Lith-An como Marm se encuentran a salvo. Debido a los sucesos que acabamos de explicar, Reg ha comenzado a adquirir ciertas percepciones que lo capacitan para ver cosas que se desarrollan en cualquier parte, como si estuviese allí. Desafortunadamente, estas nuevas percepciones no siempre son puntuales ni completas. Él se enteró de la conspiración cuando huyó, pero no de su inminencia. Creyó que tendría tiempo de enviar un aviso. Ahora sabe que es demasiado tarde.

—Pero podría estar equivocado —sugirió Pedreth.

Reg se secó los ojos y replicó—: Antes de que usted viniera aquí esta noche, pero después de embalar las cosas en su camioneta, se detuvo en la cabaña de la viuda Miened. Aunque la había visitado hace dos días y generalmente no se habría detenido en su cabaña de nuevo hasta el próximo anochecer del Quintodía, eligió volver a visitarla porque sintió que algo andaba mal.

—¿Quién os dijo eso?

—Nadie. ¿Quién podría haber sido? No le estoy preguntando si esto pasó. Ocurrió exactamente como he dicho. Lo sabe. Y con la misma certeza le digo que el reino está perdido. Y ahora… —Reg luchaba contra las lágrimas—. También sé que fue mi madre quien asesinó a mi padre.

—¡No! —gritó Ered—. No puede ser cierto.

—Pero lo es, querido Ered. Lo es. —Se abrazó el pecho y sollozó.

—¿Cómo pudo ser? —preguntó Danth—. ¿Por qué habría hecho algo así?

Por un momento, Reg no contestó. Entonces miró a su amigo y respondió—: No puedo decirlo, pero estoy seguro de que fue ella quien introdujo a los traidores en barakYdron, y también estoy seguro de que fue quien enterró la daga en el corazón de mi padre. Lo veo tan claro como les estoy viendo a ustedes en estos momentos.

Sus amigos miraban estupefactos sin poder hablar. Finalmente, Leovar rompió el silencio—. ¿Qué sabéis de las casas de Hol y Kanagh? Nuestros ancestros lucharon a vuestro lado cuando se fundó esta tierra. Nuestros padres no habrían permitido que sucediera algo así, Reg.

—Su padre, Leovar, junto al de Danth, se alinearon con Emeil. No puedo decir por qué.

—¿Y se unieron voluntariamente para el asesinato? —preguntó, incrédulo, Danth.

—No puedo decirte por qué, pero sí, lo hicieron.

Pedreth se sentó aturdido y en silencio. Todos sus argumentos lo habían abandonado.

—Reg —dijo Ered—, las imágenes de la cajita de Ai'Lorc no son las primeras visiones que he visto.

Reg lo miró de forma burlona—. ¿No?

—Cuando os caísteis en el terreno de juego, tuve visiones y sonidos que me llenaron la cabeza. Me había olvidado de eso hasta ahora.

Danth, habitualmente escéptico, coincidió—: También yo las tuve, ahora que lo menciona.

Leovar asintió—. Debo decir que yo también. ¿Todos tuvimos esas visiones?

Asintieron todos menos Pedreth—. ¿Por qué cree usted que yo no? —preguntó.

—Todos excepto usted se encontraban cerca de Reg en esos momentos —replicó Ai'Lorc—. Ciertamente, yo estaba más lejos que los muchachos, pero experimenté casi lo mismo. Cuando Marm se encontró conmigo en el cuarto y me anunció que algo maravilloso estaba ocurriendo, no me sorprendí en lo más mínimo. Sospecho que de alguna forma la mayoría de la gente dentro de las murallas de la ciudad tuvo la misma experiencia, pero, como usted, ellos no sabían qué era.

—¿Y qué era para usted? —presionó Pedreth.

—Definitivamente, fue el momento que marcó la transformación de Reg. De algún modo, alguien dentro de cierto radio de acción debió haber sido tocado. No lo puedo explicar mejor. Lo que me perturba es que igual que nosotros adquirimos esa conciencia, los dalcin debieron de haberlo hecho también.

El grupo asimiló el comentario de Ai'Lorc.

—No me puedo creer que estemos indefensos —se lamentó Danth y volvió a dar vueltas por la sala.

Reg le hizo señas para que regresara a la mesa. Entonces, con la voz calmada de quien se recupera de un golpe, manifestó—: Aunque hay mucho que podemos hacer, y mucho que debemos hacer si alguna vez queremos enderezar esto, la confrontación no se encuentra entre nuestras opciones.

—Reg —preguntó Ered—, ¿podéis ver ahora todo?

—No. Algunas imágenes me llegan sin pretenderlo. Si me concentro en alguien, me entero de ciertos eventos que le han ocurrido recientemente o que revisten gran importancia para ellos: pensamientos que tienen en la mente o hechos que están pasando a su alrededor. Cuando pienso en mi familia, veo miedo y huida, caos y sangre. —Las lágrimas le asaltaron los ojos y luchó por mantener la compostura—. Lo que veo no siempre está claro y enfocado. En algunas ocasiones son más como escenas de un sueño, pero con mucha más claridad. Hay algo que sí les puedo decir: estoy seguro de que nos sobreviene un desastre.

—¿Y qué hacemos? —preguntó Ered.

—Ai'Lorc dice que debo huir.

—¿Estáis de acuerdo?

—Debo estarlo. Es lo único que tiene sentido, y no puedo detectar nada en Ai'Lorc que indique que él es alguien distinto a quien dice ser.

—Gracias —respondió Ai'Lorc, claramente aliviado—. Nunca necesité tanto vuestra confianza y convencimiento como ahora.

Pedreth se reclinó en su silla, meciéndose y balanceándose en las patas de atrás. Se puso a silbar larga y suavemente—. Vaya noche que estamos teniendo, nunca había visto algo así.

Ered se tornó hacia su amigo—. ¿Cuándo nos vamos, Reg?

—Ai'Lorc me ha dicho que necesito darle tiempo a mis sentidos para que se desarrollen. Creo que tiene razón. Debo irme antes de que los dalcin me encuentren. Hasta que tenga más control, vendrán a mí como palomas mensajeras. Con toda sinceridad, creo que lo mejor para todos sería que yo me fuera solo.

—No —insistió Ai'Lorc—. Necesitaréis a vuestros amigos si queréis sobrevivir, y ellos os necesitan a vos. Debemos ir todos juntos.

—Pero ¿adónde? —preguntó Pedreth.

—Lo único de lo que estoy seguro —indicó Ai'Lorc— es que debemos rebasar las fronteras de Ydron, así como las tierras colindantes.

—Me gustaría, entonces, sugerir algo.

—Adelante, Pedreth. Le hemos traído con nosotros por una buena razón. Valoramos su opinión.

—Las tierras del sur son cálidas y hospitalarias, justo en la dirección en que yo sospecharía que una persona huiría. Sin embargo, cuando era joven, algunos de los que estábamos probando la navegabilidad de una nueva embarcación navegamos costa arriba, hacia el norte de Limast, y nos topamos con un grupo de islas. Parecían deshabitadas y tenían agua potable, suficiente madera y algo de caza.

—Su elección suena bien. Si podemos quedarnos ahí el tiempo suficiente, quizá podamos regresar por Limast cuando sea el momento oportuno —sugirió Ai'Lorc—. Solo espero que pase la tormenta para que podamos partir de inmediato. Cualquier demora podría ser desastrosa.

Ered se rio y luego exhibió una sonrisa amplia. Por una vez, su experiencia como navegante experimentado lo ponía por encima de un académico.

—Esto no es una tormenta, maestro. Las tormentas vienen del norte. El viento fuerte que nos está azotando proviene del oeste y es nuestro aliado. Es fuerte esta noche, pero si escucha con atención, oirá que ya ha amainado un poco. Continuará calmándose a lo largo de la noche, y entonces arreciará de nuevo a media mañana para alcanzar su mayor fuerza por la tarde y al anochecer. Se acerca una tormenta, pero este viento no lo es aún.

—Tiene razón —se unió Leovar—. Y, además, está a nuestro favor. Apuesto a que los dalcin no son navegantes. Los vientos fuertes seguramente intimidarán a los novatos, pero para nosotros solo significan ir a un paso acelerado. Cuando competimos, un aire como este genera la mayor velocidad.

—Y la mayor emoción —añadió Danth.

—Con la embarcación correcta —continuó lord Hold—, podemos adaptar estas condiciones a nuestras necesidades.

El entusiasmo creciente contagió a Reg—. Aquí tenemos a cinco buenos marineros y, maestro, aprenderá rápido. Me inclino por un queche de dos palos con aparejo de estilo cúter. Con que cuente con una buena eslora de flotación que sea larga y tenga desplazamiento suficiente, podremos balancearlo de proa a popa navegando contra bolina hacia el norte.

Ai'Lorc parecía perdido, así que Pedreth explicó—: Necesitamos una embarcación que sea lo suficientemente rápida y pesada para navegar a través del mar en picada; en otras palabras, a través de las gigantescas olas que nos batirán. Encontraremos una de dos palos, como el queche, más fácil de maniobrar y, en la mayoría de las circunstancias, más rápida que una embarcación de un solo palo.

—Le tomaré la palabra, Pedreth, y me pongo bajo su tutela. Pero dígame, ¿trajo lo que le pedí?

—La mayor parte. Me pidió muchas cosas y traje todo lo que cupo en mi camioneta. Afortunadamente, tengo algunas provisiones aquí también. Podremos arreglárnoslas bien.

—¿Qué trajo? —preguntó Leovar.

—Ropa y comida. Ustedes, caballeros, no han traído nada de eso, ¿verdad?

—No, a menos que quiera pan y queso durante mucho tiempo —bromeó Reg—. Pero debemos movernos. Nos llevará toda la noche abastecer la embarcación y necesitamos llenar los barriles de agua fresca para beber. ¿Qué embarcación sugiere, Pedreth?

—Estoy de acuerdo con su elección. Una embarcación así nos servirá bien. El denaJadiz está amarrado aquí. El fondo lo limpiaron recientemente y tiene un juego completo de velas nuevas.

»Una cosa más —indicó Pedreth—. Ered, si vienes conmigo, tengo algo más que necesitaremos en mi camioneta.

—¿Qué, padre?

—Armas.

## 5

El muelle flotante crujió en sus pontones al son del movimiento del agua y a las pisadas fuertes. Pedreth caminó rítmicamente, con las rodillas dobladas, para poder reaccionar a las subidas y bajadas. Cuando llegó al denaJadiz, dejó que el fardo se le deslizara de los hombros, lo atrapó antes de que tocara el tablazón, lo sujetó bien y se lo pasó a Ered. Ya con las manos libres, trepó por la borda y, una vez a bordo, se sentó en el techo bajo del camarote. Sudaba con profusión, tanto por el esfuerzo como por el abrigo que llevaba puesto para protegerse del frío de la mañana.

—Los años me están cayendo encima, Ered. —Pedreth se quitó la gorra y se secó la frente con ella. La mañana estaba fría y el aliento salía formando serpentinas de las comisuras de la boca—. Es demasiado temprano para estar tan cansado.

—Como no durmió nada, técnicamente todavía es ayer y tiene derecho a estar cansado.

—Tú no estás cansado y no dormiste nada tampoco.

Ered le bajó el fardo a Leovar por la escotilla, y replicó—: Cierto, pero a lo largo de los años, ha tenido unas cuantas noches sin sueño más que yo.

Pedreth sonrió y guiñó un ojo—: Ered, son los años los que cuentan; no las noches. Se supone que me tengo que sentir así, pero no me gusta.

—¿Por qué no descansa? Pronto estaremos en marcha.

—Descansaré tan pronto eso ocurra. Cuando pueda escuchar el crujir del aparejo bajo la tensión de las velas y el viento silbando a través de los obenques, entonces podré descansar.

—Usted sabe, padre, que no tiene que acompañarnos. Quédese aquí. Este viaje no tiene que ser suyo.

—¿No? Por favor, dime cómo podría quedarme después de que una embarcación de la flota real resultase abordada. Ya sería una calamidad que se hubiese ido a pique. En ese caso, probablemente me habrían azotado y nada más. Podría vivir con la flagelación. Las heridas sanan. El dolor se alivia. Pero ¿tienes idea de qué pasaría si su majestad descubriera que han robado uno de sus nuevos queches más elegantes y veloces? ¿Crees que mitigaría su ira, siquiera un poco, al enterarse luego de que su hijo, mi hijo y sus amigos también desaparecieron sin dejar rastro? ¡Ah! Me atrevo a decir que estaría un poco menos que complacido. No, gracias. Yo también voy. Además, ¿qué clase de ayuda crees que te dará el oriental? Necesitarás más de cuatro pares de manos expertas para hacerte cargo holgadamente de esta embarcación.

—Y será bienvenido, Pedreth —ratificó Leovar mientras subía por la escotilla—. Aunque, si Reg está en lo cierto, no será Manhathus de quien tenga que preocuparse.

Pedreth bajó la mirada—. Se me olvidaba. Sin embargo, estoy seguro de cómo habría reaccionado. Su sucesor podría no ser mejor y, con mi suerte, probablemente, incluso peor.

Leovar hizo un gesto en dirección hacia el muelle.

—Aquí viene el oriental.

Observaron a Ai'Lorc caminar hacia ellos. Su habitual figura adusta era casi cómica. La brisa tenaz batía las solapas del cuello de su capa, que le golpeaba con fuerza, haciéndole parecer una enorme ave intentando levantar vuelo. En medio de la ráfaga, sus manos alternaban entre sujetarse la ropa y mantener agarrada la carga, que era grande y parecía pesada. Cuando llegó al queche, Ered y Leovar se estiraron sobre la borda para que les pasase el fardo y Ai'Lorc subió a bordo.

—Le traje su saco, Pedreth.

—Gracias, Ai'Lorc. Ered, ábrelo, por favor.

Ered soltó el cordón y miró dentro—. ¡Por los ojos de Borlon! No pudo haber traído algo mejor. —Volcó el saco y Leovar le ayudó a vaciar el contenido en la cubierta. Inspeccionando las piezas amarillas y su superficie aterciopelada, espetó—: ¡Ropa de piel de *sándiaz* y botas de *sándiaz*! Me preguntaba cómo nos las íbamos a arreglar sobre estas cubiertas con el calzado que tenemos puesto.

—¡Estaremos secos! —Leovar se rio—. La piel de *sándiaz* es completamente impermeable —informó a Ai'Lorc.

—¿Hay suficiente para todos? —preguntó Ai'Lorc.

—Seguí sus instrucciones, aunque no puedo estar completamente seguro si les sirven. Traté de encontrar tallas grandes porque los usamos holgados, así que creo que nos van a servir. ¿Por qué no se los ponen? Los he marcado con sus nombres.

Ered y Leovar ya estaban buscando su equipación y separando la de los demás.

... ... ... ... ...

—Está demasiado tranquilo —comentó Danth, cambiándose el bulto de hombro. Él y Reg habían sacado todas sus pertenencias de la cabaña y las estaban cargando en la embarcación.

Reg miró alrededor, escuchando—. ¿Qué quiere decir?

—Aquí no hay nadie, excepto nosotros. Esto es un astillero. ¿Dónde están los trabajadores?

—Hoy es Segundodía y apenas son las siete. Los trabajadores no llegarán hasta dentro de una hora, como mínimo.

—Es raro. Tengo la imagen de un astillero con mucha actividad día y noche.

—Si este fuera el astillero de borYdron, donde se construyen las embarcaciones, probablemente tendría razón. Sin embargo, estos muelles son solo para las embarcaciones de placer de mi padre. A pesar de ser más grande que el puerto del lago Atkal, en el fondo, es igual.

Ambos bajaron caminando por la pendiente de la pradera hacia los muelles. Cuando habían cubierto como una cuarta parte de la distancia, Danth notó movimiento cerca del camarote.

—Parece que los trabajadores aquí son más laboriosos de lo que pensáis —gesticuló hacia atrás—. Ya han llegado los primeros. Será mejor que nos vayamos antes de que se den cuenta de que nos estamos llevando la embarcación.

Reg miró atrás y asintió, pero, tras unos pocos pasos, se quedó paralizado y dio un respingo como si algo lo hubiera sobresaltado. Se quedó tenso con la mirada fija, los ojos bien abiertos y las fosas nasales dilatadas como un depredador olfateando el viento.

A Danth le bastó una sola ojeada para advertir que algo andaba mal —. Reg, ¿qué ocurre?

Reg luchó con la palabra, se lamió los labios y, finalmente, la verbalizó—. Dalcin.

Danth miró a lo alto de la colina y vio a seis campesinos en ropa de trabajo saliendo de su sedán deteriorado. Cargaban cajas de herramientas y tenían sus habituales bolsas de almuerzo sujetas a los cinturones. Parecían estar compartiendo un chiste o un cuento divertido, ya que se estaban riendo. Uno reconoció a Danth, le saludó con la mano y devolvió el saludo.

—Solo son trabajadores, Reg. Miradlos. Todo va bien.

Pero Reg, paralizado y temblando, parecía estar en un trance. Danth miró hacia la embarcación, pero sus amigos estaban demasiado lejos. Agarró a Reg por los hombros y trató de espolearlo, sin resultado. Una vez más, Reg se estaba comportando de forma extraña y eso le asustó. Tenía que conseguir ayuda. Le gustara o no, los trabajadores eran su única opción. Así que soltó el saco y se dirigió hacia ellos.

… … … … …

Cuando el sedán apareció junto a la cabaña, Reg no tuvo que ver a sus ocupantes para saber quién había llegado. Todos sus sentidos cobraron vida y el cuerpo entero se le estremeció. Era el mismo miedo que había sentido en la colina sobre el club, el mismo terror que había experimentado en el hospital. Aunque era vagamente consciente de su amigo, se centró en la consciencia que se les acercaba.

Cuando se abrieron las puertas del sedán, Reg sintió una oleada de odio y de intención maléfica que lo anegaba. La presencia era tan fuerte y real que se le hacía difícil recordar que estos sentimientos se originaban fuera de sí mismo. Por primera vez, no estaba percibiendo meramente la consciencia de otro. Él era la consciencia del otro. Era emocionante y encendía todo su ser. Su respiración se hizo más profunda y sus latidos se aceleraron.

Sabía que eso estaba mal, pero la consciencia lo envolvió de una forma tan completa que no sabía qué hacer. Necesitaba una nueva perspectiva, así que apartó de sí mismo el mundo de la emoción y pudo ver una vez más con sus ojos: seis babosas grises que parecían de otro planeta habían emergido del vehículo. Sus ojos eran anaranjados como Mahaz y, bajo ellos, donde debió haber estado una boca, docenas de protuberancias serpenteaban y se retorcían. Parecían pudrirse con algún vil fluido que chorreaba de la extraña masa. Bajó la mirada hasta lo que debió de haber sido el vientre. La materia completa se abría y se cerraba continuamente como llagas contorsionistas que se abrían, sanaban y entonces se reabrían en otro lugar. El comentario de Ai'Lorc sobre la similitud entre su sistema nervioso y el estos seres era al mismo tiempo increíble y repulsivo.

Ellos intentaron comunicarse con él y esta vez la sensación fue reconfortante. Comenzó a sentirse cálido y cómodo. Reg se preguntó cómo podía haber estado tan equivocado. Sensaciones familiares lo llenaron de placer: el aroma tibio, fresco y dulce en las fosas nasales mientras Satsah horneaba; las tranquilas canciones de cuna de Marm y sus dedos escurriéndose suavemente entre su pelo.

*¡No!*

Se sacudió las mentiras. Sintió la brisa fría sobre la cara, el sudor goteándole de la frente y escuchó con vaguedad a Danth preguntando qué iba mal. Mientras pisaba la frontera entre dos mundos, consiguió articular la única palabra que describía el peligro.

—Dalcin.

Cuando lo dijo, sus percepciones se abrieron un poco y cobró consciencia de otras ondas de pensamiento flotando a través de la pradera. Caricias suaves, cálidas y tranquilas descendían sobre sus amigos en la embarcación a medida que los dalcin los llevaban relajadamente hacia un estupor pasivo. Reg observó desde una gran distancia cómo Danth soltaba su carga y ascendía la pendiente hacia los alienígenas. Los dalcin le estaban moldeando y dirigiendo sus pensamientos.

Reg sintió que podría hacer algo si estas percepciones no fueran tan abrumadoras. Luchó contra ellas, pero era como tratar de correr con el agua llegándole hasta la cintura. Danth se dirigía con determinación hacia las criaturas. La tripulación había sido arrullada casi hasta el sueño. Reg quería comunicarse, gritar o cortarle el paso a Danth, pero se quedó inmóvil e indefenso.

Dos de los invertebrados descendían la pendiente hacia Danth. El joven lord, inconsciente de su apariencia verdadera, los saludó como amigos e intentó pedirles ayuda.

Un pensamiento perturbaba a Reg cada vez más. Era apenas perceptible pero persistente, y provenía de una nueva dirección. Miró hacia más allá de la cabaña, hacia la carretera principal, justo cuando un destello de color se cruzó con su mirada. Estaba llegando otro sedán. Dentro había varios pasajeros y advirtió que dos de ellos también eran dalcin.

Comenzaba a sentir náuseas y, como un nadador que se ahoga, luchaba por respirar. Las piernas se le empezaron a debilitar y amenazaban con abandonarlo. Si tan solo pudiera construir una pared para dejar todo eso fuera…

Con tal pensamiento, el clamor disminuyó y descubrió lo que había hecho. Jadeó, llenando sus pulmones con el aire que había estado ansiando. Se frotó la cara con las manos y recorrió el pelo con los dedos, luchando por aferrarse al mundo real. Aunque no podía explicar cómo lo había logrado, había construido una pared mental. Había expulsado a los dalcin y era él de nuevo.

Una voz conocida llamó su atención y buscó con la mirada para ubicar su procedencia. Conmocionado, se percató lo desorientado que había llegado a estar.

—¡Danth! —gritó.

Su amigo, ahora lejos, en lo alto de la pendiente, era ajeno a su grito y estaba a solo unos pasos de los alienígenas. Reg comenzó a gritarle de nuevo, pero justo cuando abrió la boca y tensó la garganta para formar las palabras, supo que no era eso lo que debía hacer. En su lugar, extendió su mente para rodear a su amigo con otra pared mental.

Danth se detuvo en seco y retrocedió. Se elevaron unos velos oscuros y Reg supo que su amigo podía ver ahora las criaturas. Danth gritó.

—¡Danth! —gritó Reg—. ¡Danth!

Su amigo se volteó lentamente.

—¡Venga, corre! —urgió Reg, gesticulando frenéticamente con los brazos.

Danth vaciló.

—¡Por favor, Danth! ¡Rápido!

Reg se sintió impotente. No tenía posibilidad de cubrir la distancia suficiente para alcanzarlo a tiempo.

—¡Maldita sea! —exclamó.

Tenía que hacer algo. Comenzó a correr, aunque sabía que no podría llegar lo bastante rápido. Simultáneamente, Danth parecía comprender su apuro. Dio la vuelta y bajó la colina a brincos. Ninguno necesitó consultar al otro. Agitando las piernas y los brazos, corrieron directos hacia la embarcación, dejando allí los equipajes que habían dejado caer antes.

Había bastante distancia desde el camarote de Pedreth hasta el agua, pero Reg y Danth iban ganando terreno con rapidez. Si hubieran dejado el sendero y cruzado la pradera directamente, habrían avanzado más. Sus leotardos los habrían protegido, pero a esta velocidad, una caída en la guadaña habría sido fatal. Sus pies golpeaban el suelo duro y comenzaron a respirar rápido aire caliente. A medida que se acercaban al puerto, les empezaron a arder los pulmones.

El puerto parecía un embrollo de mástiles, todos moviéndose y meciéndose. Todas las perchas parecían iguales y Reg sintió pánico. Sabía que el queche estaba atracado al final, por donde entraban las naves, así que buscó dos mástiles altos moviéndose al unísono.

Después de un momento, gritó—: ¡Lo veo!

Con su meta a la vista, corrieron más rápido. Casi inmediatamente,

Reg supo que tenía otro problema. Debía alertar a la tripulación. La embarcación que habían elegido era, efectivamente, veloz, pero solo cuando estaba en marcha. Con su desplazamiento pesado y cargada como estaba, sería lenta al zarpar del muelle. Reg tenía la esperanza de que la tripulación la estuviera preparando. Trató de ponerse en contacto para sentirlos, y lo que percibió lo desalentó al punto de hacerle reducir el paso hasta caminar. La conversación y preparación a bordo del denaJadiz habían cesado.

Danth miró hacia atrás y redujo el paso también.

—Venga, Reg. ¿Qué os retiene?

Reg aceleró el paso y volvieron a correr. El letargo que encadenaba a la tripulación casi lo había atado a él también. Parecía como si toda la pradera y el astillero estuviesen enredados en la maraña de un plan.

Cuando sus pies recorrieron rítmicamente el entablado, Reg calculó la distancia hasta el denaJadiz. Aunque no tenía claro cómo afectaba la distancia física a sus nuevas capacidades, trató de comunicarse con ellos. Tenía que despertar a los cuatro, fuese como fuese. Erigió una pared de pensamiento alrededor de ellos y comenzó a despertarlos uno a uno, pero como un malabarista con demasiadas bolas en el aire, se le cayó una de ellas.

—¡Reg! —gritó Danth.

Reg sintió el terror que se apoderó de su amigo cuando este se vio a punto de morir. De repente, las piernas de Danth colapsaron y se desplomó de bruces contra el tablazón.

# 6

Burbujas danzantes, anaranjadas y blancas, titilaban en el líquido verde y reventaban sobre dos soles que se reflejaban en el agua. Ered miró hacia arriba, a lo lejos, con sobresalto. ¿Durante cuánto tiempo había estado con la mirada perdida? Sacudió la cabeza como un ebrio tratando de recuperar la sobriedad. Se aferró firmemente a los obenques del queche mientras luchaba por recuperar su orientación y reconocer la figura erguida a su lado. Era Ai'Lorc mirando detenidamente el horizonte, con la mandíbula caída y los ojos en blanco.

—¡Ai'Lorc! ¡Ai'Lorc! ¿Está bien?

Al escuchar el sonido de la voz de Ered, el cuerpo de Ai'Lorc se tensó.

—¡Darmaht me proteja! ¿Qué fue eso? Parecía como si alguien llamase.

—Fui yo. Lo llamé. Tenía la mirada perdida y…

—No, Ered. Te oí. No fue eso lo que quise decir. Fue como si Reg… —Se calló, tratando de aclarar la mente—. ¡Eso! Fue Reg. Él me estaba convocando. Está en dificultades y viene hacia aquí.

Pedreth y Leovar estaban comenzando a sacudirse y se movían con vacilación, probando sus extremidades.

—Pedreth, debemos tener lista la embarcación —urgió Ai'Lorc—. Viene Reg.

Los demás no se estaban despabilando lo suficientemente rápido, por lo que Ered saltó sobre la borda y comenzó a desatar los esprines que aseguraban el medio del casco al muelle.

—¡Padre! —gritó— Ice la vela mayor. Ai'Lorc, ayúdeme. Él le enseñará cómo. Leovar, póngase con el foque.

Ered miró abajo, a lo largo del muelle, y pudo ver que alguien se aproximaba. Parecía tambalearse bajo un gran peso. Ered se dio la vuelta para echarle un vistazo a la tripulación y advirtió que Ai'Lorc parecía confuso. Soltando el último de los cabos, subió a bordo.

—Yo me encargo. Vaya a ayudar a Reg —le dijo al tutor.

Ai'Lorc se sintió aliviado—. Lo haré —indicó. Trepó por la borda y corrió abajo hacia el muelle.

… … … … …

Reg sentía que la pared subía. No estaba seguro de haber despertado a quienes dormían, pero sabía que había expulsado al enemigo. Entonces, lo supo de golpe. Danth había caído. Se detuvo, resbaló y casi perdió el equilibrio. Dándose la vuelta, vio a su amigo desplomarse en el camino, con el pecho agitado por el llanto. Los dalcin habían desatado los miedos más oscuros de Danth, llenándolo de terror y desesperación, liberando los monstruos de las profundidades de su alma. Reg regresó, se arrodilló a su lado y le levantó la cabeza. Dos surcos de lágrimas delinearon los contornos de sus mejillas desde la cuenca de sus ojos y pasaron por el tembloroso corte de su boca, hinchada y ensangrentada por la caída.

—Danth, ¿qué le han hecho?

Sonó un estruendo y Reg miró hacia arriba. Dos sedanes se apresuraban rebotando por el sendero que atravesaba la pradera hacia ellos. Habían recorrido la mayor parte de la distancia y estaban a punto de llegar al muelle. Más arriba, cerca de la cabaña, aparecieron dos más.

No había tiempo. Reg agarró los brazos de Danth y levantó su torso del suelo. Luego se volvió, se agachó, pasó los brazos de su amigo sobre su cabeza y lo subió a la espalda. Cruzó las muñecas de Danth sobre su pecho, se incorporó con dificultad y trató de correr con su amigo agarrado sobre los hombros. Cuando llegó al muelle flotante, sin embargo, su paso se volvió inseguro. El viento de poniente agitaba el agua, y el muelle construido sobre pontones se movía con ella. De repente, el muelle se desplazó y Reg estuvo a punto de caerse. Se detuvo y se enderezó para no salir despedido hacia el agua. Se estabilizó, respiró profundamente y se esforzó por subir más el cuerpo de Danth, pero, al hacerlo, estuvo a punto de soltarlo. Era inútil. Se había quedado sin fuerzas.

—Lo tengo, vuestra alteza.

Le quitaron el peso de los hombros y Reg miró el semblante que le sonreía desde más allá de las estrellas.

—¡Ai'Lorc! —Jamás había agradecido tanto ver este rostro.

—Debemos darnos prisa. Seguidme.

Ai'Lorc tomó a Danth en los brazos y corrió hacia el queche. Maravillado por la facilidad con que su maestro sostuvo el peso de su amigo, Reg se apresuró para seguirlo. Liberado de la carga, pudo respirar mejor, las piernas colaboraron, y pudo reforzar la pared mental que se derrumbaba alrededor de la embarcación.

Tras ellos, los sonidos de persecución resonaron en los tablones.

… … … … …

Pedreth estaba preocupado. No sería fácil arriar la embarcación al agua de forma segura con tan pocas manos, y con el viento recrudecido no sería fácil. Ya antes, esa misma mañana, había previsto esta posibilidad y movió el denaJadiz a su ubicación actual al final del muelle. Hubiera preferido anclarlo en aguas más profundas, apartado del muelle y las otras embarcaciones. Allá habrían podido henchir las velas y zarpar con facilidad. No obstante, prepararla y tenerla lista les había llevado toda la noche y la mañana, y la habían dejado demasiado cerca.

El denaJadiz estaba amarrado a lo largo del muelle y paralelo a él, no entre dos puestos de amarre como estaban las demás embarcaciones. Esto ayudaría a que la tripulación pudiera sacarla más fácilmente. Ahora, sin embargo, con los dalcin en plena persecución, Pedreth afrontaba sus peores miedos. Tendrían que zarpar con rapidez. Peor aún, con Reg, Danth y Ai'Lorc aún en tierra, solo contarían con tres a bordo para manejar la embarcación. De golpear algo cerca de la línea de flotación al intentar zarpar, podría hundirse antes de haber llegado jamás a mar abierto.

Pedreth evaluó si estaba todo preparado. Danth había soltado los esprines, dejando solo los parachoques —piezas densamente acolchadas, colgadas en los laterales de la embarcación— para protegerla cuando se diera contra el muelle. Solo las líneas de amarre de proa y popa la mantenían sujeta ahora. La vela mayor y uno de los foques gemelos estaban izados y Leovar ya estaba listo en la cubierta de proa. Pedreth, apostado en medio de la embarcación, trimaría la vela mayor, una vez estuviesen todos a bordo. Ered, cuya habilidad era inigualable, soltaría la cuerda de amarre de popa, daría las órdenes y guiaría el queche hasta sacarlo del puerto.

Pedreth miró hacia el muelle y vio a los tres que regresaban.

—Por ahí vienen, hijo, y los persiguen.

—Prepárese en la línea de proa —ordenó Ered a Leovar.

Cuando el trío llegara, tendrían que zarpar sin demora.

—Listo —respondió Leovar.

Una vez empezaran a navegar, todos tendrían que trabajar al unísono. Comenzaron a ejecutar las llamadas y respuestas propias del protocolo de un equipo de carrera, no precisamente naval pero eficiente.

—Padre, vaya a la borda para ayudarlos a abordar. En cuanto esté hecho, vaya directamente a atender la vela mayor.

El imperioso golpeteo de las pisadas anunció su llegada. Ered inspiró y se sacudió los brazos y las manos. Necesitaba estar suelto para conservar sus reflejos.

—Déjeme ayudar —le pidió Pedreth a Ai'Lorc.

Se inclinó por la borda y agarró a Danth por los antebrazos. Con la ayuda de Reg y de Ai'Lorc, subieron al lord herido pasándolo por encima de la borda. Sin tiempo para llevarlo abajo, Pedreth lo acostó sobre cubierta.

—Retrocedan la vela delantera a babor —instruyó Ered.

Cuando Leovar tiró de la cola de la vela delantera a babor, del lado izquierdo de la embarcación, el viento la agarró y la proa reaccionó oscilando suavemente a estribor, el lado opuesto y alejado del muelle.

—¡Agárrese y suba a bordo! —le gritó Reg a Ai'Lorc.

—Lasque la vela delantera —ordenó Ered.

La proa continuó en constante movimiento. Si zallaba demasiado rápido, podían perder el control. Cuando Leovar soltó tensión en la línea de proa, la presión del viento en la vela delantera se redujo y la proa osciló con más suavidad. Ai'Lorc trepó desde el muelle y Reg comenzó también a impulsarse.

—Trimen las velas —ordenó Ered, instruyendo a la tripulación que alinease las velas con la corriente del viento.

Leovar tiró de la línea de estribor para poner la vela de cara al viento, pero al hacerlo no pudo maniobrar la línea que ataba la embarcación al muelle y la proa comenzó a hacer movimientos amplios de oscilación.

—Lasquen las velas. ¡Lasquenlas! ¡Lasquenlas! —gritó Ered.

Reg subía por la borda cuando los alienígenas estaban a tan solo unas cuantas zancadas de popa.

—¡Reg! ¡Cuidado! —gritó Pedreth.

En lo que el príncipe se giró, dos manos alcanzaron la borda de popa. La embarcación, guiada por el impulso de la proa que oscilaba, comenzó a volver al muelle. El denaJadiz se quejó con un crujido fuerte de sus tablas cuando toneladas de lastre apartaron los parachoques a empujones y probaron la fuerza de sus maderas.

—¡Padre, ajuste su trimado! —gritó Ered.

Pedreth regresó a su tarea y enrolló la escota principal para henchir la vela mayor y hacer que la embarcación recobrara fuerza. Miró hacia arriba para ver el ala de la vela alinearse con el viento y sonrió. Reg agarró la manivela de un chigre, la empuñó como una porra y avanzó hacia los dalcin.

—¡Leovar, a la vela le está dando el viento por atrás! ¡Ajústela! ¡Ajústela!

Leovar se había distraído. Ajustó la vela delantera con el chigre y, mientras la henchía con fuerza, un segundo dalcin paralizó a Reg con su mirada. Al encontrarse con sus ojos, el cuerpo de Reg se estremeció y lucharon entre sí. Mientras tanto, el primero de los dalcin intentaba abordar la embarcación.

—¡Lasquenlas! —ordenó Ered, sin enterarse de la confusión e insistiendo en que se ajustaran las velas según las condiciones cambiantes.

Las velas del queche se hinchieron, pero la embarcación carecía de impulso. Bajo la presión del viento, volvió a girar hacia afuera. En popa, la primera criatura trastabilló hacia su compañero y Reg vio un asta de madera que le sobresalía del pecho. Se dio la vuelta y vio a Ai'Lorc sosteniendo una ballesta.

—¡Lasquen las velas!

Sonó como si el casco del queche estuviese a punto de estallar y la tripulación soltó las velas para que se hinchieran con el viento.

—¡Lasquen! —gritó Ered.

Entonces, hubo un silencio bendito mientras el viento que soplaba a través de las velas desarrolló suficiente fuerza para sacar la embarcación del muelle. Al comenzar a desplazarse, Ered soltó la línea de popa y sintió que el timón tomaba el mando mientras la embarcación ganaba impulso. El viento venía directo por un lado del queche y Ered lo dirigió más hacia barlovento, y más paralelo al muelle.

—Bien, caballeros, ajústenlas.

A medida que las velas se alineaban con el viento, la velocidad del casco se combinaba con la velocidad del viento y la embarcación comenzó a acelerar.

—Reg, encargaos de la escota del foque a babor. Os necesitaré para que sustituyáis a Leovar cuando viremos.

Virar, o regresar con el favor del viento o a través del viento, requeriría un esfuerzo coordinado, y Ered comenzó a asignarle una tarea a cada miembro de su tripulación a medida que iba necesitándolos.

Ai'Lorc cargó el arma con otro bodoque. La alzó para apuntar y disparó. El segundo dalcin, que en ese momento salía arrastrándose de debajo de su compañero, se desplomó cuando la saeta le dio de lleno en la cabeza. Fijó su mirada en el arquero y las piernas de Ai'Lorc temblaron por un momento antes de que se le nublaran los ojos y la criatura se estremeciera.

—¡Esfuércense! ¡Vamos! ¡Estamos a sotavento!

Ered dio la orden de virar y maniobró el timón. Mientras la proa oscilaba suavemente a través del viento, las velas batían como banderas azotadas por una tormenta y la resonancia de las enormes telas resultaba casi ensordecedora. Al girar el timón, el denaJadiz continuó formando un arco y entonces sus velas se hincharon nuevamente, recuperando con rapidez su forma con un estruendo atronador, y volvió a moverse con la fuerza del viento, otra vez silencioso. El queche evitó el muelle, escoró a babor llevado por la presión del viento, y la cubierta se movió. Ai'Lorc perdió el equilibrio y se cayó. No vio cuando las criaturas que quedaban en el muelle comenzaron a relucir y a cambiar de forma.

# 7

Ered quedó complacido con el rendimiento de la embarcación. Miró hacia arriba para examinar la forma de las velas y estaban hinchadas de arriba abajo. El borboteo del torrente de agua pasando por el timón fue aumentando gradualmente a medida que el casco se abría paso. Ered respiraba más rápido y más profundo, y estando al timón se dio cuenta de que no solo no tenía miedo, sino que estaba entusiasmado. Años de competiciones le habían enseñado a amar las persecuciones.

Cuando el denaJadiz pasó los muelles en dirección al extremo del rompeolas, el ensanchamiento del canal alivió su preocupación sobre el aumento de velocidad. Incluso utilizando dos velas y con la bodega completamente cargada, esta embarcación se abría paso en el agua y respondía al viento que azotaba el embarcadero como si estuviera en mar abierto con el viento a sus anchas.

Habían escapado sin obstáculos, o casi, y desde aquí la ruta debía estar despejada. Aun así, parecía que algo no marchaba bien. Su mirada se tornó hacia el rompeolas al pasar la escollera de defensa gris, una pared de piedras que protegía la bahía del comportamiento variable del océano. Entonces se giró y miró hacia el puerto, hacia los pasillos líquidos entre las filas de embarcaciones, y vio solamente el verde oscuro, suave y ondulante del agua que reflejaba los mástiles y cascos meciéndose. El puerto parecía sin vida.

Se sobresaltó al darse cuenta.

Desplazó la mirada de los brazos de agua a las perchas que se columpiaban. Al no encontrar lo que buscaba, revisó el curso de la embarcación, y, con apremio, miró a lo alto como un cazador rastreando en los cielos su presa escurridiza. No le llevó mucho tiempo reconocer la verdad. La presa no era escurridiza en absoluto; sencillamente, no estaba ahí. Las aves costeras habían desaparecido en su totalidad. Este sitio estaba silencio porque el peligro estaba presente.

Los dalcin estaban cerca y hasta los pájaros lo sentían. Desprotegidos contra las mentes de los dalcin, habían huido.

Ered volvió a concentrarse en su propia huida. Reg estaba todavía al frente, ajustando las velas delanteras, y Pedreth se encontraba con la vela mayor. Leovar, sin que nadie se lo hubiese pedido, estaba preparando las trinquetillas para mejorar el flujo de la corriente de aire entre las dos velas ya izadas. Ered buscó a Ai'Lorc. «¡Por los cuernos de Voreth! ¿Dónde está ese oriental?».

—Leovar —Ered reprimió su irritación—. Asegure esa driza y venga a popa. Necesito que ice la vela de mesana cuando vayamos a virar. Podemos izar las trinquetillas después.

—Padre —llamó a Pedreth—, viraremos tan pronto lleguemos a mar abierto. Quédese pendiente de mis instrucciones. «¡Por Siemas! —pensó— Aunque lo encontrara, no serviría para nada».

—Ered. Me he encargado de él y creo que se pondrá bien.

La cabeza de Ered giró completamente al sonido de la voz de Ai'Lorc. Subía por la escotilla y sonreía mientras salía.

—¿Qué ha dicho? —preguntó Ered.

—He llevado a Danth abajo. Todavía está inconsciente. Me gustaría examinarlo mejor cuando haya más tiempo, pero está durmiendo apaciblemente y su respiración está calmada y uniforme. Lo he atado a su litera para que no se caiga en caso de que necesitemos maniobrar de forma abrupta.

Ered estaba disgustado. Él no era una persona que tuviese por costumbre prejuzgar a nadie y descubrió que el estrés había sacado lo peor de sí. Momentos antes, este hombre los había salvado con su ballesta y ahora estaba cuidando a su compañero mientras el resto se ocupaba de la embarcación.

—¿Hay algo más que pueda hacer? —preguntó Ai'Lorc.

—Mantenga lista su ballesta, amigo. La necesitaremos. Si se va al frente y se posiciona justo detrás de Reg, él le explicará cómo puede ayudar cuando viremos.

Ai'Lorc asintió y se fue al lado de Reg.

Ered apenas tuvo tiempo para regañarse sobre su impetuosidad, ya que, hacia adelante, más allá de la brecha en la pared de rocas, otra embarcación había entrado en el canal y estaba navegando directamente hacia ellos. Era una lancha a motor, de arranque poderoso y veloz. En estas aguas protegidas, sería mucho más fácil de maniobrar que cualquier embarcación de vela. A bordo se veían varias figuras. No podría asegurarlo, pero, por su tamaño, por lo menos tres o quizá cuatro de los que iban a bordo eran dalcin. Los demás probablemente eran trabajadores de su padre.

La turbulencia y el agua de color más claro marcaban la llegada a mar abierto. Al queche le faltaba poco para llegar a esta parte. La embarcación de los dalcin estaba posiblemente a tres veces esa distancia, pero ya formaba onda de proa y se acercaba con rapidez. El denaJadiz debía llegar primero a la entrada, pero el mar en picada al primer contacto reduciría la velocidad del queche y esto haría que la lancha a motor estrechase aún más la distancia que los separaba. Sin embargo, una vez ambas embarcaciones estuviesen en el mar, Ered contaba con que el queche prevalecería. Su diseño y desplazamiento lo hacían completamente idóneo para navegar en las aguas embravecidas del océano mientras que la embarcación más liviana podría naufragar.

En la cubierta de proa, Reg le impartía instrucciones a su maestro, y este le respondía con mucho ánimo, imitando los gestos de Reg.

Era una pena, pensaba Ered, que hubiesen herido a Danth. Lo necesitaban. Si pudiesen contar con él, entre cinco podrían hacerse cargo de la navegación y Ai'Lorc estaría libre para servir como ballestero. Pero, en las condiciones actuales, todos tendrían que trabajar con las velas. A falta de un par de manos extra, la tripulación tendría dificultad maniobrando la embarcación lo suficientemente rápido para sacar ventaja.

Ered sabía que, pasara lo que pasara, lo único que de verdad importaba era la seguridad de su amigo y señor. Pasara lo que… Comenzó a sollozar sin consuelo. Por primera vez en su vida, se sentía inseguro de sus capacidades. Pasara… Un miedo profundo y persistente se apoderó de él. Pasa… La sangre comenzó a huir de su rostro y un escalofrío le recorrió el cuerpo. Las manos, que tenía al timón, comenzaron a dolerle… lo que… El viento parecía soplar a través de él y el miedo lo atenazó. «¿Qué está pasando?», se preguntó y empezó a temblar. Mientras se observaba, la carne de una mano desapareció, quedando solo los huesos y los tendones aferrados a la rueda. Su garganta se abrió y un grito involuntario se escapó de ella.

… … … … …

—Entonces, tan pronto como suelte la vela delantera, tengo que tirar de esta cuerda… —repuso Ai'Lorc.

—Escota —corrigió Reg su terminología—. Las llamamos escotas de control de líneas.

—Tengo que tirar de esta escota tan fuerte y rápido como pueda.

—Exactamente.

—Creo que lo tengo.

—Lo hará bien. Cuando viremos, habrá muchísimo estruendo por el viento en las velas, pero si se concentra en mí y sigue mis instrucciones, todo saldrá bien.

—Muy bien…

La voz de Ai'Lorc se fue apagando, pasó a tener la mirada perdida, y se desplomó sobre la cubierta. En ese instante, el príncipe sintió su propio cuerpo flaquear como si lo hubiesen golpeado.

Desde que la embarcación resistió el primer ataque, la presión de la malignidad de los dalcin se volvió manejable. Reg había dado por sentado que había controlado el asalto, pero ahora se le hizo dolorosamente claro que estas criaturas le habían dado un respiro hasta que pudieran dar un golpe coordinado. Una repugnante onda tras otra de animadversión lo invadieron. Trató con la mente de alcanzar a sus amigos para protegerlos, pero una vez más se sintió como un malabarista fuera de control.

Uno a uno, se desplomaron todos a su alrededor y la cubierta parecía un pabellón para enfermos mentales. Los cuerpos de Leovar, Ai'Lorc y Pedreth yacían en el suelo, retorcidos, con los rostros deformados por terrores internos. Reg se aferraba a la escota de la vela delantera. Parecía su último asidero a la realidad. Toda esperanza se esfumaba, los fracasos del pasado lo visitaban y cada uno de sus miedos privados se transformó en un terror incontenible. La violencia del mar y cada forma dolorosa de morir que este o los dalcin podrían infligir lo abrumaban. Su insignificancia frente a la inmensidad de su tarea lo empequeñeció. Jamás podría vencer. Era inútil.

De repente, una voz atajó la ciénaga de la desesperación. Era Ered. Estaba gritando. Incapaz de entender lo que su amigo quería decir, Reg luchó por aclararse la mente. Con un esfuerzo súbito, erigió una pared y el mundo regresó como una tromba a su alrededor.

Estaban en peligro. La proa oscilaba hacia el rompeolas. La lancha de los dalcin había acortado a la mitad la distancia entre ellos y Ered aullaba de terror por algo que tenía en las manos. Reg hizo lo único que sabía hacer, e imaginó una pared alrededor del timón.

—¡Ered! —gritó—. Ered, ¡fuerte, a babor!

Protegido del asalto de los dalcin, Ered suspiraba aliviado al ver que su mano estaba entera. Sin embargo, permanecía paralizado en el sitio.

—¡Ered, por favor! Gire el timón a babor.

Ered reaccionó instintivamente y giró el timón, el cual respondió y las velas se llenaron y chasquearon. La embarcación osciló alejándose de la pared, desviándose un poco. Pero, entonces, la mente de Ered comenzó a aclararse y miró hacia arriba. Ajustó más el curso del queche y consiguió llevarlo al centro del canal.

Mientras Ered recobraba la claridad, Reg examinó a sus compañeros. El ataque violento lo había llevado a sus límites, pero sabía que él y Ered solos no podían manejar la embarcación. Si tan solo pudiese proteger una mente más, los tres podrían maniobrar el viraje hacia mar abierto. Se concentró en Pedreth y trató de protegerlo con una pared también. El hombre se revolvió, sacudió la cabeza y miró alrededor.

—Pedreth.

—Sí, Reg —jadeó.

—Necesitamos aprovechar las inclemencias del tiempo cuanto antes. ¿Puede ayudarme con la vela mayor?

Respirando profundamente, Pedreth replicó—: Puedo hacerlo.

Para alivio de Reg, Pedreth recogió la línea de control y se posicionó para maniobrar.

—Ered, tenemos que tomar las riendas ahora —apuntó Reg.

El queche estaba abandonando el extremo del muelle. Cuando el viento de poniente azotó con toda su fuerza, la embarcación escoró suavemente y Reg sonrió. La embarcación, rápida como era, estaba construida para enfrentarse a marejadas y vientos fuertes, y había reaccionado a esta ráfaga como a un beso.

Ered alzó la cabeza y encontró los ojos de Reg. Le contestó con un asentimiento y con una voz débil dio la alerta—: Ahora viene.

Viró lentamente la embarcación a barlovento, mirando vacilante su mano. Cuando el queche dejó atrás el puerto, Reg y Pedreth lucharon para ajustar las velas conforme a su nuevo curso. El denaJadiz comenzaba a escorar, inclinando su cubierta a la presión del viento, cuando se topó con el primer oleaje y subió para darle paso.

En ese mismo momento, Reg sintió que algo pasó siseando por su cabeza y escuchó un grito que venía de atrás. Tenían la lancha a motor casi encima de ellos. Un arquero estaba de pie en la bodega de proa con las piernas alrededor de la barandilla del púlpito. Gritó algo y buscó otra flecha en la aljaba, a la altura de su cadera. Al hacerlo, la embarcación golpeó el oleaje con tal fuerza que por un instante estuvo en el aire. Al bajar, la lancha se estrelló contra el mar, levantando una gran rociada de agua. Catapultado por el impacto, el arquero trazó un arco a través del aire, agitando inútilmente los brazos, buscando a qué agarrarse. Al no encontrar nada, se sumergió en el agua y desapareció.

Los dalcin enviaron a otro hombre al frente. Reg supuso que lo hacían para rescatar a su compañero hasta que vio que este otro hombre también cargaba un arco. De pronto, delante de la lancha motora, una cabeza y unos brazos rompieron la superficie del agua. Reg no supo si el timonel lo llegó a ver, pero la embarcación no viró. El nadador desapareció bajo el casco cuando la embarcación lo arrolló.

A pesar del peso más ligero y el poco calado de la embarcación de los dalcin, el mar estaba haciendo poco para que navegase más lento, así que continuó acortando distancia. No obstante, mientras el queche subía y caía con las ondulaciones del mar, la lancha motora, construida para las aguas serenas del puerto, rebotaba con violencia a medida que se acercaba.

Al arquero enviado de reemplazo se le había caído el arma y se estaba aferrando a la borda. Tendría poca suerte manteniendo un punto de apoyo o disparando desde una cubierta que daba botes. Los dalcin enviaron a un tercer hombre. Sobre un brazo, cargaba cuerdas enrolladas y garfios. Estaba claro: tenían la intención de abordar. Reg supo que solo entre él, Pedreth y Ered, sería imposible hacer una bordada o una maniobra compleja y tampoco podrían montar una defensa contra el abordaje. Por consiguiente, lo mejor que podían hacer era mantener su curso hasta que estuviesen lo suficientemente lejos de la costa como para estar seguros de que navegaban por aguas profundas. Entonces, podrían caer a sotavento y navegar con él. Sin embargo, con sus perseguidores aproximándose, Reg dudó de su habilidad para resistirse a ellos.

La presión mental de los dalcin lo dejó débil y con náuseas. Para proteger a Ered y a Pedreth, tuvo que permitir que parte de esta malignidad conjunta lo tocara: un equilibrio precario de fuerzas en el mejor de los casos. Si se mantenía a sí mismo completamente protegido, su tripulación sufriría demasiado para ser de utilidad. Si permitía que se apoderase demasiado de él, perdería el control por completo y estaría todo perdido. Reg decidió esperar y rogaba que el océano les hiciese un favor.

De algún modo, la lancha motora mantenía su temerario progreso. Cuando se estrellaba contra una ola, se acercaba casi a la distancia de su eslora. Las dos almas acurrucadas en la proa estaban completamente empapadas y se veían desoladas y abatidas. Reg se preguntaba qué tormentos íntimos los mantenían tan comprometidos con esta persecución. Ningún ser racional y, ciertamente, ningún marinero experimentado, se atrevería a aventurarse a través de estas aguas en una embarcación como esa. Reg dudó que supiesen a quién servían y mucho menos el propósito de la persecución.

Reg observó a su propia tripulación. Ered parecía sufrir una conmoción y mantenerse en pie por su fuerza de voluntad. Pedreth, aunque aparentaba no estar tan alterado, apartó con asco algo imaginario del brazo. ¡Pobre Leovar! Se abrazaba las rodillas pegadas al pecho. Estaba sentado al pie del palo de mesana, meciéndose y sollozando suavemente, ensimismado. En cuanto a Ai'Lorc... Reg buscó a su maestro. No estaba donde lo había visto momentos antes. Tuvo que buscarlo un poco más hasta que lo localizó y le alegró descubrirlo. En medio de todo lo que estaba pasando, brotó una sonrisa en sus labios: de alguna forma, sin la ayuda de Reg, su maestro de otros días había vuelto a la acción y se estaba abriendo paso por la borda, ballesta en mano, hacia la popa.

... ... ... ... ...

El miedo abatió a Ai'Lorc como un puñetazo en el estómago, y lo dejó arrodillado, estremeciéndose y llorando. Su carne parecía que se abriría en dos en cualquier momento, para entonces hincharse y entumecerse, a punto de reventar, pero sabía que todo era mentira. Aunque mareado como se sentía hasta las profundidades de su ser a causa de la marabunta de fluidos nauseabundos y el hedor a través del cual la embarcación parecía navegar, sabía que esta pesadilla era solo un artilugio. Que los dalcin estuviesen manipulándolo de tal modo hizo que le brotara una emoción mucho más fuerte en medio del asco y el miedo. A Ai'Lorc lo ponía furioso que estas criaturas infligiesen, insensiblemente, tanto dolor y terror. Cuando se sentó, inmovilizado y abrumado por todo ello, la indignidad y la frustración comenzaron a eclipsar las demás emociones. Localizó la ballesta y la agarró, sin importarle el enjambre de criaturas que se retorcían y le mordían. Entonces, tras asegurarse de que cargaba suficientes bodoques, se agarró de la borda y se incorporó. Con todo el temblor y la debilidad que sentía, se abrió paso en dirección a popa y las lágrimas que surcaban sus mejillas lo enfurecieron todavía más.

—¡No soy un juguete! —protestó.

A medida que se esforzaba por llegar hasta la popa, la intensidad de la ilusión crecía y su visión se estrechaba. Con un gran esfuerzo, se concentró en su objetivo y procuró mantener todos sus pensamientos a raya. Aunque tropezó y siguió de largo sin ver a Pedreth, hizo una pausa y se agachó sobre la figura de Leovar, que se mecía y temblaba, y posó una mano sobre su brazo. Intentó tranquilizarlo, pero las emociones se le atragantaron y lo único que pudo hacer fue reprimir el llanto. Se incorporó nuevamente, pasó de largo el timón y se sujetó a la borda, dejando las manos libres. Puso entonces un pie en el estribo de la ballesta, estiró hacia atrás la cuerda del arco y acomodó una saeta en la ranura. Las rodillas amenazaban con doblarse y el mundo comenzó a girar. Se apoyó contra el estay de popa, abrazando la borda con las rodillas, y levantó el arma para fijar su objetivo. Inspiró hondo y apuntó a sus perseguidores.

El pequeño bote casi había superado al queche. Al apuntar con la ballesta, Ai'Lorc se sorprendió mirando a los ojos de dos dementes. Uno de ellos estaba haciendo girar algo por encima. De pronto, lanzó el objeto y Ai'Lorc identificó, casi demasiado tarde, el garfio. Se agachó y evadió la garra que le pasó volando y se cayó repiqueteando en cubierta. Cuando el garfio finalmente se encajó en algo, Ai'Lorc regresó a su tarea.

Pudo haber elegido para el blanco de su mira a cualquiera de los hombres apostados en la punta de proa, pero se resistía a dispararle a alguien controlado por los dalcin. Aunque estas pobres almas constituían probablemente su amenaza más inmediata, sus ojos solo buscaban la piel insensible de los dalcin. Uno estaba visible sobre la cabina, así que puso la mira en él. Redujo la respiración para estabilizar la mano, y trató de estudiar lo que debía hacer. Al seguir su objetivo con la ballesta enviaría el bodoque adonde la criatura había estado en el momento en que había disparado. Tendría que anticipar la subida y bajada de la embarcación y tener en cuenta no solo su progreso, sino también la fuerza del viento. Por suerte, el viento soplaba de forma constante. Si no hubiese sido por la proximidad entre las dos embarcaciones, habría sentido que hacía esta tarea en vano, especialmente, en vista de su condición. Las criaturas pequeñas y retorcidas que le colgaban del pelo e intentaban alcanzarle los ojos se habían convertido en distracciones menores.

Un segundo garfio se enganchó en la borda a su izquierda mientras Ai'Lorc procuraba relajarse y estar en armonía con el ritmo del mar. La babosa grisácea ubicada tras el camarote, casi como si lo quisiera ayudar, se incorporó, convirtiéndose en mejor objetivo. El dedo de Ai'Lorc agarró el gatillo y comenzó a tirar de él. Entonces, mientras tenía el ojo en la mira, la criatura relució y tomó la forma de un ave de rapiña, pero con unas garras como él nunca había visto. El pájaro se remontó en el aire y voló directo hacia él. Estaba a punto de levantar la ballesta para perseguirlo cuando tuvo una intuición. Fijó su mira en el punto donde el dalcin había estado. En el instante preciso en que la embarcación se revolcaba como en un abrevadero, las alas batían el aire y el delirio parecía la única realidad, Ai'Lorc disparó.

… … … … …

La náusea desapareció y la claridad retornó. Reg respiró profundamente el aire limpio del océano. La opresión regresó igual de rápido que se había ido, pero sin la intensidad de antes. Fue durante ese respiro momentáneo que Reg se enteró de que la saeta de Ai'Lorc había dado en el blanco. El pájaro había sido una distracción, pero como Ai'Lorc se había mantenido apuntando a su objetivo, la flecha dio contra el blanco. Por un instante, los dalcin reaparecieron intentando asumir otra forma y entonces se desplomaron. Una mente había abandonado el grupo, y Reg descubrió que podía distinguir las tres restantes, igual que se puede distinguir el alto y el bajo de un tenor. De ese trío, una mente se quedó fuera y su intención era clara. Por primera vez, Reg fue capaz de seguir los pensamientos de ese dalcin mientras se recuperaba y se preparaba para actuar. Estaba acumulando energía con la máxima intensidad y le dio una forma que pudiese usar. Cuando estuvo seguro de que atacaría con el efecto deseado, el dalcin se centró en su objetivo. Mientras aquel se concentraba, Reg entendió que el pensamiento podía matar. El dalcin tenía intención de aplastar al tutor de Reg como si fuese un insecto. Pero antes de que pudiese actuar, Reg reaccionó y le atacó, sorprendido de poseer ese poder. El golpe fue limpio, contundente y preciso. Su fuerza restante, sin embargo, se evaporó, y se cayó sobre cubierta. Las tinieblas se le vinieron encima. No obstante, antes de desmayarse, vio la lancha motora virar bruscamente. Entonces, cuando una ola se rompió contra la manga de babor de los perseguidores, Reg dejó de ver.

# 8

Los aromas granulosos provenientes de las pilas de pan dispuestas a lo largo del puesto de los panaderos le colmaban la nariz y se le hacía la boca agua, recordándole al vientre que aún estaba en ayunas. En otros puestos, pilas de *deletas* —las frutas rojas, amarillas y verdes—, *chobolas* y *terezas* salpicadas de rocío atraían al público. Más allá, grandes y lustrosas vasijas despedían vapores y canturreaban mientras los ancianos preparaban aromáticos tés. Por último, estaban los carniceros. Cuerpos de reses y ovejas abiertos en canal colgaban de los ventanales de las tiendas y se exhibían cortes frescos en los puestos que los pastores montaban cada mañana. Era Segundodía, por lo que el mercado de la parte alta y la muchedumbre madrugadora ya estaba haciendo la compra desde hace casi tres horas.

De pronto, una carabana de tropas reales irrumpió en el mercado. Su paso temerario obligó a compradores y mercaderes a esquivarlo y las *chobolas* y *deletas* se desparramaron sobre los adoquines. Muchos corrieron a recuperar la mercancía que se iba rodando mientras otros sujetaron a sus caballos por los cabestros para evitar que las bestias se echasen a correr.

En su estela, una figura camuflada y encapuchada se abría paso a través del gentío alborotado. Llevaba la capucha puesta, tapándole la cara, y la capa recogida en el pecho. Si la confusión hubiera sido menor, aquella forma misteriosa hubiera atraído miradas curiosas, pero la atención de la gente estaba puesta en restablecer el orden, así que nadie la miró ni de reojo. La figura se escabulló por un callejón entre dos tiendas y desapareció por un pasaje estrecho cuyo extremo opuesto conducía a meshedOstar, o la calle de los sastres.

La figura se detuvo al entrar en la senda, y miró hacia un lado y luego hacia el otro. Después de una pausa, subió por la calle examinando los emblemas que engalanaban los letreros descoloridos de las fachadas. Se detuvo frente a una puerta, levantó una mano y dio un golpe seco. Al no responder nadie, la levantó de nuevo, pero, antes de que pudiera llamar una segunda vez, la puerta se abrió.

—¿Sí? —El hombre que oteó desde dentro intentaba ver debajo de la capucha—. ¿En qué puedo ayudarle?

—¿Barnath? —preguntó una voz ahogada.

—¿Qué ha dicho?

—¿Eres Barnath, el sastre? —inquirió la figura extraña.

—¿Quién desea saberlo?

La figura echó la capucha hacia atrás lo justo para dejar entrever su rostro y el hombre entrecerró los ojos para ver.

—¿Marm? ¿Eres tú? —preguntó.

Ella dejó caer la capucha.

—¡Por las murallas de Ydron, Marm! ¿Qué te ha ocurrido? —preguntó horrorizado, mirando su rostro.

—No te reconocí con la barba —dijo ella.

—¿No me reconociste a mí? Soy yo quien casi no te reconoce.

Deduciendo de sus miradas furtivas que no quería ser vista, miró a la derecha y a la izquierda, y entonces la tomó por el brazo y la instó a entrar.

—Entra, por favor —dijo mientras cerraba la puerta tras ella y echaba el cerrojo.

Una vez adentro, Barnath corrió las cortinas delgadas y harapientas de la ventana.

—Cualquiera pensaría que, siendo sastre, tendría algo mejor que estos viejos trapos —se disculpó. Entonces, observando su rostro, preguntó—: ¿Estás bien? ¿Qué ha pasado?

—¿Puedo sentarme? —preguntó—. Estoy muy cansada.

—Por supuesto.

Retiró varios rollos de tela que reposaban sobre una vieja silla de madera, los puso sobre un mostrador y colocó la silla junto a ella. Marm se desató la capa y Barnath la colgó de un gancho al lado de la puerta. Cuando se volvió, ella estaba intentando desatarse unas cintas que sujetaban un bulto a su torso. Corrió a ayudarla y descubrió que no era un simple bulto, sino una niña.

—¡Por los ojos de Borlon! ¿Qué tenemos aquí? ¿No tienen fin las sorpresas esta mañana?

Marm se tambaleó, débil e inestable, por lo que él tomó a la niña y acunó a la pequeña durmiente en un brazo. Con el otro, ayudó a Marm a sentarse. Miró el rostro apacible de la niñita que tenía en brazos, la recostó en una canasta cercana, sobre una pila de telas, y regresó con su amiga.

—Descansa mientras traigo un poco de agua —dijo.

En la habitación contigua, mientras retiraba la tapa de una vasija de cerámica grande, pensamientos de todo tipo se agolpaban en su cabeza. Cuando una mujer ensangrentada llega a tu puerta con una cría dormida, atada a su espalda, uno no espera embarcarse en un recuento nostálgico de los acontecimientos de los últimos quince años. Solo su desconfianza hacia los agentes de la ley y el orden evitó que saliera corriendo por la puerta trasera para alertar a las autoridades. A pesar de sus recelos, volvió a colocar la tapa, colgó el cucharón en su gancho y regresó al frente de la tienda con la taza. Se arrodilló a los pies de Marm y le llevó la taza a los labios.

—Eso es... Buena chica. Bebe. Despacio. Así no, a pequeños sorbos. Así está bien.

Ella bebió como le indicó, y fue solo cuando hubo terminado y tras Barnath haber puesto la taza a un lado, que él le preguntó—. Bien... Ahora dime, ¿qué pasó?

Marm describió cómo, en las primeras horas de la mañana, antes del amanecer, la habían despertado ruidos de lucha en los corredores del palacio. Se había levantado rápidamente y echó el cerrojo contra los intrusos. Entonces, sospechando que no le daría tiempo para reunir sus pertenencias excepto por una pequeña bolsa, se fue por un pasaje que conducía a la alcoba de la princesa. Cuando llegó, ya habían irrumpido en la habitación y la niña había sido asesinada.

—Entonces, ¿no es esta su alteza, Lith-An?

—No. —Se cubrió los ojos—. Es Ria, la hija de Satsah, el panadero.

Siguió explicando cómo, habitación tras habitación, se había encontrado con verdaderas masacres. En algunos momentos tuvo que esconderse en armarios y, peor aún, había tenido que tumbarse en el suelo entre los cadáveres, sobre su sangre, aguardando hasta que las tropas pasaran. Finalmente, cuando logró llegar hasta los pisos inferiores, se topó con una habitación como las otras: muerte por todas partes. Sin embargo, allí se oía un sonido gutural, débil y rítmico, que provenía de un rincón. Avanzó tanteando los cadáveres hasta que el ruido la condujo a la pequeña. Ría lloraba y abrazaba el cuerpo inerte de su madre.

Los ojos de Barnath se desplazaron hacia el bulto que dormía. Que provenía del palacio era innegable. Vestía una tela fina, aunque no el tejido exquisito que vestiría una princesa. Incluso él había tenido la oportunidad de trabajar con un material así cuando en alguna ocasión le habían realizado un encargo especial de este tipo.

—¿Por qué sigue durmiendo? —preguntó.

—No podía estar segura de que se mantendría callada si me la llevaba conmigo, y no podía dejarla. Así que busqué en mi bolsa, tomé una pizca de sedante que tenía y se lo puse bajo la lengua. Tan pronto se durmió, la amarré a mi cuerpo y me fui con ella.

La historia no habría resultado creíble si Barnath no hubiera conocido a la narradora. Era cierto que hacía años que no la veía. Por aquel entonces, ella salía del palacio y, acompañada de sus amigos, visitaba el mercado de la parte alta. En aquellos tiempos, Barnath se sentía atraído por ella y buscaba un pretexto para cruzarse en su camino siempre que podía. Con el tiempo, Marm advirtió su presencia y tuvieron un romance. Ella encontraba distintas excusas para comprar fuera de la muralla hasta que la reina, su alteza Duile Morged Tonopath, se enteró de las salidas de la niñera. Se terminaron de repente. Posteriormente, Marm encontró la forma de hacerle saber a Barnath la decisión de la reina. Se había arriesgado mucho para decírselo y él la había admirado por eso, pero nunca volvió a verla hasta hoy. Ella había cambiado, pero aún la reconocía y los recuerdos lo hicieron sonreír.

—Me alegra que hayas podido escapar —le dijo.

—Barnath, he vivido dentro de esa muralla durante casi treinta años. Hay muchas formas de entrar y salir que incluso Manhathus desconocía. Las tropas no hubieran podido evitar que escapara, una vez descendiera lo suficiente en las entrañas del palacio. ¿Cómo piensas que me las arreglé para verte la última vez?

—Entonces, ¿por qué no regresaste?

—No podía arriesgarme a que notaran mi ausencia. Me importabas mucho. Por favor, no dudes de eso, pero no me atreví a despertar la ira de su majestad.

Barnath asintió—. Hay algo que me desconcierta. Dijiste que te despertaste por el ruido de la lucha en los pasillos, no de un ataque de fuera. Parece que estos invasores ya estaban dentro de barakYdron.

Ella vaciló—. No se me había ocurrido hasta ahora. Todo transcurrió tan rápido. Pero, sí, creo que tienes razón. Corre el rumor de que ayer, en la audiencia matinal, el rey Manhathus estaba molesto porque varios de sus asesores se habían ausentado. Lo manifestó claramente, y por la tarde ya se habían presentado todos y su majestad se calmó… Sin embargo, se rumoreó también que cada asesor llegó escoltado por su guardia personal, al igual que varios nobles visitantes.

—¿Por qué dejaron pasar a la guardia?

—No es inaudito que un noble llegue acompañado así. Desde luego, si alguien llega directamente de un viaje de negocios en el extranjero, estará acompañado por una tropa. Como es natural, se les brinda hospitalidad. Sin embargo, debo decir que nunca vi llegar a tantos acompañados en el mismo momento. De hecho, me llama la atención la conmoción que causó su llegada. Todos pensamos que se habían apresurado para responder a la llamada del rey para evitar su ira, por lo que habían traído a sus hombres con ellos. Pero ahora no estoy tan segura de que esas visitas, que parecían una coincidencia, no hayan sido planificadas.

—¿Qué piensas que le sucedió a la familia real?

Marm miró al techo con desesperación—. No creo que hayan dejado a nadie con vida. Aparte de esta niña, no sé de nadie en el palacio que haya sobrevivido.

—Estás tú, mi querida. —Tomó su mano tiernamente—. Agradece que estás aquí y que estás a salvo.

—No puedo quedarme aquí por mucho tiempo. Si me encuentran, tú tampoco estarás a salvo.

—¿Voy a perderte de nuevo justo después de haberte encontrado?

—Todos estaremos perdidos si no me ayudas. Debo irme mientras dure la confusión.

—Antes de nada, la niña y tú os debéis bañar. No puedes salir otra vez así.

Marm miró hacia abajo sus prendas ensangrentadas.

—Tengo un aljibe fuera —dijo Barnath—. Creo que hay suficiente agua para que ambas os bañéis. Después, necesitaréis ropa nueva. Tengo algunas capas ya terminadas que puedo retocar. Tendré que haceros vestidos nuevos, pero puedo trabajar durante la noche si es necesario. Además, haré que las dos comáis algo. Por la mañana, estaréis descansadas y listas. Entonces os podréis ir.

—Gracias, Barnath. No te lo puedo agradecer lo suficiente. Sin embargo, debo pedirte otro favor.

Él la miró inquisitivamente.

—Debes ayudarme a encontrar a alguien.

—¿Y quién sería esa persona?

—Necesito encontrar a Pithien Dur.

—Pi… —Barnath no se atrevía siquiera pronunciar el nombre.

# 9

A veces Barnath se refería a sí mismo como 'hombre de la sotana'. Por supuesto, lo decía en broma. Un sastre, tanto como cualquier otro, necesita tener sentido del humor. Se pensaría que un trabajo que acalambra las manos y hace que los ojos vayan perdiendo visión debería estar bien pagado, a fin de cuentas. «Sin embargo, las cuentas no llegaban a un fin», solía decir. Por supuesto, había visualizado unas piezas excepcionales que le habría gustado diseñar, pero no se podía costear las telas. Y lo que era más importante, necesitaba que alguien comprara esas creaciones. En esta parte de la ciudad, era raro toparse con ese tipo de cliente. Bueno, muy de vez en cuando había recibido un encargo «de lo alto», pero no mucho más. Tuvo escasísimas experiencias sofisticadas, excepto en una ocasión, quince años atrás, cuando creyó que había encontrado el amor.

Detuvo su pensamiento. «Aquí está ella y, una vez más, se va». Estaba enfadado y quería mostrarlo. El problema radicaba en que era un hombre bueno. El problema era en que, después de tantos años, todavía la amaba. El problema era que no podía hacer daño a quien amaba. Así que en realidad no había ningún problema. Al final, haría lo que estuviese en su mano para ayudarla.

Mientras examinaba un racimo de *terezas* en un puesto del mercado, se preguntó a sí mismo: «¿A quién conozco yo que pueda llevarla a ver a Pithien Dur?». Era un disparate.

… … … … …

—No te muevas, por favor.

Marm agarró un bracito desnudo y escurridizo y trató de verter agua sobre la niña inquieta. Hacía un rato, se le habían pasado los efectos del sedante. Ahora estaba incontrolable, chapoteando y salpicando agua de la tina por todo el suelo.

—¡Oh! —exclamó Marm, cuando la empapó entera—. ¡Ya está

bien! Haz lo que te digo.

—¡No, no, no! —protestó la niña.

—Puedes jugar todo lo que quieras después de que termines de bañarte. Ahora mismo, tenemos que jugar un juego diferente.

—¿El *güego* de las *guntas*?

—Sí, el juego de las preguntas.

Marm había mentido a Barnath. No podía permitir que nadie se enterase de que esta niña en realidad era la princesa. Habían asesinado a todos en el palacio, y la vida de Lith-An, tanto como la de su hermano y la de Marm, estaba en peligro. Marm había ideado una estratagema para encubrir la identidad de la niña y ahora todo lo que había que hacer era asegurarse de que la niña cooperase.

«¡*Mas'tad*! Debo estar loca».

—*Mu* bien, *ñora*.

—Muy bien. Dime, ¿cuál es tu nombre?

—Lith-An.

—No. ¿Cuál es tu nombre?

—*Me se vidó*.

Marm tornó los ojos hacia el techo. Parecía inútil—. Tu nombre es Ría.

—Sí, *Wía*.

Lith-An dijo el nombre despacio.

—¿Cuál es tu nombre?

—Mi *nombe* es *Wía*.

—Muy bien. ¿Quién es tu papá, Ría?

—*Ma'hasus*.

—No, cariño.

Marm estaba al borde del pánico. No funcionaría. Debió haber dejado a la niña. Esto sería su perdición. Una sola equivocación, y estaría muerta. No podría ir a ver a Pithien Dur con la princesa. Sería un botín que él no podría resistir. «Calma —se dijo a sí misma—. La niña no va a obedecer si te dejas vencer por el pánico», razonó.

—Ría. ¿Te gustaría tener una muñeca de trapo?

—Sí.

—Si puedes recordar todas las respuestas, te haré una muñeca de trapo.

Los ojos de la pequeña se iluminaron y asintió con entusiasmo.

—Muy bien. Ahora debes ser Ría.

—*Mu* bien, *ñora*.

—¿Quién es tu papá?

—Sah-sah.

—Sí. Satsah es tu papá. ¿Qué hace tu papá, Ría?

—Cocina.

—Y ¿cuál es tu nombre? —aguantó la respiración.

—*Wía*.

Marm soltó un pequeño suspiro de alivio—. Muy bien, Ría. Muy bien.

La niña sonrió pícara y dio palmaditas. Marm echó jabón en un trapito.

—Si juegas así de bien esta tarde, vas a tener tu muñeca seguro. Ahora, vamos a jugar de nuevo.

··· ··· ··· ··· ···

—Querida, traje a un am…

Barnath se detuvo a media palabra, perplejo por lo que vio. Quizás al entrar, otra persona no habría notado nada excepto a una mujer cepillándole el pelo a una niña. El sastre, sin embargo, tuvo una visión. La luz dorada de Mahaz traspasó las cortinas corridas de la tienda lo suficiente como para inundar la habitación con un resplandor suave y tibio. Iluminó a la mujer, a la niña y todo lo que había en la habitación, impartiendo un colorido irreal, casi mágico. Al terminar de bañarse, Marm se había cambiado con la bata que Barnath le había dado. El cabello le caía sobre los hombros en una cascada de rizos de cobre enmarcando un rostro que habría jurado que pertenecía a una diosa.

—Sí, ¿Barnath? —preguntó.

—Yo… —luchó para recuperar su claridad mental— he traído a un amigo que podría ayudar.

Los ojos de Marm se abrieron más—. ¿Sí?

—Marm, este es Ganeth. Me ha ayudado durante muchos años. Es joven y conoce todos los callejones. Me jura que sabe de un lugar donde se puede encontrar a Pithien Dur.

Ganeth se quitó la gorra. Marm asintió en su dirección—. Es un honor.

—El honor es mío, mi señora —respondió él, manteniendo su mirada en el suelo y su gorra sujeta nerviosamente al pecho.

—No soy de sangre noble, Ganeth. No necesitas dirigirte a mí como tu señora. Con llamarme Marm está bien, gracias.

—Gracias —replicó, un poco más a gusto.

—Marm, si eres tan amable… —titubeó—. Hay algo que me

inquieta.

—¿Sí?

—Cuando Barnath me comentó que había alguien que quería encontrarse con Pithien Dur, yo esperaba que esa persona fuese de lo peor. Por favor, discúlpame, pero no pareces ser de esa clase.

—Claro, te disculpo. —Marm sonrió y añadió—. Y por cierto, te agradezco el cumplido.

—Entonces, ¿por qué alguien como tú…? —No pudo terminar.

—¿Por qué desearía yo encontrarme con alguien como él? —completó ella.

Ganeth asintió.

—Lo siento, pero no puedo decírtelo. Aunque parezca increíble, algo muy bueno podría salir de esta reunión. —Ante las cejas arqueadas de Ganeth, ella replicó—: Si te resulta desagradable ayudarme a encontrarlo, comprenderé que declines hacerlo.

—No, Marm. No quise decir eso. Si eres amiga de Barnath, también lo eres mía, y yo siempre ayudo a mis amigos.

—Y tú, mi querido Barnath, ¿qué has traído ahí? —preguntó desviando la mirada al bulto.

El sastre miró el saco que cargaba y sonrió.

—La cena —respondió triunfal, y lo sostuvo en alto. Comenzó a sacar su contenido. Pasó al mostrador y colocó encima los artículos uno a uno para que todos los vieran—. Terezas, pan, parmesano, recuerdo que te gustaba este queso en particular, vino y jarrete de buey —soltó con gran floritura.

—¡Maravilloso! —exclamó ella, palmoteando—. Tendremos un festín.

—Oh, sí… Una cosa más —continuó, sacando un pequeño tarro —: leche para la niña. —Se acercó a ella y le anunció—: Tengo leche fresca para ti. ¿Te gusta la leche?

La niña asintió.

—Dime, pequeña, ¿cuál es tu nombre?

A Marm por poco se le cayó el cepillo cuando la niña abrió la boquita para hablar.

—*Wía.*

Barnath subió la mirada hacia Marm para confirmar la pronunciación:

—¿Wía?

—Sí —sonrió—. Su nombre es Ría.

—¿Y cómo se llama tu muñeca, Ría? —le preguntó.

—Lith-An —replicó la princesa, con naturalidad.

—Espero que no te importe que haya tomado prestados algunos de tus materiales para hacerle una muñeca —le indicó Marm—. Es que la pobrecita ha pasado por tantas cosas hoy que le prometí una.

Barnath examinó la muñequita—. Está bastante bien, pero es solo una muñeca de trapo. ¿Te gustaría tener una más linda y elegante?

Ría negó con la cabeza y sus trenzas se mecieron con cada sacudida

—Muy bien —replicó Barnath—. ¿Le gustaría a Lith-An tomar un poco de leche también?

—Sí —contestó la niña.

—Muy bien. Si todo el mundo tiene hambre, prepararé cena para todos —Y se giró hacia su antigua pareja—. Mi querida Marm, la ropa que os confeccioné se encuentra colgada en el armario. Mientras cocino, ¿os la podríais probar para ver cómo os queda?

Marm apenas podía disimular la emoción y fue a ver lo que Barnath había cosido, sintiéndose mucho mejor. Ahora Lith-An podría acompañarla, pero como una persona distinta. Un desliz de parte de Ría sería menos peligroso. La gente podría considerarlo como una referencia a la muñeca. Podría salir del paso con un poco de osadía. Eso esperaba…

# 10

—¡Oh, Barnath! Estaba buenísimo.

Marm se limpió suavemente la boca con una servilleta y miró a la niña. Ría se había embadurnado el mentón y las mejillas con tanta comida como la que le quedaba sobre la mesa. Marm estaba complacida con la facilidad con que Lith-An había adoptado su nuevo nombre.

—Me alegro —respondió él—. Pero ¿no te agrada tu ropa? ¿Te queda quizás demasiado holgada o demasiado apretada?

—¿No viste las vueltas que dio para presumir de su vestido? —preguntó Ganeth—. Claro que está encantada.

—Ay, Barnath. Qué descuidada he sido. ¿No te lo he dicho? Claro que me fascina el vestido. Y Ría se ve tan hermosa con el suyo…

—Pero la tela es más áspera de lo que estás acostumbrada.

—Y debería serlo. No debemos llamar la atención.

Parecía afligido.

—¿Qué sucede, Barnath?

—Nada. De veras…

—Tu gesto dice lo contrario.

—Solo me gustaría que me dijeras cuál es el verdadero motivo por el que buscas a Pithien Dur. Él es un peligroso…

Unos golpes fuertes a la puerta de entrada lo interrumpieron.

—Me pregunto quién será… —dijo él.

Los golpes se intensificaron y se levantó de la mesa—. Será mejor que vaya a ver quién es.

Mientras iba al frente de la tienda, Barnath preguntó—: ¿Quién es?

—La guardia de palacio. Abra la puerta.

—No he hecho nada —respondió.

—Abra.

Barnath regresó con sus amigos—. Marm, tengo miedo. ¿Habrán venido a por ti?

—Es posible —respondió ella, aunque en el fondo de su corazón sabía que buscaban a la princesa—. Debemos irnos.

—¿Por qué te querrían a ti? —preguntó Ganeth—. ¿Tiene algo que ver con que quieras ver al proscrito?

—Me temo que no puedo revelarlo —dijo Marm.

—¿Podría ser que vengan por algún otro asunto? —sugirió Ganeth.

—Sí, pero no es muy probable —respondió Marm. Alzó a Lith-An de su silla y le puso la capa en los hombros—. ¡Barnath, Ganeth, daos prisa! Debemos irnos.

—¿Cómo supieron que estabas aquí? —preguntó Ganeth.

—Quizás es solo un registro casa por casa —dijo Marm—. Pero, por otro lado, es posible que alguien nos haya visto. ¡Debemos irnos! —Para consternación de Marm, el sastre no hizo ningún movimiento para seguirlos—. ¡Barnath! Apresúrate. Estamos tardando demasiado.

Como si respondiesen, los golpes volvieron a intensificarse.

—¡Abran inmediatamente! —ordenaron.

—No puedo irme. Si lo hago, seguramente nos seguirán.

—Si no lo haces, tu vida estará en peligro.

—No. Mi lugar está aquí. Si abro la puerta, puedo distraerlos y quizá hacer que se vayan.

—No los despistarás tan fácilmente… Con esta demora, seguramente sospecharán algo.

—¡Voy! —gritó Barnath. —Entonces, con una voz suave que transmitía de alguna forma toda la emoción que aún debía expresar, indicó—: Escuchadme. Por el bien de la criatura, debéis iros ahora. No hay esperanza para ninguno de vosotros si yo también me voy. Si me quedo, quizás haya alguna. —Se volvió hacia Ganeth—. Te lo ruego… Llévate a esta mujer y protégela hasta que pueda reunirme con vosotros. Cuida de ella y de la criatura. ¡Largaos ya!

Marm se echó la capa encima y Ganeth se movió para tomarla del brazo. Ella vaciló, luego aceptó su mano y miró a Barnath. «Te lo ruego…» —imploraron sus ojos.

—Vete —dijo Barnath con ternura.

Ganeth escoltó a sus protegidos hacia la puerta trasera. Los golpes en la puerta de enfrente ahora habían cambiado. Ya no eran simples golpes: los soldados estaban tirando la puerta abajo. Mientras los tres escapaban adentrándose en la luz tenue del crepúsculo, escucharon a Barnath gritar—: ¡Ya voy! —Entonces, se oyó como se abría la puerta de golpe.

Ganeth tomó a la niña en sus brazos y apremió a Marm:

—Corre. Sígueme.

Entonces corrió por el callejón lo más rápido que pudo. Marm se subió la falda y lo siguió. Le pareció oír a Barnath gritar y el corazón le dio un vuelco.

Ganeth no corrió hasta muy lejos. Se detuvo en la parte trasera de otra tienda en la que había dos cisternas de barro de gran tamaño y miró adentro.

—Entra —ordenó—. Escóndete ahí.

Ella titubeó. ¿Qué haría él con la criatura si ella obedecía?

—Entra —insistió él—. No podemos seguir corriendo. El callejón es demasiado largo. Nos van a ver.

Tenía que confiar en él. Se tambaleó en el borde, y después de asegurarse de que estaba vacío, se cayó dentro. Recuperándose con rapidez, se puso de pie, esperando verlos a ambos desaparecer por el callejón.

—Aquí. Tómala. —Ganeth le dio a la niña y le ordenó—: Ahora, siéntate.

Marm le hizo caso y apenas tuvo tiempo de ver el rostro de Lith-An cuando comenzaron a llover objetos a su alrededor. Al mirar a Ganeth, este le indicó—: Quédate abajo. Tapaos con tu capa. —Lanzó más desechos dentro de la cisterna—. Si miran con prisa, quizás no se den cuenta de que hay personas dentro.

Comprendiendo, pero aún recelosa, Marm se sentó en el fondo de la cisterna. Colocó a la niña en su regazo y la cubrió con restos que Ganeth había lanzado dentro.

Mientras colocaba la tapa sobre la cisterna, Ganeth susurró—: Confía en mí. Volveré.

Se sentó con la niña en la oscuridad porque no tenía otra alternativa. Creyó oír alboroto fuera y permaneció atenta hasta que los sonidos se desvanecieron en la distancia. Se mantuvo así por buen tiempo, sin poder ver, otra vez sola. Aunque Ganeth hubiera estado con ellas, solo tenía su palabra de que podía ayudarlas. No tenía otra opción más que confiar, tanto en él como en el destino. Procuró calmarse mientras los sonidos del registro iban y venían, y se maravilló de ver cómo Lith-An, ahora Ría, se mantenía ajena al bullicio.

# 11

Compañía y esparcimiento: eso era lo que buscaba la gente cuando acudía a la cantina de meshedRuhan. Esa noche, como casi todas, su gran salón estaba abarrotado por los trabajadores de la ciudad de danYdron. La jovialidad rebosaba, y los rostros sonrientes y el bullicio de los parroquianos parecían desmentir las adversidades del día. Casi todas las manos sostenían un vaso con vino o cerveza y los camareros se esforzaban por atenderlos a todos.

En cierto sentido, esa noche no era como cualquier otra. Algo distinto se percibía en el ambiente. La gran cantidad de soldados en las calles ofrecía credibilidad a los rumores que habían comenzado a circular: la dinastía de los Tonopath había caído. Se comentaba que algo indeterminado, aunque rápido y decisivo, había ocurrido dentro del palacio de barakYdron en las primeras horas de la mañana. Pero algo había salido mal y algunos habían escapado. Si esto era cierto, los soldados no lo decían. De haber supervivientes, seguro que la atribución de cualquier aspirante al trono se pondría en entredicho. La dinastía había reinado cerca de doscientos cincuenta años, desde el Gran Conflicto y la Unificación, cuando todas las tierras circundantes habían sido unificadas bajo un mismo dominio. La validez de la línea dinástica de los Tonopath había prevalecido sobre las demás pretensiones. La noticia era casi tan difícil de aceptar como los rumores de que lord Emeil y ciertos asesores estaban involucrados.

Las historias iban y venían como el viento céfiro sobre una pradera. Los recién llegados a la cantina traían nuevas noticias y el interés se avivaba por un rato. No obstante, esta gente vivía en un mundo donde la estabilidad y previsibilidad eran la orden del día y el cambio pertenecía al mundo de los sueños. La realidad era que mañana sería lo mismo que ayer, y hoy no haría más que conectar un día con el otro. De modo que, aunque estos relatos suscitaban un interés momentáneo, la curiosidad duraba poco.

Por encima del bullicio sonaba la música. En el rincón más alejado de la puerta se había construido una tarima pequeña. Las esferas luminiscentes que colgaban por encima y alrededor creaban un ambiente festivo. Al pie de la tarima, cinco músicos estaban encorvados sobre sus instrumentos mientras que sobre ella, Jenethra, la bailarina y esposa de Benjin, el dueño, cantinero y portero de seguridad, se movía al ritmo frenético de los músicos. El pulso le latía en las sienes y su respiración era profunda y rítmica. Había bailado de esta forma desde que la memoria le permitía recordar, y podía continuar bailando así hasta que el último cliente se retirase. El apretujamiento entre los cuerpos mantenía el calor en el salón, por lo que riachuelos de sudor, reluciendo azules con el resplandor de las esferas luminiscentes, le recorrían la cara y las piernas.

Para alguien muy sagaz, habría sido evidente que no estaba tan entregada al baile como parecía porque, de vez en cuando, sus ojos se desviaban del auditorio hacia la puerta. Sin embargo, a quienes habían elegido dejar a un lado sus conversaciones para verla bailar, la bebida les dificultaba notar su distracción.

Era ya tarde cuando Jenethra reconoció a quienes estaba esperando que llegasen y se pasó al lado de la tarima que quedaba más cerca de la banda de música. Cuando pasó los dedos entre los mechones húmedos de su melena, como para sacudirla y soltársela, aprovechó para quitarse un pendiente y lo dejó caer al lado de la tarima, cerca de donde estaba uno de los músicos. La caída de la prenda no le pasó desapercibida al músico, y este alzó la vista para encontrarse con la de ella. La bailarina movió los ojos, de él a la puerta, y el músico le siguió la mirada hacia el trío que acababa de entrar. Eran los únicos en la entrada y parecían estar buscando a alguien. El músico le hizo un gesto de asentimiento a Jenethra y, mientras ella continuaba bailando, dejó su flauta a un lado y se abrió paso hacia una mesa grande ubicada en el rincón más alejado.

··· ··· ··· ··· ···

—¿Lo ves, Ganeth?

—No estoy seguro —le respondió. Se puso de puntillas, tratando de ver a través del gentío.

—¿Estás seguro de que sabes cómo es él?

—No, Marm, no estoy seguro —replicó impaciente—. Ni siquiera estoy seguro de por qué te traje aquí. Esta no es la clase de lugar que escogería para traer a una dama, y mucho menos a una niña.

Algo más temprano, Ganeth había regresado al callejón para
sacarlas del escondite. Se había sorprendido a sí mismo tanto como
había sorprendido a Marm, no solo por haber sido lo suficientemente
valiente como para regresar, sino también porque había esperado hasta
que la puerta trasera de la tienda de Barnath se abriese para él
marcharse. Afortunadamente, la juventud le dio velocidad, y los
soldados, entorpecidos por su propia armadura, no lograron alcanzarle.
Había regresado después de anochecer, esperando que Marm y la niña
estuviesen aún donde las había dejado. Allí estaban, y los soldados se
habían ido del lugar. Por mala fortuna, cuando irrumpieron en la tienda
de Barnath, el sastre no estaba allí y el lugar estaba en ruinas. Temiendo
lo peor, no tuvieron otra opción que continuar la búsqueda.

Ahora que habían llegado al sitio en el que, según Ganeth, Marm
encontraría a Pithien Dur, ella miró a Ría y pensó: «Tampoco es el
lugar que yo habría elegido». Sin embargo, comentó en voz alta—:
Gracias, Ganeth, pero no puedo imaginármelo viniendo a encontrarse
con nosotros, incluso aunque supiéramos cómo decirle que lo estamos
buscando.

—Oh, lo sabe, Marm. Lo sabe.

—¿Qué te hace estar tan seguro de eso?

Antes de que Ganeth pudiera responder, un grandullón los empujó
abriéndose paso y Marm se las arregló para quitar a Ría del medio antes
de que pudiera pisarla. Mientras Ganeth respondía a su pregunta, ella
tomó a la niña en brazos.

—Mis amigos se lo habrán dicho. No es preciso que yo lo conozca,
sino a las personas indicadas. Que él se reúna con nosotros o no, es
otro asunto completamente distinto.

—Sería una lástima que no lo hiciera. Tengo algo que le será muy
útil.

—Pero ¿qué puede tener para ti un hombre así?

Ella le iba a responder cuando un individuo barbudo y de aspecto
rudo se detuvo ante ellos. Los miró a cada uno de arriba abajo,
conteniendo la risa, y se dirigió a Ganeth.

—Vengan conmigo —les indicó y, acto seguido, se dio la vuelta y
cruzó el salón.

Ganeth, visiblemente sobresaltado por el hombre, no hizo ademán
de moverse. Marm le agarró el brazo y tiró de él—. Vamos. Creo que
debemos seguirlo.

—Ni siquiera sabes quién es.

—Bueno, él sí parece saber quiénes somos nosotros. ¿De verdad estabas esperando que se presentara formalmente? Él es nuestro hombre.

—¿Y si no lo fuera?

—Entonces lo averiguaremos pronto. Ven.

La súplica de Marm llegó un poco tarde. El hombre regresó y parecía irritado—. ¿Algún problema? —le preguntó a Ganeth.

—Dinos quién eres —ordenó Ganeth, intentando erguirse para parecer un poco más alto. Su intento de parecer bravucón, sin embargo, no resultó convincente cuando no pudo sostener la mirada fija del hombre.

—Vine a recogerlos —replicó el hombre.

—Eso no nos dice quién…

—Iremos contigo —intervino Marm, dando un paso al frente.

—Bien.

Satisfecho, se dio la vuelta de nuevo y se abrió paso entre el gentío. Ganeth iba a protestar, pero Marm, con la niña en los brazos, se fue avanzando tras el extraño, lo cual no le dejó otra opción a Ganeth que seguirlos. Ella cruzó el salón y colocó a Ría a la altura de su cadera. La niña ya era demasiado grande para cargarla con comodidad, pero este no era lugar para dejar que alguien de tan corta edad caminase libremente. Marm había previsto dejarla con Barnath, pero los soldados le habían echado abajo esa idea. Este era un momento lleno de peligro, y había vidas en juego. Para conseguir su objetivo, Marm precisaba proteger el bienestar tanto de ella como, ante todo, de la niña. Últimamente, sin embargo, su misión había sobrepasado la mera supervivencia. A no ser que encontraran a Pithien Dur y lo persuadiesen para que los ayudara, de seguro se perdería muchísimo más que unas cuantas vidas.

En cuanto al proscrito, ¿quién sería ese hombre?, se preguntó. Si se fiaba de los rumores, era un granuja, un ladrón, y el líder de una banda de criminales. Durante años había aterrorizado a danYdron y a su clase alta con total impunidad y se había convertido en un héroe para los pobres. Ella reflexionó sobre los mitos creados en su propio planeta. Los pueblos, independientemente de la región o de la cultura, siempre parecían tener a un héroe como ese, que protegía a los indefensos. No le sorprendería descubrir que esto mismo pasaba en cualquier parte del mundo. En los anales de la historia de cualquier tierra habría muchos de estos personajes mitológicos creados hasta cierto punto a partir de alguna figura histórica. Pero aquí, en Ydron, este personaje estaba muy vivo. La pregunta era: ¿podría estar a la altura de los cuentos? Si podía, probablemente sería solo en cierto grado, y Marm dudaba que fuese un héroe. Sin embargo, los relatos ofrecían algunos detalles que la llevaban a sospechar algo especial. De modo que, aunque sabía que era peligroso, el peligro que representaba no era nada comparado con el otro al que se enfrentaba este mundo. No tenía otra opción que reunirse con él.

Marm llegó adonde el hombre barbudo la condujo: a una mesa redonda y grande de un rincón. Dos hombres, uno de ellos pelirrojo, y una mujer joven estaban sentados a su alrededor. La superficie de la mesa estaba atestada de vasos y platos sucios, y brillaba ligeramente en un tono azulado, como si alguien hubiese roto una esfera luminiscente. Una vez expuestos al aire, los microorganismos que proporcionaban la iluminación de la esfera se deteriorarían y sus propiedades de emisión de luz desaparecerían en cuestión de cuatro a cinco días. A ninguno de los tres parecía preocuparles el mueble luminoso.

—Aquí está esta —indicó el grandullón.

—Ella —corrigió automáticamente Marm.

Él se tornó con una mirada desagradecida y ella se disculpó—: Lo siento. —«Van dos meteduras de pata», pensó ella dándose cuenta de que la segunda, la disculpa, se podía tomar como un signo de debilidad. «No es un comienzo prometedor».

El pelirrojo la escudriñó pensativo y observó su traje y su comportamiento. Lentamente empezó a sonreír y Marm se relajó—. ¿Así que este es el motivo que nos está haciendo perder el tiempo? —Su sonrisa cambió a una mueca de desdén—. ¿Una canguro de niños pequeños? ¿Qué borracho bebedor de *kezna* te sobornó para traer a esta pila de mierda, una lameculos de la corona, a nuestra mesa, Bedya?

Bedya miró perplejo.

—¡Llévatela! —ordenó el pelirrojo—. Bastante tenemos que hacer sin escuchar sus empalagosos lloriqueos.

—¿Como, por ejemplo, llenarse la enorme panza de cerveza y romper esferas luminiscentes? —contrarrestó Marm.

—¿Cómo te atreves? ¿Tienes alguna idea de quién soy yo?

—Yo sé quién no eres. No eres Pithien Dur, a quien he venido a ver.

—¿Y qué te hace estar tan segura de eso, pedazo de mierda?

—El mismo hecho de que me estás echando de aquí. Podría ser yo quien esté perdiendo mi tiempo tragándome tus insultos y contándote mi historia. Pithien Dur, por el contrario, habría sabido de inmediato que nunca se había topado con alguien como yo. Es una lástima que haya decidido no reunirse conmigo, sino enviar a alguien tan asqueroso como tú. He aguantado toda la repugnancia que podía aguantar, por lo cual te dejaré con gusto. —Sacudió la cabeza—. Esto es una gran pérdida para todos.

Marm se dio la vuelta para encontrarse a Ganeth estorbándole el paso, paralizado de pies a cabeza y cortándole la salida. La niña en sus brazos también la incomodaba, por lo que no podía marcharse de inmediato.

—Detente —dijo una voz desde atrás.

Marm no se giró ni respondió, sino que le pasó a Ganeth la niña, quien se aferraba, inseparable, a su muñeca de trapo.

—Tómala —le pidió. Cuando Ganeth le extendió las manos, Marm se inclinó adelante y le susurró—: Llévatela, pero no dejes de estar pendiente de mí. A la primera señal de problemas, huye. De ser necesario, me encontraré contigo por la mañana, en la parte alta del mercado cerca de las pescaderías.

Ganeth tomó a la niña adormilada, asintiendo con una comprensión vaga.

—Una cosa más. —Ella le agarró la manga y él se dio la vuelta—. Averigua algo sobre Barnath. Entérate si regresa. No puedo dejar de pensar en él. Tengo miedo de lo que le pueda haber pasado.

Ganeth intentó sonreír, mascullando lo que Marm interpretó como «así lo haré», y se perdió entre el gentío.

—¿Piensas que puedes marcharte así de fácil?

Respirando profundamente, Marm se dio vuelta y los encaró. No fue el del cabello rojizo quien se dirigió a ella.

—Parece que no has estado prestando atención —le indicó Marm a la mujer joven—. El grosero de tu compañero insiste justamente en que haga eso.

—Pero él no es Pithien Dur —replicó la joven.

—Definitivamente, no has estado prestando atención. Es lo que acabo de decir.

La joven sonrió ante el punto muerto—. ¿Pero no es Pithien Dur el motivo por el que has venido?

Marm se puso los puños en las caderas, se lamió los labios antes de responder e intentó armarse de paciencia—. ¿Tendrás algo nuevo que decir?

—Creo que tú eres la razón por la cual Pithien Dur vino aquí esta noche —replicó la joven.

—Sin embargo, como acabas de indicar, este —Marm señaló al

pelirrojo— no es…

—No, no es él —respondió la mujer, y entonces hizo una pausa para causar cierto efecto—. Soy yo.

La paciencia de Marm se estaba agotando—. Y lo próximo será que tu otro amigo insistirá en lo mismo, y de buenas a primeras todos seréis Pithien Dur. Me estoy cansando de esto. Buenas noches a todos.

Respondiendo a un gesto de la joven, Bedya le bloqueó el paso.

—Tenías razón cuando dijiste que no te dejaríamos ir tan fácilmente —continuó la joven con aspecto relajado—. Ciertamente, eres única. Nunca había sentido a nadie como a ti. Y aunque no puedo decir exactamente qué eres, sé que no eres uno de nosotros.

—Por supuesto que no soy uno de vosotros. Como tu compañero ya dejó claro, soy una lameculos de la corona, pila de…

—Roman, por cierto, tiene un don para describir, pero no, no es lo que quise decir. Por lo que puedo ver, no eres como nadie del palacio ni de la ciudad, es más, ni de toda la tierra. De hecho, no puedo decir lo que eres, querida, pero tienes mi atención.

Marm se quedó callada. Hasta el momento, nada de lo que esta joven mujer acababa de decir podría derivarse de la conversación anterior. Esta última observación, sin embargo, dio con la mayor verdad que Marm había mencionado tan solo unos momentos antes. La miró a los ojos, indagando lo que podría encontrar tras ellos. La proscrita le devolvió la mirada sin el menor signo de malicia. Aparentemente, solo le interesaba escuchar lo que ella tuviese que decir. Marm estaba recelosa y relajada al mismo tiempo. ¿Podría esta joven mujer de constitución delicada, casi hermosa, ser realmente el legendario azote de Ydron? Decidió que tenía que retarla a que reconociese que era un farol, si es que lo era, y se le acercó más. Plantando ambas manos sobre la mesa, Marm se inclinó hacia delante y concentró la mirada en la mujer.

—Acércate —le pidió en una voz apenas audible sobre el bullicio cada vez mayor. Cuando la proscrita se adelantó hacia ella, Marm le dijo—: Te diré por qué he venido.

Una botella se estrelló contra la pared ubicada detrás de la mesa. Marm se giró y se agachó para esquivar los fragmentos de vidrio que volaban. Con mucho cuidado se sacudió el pelo y la capa.

El revuelo del salón llamó su atención. Una pelea se había desatado cerca de la barra. No podía identificar quiénes estaban involucrados, pero este estallido no le sorprendió mucho. Era indudable que la vena de intranquilidad que corría por la ciudad generaría más de unos cuantos altercados.

Marm intentó ubicar a Ganeth, y después de unos momentos, lo divisó. Se había apartado de la pelea a un lugar cercano a la entrada y sostenía a Ría en su pecho. Aparentemente, sintió los ojos de ella encima de él porque se volteó para encontrar su mirada. Él entendió lo que su mirada le comunicaba, sonrió y le hizo un gesto a ella para indicarle que la niña estaba bien. Marm asintió en señal de haber entendido.

Había un frenesí de color a sus espaldas. Los guardias que vestían del azul y anaranjado de lord Emeil habían entrado. Probablemente habían oído el disturbio desde la calle y habían decidido investigar. A pesar de que no conocían a Ganeth, las probabilidades de que alguno de ellos reconociese a la princesa eran grandes. Marm sintió que la sangre se le agolpaba en el rostro. Aunque el salón no era extraordinariamente grande, le llevaría mucho cruzarlo. Además, si lo hacía y un guardia la identificaba, todo habría terminado. Marm miró nuevamente al desconocido que la había traído aquí, y una vez más se encontró con su mirada dispuesta. Ganeth asintió indicando que había entendido. Tapó a la niña con su capa, y, mientras los guardias aplacaban la refriega, se escurrió detrás de ellos hacia el exterior y se adentró en la oscuridad de la noche.

Su alivio en cuanto a la seguridad de Lith-An dio paso rápido a una sensación de pérdida, pero no tenía tiempo de ponderar sus emociones. A su espalda, una mano le agarró el codo y una voz le dijo—: Debemos salir de aquí. Ven.

Marm miró hacia atrás y vio a la joven. No le dieron tiempo para pensar. La dirigieron por delante de la mesa y la introdujeron por una puerta que ella juraría que no estaba allí antes. Unas manos fuertes la guiaron a través de un pasaje oscuro y se dejó llevar sin ver. Entonces, tan de repente como la había tragado la oscuridad, se encontró en el exterior bajo la luz de las estrellas, y Bedya la soltó.

Dur, Roman y el otro de la mesa se acercaron a algo cubierto con una lona, que tiraron hacia un lado para descubrir un automóvil grande. Bedya condujo a Marm hacia adelante, mientras un quinto proscrito abría una puerta, tiraba su chaqueta adentro y se ponía el traje y el sombrero de un chófer. Fue entonces cuando Marm reconoció el escudo de armas pintado en la puerta como el de lord Bogen, el gobernante de Limast.

—Entra —le indicó Dur.

Desconcertada, Marm se tornó hacia ella y le preguntó—: ¿Trabajas para Bogen?

—Vaya cerebro de *mármata* —se burló Roman—, ¿crees que el lord pinta su flota de vehículos? Los mozos de cuadra tienen otras lealtades. Son perfectamente capaces de pintar un emblema en cualquier cosa que les plazca.

—La semana pasada este era el automóvil de Miasoth —se rio el quinto proscrito mientras se apresuraba a encender la caldera.

—Entra —repitió Dur.

En cuanto tomó asiento Marm, subieron los demás. Bedya y Roman corrieron las cortinas. Si el número cinco —pensó ella refiriéndose al quinto— conocía su trabajo, conseguiría una buena presión de vapor y estarían de camino en cuestión de minutos.

# 12

—En última instancia —explicaba Marm— el punto es este. Si puedo escapar del palacio sin ser vista, cuando todas las entradas conocidas han sido ocupadas, puedo conseguir que entres en el momento que yo quiera. A cambio, todo lo que pido es asilo.

—¿Y por qué querría entrar, querida? —preguntó Dur— Tengo todo lo que necesito fuera de sus murallas sin arriesgarme.

—No seas modesta. Si fueras una simple ladrona, te contentarías con vivir del producto de tu pillaje. Sin embargo, no lo eres. Cuando asaltaste las minas de lord Miasoth cerca de danBashad, liberaste a más de cuarenta esclavos y dejaste a sus vigilantes atados a las puertas de entrada, en posturas humillantes. —Marm sonrió—. Luego de detener el coche de barakDar y raptar a la princesa Vintyara, la devolviste inmediatamente tras obligar a su padre, lord Yued, a negociar mejores condiciones para los trabajadores de sus campos. Posteriormente, la raptaste de nuevo cuando retiró su palabra y la mantuviste secuestrada hasta que se cumplieron todos los términos del acuerdo. No eres una ladrona. Con cada uno de tus actos haces declaraciones políticas.

—¡Vaya, vaya! ¿De verdad crees que soy la autora de todo eso?

—¿Quién sino?

—Hay ladronzuelos que te quitarían la cartera mientras pestañeas.

—Me quitarían la cartera, sí. No lo dudo por un segundo. Sin embargo, ¿cuántos asegurarían el desvío de embarques enteros de grano o verdura para la parte baja de la ciudad con el fin de que la gente no pase hambre? Estos no son actos de rateros de tres al cuarto.

—Pero ¿por qué atribuírmelos?

—Los haces sonar como si fuesen actos vergonzosos. La gente conoce bien a su benefactora y proclaman su nombre al mundo.

—¿Su benefactora? Piensan que Pithien Dur es un hombre.

—Le llaman Dur. Eres tú quien reclama el nombre.

La proscrita, arrinconada, intentó esgrimir otro argumento—.

Supones que algún día yo querría entrar en barakYdron. ¿Por qué no debería hacerlo por mi cuenta, sin tu amable ayuda?

—Nadie jamás ha penetrado esas murallas sin ayuda.

—¿Nunca?

—No.

—¿Ni siquiera ayer cuando derrocaron a Manhathus?

—No fue derrocado. Fue asesinado.

—¿Estás segura?

—De ambas cosas —aseguró Marm—: de que lo asesinaron y de que el derrocamiento fue perpetrado desde dentro.

Dur calló y chasqueó la lengua. De pronto, descorrió la cortina del coche como si un poco de luz pudiera ayudar. Marm era nuevamente consciente de la presencia de los demás que viajaban con ella: Bedya, Roman y Loral.

—Entonces, realmente fue ella quien los dejó entrar. Eso es lo que pensé.

—La mayoría están convencidos de que los ministros de Manhathus fueron los responsables. Por tus palabras, da la impresión de que tuvieses información al contrario —indicó Marm.

—Por supuesto, ellos son los responsables. Ellos y algunos de la nobleza comandaron las tropas necesarias para derrocarlo. Sin la combinación de ambas partes, incluso un torpe como Manhathus todavía estaría reinando. Pero, evidentemente, se requirió la complicidad de Duile.

—Para alguien que nunca ha estado dentro de ese santuario, pareces estar bien informada.

—Solo se requiere un poco de claridad mental. El rompecabezas no es tan complicado.

—No pudiste haberlo deducido de puros rumores. Nadie conocía la mente de la reina. Para todos, era una esposa amorosa y una fuerte aliada. Se podría pensar que te lo estás imaginando todo.

—¿Yo? Tú atendías a sus hijos. Tú respondías de ellos directamente. La conoces como nadie en esta tierra. Dímelo tú. Sin la participación y consentimiento de Duile, ¿realmente crees que tantos guardias de los lores habrían podido entrar a la vez? Ciertamente, el rey habría admitido a algunos como guardaespaldas, pero los guardaespaldas solos no habrían constituido una fuerza suficiente para perpetrar un ataque como ese.

—Te gustaría que te confirmara eso —le respondió Marm.

—Mis preguntas son puramente retóricas. No necesito que lo

confirmes ni lo niegues. Además, das a entender que la reina está muerta cuando hablas de ella en pasado. Debes saber que todavía vive.

—¿Cómo puedes decir eso? Tú no estabas allí. Ella tal vez les haya ayudado a conseguir que entraran, pero no hay duda de que ellos la asesinaron una vez ya estaban dentro.

—En realidad, querida, no tienes toda la información sobre lo ocurrido —señaló Dur.

—¿Qué información tienes tú?

—Quitando lo que me has contado que, en parte, me confirma lo que yo solo sospechaba, tengo cierta seguridad de que la reina vive todavía y sé que consiguieron entrar fuerzas hostiles en la fortaleza y, antes de que anocheciera, tomaron control de barakYdron con tanta seguridad como que te tengo bajo mi control ahora.

—¿Me tienes «bajo tu control»? —Marm estaba indignada—. He venido con un obsequio, acaso el más grande jamás puesto a tus pies, ¿y respondes esta cortesía con una amenaza?

Dur esquivó la pregunta—. Nuevamente te pregunto, ¿por qué piensas que desearía penetrar esas murallas? Tengo todo lo que necesito sin hacerlo.

—El nombre que has adoptado traiciona tus ambiciones. Has tomado una señal de nobleza. En toda esta tierra, nadie excepto la nobleza tiene apellido. Casi me siento obligada a llamarte por tu título hasta que recuerdo que no tienes ninguno.

—Tienes razón, pero no estoy buscando una señal de nobleza. —Cuando todo lo que recibió fue una mirada escéptica, Dur continuó—: A nadie se le debe robar su historia, niñera. El apellido es la herramienta utilizada por los nobles para trazar su linaje. Al carecer de apellido, la gente común no tiene esta capacidad. Sin la continuidad que provee la historia familiar, solo se puede tener un sentido limitado de uno mismo. Mientras la nobleza posee una conciencia muchísimo mayor de quiénes son y de dónde vienen, la plebe está atrapada en el presente y en un pasado limitado, al conocer únicamente a sus padres y abuelos.

»Además, la atribución de poder surge de un propósito. El propósito nunca puede comenzar a emanar sin un sentido de origen. Debes conocer primero quién eres antes de poder desarrollar un sentido de identidad, antes de poder decidir hacia dónde vas. Un apellido proporciona una historia personal.

—Tu nombre no te ofrece una historia. Tú lo creaste. Nunca te lo dieron.

—Tienes razón. Para mí, es solo un nombre. Significará más para mis hijos y a su vez para los suyos. Este es un gran regalo que tengo para darles.

—¿Hijos? ¿Cuánto tiempo crees que puedes continuar huyendo? ¿Por cuánto tiempo debes esconderte? ¿Es esto también lo que vas a legar a tus herederos? Hasta que puedas cambiar tus circunstancias y trazarte un destino, ¿qué clase de vida crees que puedes darles a tus hijos? Esta es la razón por la cual necesitas lo que ofrezco.

»Tú no eres una mera ladrona y no te preocupas solamente por ti. De otra forma no habrías encontrado lugar en tantos corazones. Eres una líder de tu pueblo; no solo de quienes te acompañan a diario, sino de todo Ydron. No estarás satisfecha hasta que la opresión hacia ti y tu pueblo se erradique. Las nuevas fuerzas que ocupan el palacio no serán más favorables a tu causa. Ningún apellido levantará jamás la tiranía de tus hombros.

»En esto, no estoy equivocada. Nada te complacerá más que entrar a barakYdron y tomar para el pueblo lo que legítimamente le corresponde. El palacio nunca cederá poder a sus súbditos y, en estos momentos, tomarlo está más allá de tu alcance. Soy la única persona que te puede ofrecer esto. Todo lo que pido a cambio es asilo para la niña y para mí.

Marm había jugado sus cartas. Pese al significado de lo que había ofrecido, aún dudaba de que estuviese realmente apelando a Dur. Si no aceptaba su oferta, no tenía nada más de valor. Su destino y el de la niña pendían solo de este hilo. Ai'Lorc, su único contacto con su propio pueblo, se había marchado. Además, aunque nunca se habría encontrado en una posición tan delicada si no hubiese pretendido parecer tan fuerte, Marm estaba aislada en este momento.

Ella, igual que su compatriota, había elegido quedarse y ayudar. Sin embargo, al contrario que Ai'Lorc, que estaba entre amigos, Marm estaba completamente sola. ¿Quién conocería la suerte que había corrido Barnath? Ganeth, a quien apenas conocía, había escapado con Lith-An, ahora Ría, a un lugar desconocido.

«Estás loca —se dijo a sí misma—. ¿Por qué el drama de este pequeño mundo atrasado y marginado significa tanto? Estás arriesgando todo, tu vida misma, y ¿por qué?».

En su corazón, lo sabía. No se podía vivir durante años entre gente como esta sin llegar a entenderlos y amarlos. Lith-An era como su propia hija. Nunca podría abandonarla. Incluso ahora, separadas como estaban, experimentaba cada vez una ansiedad mayor.

La toma de barakYdron había ocurrido inesperadamente. En un instante, todos los planes minuciosamente preparados por ella y Ai'Lorc habían dejado de tener sentido. No obstante, aunque el suceso la había tomado por sorpresa, le quedaban unos cuantos recursos a su disposición. Todos los años invertidos corriendo tras los niños le habían enseñado más sobre los pasajes menos conocidos de la fortaleza que incluso la misma seguridad del palacio. Cuando los soldados mataron con sus manos asesinas por todos lados y tuvo la posibilidad de escapar, reaccionó como lo habría hecho una madre por su hija. En aquel momento estaba segura de que Duile había sido asesinada. Por tanto, cuando encontró a la niña aún viva, se la llevó.

Casi tan pronto como dejó atrás las murallas del palacio, comenzó a diseñar una estrategia de supervivencia. Al recorrer las calles de la ciudad y advertir que su comunicador había desaparecido, se dio cuenta de que con la ausencia de Ai'Lorc para irse en busca de Regilius, no quedaba nadie que pudiera ayudarla. Fue entonces que trazó el plan para encontrar a Pithien Dur.

Siempre había estado fascinada por esta leyenda viviente. Y, aunque sabía que esta gente raramente estaba a la altura del mito construido a su alrededor, la intuición le dijo que la esperanza recaía en esta renegada. Necesitaba a alguien que pudiese esconderlas y mantenerlas vivas y a salvo, y no consideraba que esta proscrita fuese una asesina.

Más allá de la necesidad de protección, su mayor preocupación residía en qué hacer cuando Ai'Lorc regresara con el príncipe, en caso de que regresasen. Sus planes originales proponían un reino unido contra los dalcin. Ahora, con el poder en manos inciertas, todo había cambiado. Con el fin de derrotar a estas criaturas, en la medida que fuese posible, era esencial unir a la gente. Más que cualquiera a quien conociese, Dur era la única persona que podría inclinar la balanza de poder, así como los sentimientos de las masas, en la dirección correcta, en caso de que estuviese dispuesta a hacerlo. Esta noche, Marm había tratado de ofrecer alguna razón para tal inclinación. Sin embargo, no había garantía de que los hechos resultasen como ella esperaba. Reg podría regresar algún día, pero nadie sabía quién ocuparía el palacio o en qué términos. Ella esperaba saber lo que estaba haciendo y sospechó que nadie más en su situación podría decirlo con mayor certidumbre.

Sin ninguna razón aparente, Pithien Dur se sentó recta en su asiento. Su cuerpo se tensó y ladeó la cabeza como si estuviese escuchando algo. Se quedó mirando fijamente en la distancia como a través de los límites del vehículo. Sus fosas nasales se dilataban y el pecho crecía con cada inspiración. Bedya, Loral y Roman, quienes parecían haber estado dormitando, se pusieron a la vez alertas y pendientes de ella.

Tras casi un minuto, el rostro de Dur se animó y la imagen de atención embelesada se convirtió en una de terror; luego, de pánico, y, después, de ira. Entonces, de buenas a primeras, estaba con ellos de nuevo.

Abrió por completo la ventana y le gritó al conductor:

—¡Justan! ¡Hacia pelMusha! ¡Tan rápido como puedas!

Roman abrió la boca cuando el automóvil dio un tirón hacia adelante—. ¿La casa de tu madre?

Dur se dio vuelta y, con una voz que mostraba lo desesperadamente que estaba luchando por contener sus emociones, replicó—. Están matándolos a todos.

# 13

A Dur, las sienes le latían a punto de estallar. El corazón, que estaba como un loco dentro del pecho dando puñetazos para que lo dejasen salir, amenazaba con enfermarla. La visión que la tenía poseída la cubría de escenas y sonidos que su mente por sí misma jamás habría imaginado. Le habría confortado descubrir que se estaba volviendo loca, pero con los años había aprendido que estas visiones tenían visos de realidad. Atada por la pesadilla y engrilletada por el terror, Pithien Dur solo podía aferrarse al asiento mientras el automóvil traqueteaba y siseaba en su travesía por la noche. Sola en su infierno, la tortura la envolvía. Sudaba por todos los poros. Quería llorar, pero los ojos le ardían secos en sus cuencas y ningún sonido surgía de su garganta.

El vehículo viró en una esquina a toda velocidad y estuvo a punto de volcar. Milagrosamente, conservó su tracción en las ruedas y siguió adelante con los pasajeros agarrándose de lo que encontraban para mantenerse en sus asientos. Para Dur, sin embargo, el viaje era como gatear a tientas por la oscuridad.

El sonido de las ruedas cambió y el resoplido del motor se fue atenuando a medida que el automóvil abandonaba los adoquines de las mejores carreteras. Ahora daba tumbos mientras las ruedas rebotaban sobre la tierra desnuda y agrietada con surcos y baches. A pesar de haber reducido la velocidad, Justan aceleraba lo más que se atrevía y, con tanta sacudida, el vehículo parecía estar a punto de romperse en pedazos.

Mientras se acercaban a su destino, el bombardeo de imágenes zarandeó a Dur con tanta violencia como lo había hecho el coche durante el trayecto. Su mundo había estado siempre anegado de escenas que rara vez contenían palabras, en más ocasiones tenían emociones, pero siempre había imágenes. Como los sonidos de la calle, sin embargo, estas imágenes solían desvanecerse en el fondo de su consciencia, y ella podía vivir, moverse y pensar, en gran medida ajena a su presencia. Siempre que se enfocaba en uno solo de esos extraños pensamientos, descubría que podía aislarlo e identificarlo tan fácilmente como el gemido de un perrito. Otras veces, algo particularmente ruidoso, algo concentrado, podía atraparla fuera de guardia y capturar su atención. Únicamente cuando alguien dirigía sus pensamientos hacia ella, se le hacía imposible borrar las imágenes. Los gritos mentales de angustia que ahora la abrumaban le reclamaban que fuese a ayudarlos y a salvarlos. Su gente, que pensaba en Pithien Dur como un ser casi divino, le imploraba. Dur veía a través de sus ojos las atrocidades que sufrían. No tenía que soportar el dolor en sí, pues eso la habría matado, pero las humillaciones y horrores que padecían eran, sin embargo, también los de ella. Comenzó a derrumbarse y se preguntó por cuánto tiempo continuaría sufriendo esta experiencia aterradora. Entonces, de un modo drástico, sus visiones cambiaron. Miró alrededor y les comunicó a sus compañeros—.Llegamos demasiado tarde. Los soldados se están retirando.

—Pero ya casi hemos llegado —protestó Bedya.

—Ellos sienten nuestra llegada y saben que nos superan en número.

—¡En número! —espetó Marm— ¿Cuánta será esa diferencia? ¿Cuántos somos nosotros? No cuento entre nosotros a más de seis. ¿Cuántos soldados hay?

—Veinte —respondió Dur, con la cabeza gacha.

—No entiendo —Marm se sentía confundida—. ¿Cómo podemos suponerles algún tipo de amenaza?

—Convoqué a otros —indicó Dur con naturalidad.

Marm miró a los otros tres y Roman replicó—. Ella los ha llamado —como si esa simple declaración bastara.

··· ··· ··· ··· ···

De súbito, Marm lo entendió y se enderezó en su asiento. Esto confirmaba sus sospechas. Dur era telépata. Era así de sencillo y era debido en parte a esta sospecha que Marm se había dirigido a ella. Esta era la razón del éxito de Dur. Era la razón que explicaba por qué repetidamente conseguía evitar que la capturasen. Era la razón por la cual había identificado a Marm tan rápidamente en la cantina. Pero aunque Marm se había ya planteado que Dur podía leer los pensamientos, ahora estaba claro que también podía comunicarse con ellos y, además, era clarividente. Marm y Ai'Lorc habían considerado la posibilidad. El sistema nervioso de esta raza era bastante preciso, pero hasta el momento, la posibilidad no había pasado de ser especulación, una teoría con alguna prueba anecdótica. No obstante, sospechar era una cosa y confirmarlo ante sus narices era otra. Marm cerró los ojos y dejó que penetrasen las ramificaciones de esta revelación.

El automóvil frenó, y Dur y sus compañeros se apearon. Por un instante, Marm se quedó atrás, ensimismada en sus pensamientos, asomándose desde el interior del vehículo.

Al principio creyó que estaba amaneciendo, por el color dorado que mostraba el cielo a través de la ventanilla. Entonces se percató de que habían pasado solo minutos desde que habían dejado la cantina. Como muy tarde, podía ser la medianoche pasada. De pronto, cayó en la cuenta: los edificios estaban en llamas. Se había acostumbrado tanto al suave azul de las esferas luminiscentes, siempre presentes en la parte alta de la ciudad, que el resplandor brillante y nítido del fuego, combinado con la ubicua luz de las antorchas y farolas de la parte baja de la ciudad, la tomó de sorpresa. Cuando salió del coche y pisó la carretera, el frío intenso de la noche la espabiló. El viento de poniente la asediaba bajo la ropa y enfriaba lo que alcanzaba. Marm se subió la capucha, se ciñó más la capa y trató de apaciguar el aleteo de las solapas.

Marm luchaba con sus emociones. Aunque sabía que estaba a punto de presenciar una escena terrible, sintió una inquietante sensación de triunfo. Había confirmado su sospecha sobre la líder rebelde. «Dur lo sabía —pensó—. Ya sabía lo que estaba ocurriendo». Tan pronto como pudiese, se enfrentaría a ella, pero antes de apartar el pensamiento, se regocijó: «¡Yo tenía razón!».

Se abrió paso por la superficie irregular de la carretera en dirección al incendio. La luz dorada irrumpía por las ventanas de las casas y las sombras parecían danzar. Dos coches avanzaban a saltos por la carretera y estuvieron a punto de atropellarla cuando frenaron. Las puertas se abrieron de golpe y varios hombres se desmontaron con sus espadas desenvainadas. Marm se sacudió la ensoñación. Si no tenía cuidado, los coches que llegaban la arrollarían. Luego aparecieron otros tres vehículos que se abalanzaron contra ella y salió corriendo de la calzada para estar a salvo. Los amigos de Dur estaban llegando.

Unos gritos llamaron su atención. Podía ver figuras sacando bultos de sus casas a la calle. Según se acercaba más, veía las llamas que salían del interior de las casas más cercanas, iluminando la escena mientras el viento se encargaba de trasladar las chispas y ascuas hacia los techos adyacentes. Pronto, toda esta parte de la ciudad sería un infierno. Ya estaba fuera de control y nadie era tan ingenuo como para ponerse a tratar de apagar el fuego con baldes de agua. Había otros asuntos más importantes. Esta gente no cargaba pertenencias de sus casas sino que estaban retirando cuerpos de amigos o familiares. Marm creyó identificar a Dur por delante y se apresuró para alcanzarla. Al llegar, encontró una figura cubierta con su capa, claramente desconsolada, agachada y acunando la cabeza de una de las víctimas.

—¡Dur! —exclamó Marm—. Lo siento tanto. ¿Era… era tu madre?

No respondió y, cuando iba a preguntar de nuevo, Marm sintió una mano en el hombro.

—No. Era la madre de Roman.

Al sentir que la tocaban, Marm se giró y se encontró cara a cara con la líder rebelde.

—Muchos todavía creen que él es Pithien Dur —indicó ella, haciendo señas en dirección al pelirrojo.

—No entiendo. ¿Cómo supieron los soldados la forma de llegar aquí?

—Los trajeron —replicó Dur, sin explicar más—. ¡Bedya! ¿Cómo va eso?

Bedya, sin aliento, llegó al lado de su líder. Aunque era mucho más alto que ella, su actitud era de deferencia.

—Loral, Mikah y sus hombres, que han estado buscando de arriba abajo, me pidieron que te informara que aún no han encontrado a nadie. ¿Debo ordenarles que sigan?

—No van a encontrar a nadie, pero es mejor asegurarse. ¿Puedes enviar a alguien en tu lugar?

Bedya asintió, señalando a una persona que estaba cerca—. Uno de los hombres de Mikah.

—Perfecto. Explícale que Mikah debe dar la orden de continuar a su cuadrilla hasta que confirmen que no hay peligro. Entonces quiero que reúna a las familias y las lleve a Limast. Ese lugar está lo suficientemente lejos para ser un refugio seguro, y la carretera hacia allá es lo bastante buena para que el viaje no sea demasiado duro para los enfermos y ancianos.

»En cuanto a Roman, déjalo con su dolor. Nos puede ayudar después. Quiero que se marche con nosotros por la mañana, pero dale tiempo para que pueda despedirse.

Giró para irse.

—Bedya —lo detuvo Dur.

—Sí, Pithien.

—No podemos llevarnos a los muertos ni podemos correr el riesgo que descubran el humo de las piras funerarias. —Señaló las casas incendiadas—. Diles a todos que esas casas serán las piras en esta hora de aflicción y muerte. Haz aquí tus oraciones y después ocúpate de los vivos.

El hombre corpulento se detuvo un momento para plantearse esa solicitud tan extraordinaria y entonces asintió—. Dalo por hecho.

Marm había estado esperando con algo de impaciencia en lo que Dur terminaba de impartir sus instrucciones, pero no pudo aguantar la curiosidad más—. ¿Quién los trajo?

—¿Qué? —se volteó Dur, pillada de imprevisto.

—Dijiste que trajeron a los soldados. ¿Quién los trajo? ¿Y quién les avisó que veníamos?

—No lo entenderías.

—¿Tenéis a un traidor entre vosotros?

—No.

—¿Quién, entonces?

—No tendría sentido para ti —insistió Dur.

—Podría sorprenderte.

—Créeme, niñera. Ni tú ni nadie en el palacio entenderíais si os dijese que fue el trabajo de seres metamórficos. —Giró bruscamente y se fue.

Marm, igual de sorprendida, sintió que sus labios pronunciaron una única palabra no más alto que un susurro—. ¡Dalcin!

Demasiado lejos ya de Marm para haberla oído, la proscrita se detuvo en seco.

··· ··· ··· ··· ···

Dur se volvió y escudriñó a la extraña. He aquí una mente que no podía descifrar. Aunque no sentía que representase una amenaza, le producía una sensación extraña que no podía definir. Esta mente albergaba secretos. Pero más importante aún, esta mujer conocía algo que nadie más conocía—. ¡Sabes su nombre!

# 14

Un delicado bordado colgaba de las paredes. La fragancia de las flores de morrasa llenaba la habitación y se entremezclaba con el reconfortante aroma almizclado que despedía el té de mure destilado. Las estufas calentaban la cocina y las brasas de la chimenea crepitaban y crujían en la sala principal de la casa. Dur había llevado a Marm a pelBenjin, el hogar de Benjin y Jenethra, un lugar que no era la guarida de ladrones que Marm imaginaba. Y es que, de existir dicho sitio, tampoco habría sido este. En la cocina, la pareja preparaba la comida que llevarían sus amigos en la travesía. Sería sencilla, nutritiva y se conservaría durante el viaje. En el salón principal, la cabecilla de los proscritos estaba sentada sin moverse, con la cabeza gacha y los dedos hundidos en el pelo. Pasado un rato, levantó la vista y volvió a escudriñar a la mujer sentada enfrente.

—Niñera, me has dejado perpleja.

Marm había estado desvelada toda la noche y estaba a punto de sucumbir al sueño. La voz le sobresaltó, por lo que irguió la cabeza—. ¿Qué…? —intentó preguntar.

—Dije que me has dejado perpleja. Durante años he reflexionado sobre estos seres sospechando a medias la verdad. Y anoche, de pronto, confirmaste todas mis sospechas con una sola palabra, cuando tu mente creó un retrato de su forma.

Marm hizo un esfuerzo para levantarse de los cojines e incorporarse. Miró incrédula a Dur y le preguntó—: ¿Yo te he dejado perpleja? Tú viste la matanza en pelMusha a media ciudad de distancia. Tú y solo tú en este planeta eres consciente de la existencia de los dalcin. Lees mi mente, ¿y te atreves a decir que yo te he dejado perpleja? ¡Que Darmaht me proteja!

—Yo no puedo leer tu mente, niñera.

—¡Venga ya! ¿Me estás viendo cara de idiota? Lo tuyo no han sido meras suposiciones.

—Puedo averiguar ciertas cosas sobre ti, es cierto, pero hay partes de ti a las que no tengo acceso.

—¿No puedes examinarme mientras estamos sentadas aquí, rodilla con rodilla? De verdad, Dur, ¿esperas que te crea eso?

La proscrita reflexionó un momento, y luego explicó—: Veo muchas cosas con claridad. Puedo ver, como indicas, lo que pasa a media ciudad de distancia, y puedo ver mucho dentro de la mente de otros, pero tu mente me plantea un problema. Puedo descifrar solo… ¿Cómo te lo explico? Durante el festín de Samsted, los niños hacen flotar *terezas* en el ponche de *matri*. Solo una pequeña parte de la fruta se ve sobre la superficie de la bebida. La mayor parte está sumergida en el líquido oscuro. Tus pensamientos son como esas *terezas*. Se halla en gran medida oculto. No eres como nadie que haya conocido jamás.

Marm se adentró en los ojos de Dur, incapaz de distinguir ninguna señal de decepción. Si la líder rebelde decía la verdad, entonces era posible… Se refrenó y descartó todo pensamiento que albergara esperanza, por temor a que aflorara la imagen de Ría/Lith-An.

—Lo que me desconcierta —continuó Dur— es lo que has estado diciendo sobre los mundos que existen más allá del nuestro. Siempre he sabido en mi corazón que los seres metamórficos… —se corrigió— los dalcin no pertenecen a este mundo, y he sentido que son… —Dur hizo una pausa, como si luchase por encontrar la palabra, y entonces sacudió la cabeza— de alguna manera, el mal en sí mismo… Nunca he podido decir por qué.

—¿No lo descubres cuando lees sus mentes?

—No leo las mentes. Por lo menos no en la forma que piensas. No experimento tus pensamientos como lo haces tú. Si viese el mundo desde tu perspectiva, no creo que pudiese mantener la mía separada, y hablo de únicamente dos mentes a la vez. En un grupo o una multitud, me perdería de mí misma por completo y seguro que me volvería loca. Es por eso, quizás, que, para protegerme, solo veo imágenes. Aún así, aparecen como viñetas. Otras veces experimento emociones. De vez en cuando, alguna palabra, pero me las deben dirigir a mí deliberadamente, y eso no ocurre con frecuencia. También, siento la sinceridad mejor que la mayoría.

Marm recordó lo que había visto de esta mujer apenas unas horas atrás en el automóvil. Se preguntó si la indiferencia que alegaba hacia los pensamientos de otras personas era suficiente protección. Dur no parecía haber sentido simples emociones, sino que claramente se sentía abrumada, acaso porque estos pensamientos venían de muchas personas. Aunque Marm no podía decir lo que esta mujer había experimentado, era claro que no había sido solo una mera espectadora. Pero decidió no señalar la aparente contradicción y, en su lugar, replicó —: Entonces, sabes que no estoy mintiendo y que vengo a ti con intenciones honorables.

—Dije que siento la sinceridad mejor que la mayoría, pero no perfectamente. Mucho de lo que dices es cierto. También sé que hay algunas cosas que te guardas a propósito, y eso es lo que me molesta.

—Entonces, todavía sospechas de mi oferta.

—Tú traes dones seductores, pero muchas vidas dependen de si decido aceptarte. Ya sabes de mí mucho más de lo que yo hubiera querido. Por tanto, mi único problema real es qué hacer contigo si decido rechazar tu oferta. —Dur mostró una sonrisa extraña.

Marm dudó de qué quería decir Dur con eso, pero cambió de tema —: ¿No representan los dalcin una amenaza para ti? No veo cómo podrían permitirte sobrevivir, sabiendo lo que puedes hacer.

La sonrisa desapareció—. Hace algún tiempo, varios dalcin hicieron un esfuerzo coordinado para encontrarme. Unos cuantos de mis seguidores acabaron heridos o desaparecidos. De esa experiencia aprendimos que eran eficaces si centraban su atención en solo unos pocos al mismo tiempo. Uno o dos dalcin podían controlar a varios de los nuestros. Al final, sin embargo, descubrimos que cuando los atacábamos un grupo considerable eran incapaces de mantener el dominio. Necesitan dejar de controlar a unos para detener a los otros. Con esta estrategia podemos dominarlos y destruirlos. Como somos muchos y ellos son tan pocos, la pérdida de uno de los suyos significa más para ellos que una pérdida similar en nuestro caso. Por consiguiente, han elegido no enfrentarse a nosotros directamente.

»Su existencia, no obstante, me ha desconcertado mucho. Hasta que no explicaste su propósito, era incapaz de explicar ciertos acontecimientos.

—¿Como cuáles?

—De vez en cuando, un hombre o una mujer desaparece de la parte baja de la ciudad. Algunos creen que se van a las minas. Yo siempre he creído que los dalcin se los llevaban. Antes de que me hablaras sobre la razón que los trajo aquí y la clase de criaturas que son, solo podía especular. —Dur apretó los puños y la mandíbula al tratar de contener su rabia—. Ahora, cuando pienso en el horrible destino que mis amigos y vecinos habrán tenido… —Dio un puñetazo a la mesa.

—Dime —le preguntó Marm—, ¿a qué venía el ataque de esta noche? ¿Realmente vinieron veinte dalcin solo para buscarte a ti?

—Eran veinte soldados del rey que los dalcin manipularon y mandaron. Creo que intentaban que cayese en una trampa.

—¿Así que fue una novedad?

—Estos días están llenos de novedades. Tú eres una de ellas.

Marm asintió—: Y tú lo eres para mí.

Antes de que Dur pudiese responder, unos golpes secos en la puerta atrajeron su atención. Se fijó en el ritmo con que llamaban, y al instante se relajó—. Esa es la forma de llamar de Loral. ¿Podrías abrirle, Benjin?

El cantinero se levantó del lado de Jenethra y fue a la entrada. No había acabado de abrir del cerrojo y soltar el pestillo cuando Loral lo empujó y entró corriendo. Una vez en el interior, se retiró la capucha, localizó a Dur, y se dirigió adonde estaba sentada. Ella se levantó para saludarlo. Se estrecharon las manos en una rápida demostración de afecto, y ella lo llevó para que se sentara con ella y pudiesen hablar. Entretanto, los demás se acercaron para oír.

—¿De qué te enteraste en el mercado? —preguntó Dur.

—No es fácil moverse por allí. Los soldados están por todas partes, interrogando a todo el mundo.

—¿Qué tipo de preguntas?

—Quieren saber si alguien ha visto recientemente en el mercado a algún aristócrata o pariente de la realeza. Una pregunta extraña, pensé, pero entonces me comentaron que algunos estaban preguntando específicamente por una mujer y una niña.

Dur levantó las cejas y miró a Marm—. ¿Has podido ver qué bandera enarbolaban? —preguntó Dur.

—Hoy he visto banderas de varios colores. El azul y el naranja de lord Emeil y el púrpura de lord Zenysa eran los más abundantes, pero también identificamos los colores y la insignia de lord Kareth y lord Danai.

—Entiendo la participación de Zenysa, Kareth y Danai —indicó Dur—. Siempre se han opuesto a la dinastía de los Tonopath. A lo largo de los años, Manhathus fue reduciendo sus propiedades y les habría convenido el derrocamiento. Lo que no puedo entender es la participación de Emeil. En toda la tierra, es quien menos enemigos tiene y no tenía motivos para sentirse resentido con Manhathus. De todos, era probablemente el único noble a quien el rey respetaba.

—Emeil es un buen hombre y su mayor preocupación es el

bienestar de su gente —intervino Benjin—. Me parece que, en su opinión, si Manhathus hubiera reinado con mano dura, mucho de lo que hoy va mal sería diferente.

—¿Así que piensas que Emeil está involucrado en esto solo para deshacer los agravios? —preguntó Dur.

—Con el debido respeto —señaló Marm a sus anfitriones—, la indiferencia de Manhathus era solo una parte del problema. Su dinastía ha estado en el poder desde hace tanto tiempo que lo tomó por sentado. La distancia que mantenía con su pueblo le impedía entender sus súplicas. El malestar que afecta a estas tierras es tan profundo y está tan generalizado que solo un cambio drástico podría ser útil. Es posible que Emeil haya pensado que esta era la única forma de que pudiera darse el cambio. Dentro de la legalidad, no había prácticamente espacio para esta opción. Lo único que me decepciona es la forma en que se ha producido.

—¿Qué quieres decir? —preguntó Benjin.

—Habría deseado que fuese el pueblo el que se hubiera sublevado. Un derrocamiento lo único que hace es abrir la puerta para que ocurra más de lo mismo.

—La gente todavía podría sublevarse —replicó Dur—, pero, de haberlo hecho al principio, se habrían perdido muchas vidas. El palacio es una fortaleza.

—Te recuerdo que no tiene por qué seguir siendo impenetrable — le recordó Marm.

Dur no le contestó, pero la miró fijamente a los ojos, como diciendo: «Lo estoy considerando».

Loral continuó—: Los escuadrones están haciendo todo lo posible por sembrar entre la ciudadanía el miedo de Siemas. Cada vez son más despiadados con los que no cooperan con ellos. En muchas ocasiones, simplemente se los llevan.

Jenethra salió de la cocina con un tazón que le ofreció a Loral—: Por favor, come. Tienes que estar hambriento.

Él aceptó el tazón de estofado humeante con una sonrisa.

—¿Viste a Ganeth mientras estuviste allí? —preguntó Jenethra.

Sorprendida, Marm se incorporó—. ¿Cómo conoces a Ganeth?

—Mira que eres tonta —rio la bailarina—. ¿Quién crees que lo ayudó a concertar la reunión?

Benjin se rio y añadió—: ¡Nadie más en meshedOstar hubiera podido convocar a Pithien Dur así! —Y chasqueó los dedos.

Loral se calló mientras tragaba—. No, no lo vi, pero me encontré con una mujer en la parte alta del mercado que parecía conocerlo. Les había dejado dicho a algunos comerciantes que se mantuviesen pendientes de unos amigos suyos. Cuando se enteró de que yo estaba haciendo una diligencia para Pithien Dur y que estaba preguntando por un hombre con una niña, me buscó. Me entregó esto como prueba de que podíamos confiar en ella.

Loral les mostró un cordón rojo pequeño.

—Pertenece al traje de Ría —comentó Marm, sin aliento.

Loral le extendió el cordoncito. Ella lo tomó y miró con detenimiento los hábiles nudos que Barnath había hecho en cada uno de sus extremos.

—La mujer me dijo que Ganeth y la niña habían abandonado la ciudad.

—¡No están en la ciudad! —jadeó Marm.

—Exacto —prosiguió Loral—. Ganeth temía no poder mantener a la niña a salvo por mucho tiempo. Probablemente tenía razón. Nosotros mismos estuvimos a punto de ser capturados.

—¿Adónde se fueron?

—No me lo supo decir —respondió Loral—. Ganeth solo comentó que estaría con unos amigos en el campo. Le dijo que trataría de avisar cuando pudiese hacerlo sin correr peligro.

Marm se sintió perdida. En tres días, su mundo maravilloso se había convertido en un profundo agujero negro.

—Y eso podría no llegar a pasar.

Dur puso una mano en las de ella—. Te ayudaremos a encontrarlos.

Marm miró a Loral—. ¿Mencionó algo sobre un hombre llamado Barnath?

—No. —Cuando vio que su expresión se oscurecía, añadió—. Lo siento. No habló de nadie más y yo no sabía que debía preguntárselo.

—Su tienda está en meshedOstar y me temo que lo han asesinado.

No pudo controlar más sus emociones. El horror de los pasados días sumado a estas nuevas pérdidas era mucho más de lo que podía soportar. Marm se desmoronó y empezó a sollozar.

En ese instante, Dur percibió que la mujer a su lado no era una enemiga—. No te preocupes —la consoló—. Puedes quedarte con nosotros, mi desconcertante aliada. Te ayudaremos a encontrar a tus amigos.

Aunque Marm no mostraba signos de haber oído, Dur hacía pausas repetidamente para calmarla, ya fuese tocándola o con alguna palabra de aliento, mientras organizaba un plan para los próximos días. La angustia poco a poco cedió paso al sueño y Marm se fue callando y tranquilizando hasta quedarse dormida.

A Dur se le hizo difícil centrarse en su tarea. Una fuente de pensamientos nueva y brillante le había llamado la atención recientemente. Nunca había tocado otra mente como esa. Mientras que la mayoría de las mentes se inmiscuía suavemente y la de los dalcin picaba, esta nueva mente más bien cantaba. Cuando, temprano el día anterior, el queche zarpó y se hizo a la mar, llevándose consigo este nuevo fulgor, no sabía si alegrarse o entristecerse. Aunque era alguien de la dinastía de los Tonopath el que se había ido, ella había sentido una extraña afinidad con él, y su partida la dejó vacía.

# 15

Algo tibio y líquido pasó por sus labios y le ayudó a separar la lengua del paladar superior. Los dalcin, los marineros y los soldados que configuraban sus sueños se replegaron. Reg tomó otro sorbo y abrió los ojos al semblante sonriente de…

—Leovar —musitó.

—¿Qué tal os sentís?

Reg pensó en la pregunta mientras se esforzaba por sentarse. Se agarró las costillas, luego la frente y se dobló del dolor. Sintió un vendaje.

—Os caísteis —explicó Leovar—. Os puse un cataplasma para reducir la hinchazón. Os lo quitaré en uno o dos días para ver cómo va sanando.

—Me duele todo —se quejó.

—La caída fue dura.

—Los dalcin. ¿Dónde están los dalcin?

—En el fondo del mar —respondió Leovar y le dio otra cucharada de sopa—. Ai'Lorc y tú acabasteis con ellos.

—¿Cómo está?

—¿El oriental? Está bien.

—Me gustaría que dejaran de llamarlo así. Es nuestro amigo y sin él no creo que hubiésemos sobrevivido. Merece que lo traten mejor.

—Lo siento. Es un hábito involuntario. Pero prometo que lo pensaré antes de abrir la boca.

—Por favor, pídales a los demás que hagan lo mismo.

—De acuerdo. —Leovar sonrió de nuevo y le dio más sopa—. Tenéis que acabarla.

Reg pasó las piernas por el borde de la litera y agarró el tazón y la cuchara—. Puedo hacerlo solo.

—Muy bien —replicó Leovar con una sonrisa—. Estoy cansado de hacer de enfermero.

—¿Cuánto tiempo ha pasado?

—Hoy es Tercerdía. Habéis estado inconsciente todo el día de ayer y parte de hoy, y estábamos bastante preocupados. Si os apetece, ¿subiríais a cubierta después de comer? A los demás les gustaría veros.

—¿Cómo están todos?

—Tan bien como puede esperarse. Yo aún estoy conmocionado.

Reg notó que había alguien en la litera de al lado.

—Leovar —dijo, señalando la figura.

Leovar se dio la vuelta. La cubierta se agitó y mantuvo el equilibrio con una mano agarrándose de la litera superior. Siguiendo la mirada de Reg, inclinó la cabeza hacia la figura inmóvil y comentó—: Danth. Ha estado así, sin señales de vida, excepto por su respiración. Hasta alimentarlo ha sido difícil.

Cuando ajustó la visión, Reg pudo ver que Danth estaba tumbado de lado, con los ojos abiertos, las rodillas dobladas contra el pecho y parecía estar tiritando de frío.

—¿Está enfermo?

—No tiene fiebre, pero tiembla sin control. No se mueve. Y, aunque no responde al tacto ni a la voz, parece que nunca duerme. — Leovar negó con la cabeza—. Nadie sabe qué hacer por él.

Reg puso el tazón a un lado y se acercó a la otra litera—. Me voy a sentar con él. Quizá pueda ayudarlo.

—Creo que será mejor que comáis y descanséis. No hay mucho que podáis hacer antes de que atraquemos. Hemos intentado de todo.

—¿No ha mejorado nada?

—No, pero tampoco ha empeorado. Subid a la cubierta. Tomaos toda la sopa y uníos a los demás. El aire fresco os hará bien. Hasta que encontremos un médico, Danth estará bien donde está.

—De todos modos, quiero intentar algo. —Como Leovar no se movió, Reg continuó—: No se preocupes. Subiré pronto. Es que creo que puedo ayudarlo.

—Como prefiráis. —Leovar se dio la vuelta y subió las escaleras del tambucho.

Reg observó a Danth. Tenía la boca hinchada y los labios, que estaban costrosos, se veían descoloridos por un polvo amarillo que Reg sospechó que sería un remedio preparado por Leovar. A la luz de las claraboyas, Reg pudo ver unos puntos de sutura para mantener cerrada la herida. Sonrió. Aparentemente, ya había un médico a bordo.

Posó una mano en la frente de Danth. No tenía fiebre, pero la piel estaba húmeda; las pupilas, dilatadas, y la respiración era irregular y superficial. Al mirarlo directamente a los ojos, Reg se fue paralizando y su respiración comenzó a imitar a la de su amigo. Sudaba por la frente, el cuero cabelludo y la nuca. Su visión se fue estrechando hasta que lo único que podía ver eran dos entradas brillantes al alma de Danth. Entonces miró más adentro.

Las heridas que se retorcían en su vientre se abrieron, se cerraron, y volvieron a abrirse, mostrando y luego escondiendo tajos anaranjados que cubrían intestinos expuestos. No quedaba cicatriz donde se cerraban las heridas: nada que indicara dónde aparecería la próxima. Intentó abrir la boca, pero en su lugar encontró un grupo de tentáculos retorciéndose y goteando fluidos, con sus formas pringosas pegándose. Intentó caminar, pero no sentía las piernas. Miró hacia abajo y vio una masa grisácea y ondulante. No podía gritar. No podía llorar. No podía escapar ni zafarse de este horror. No podía, no podía, no podía, no podíamos, no podíamos, no podíamos… ¿Nosotros?

*Danth.*

*¿Quién es?*

*Está bien. Estoy aquí. Todo irá bien.*

*¿Reg?*

*Sí.*

*¿Dónde estáis?*

*Estoy aquí.*

*No puedo veros.*

*Lo sé, pero estoy aquí. Me puede sentir, ¿verdad?*

*Sí, pero quisiera poder veros.*

*Podrá en un rato. Cuando se vayan estos seres, me verá.*

*No se van a ir. He tratado de hacer que desaparezcan, pero no he podido.*

*Juntos los haremos desaparecer.*

*¡Esperad! ¿Cómo puedo estar hablando? No tengo boca.*

*Sí tiene boca. Y brazos y piernas. Solo que no puede encontrarlos. Le ayudaré a encontrarlos, y entonces todo habrá terminado.*

*¿Dónde estáis, Reg? Estoy tan aterrado.*

*Estoy más cerca de lo que nunca he estado. Estoy en sus pensamientos.*

*¿Reg?*

*Sí.*

*Lo siento.*

*¿Por qué? Esto no es culpa suya.*

*Pero yo no soy así. No soy…,* Danth titubeó, *tan débil.*

*Todos somos débiles. Y todos somos fuertes. Está herido y aterrado y así debe* ser. No está equipado para controlar esto. Los que se lo hicieron saben cómo alterar las mentes y jugar con los miedos. Aunque no tiene forma de lidiar con ello, no se ha derrumbado. Voy a tratar de poner fin a esta pesadilla. Quiero que me ayude centrándose en mi presencia. Necesito que mantenga esta concentración y no la pierda. No se distraiga. No podré hablarle por cierto tiempo porque estaré muy ocupado. Voy a tratar de enterarme de cómo hicieron esto para poder deshacerlo.

Reg.

Sí, Danth.

Nunca antes habéis hecho esto, ¿verdad?

Pues verá, cada día que pasa, las habilidades que he adquirido parecen más naturales. Es como si fuese el modo en que se supone que debe ser. Aún no sé cómo voy a lograrlo, pero estoy seguro de que lo lograré.

Puedo sentirlo.

Excelente. Ya se está familiarizando con esta unión de mentes. No sabe, y yo tampoco, cómo lo estamos haciendo; y, sin embargo, puede sentir que es lo correcto.

Tenéis razón. Confío en vos, Reg. Haced lo que tengáis que hacer. Puedo aguantar, ahora que estáis aquí.

Estaré aquí si me necesita. No piense que me he ido, aunque no me oiga. Si siente pánico, llámeme. Ahora voy a trabajar.

De acuerdo, Reg. Estaré bien.

Con esto, el heredero de la dinastía de los Tonopath inició su nueva tarea como sanador. Al principio, comenzó a explorar lo nuevo, aprendiendo todo lo que podía sobre estas imágenes y cómo se originaban. Entonces, se extendió para capturar una con la mente y descubrió que eliminarla era tan fácil como tomar un pedazo de papel, arrugarlo y tirarlo a la basura. Una vez retirada, la ilusión simplemente se desvanecía. Primero, un olor; a continuación, algunos tentáculos; uno por uno, iba borrando cada uno de los elementos que configuraban la ilusión. Se quedó asombrado por la facilidad con que podía deshacer la labor de los dalcin. Quizá era porque nunca habían tratado con alguien que pudiese jugar su mismo juego. En todo caso, esta parte era fácil. Cuando la terminara, tendría que estudiar a Danth para descubrir si quedaba alguna cicatriz. En tal caso, tendría que pisar con cuidado. No obstante, estos fantasmas eran bastante fáciles de controlar. La salud mental de Danth precisaría de un mayor cuidado.

Perdido en su tarea, descubrió una satisfacción que nunca había conocido y esta imposición de manos cerebral le pareció apropiada. No dudó de su capacidad. Uno no cuestiona lo bien que puede respirar. Cuanto menos se esforzaba, más fácil se le hacía.

En una ocasión, Ai'Lorc le había hablado sobre un sistema de creencias que se enseñaba en la provincia de No'eth, llamado el Katan. Enseñaba el logro sin esfuerzo. No se progresaba luchando para tener éxito o dominar el trabajo. Se obtenía el éxito convirtiéndose en el trabajo mismo. Los dalcin habían creado ilusiones para aterrar a Danth, por lo cual Reg se convirtió en Danth. Una vez comprendió su dolor, pudo eliminarlo. Aunque había mucho por hacer, la tarea no era imposible.

# 16

Reg subió las escaleras del tambucho y se sentó en la brazola, cerca de su maestro. Le dio la cara al viento, cerró los ojos y aspiró la fragancia limpia y salobre que le traía el mar. Estuvo sentado así varios minutos, degustando su sonido y su aroma, y descubrió que el viento era especialmente refrescante después del encierro en que había estado bajo cubierta.

—Veo que ha aprendido un poco desde que zarpamos —le dijo finalmente a su maestro.

Ai'Lorc ajustaba la rueda del timón moviendo las manos al ritmo de las subidas y bajadas del oleaje.

—Y yo veo que habéis decidido uniros a nosotros —le respondió.

—Danth está herido —comentó Reg.

—Lo sé.

—Lo que me preocupa es lo grave que está.

Reg abrió su mente y examinó a cada uno de sus compañeros.

—Los dalcin han herido a todos en cierta medida, pero no percibo el terror intenso que ha sufrido Danth.

—Leovar dijo que lo estabais atendiendo.

—Lo mejor que he podido. He estado eliminando las imágenes que lo atan, pero su sustancia real, la parte que hace que Danth sea quien es, ha sido herida profundamente. Solía demostrar un valor que una vez llegué a interpretar como bravuconería. Entonces, antes de que lo derribaran los dalcin, pude mirarlo bien. Tenía una cualidad genuinamente admirable que ya no le encuentro. Es como si por primera vez hubiese conocido el verdadero miedo y no pudiese luchar contra él. Desconozco si puedo recuperarlo.

—Suena como si ya hubierais hecho mucho por él. Con toda certeza habéis logrado mucho más que cualquiera de nosotros. Debéis sentiros orgulloso de vos mismo.

—Siento que debo hacer más.

—Vuestra alteza, habéis recibido un don muy preciado. Sin embargo, el don es nuevo aún. Quizás con el tiempo aprendáis a hacer más. Hasta entonces, no debéis recriminaros por no poder hacer lo imposible. Después de todo —sonrió Ai'Lorc—, nada puede considerarse posible hasta que haya sido finalizado con éxito una vez por lo menos.

—¿Cómo os sentís? —preguntó Ered.

—Estoy bien —contestó Reg—. Aún estoy débil, pero aparte de eso, estoy bien.

—Todos hemos estado preocupados desde que os recluimos a vos y a lord Kanagh en las literas —indicó Pedreth—. En los dos vimos poca mejoría y estábamos bastante asustados. Lord Hol cuenta con muchos remedios a su disposición, pero él no es médico de verdad. —Miró a Leovar y añadió—: Lo siento, mi señor. No pretendo ofenderlo.

—No tiene que disculparse. No soy médico. Esos dos o tres remedios que conozco son únicamente para heridas de cacería. No se sienta cohibido en su forma de tratarme. Y, por favor, mi nombre es Leovar. Me sentiré honrado si me tutea. En estos momentos, todos estamos en el mismo barco, además literalmente, y no debe haber cabida para ninguna ofensa entre nosotros. Las posiciones sociales no tienen sentido aquí.

—Leovar tiene razón —coincidió Reg—. Pronto llegaremos a tierras extrañas donde no distinguiremos amigos de enemigos. Debemos desprendernos de nuestras identidades anteriores y asumir otras nuevas. Me parece que lo mejor es que, de una vez, dejemos a un lado los títulos y las posiciones sociales. Una embarcación marítima requiere un mandato de distinta naturaleza. Con frecuencia he servido como tripulante sin ninguna reserva. En nuestra travesía, ahora, debemos tratarnos como iguales o pereceremos.

—Sigues siendo tú quien nos debe liderar —insistió Ered.

—Os dirigiré cuando atraquemos, pero en la embarcación Pedreth es el capitán. Tiene mucha más experiencia y todos estaremos más seguros si nos encomendamos a su juicio. De todas formas, no os lideraré como príncipe ni vosotros seréis mis súbditos.

Leovar intervino—: Aprecio que te desprendas de tus títulos, Reg. Sin duda alguna, nos ayudará a funcionar mejor como equipo, pero no debes mostrarte tan ansioso por dejar a un lado la dinastía y el linaje. El reino tiene problemas, pero sigue siendo el objetivo de nuestros esfuerzos y la razón de nuestro regreso. Sigues siendo nuestro príncipe.

—Es cierto que esperamos regresar y restaurar el orden —replicó

Reg—. Sin embargo, no estoy seguro de ser quien vaya a suceder a mi padre. He comenzado a ver las cosas de un modo distinto. Además, mi pueblo ha vivido en condiciones injustas por tanto tiempo que no creo que deba retomar el trono a menos que los fuerce a someterse a ello. El poder proviene del pueblo. Se le puede arrebatar, pero quien ostente ese tipo de poder puede ser derrocado. Es por eso que tenemos alguna esperanza de regresar.

—Reg —interrumpió Pedreth—, yo creo que debemos buscar nuevas vidas para nosotros mismos en un lugar donde estemos a salvo. No sé si estoy capacitado para jugar a ser un guerrero. Desde luego, puedo ponerme una armadura, empuñar un escudo y seguirte de vuelta a casa, pero unos ojos más jóvenes y unas manos más rápidas acabarían conmigo antes de que llegase a diez millas de la ciudad. Entiende que te voy a seguir si me ordenas hacerlo. No soy cobarde y estoy dispuesto a dar mi vida por ti.

—Ya he presenciado tu valor —aseguró Reg.

—Aun así, tengo suficiente sabiduría para conocer mis límites —concluyó el barquero—. Las buenas intenciones solas no derrocarán a tu madre. ¿Has pensado en cómo lo vas a lograr?

—Aunque me enseñaron a dar órdenes, nadie me enseñó cómo conquistar la lealtad de mi pueblo. Me temo que en palacio nadie lo sabe.

Reg se dio vuelta hacia los demás—. No me quedaré en esas islas a las cuales nos dirigimos. Solo estaría escondido. En mi mente tengo un destino que sirve mejor a mi propósito. Como hemos trazado nuestro curso hacia el norte, una vez atraquemos, me dirigiré a la provincia de No'eth. En su centro se halla un monasterio de los *katan* donde espero aprender de ellos.

Pedreth se mostró escéptico—. ¿Crees que los monjes que se esconden del mundo pueden enseñarte cómo vivir en el mundo?

—¿Cuántas veces —contrarrestó Ered— nos has dicho que la sabiduría puede provenir de las fuentes más improbables?

—Quizás, pero no confío en los místicos.

—Si yo fuera tú, buscaría a gente que pudiera armarnos y ofrecernos soldados —propuso Leovar.

—Mercenarios —Reg vocalizó la palabra con desagrado—. No son mejores que los que ayudaron a mi madre. Yo duraría tanto como ella y a mi pueblo no le serviría de nada.

Ai'Lorc puso su mano libre sobre el hombro de Reg e inquirió—: ¿Realmente deseas regresar como el enemigo de tu madre? Pienso que encontrarías esa causa demasiado dolorosa para emprenderla.

—Aprecio tu inquietud, pero sospecho que la van a quitar del medio mucho antes de que yo regrese. Los ministros de mi padre han estado sedientos de poder por demasiado tiempo como para renunciar ahora a una parte. Cuando alcancen el trono, si de entrada no asesinan a mi madre, la encarcelarán. Después, con el tiempo, se matarán entre ellos hasta que solo quede uno.

Ered sacudió la cabeza—. Aún no entiendo las intenciones de Emeil. —Hizo una pausa y continuó—: Una cosa diré con seguridad. No vas a hacer ese viaje solo a No'eth.

—¿No?

—Iré contigo. El camino es demasiado peligroso para recorrerlo solo.

—Mejor me tomo ese riesgo sin ponerte a ti en peligro.

—No estoy de acuerdo —refutó Leovar—. No tiene mucho sentido haber navegado contigo hasta tan lejos, solo para quedarnos tirados sobre los desechos de una isla. Ered tiene razón. Partimos de Ydron como una compañía de seis y viajaremos a No'eth de la misma manera.

Todos asintieron.

Reg lo consideró por un momento y transigió—. Muy bien. Iremos juntos a No'eth.

En lo que quedaba de travesía, recayó en Reg la tarea de examinar a sus amigos y liberarlos de cualquier mal implantado por los dalcin. Necesitaría de una escuadra fuerte y valerosa, y no podrían ayudarlo si sus pensamientos estaban nublados. Atender a sus amigos también le mitigó la pérdida de su padre y la angustia provocada por lo que su madre había hecho. Le alivió también de la culpa por no haber hecho nada para detenerla y de haber huido mientras su mundo se desmoronaba. Extrañaba a su madre tanto como a su padre. Cuando cometió ese terrible acto, murieron todas las ilusiones que había albergado. La pérdida fue tan real y tan dolorosa como si en realidad ella también hubiese perecido. Se había quedado huérfano por partida doble y esto le partió el alma.

Por ahora, la única herramienta que tenía para plantarle cara a todo era su nueva vocación de sanador, así que se puso a trabajar. El calor de los soles y la cadencia de la embarcación los calmaron a todos. No volverían a tener un momento de calma como este en mucho tiempo.

# 17

Del mismo modo que la diminuta Diamath traza su camino entre las estrellas, un observador paciente podría seguir el progreso de esa luna. Despacio, el orbe luminoso pasaría entre dos puntos brillantes, los adelantaría y devoraría a uno de ellos. Su velocidad lo llevaría de horizonte a horizonte en menos de una noche. Algunas noches comenzaría su travesía en el oeste, solo para emerger en el cielo del levante dos o tres horas antes de la primera luz del alba. Era la única medida palpable del tiempo una vez los soles se ponían.

Las luces de una ciudad distante se veían pasar a estribor. Ered sospechó que era barakEm, la fortaleza que protege la costa norte de Limast. Examinó la orientación de la brújula. Su resplandor azul pálido, como el de una pequeña esfera luminiscente, era lo bastante brillante para dejar ver su aguja sin que afectase a la visión nocturna de un timonel. Si había trazado con exactitud el rumbo del queche, dejarían pronto la costa de No'eth y avistarían por la mañana las islas designadas como su destino original.

A medida que avanzaba la noche, Ered se fue percatando de ciertos cambios. Poco a poco, crecía el murmullo que emitía el agua al chocar contra el casco, y la cubierta se ladeaba más, dominada por la fuerza de un viento cada vez más intenso. La estela de la embarcación se desteñía rosada y luminosa, alumbrada por el fósforo de miles de millones de haces, parientes de los microorganismos azules usados en las esferas luminiscentes. Las subidas y bajadas del denaJadiz se incrementaron hasta que el queche comenzó a chocar con fuerza contra el oleaje y los aguaceros de espuma estallaban sobre la proa. Los obenques cantaban y la lona de las velas resonaba ante la variación del viento.

Un delgado rayo de luz azul apareció en la escotilla de cubierta y fue ampliándose según se abría la tapa y emergía una figura.

—¿Necesitas que te eche una mano?

—Se acerca una tormenta, padre. Nos va a azotar pronto. ¿Puedes llamar a los demás? Debemos arrizar las velas.

—¿Crees que está cerca?

Ered miró arriba. Lenguas celestiales lamieron la luna. Mientras miraba, las nubes devoraron a Diamath, las estrellas desaparecieron y el cielo quedó a oscuras.

—Muy cerca. Ya la tenemos prácticamente encima. Se siente la marejada.

—¿Ves la forma de refugiarnos?

Ered sacudió la cabeza—. Desde ayer, la costa ha sido un acantilado ininterrumpido. Me he alejado bastante de él por seguridad. Espero estar lo bastante lejos. No querríamos encallar.

Pedreth asintió. Descendió bajo cubierta y en poco tiempo regresó con la tripulación. Se apresuraron a reducir la cantidad de velas que estaban izadas. Si dejaban más de la cuenta, el viento las henchiría cada vez más hasta hacerles perder el control.

Cuando la primera ola gigantesca rompió contra cubierta, Ered vio claro que no bastaría tomar rizos ni reducir el velamen izado—. ¡Velas de tormenta! —gritó.

La tempestad se estaba formando rápido sobre ellos. Pedreth se giró hacia Ai'Lorc y juntos levantaron la tapa de la escotilla delantera. Ai'Lorc bajó y sacó las pequeñas velas de tormenta mientras Reg y Leovar acolchaban la bodega con lona mojada.

Ahora las olas rompían sobre el queche en grupos de tres. Todo lo que había sobre cubierta estaba empapado por el agua salada y los tablones se habían vuelto resbaladizos. Tras guardar la última vela, Ai'Lorc regresó a cubierta y consiguió asegurar la tapa de la escotilla antes de que otra ola gigantesca rompiera contra la embarcación y volviese a encharcar la cubierta. El próximo aluvión lo hizo caer y tuvo que agarrarse de la tapa de la escotilla para evitar resbalar por la borda. Se aguantó así durante las dos descargas siguientes hasta que pudo ponerse de pie otra vez, se sacudió el agua de la cara y miró a su alrededor.

Reg estaba justo de frente a Ai'Lorc. Tenía los brazos y las piernas rodeando al estay de proa mientras trabajaba. Las velas de tormenta delanteras estaban en su lugar. Leovar había izado la mesana, pero no logró asegurar las líneas de control y la lona flameaba agitadamente. Ered luchaba por mantener el queche de cara al viento para que Leovar pudiera terminar su tarea y Ai'Lorc fue rápido a ayudarlo. Mientras corría, la proa se alzó de forma pronunciada al chocar el queche contra una ola inmensa. El agua estalló en todas direcciones. Ai'Lorc salió volando y cayó a popa en la oscuridad. Alguien le extendió una mano, lo agarró y le gritó al oído—: ¡Una mano!

—¿Qué?

—¡Una mano! —repitió Pedreth— Mantén una mano agarrada de alguna parte del barco en todo momento. Si no lo haces, caerás por la borda.

—¡Lo siento! No lo pensé.

Pedreth le dio una palmada en el hombro y lo puso en pie—. Ahora sabes lo que debes hacer —replicó con un guiño.

Leovar había asegurado la vela y la orientó mientras el denaJadiz volvía a caer en rumbo. La tormenta azotaba con más rabia que nunca, pero el queche se mostraba ahora más estable y maniobrable en la medida que las velas de tormenta más pequeñas reducían el efecto del viento.

—¡Es un verdadero vendaval, pero estás en buenas manos! —le aseguró Pedreth a Ai'Lorc, gritando para que pudiera oírlo—. Esta es una buena embarcación y mis muchachos conocen su trabajo. Si quieres ayudar, vete abajo y cerciórate de que Danth esté seguro en su litera.

Contento de tener algo que hacer, Ai'Lorc se dirigió a la bañera y entró. Bajo cubierta estaba más seco que arriba, pero Ai'Lorc sabía que no quería estar mucho tiempo ahí. No era navegante y su estómago se lo recordó. Afuera, al aire fresco, se sentía bien, pero abajo, donde el aire no circulaba y todo subía y bajaba, comenzó a marearse. Fue directo a asegurar a Danth, para irse lo antes posible.

Tras conseguir algo de cuerda en el castillo de proa, regresó a la cabina principal donde algo llamó su atención. Danth se había movido. Ya no estaba acurrucado y temblando, sino acostado boca arriba. Los terrores que lo habían apresado parecían haberlo abandonado, ya que el pecho se movía al suave ritmo de quien duerme tranquilo. Los cuidados de Reg habían sofocado la pesadilla.

Mientras hacía el primer nudo alrededor de las piernas del joven, el queche se sacudió con violencia y Danth abrió los ojos.

—Hola —dijo, frotándose la cara con las manos—. ¿He estado durmiendo mucho tiempo?

Temiendo que responderle con sinceridad pudiera desconcertarlo, Ai'Lorc contestó con otra pregunta—. ¿Cómo te sientes?

—Muy débil.

El queche rebotó otra vez y Danth trató de sentarse. Las esferas luminiscentes se mecían salvajemente, las sombras se desplazaban y todo parecía moverse y alargarse.

—¿Dónde estoy? —preguntó—. ¿Qué está pasando?

—Estamos en el mar y el mar está encrespado. No te preocupes. Tus amigos tienen todo bajo control, y yo debo asegurarte a la litera.

—No, por favor, déjame subir a cubierta para ayudar —protestó y se esforzó por sentarse.

—Si estuvieras más fuerte, te dejaría —le respondió Ai'Lorc mientras Danth sucumbía ante el esfuerzo—, pero correrías peligro allá arriba. Te soltaré tan pronto el mar se serene. Mientras tanto, bajaré regularmente a revisarte. Ahora mismo, necesitas descansar.

Le retiró el pelo de la cara y el joven cerró los ojos, exhausto. Le ajustó cada uno de los nudos y, tras asegurarse de que estaban bien apretados, se dirigió al tambucho. Mientras se agarraba a la baranda de la escalera, la proa se alzó y se oyó el mar estallar como un cañonazo. Los maderos del denaJadiz crujieron en señal de protesta y la embarcación retumbó como si fuese a partirse en dos. La cubierta se inclinó hasta alcanzar un ángulo casi vertical y todo lo que estaba suelto salió volando. Ai'Lorc se agarró de un peldaño y se aferró a él mientras comprobaba que Danth estuviera seguro en caso de que el oleaje volviese a embestir.

Se oyó otra explosión, y la embarcación galopó como un caballo que se desboca para tirar a su primer jinete. Ai'Lorc se sujetó con firmeza con ambas manos, presionó su mejilla contra la baranda y enrolló las piernas a la escalera cuando se estrelló la siguiente ola. Sonó como un bombardeo, y, por primera vez desde que huyeron de Ydron, Ai'Lorc temió por su vida. Podía sentir la embarcación levantarse para luego caer a gran distancia. Cuando se producía el golpe contra el oleaje, Ai'Lorc no podía hacer otra cosa que resistir. No le era posible precisar el tamaño de estas olas, pero sabía que nunca las había visto de ese tamaño. Ninguna tripulación, pensó, sería capaz de maniobrar una embarcación contra tales fuerzas, así que cuando la próxima ola gigantesca descargó contra el queche, Ai'Lorc se agarró bien y rezó.

Ai'Lorc sentía que no podía quedarse donde estaba. Además, su estómago no iba a aguantar el contenido mucho más tiempo. Miró hacia la litera de Danth, envidiando su habilidad para desconectarse de todo, y había comenzado a subir cuando la escotilla se abrió.

—¿Adónde crees que vas? Lo único que puedes hacer aquí arriba es salir lanzado por la borda —le reprendió Pedreth con un guiño. A pesar del zarandeo, estaba sonriendo—. Ahora, deja libre el paso. No es una noche apropiada para salir.

Boquiabierto, Ai'Lorc se movió a un lado mientras Pedreth descendía, seguido de Reg, Ered y Leovar, quien se encargó de cerrar la escotilla.

—¿Quién se ocupa de la embarcación? —preguntó Ai'Lorc.

—Ella se está encargando de sí misma —replicó Pedreth. Entonces, notando la perplejidad de Ai'Lorc, le explicó—: El timón está bien sujeto y le irá bien por ahora. Es una buena tempestad, pero no la peor que he visto. Al pairo, el queche mantendrá la proa contra el viento y saldrá de la tormenta. En cubierta, nos arriesgamos a salir despedidos por la borda. Enviaremos a alguien arriba para inspeccionar, de vez en cuando, pero, por ahora, estamos mejor donde está seco. Esta noche nos turnaremos. La mayoría nos quedaremos abajo a menos que el queche decida romperse.

—Pero ¿no hará la tormenta que encallemos? —quería saber Ai'Lorc.

—La rotación de la tormenta está trayendo el viento desde el sur. No creo que nos acerquemos mucho más hacia la costa. A menos que la tormenta cambie de dirección, debemos tratar de mantenernos mar adentro.

—¿Y si cambia?

—Si cambia de dirección, haré lo que deba hacer —replicó Pedreth.

Otra ola les embistió y cada uno se agarró de lo primero que encontró.

—¿Qué quieres decir?

—Mira, Ai'Lorc —dijo Ered—. Si vas a preocuparte tanto, vas a pasar mal la noche. Hay ciertas fuerzas que uno puede controlar, y otras que no. Cuando se sale a navegar, se necesita distinguir cuál es cuál, lidiar con las que puede controlar y no preocuparse demasiado por lo demás. De lo contrario, se vuelve loco.

—Ven. —Leovar sacó un pequeño frasco de un casillero de la cabina. Ai'Lorc lo rechazó, pero él insistió—: Bebe. Te quitará ese color verde de la cara.

Ered se rio—. Bébelo, hombre. Es uno de los pequeños milagros de Leovar. Pareces una *tereza* sin madurar.

—Haz el favor —le suplicó Leovar—. Te asentará el estómago.

Aun cuando dudó de poder retener algo en el estómago, Ai'Lorc aceptó tomar el contenido del frasco. Arrugó la nariz, aguantó la respiración y se lo bebió.

—¡Muy bien! Dentro de poco te sentirás mucho mejor —sonrió

Leovar.

Era demasiado pronto para saberlo, pero si la poción funcionaba la mitad de bien de lo que deseaba, quedaría en deuda con él. Mientras esperaba orando, se dio cuenta de que Reg estaba de pie sobre la litera de Danth con cara de satisfacción.

# 18

Reg se despertó por completo con el grito de alguien pidiendo ayuda. La litera se alzó debajo de él y el camarote se inclinó casi noventa grados. El denaJadiz parecía estar chillando y todo se movía. Antes de darse cuenta, fue arrojado contra el techo y el golpe le dio en plena cara. De alguna forma permaneció consciente, pero le latían la nariz, la frente y la boca. Luchó por desenroscarse de las sábanas, pero se las llevó enredadas cuando se cayó al pie de la litera y quedó a medias suspendido en el aire. Justo cuando logró liberar una mano, todo se desplazó de nuevo y fue lanzado al tablado entre las literas. Buscando con desesperación agarrarse de lo que encontrara seguro, halló la pata de la mesa de navegación y valiéndose de ella trató de incorporarse y ponerse de pie. Se sentó y estaba desconcertado preguntándose por qué su asiento y sus piernas estaban mojados, cuando oyó a alguien gritar:

—¡Estamos haciendo agua!

Era Ered, descendiendo por la escotilla. Agarró a Reg por el brazo y tiró de él hasta ponerlo de pie—. ¡Por los cuernos de Voreth! Tu cara es un desastre. ¿Estás bien?

Reg se llevó la mano a la boca y la retiró ensangrentada—. No he perdido ningún diente. Creo que no me he roto nada. —Mirando a Ered, le preguntó—: ¿Qué ha pasado?

—Casi hundimos la proa. Amenazó con irse por ojo —respondió, refiriéndose a un vaivén severo e inusual de proa sobre popa—. Tiene muy mala pinta. Por cierto, podría decir lo mismo de ti. Pero no hay tiempo para parloteo. La tormenta está empeorando. Ven. Hay que darse prisa…

El estallido del oleaje sobre el casco y el implacable viento enmascararon con su ruido el resto de la frase.

—¿Qué? —gritó Reg, ahuecando la mano libre sobre una oreja para escuchar mejor.

—Puede que el barco no aguante la tormenta —repitió Ered.

Reg asintió. Miró alrededor y advirtió que el resto de la tripulación se había ido a cubierta. Buscó su abrigo. Cuando lo encontró, se detuvo abruptamente.

—¿Qué es? —preguntó Ered.

Reg miró la próxima litera.

—No puedo dejar a Danth. Sube tú. Te sigo luego.

—Ve tú —se opuso Ered—. Estás herido. Yo llevaré a Danth.

—Lo haremos juntos.

Reg se puso el abrigo y fue a ayudar a Ered. Se sorprendió de que Danth estuviese despierto. Pero más le llamó la atención que, después de días de intentar aferrarse a la consciencia, estuviese sonriente y alerta.

Otra ola los golpeó, de modo que se apresuraron. Arrodillados a su lado, le quitaron las ataduras a Danth. Mientras lo hacían, Reg creyó oír que hablaba.

—Supongo que después de todo llegué acompañado por el loco —expresó.

—Nunca dudé de que lo harías —replicó Reg—. ¿Dónde sino ibas a estar?

—No puedo pensar en otro sitio.

La conversación se interrumpió abruptamente cuando una tromba de agua irrumpió en escotilla del camarote. El estallido tiró a Ered de la litera y lo lanzó contra el mamparo. Buscando aire para respirar y agitando los brazos y las piernas, trató de encontrar un punto de apoyo. Era lo único que podía hacer para lograr arrodillarse. Alguien, entonces, le extendió una mano y la agarró. Cuando se puso de pie, Danth lo sostuvo y lo llevó hasta las escaleras.

Hay un viejo dicho entre los marineros que dice: «Cuando Mae'is se enfurece, hasta Voreth se esconde». Los pilotos solían recitar el adagio sobre Mae'is, el dios del mar, cuando recogían sus embarcaciones en el refugio de una cala o un puerto ante la llegada de una tormenta. Cuando Reg salió del camarote, tuvo que valerse de todas sus fuerzas para aferrarse a la baranda. Este parecía ser uno de los peores momentos del dios del mar. La fosforescencia marina revelaba montañas altísimas y extensos valles de agua. Las olas rompían contra cubierta y bañaban la parte posterior del queche formando riadas. Hubo un momento en que el denaJadiz ascendió a los cielos. En el siguiente, se balanceaba al borde de un precipicio, solo para lanzarse de nuevo a las fauces del mar. Mae'is se esforzaba lo más que podía para devorarlo y no había dónde esconderse, ni siquiera para Voreth, el diablo.

—¿Quién lo está maniobrando? —se preguntó Reg en voz alta.

Leovar y Ai'Lorc, que parecían dos *mármatas* ahogadas, se habían amarrado ellos mismos a la borda. No había tiempo de trimar velas contra la increíble fuerza de esta tempestad, ni siquiera las de tormenta. Lo único que podían hacer era cuidarse de salir despedidos por la borda. Reg se sujetó y se aferró a la escotilla justo cuando una ola rompió sobre cubierta. Esta pasó, y en vano se secó la cara mojada con uno de sus antebrazos goteantes. Mirando a través de la rociada, le pareció ver a Pedreth, de modo que se abrió paso hacia el timón.

Pedreth estaba gritando algo, pero el viento se llevaba su voz hacia la oscuridad. Cuando Reg, ahuecando la mano tras la oreja y sacudiendo la cabeza, le hizo señas de que no podía oírlo, Pedreth alzó una cuerda y se la enrolló a la cintura, indicándole a Reg que la usara para asegurarse a sí mismo.

Reg estaba saturado de pensamientos y se ahogaba en ellos. Si la tormenta no lo hundía, la inundación de voces e imágenes sí lo haría. Sentía como si le hubieran dado un puñetazo, lo hubieran molido a palos y lo hubiesen dejado cojo cuando extendió la mano para aceptar la cuerda. El torrente de agua caía con una fuerza terrible, dificultaba la visión, y la sal hacía que ardieran los ojos. Había agua por todas partes. Recorría toda la longitud de la cuerda que estaba sujetando, y entonces se rompía en gotas que se arremolinaban y desaparecían en la noche. Corría ramificada formando cientos de finos riachuelos que bajaban del pelo y la barba de Pedreth y de las arrugas y los dobleces del abrigo de Reg. Otra ola los golpeó y se rompió en torrentes. Corría hacia abajo por el aparejo y chorreaba por las caras de las velas.

Cuando se sujetó, se le aflojó el cuerpo y el corazón se le llenó de desesperación. Desde que se habían marchado de Ydron, su misión lo había animado. La visión de salvar el reino había dado nacimiento a un plan para hacerlo. Había dividido la tarea en elementos, cada uno de los cuales podía controlar. Podía invocar varios poderes para influir en el curso de los eventos. Sabía que podía alterar los acontecimientos de los últimos días, y que tenía la voluntad para hacer lo que debía, pero ahora la tormenta se estaba tragando todos sus planes. Nunca había experimentado nada tan extremo. El denaJadiz se partiría en dos si la tormenta duraba mucho más.

Se sentía diminuto e inútil, y quería llorar. Las magulladuras que había sufrido eran insignificantes. La pérdida de su hogar y su familia

era algo que con el tiempo podría superar. Pero si el queche zozobraba
—y estaba seguro de que no podría sobrevivir estos mares—, ninguno
de los de abordo viviría para ver el mañana. Pese a la flotabilidad de la
piel de *sándiaz*, los mares los volcarían debajo de las olas por demasiado
tiempo como para poder regresar vivos a la superficie, o morirían
amarrados a la borda o a la deriva como tantos restos de naufragio.
Descubrió que la determinación de Pedreth era admirable, pero
lamentablemente absurda. El barquero mantendría el queche en curso
hasta que se partiera o volcara. Aunque se quedase al timón,
entrecerrando los ojos a través de los chubascos, al final, todo habría
sido en vano.

Otros pensamientos irrumpieron en su mente. Reg se giró para ver
a Ered y a Danth subir del camarote, acurrucándose para esquivar la
fuerza en pleno de los elementos.

—¡Ered! ¡Danth! —los llamó.

Para su sorpresa, lo oyeron.

—Estamos bien —respondió Ered, y también Reg lo oyó.

El ruido había disminuido. ¡Había disminuido radicalmente! Las
sacudidas y los temblores de cubierta se estaban calmando y comenzó a
llover sin que el agua les cayese de forma horizontal.

—¡Pedreth! —gritó Ai'Lorc, señalando la cuerda que tenía
enrollada en la cintura—. ¿Se acabó?

El barquero sonrió con ironía, se limpió la cara y negó con la
cabeza—. El ojo, mi amigo. Este es el ojo de la tormenta. —Al
responder, mantuvo la vista dirigida hacia un punto indefinido, en
algún sitio más allá de proa, entrecerrando los ojos, como si el esfuerzo
adicional pudiese separar la neblina.

El grupo de amigos miró alrededor. Pedreth tenía razón. El ojo
estaba sobre ellos. El mar estaba comenzando a calmarse y el viento
perdía fuerza más rápido de lo que le había llevado desarrollarla. Las
nubes se separaron, mostrando el destello del cielo estrellado. Se habían
ido acostumbrando tanto a la oscuridad que la luz de las estrellas les
pareció brillante. Entonces, a cierta distancia al frente, a medida que la
neblina de la tormenta se levantaba, una forma negra y extraña
interrumpió el resplandor marino. Al principio, no podían identificarla.
Luego, en un instante, pudieron ver el amenazante peñasco que tenían
delante.

—¡Tierra a la vista! —gritó Pedreth—. ¡Ja! —se rio. Golpeó la
rueda con el puño y se regocijó—: Lo he anhelado tanto.

—¿El qué? Aquí no hay playa —le preguntó Ai'Lorc,

desconcertado, mientras luchaba por mantenerse en pie.

Pedreth no podía contenerse—. ¡Me he pasado toda la noche tratando de encallarlo! ¡Ja! ¿No habéis notado que teníamos el viento al través?

—¿Encallarlo? Pensé que querías mantenerlo en el mar.

—Esa era la idea hasta que fue evidente que no ganaríamos con esa táctica. —Como Ai'Lorc parecía no entender, Pedreth añadió—: Nunca te cases con una estrategia. Cambia con las circunstancias.

—¡Pero no hay playa! —protestó Ai'Lorc.

—¿No has visto la forma en que las olas han estado rompiendo? Eso responde a que en el fondo las aguas son cada vez menos profundas. Ahora espero que en cualquier momento encallemos y podamos salir del agua vadeando. Yo sabía que el queche no podría aguantar mucho más tiempo, pero también sabía que si conseguía encallarlo, tendríamos una oportunidad. Muy pequeña, pero la había. La dirección no era un problema: sencillamente, hacia el este. Lo que no sabía era si estábamos avanzando. Olas como esas pueden mantener el barco en el mismo sitio toda la noche. Sin embargo, creo que esta es una buena nave y lo suficientemente pesada para abrirse camino contra estos mares. Me demostró que tenía razón y ahora veo que se encuentra en aguas poco profundas, así que no la hundiremos.

De repente, el denaJadiz se sacudió con un ruido sordo. Ered y Danth se cayeron a cubierta.

—Hemos encallado —se alegró Pedreth y sonrió—. ¡Corred! Desataos. Incluso si tenemos la suficiente suerte de estar en el centro del ojo de la tormenta, no tendremos mucho tiempo antes de que pase y la tormenta azote de nuevo. Id deprisa abajo y juntad todas las provisiones que podáis.

—Yo me encargo de las velas —anunció Danth.

—No te molestes. Solo suelta las drizas para que no se vaya navegando antes de que desembarquemos.

# 19

—¡Que me lleve Mas'tad! ¿Podrías deshacerte de ese ruido, Lydon? —gritó Duile.

El asesor principal del finado Manhathus no estaba seguro de si la pregunta era retórica, pero tampoco se atrevió a arriesgarse.

—Los hombres solo tratan de extraer la información lo más rápido que pueden, vuestra majestad.

—Soy consciente de ello —siseó ella—. ¿Crees que soy estúpida?

—¡Nunca, majestad! Por supuesto, n…

—¡Entonces, haz que se calle!

Los gritos de dolor llegaron a ser tan estridentes y guturales que habían empezado a sonar inhumanos. Meneth Lydon, asesor principal de su difunto esposo, entendía lo que Duile quería decir por 'silencio'. La pobre alma hacía tiempo que había abandonado la racionalidad y ahora, infinitamente más que la reina, deseaba con todo su ser la misma paz bendita. Él no daría, o no podría dar, la información que lo habría librado, no de la muerte, sino de una larga agonía. Incluso aunque respondiese, su estado mental suscitaría dudas sobre la fiabilidad de cualquier declaración, por lo que ya no era de utilidad.

Al levantarse, el rostro de Lydon se contorsionó frunciendo el entrecejo. Mientras Duile fuese infeliz, él sería también un desgraciado. Ambos herederos al trono se le habían escapado de las manos a la reina, y mientras estuviesen libres y en el extranjero, representarían una amenaza. Necesitaba encontrarlos, y cada día que pasaba le alejaba más de esa posibilidad. La paciencia de Duile se había agotado, por lo que ni siquiera la muerte de otro desafortunado le brindaría placer. Lydon arrojó contra la pared una *chobola* que se había estado comiendo y el pedazo de fruta quedó destrozado.

—¡Y limpia eso! —reaccionó enfadada.

—Sí, majestad.

Él no estaba acostumbrado a arrastrarse. Sin duda, había adulado a

Manhathus, pero supo siempre hasta dónde llegaría ese servilismo. Era servil con un propósito. Como asesor, siempre había tenido el oído presto de Manhathus para escucharlo y consentir; mucho de lo que el rey había ordenado había nacido del mandato de Lydon. Él era la voluntad tras la voluntad y, a su vez, no se doblegaba ante nadie. Estos días eran distintos. Duile era impredecible. Habían rodado cabezas, se habían entregado y arrebatado tierras, y el poder cambiaba a su antojo. Con cada amanecer, Lydon se volvía a cuestionar la sabiduría de su traición. Cuando alcanzó la puerta al final de la habitación, le hizo señas a los guardias reales, indicando con el pulgar los fragmentos dispersos. Ellos asintieron y corrieron a limpiar el desastre.

—¡Lydon! —gritó Duile y él saltó a sus pies. Había intentado humillarlo haciendo que él mismo lo limpiara, pero lo había eludido. Apretando los puños y reprimiendo la rabia, ya que sabía que la había entendido, se giró.

—Endreth —masculló entre dientes—, ¿de modo que es esto lo mejor que eres capaz de hacer?

—¿Ma… majestad?

Badar Endreth, ministro de Asuntos Exteriores en el reino de Manhathus, estaba temporalmente fuera de ese servicio para dedicarse a supervisar los esfuerzos por encontrar los hijos de la reina.

—En Ydron hay cientos de miles de ojos y otras tantas orejas, ¿y nadie los ha visto ni ha oído nada de su desaparición?

—Vuestra majestad, las puertas de la ciudad han sido aseguradas con la debida vigilancia y estamos haciendo un registro casa por casa. Seguramente los encontra…

—¡Sobornos! —lo cortó.

—¿Qué?

—Hay suficientes bocas hambrientas a las que la promesa de comida aflojará la lenguas. Sobornadlas.

—Majestad, hemos ofrecido recompensas de todo tipo imaginable, pero nadie romperá su silencio.

—Quiero de vuelta a Lith-An. ¡Aquí! ¡Ahora! ¡Conmigo! No me importa si no dejan un solo tugurio intacto. Hasta que la encontréis, quiero que se registren todas las casas y las destruyan de ser necesario.

—Podría haber salido ya de la ciudad, majestad.

—Entonces, registrad todas las granjas y cabañas. Reducidlas a astillas. ¡No! Reducidlas a cenizas si no están dispuestos a colaborar.

—Sí, majestad.

—¿Y qué hay sobre el barco? Quiero a mi hijo también.

—No sé qué tonto le trajo el rumor de un barco, majestad. Hemos revisado el astillero y está abandonado. No hay nadie en absoluto allí. No hay un inventario de qué barcos deben estar o no deben estar amarrados al muelle, pero dudo que alguien haya podido escapar por el mar. La tormenta habría destruido a cualquiera que hubiera sido lo bastante idiota para zarpar. Francamente, dudo que su informante supiera de lo que estaba hablando.

—De mí, no te atrevas a dudar —siseó ella—. Regilius y sus amigos zarparon de ese puerto. No te lo estoy preguntando. Te lo estoy diciendo y tú no vas a cuestionarme. En todo Ydron no hay mejores marineros que mi hijo y sus amigos. A pesar del peligro, con la embarcación adecuada, habrán tenido más oportunidad que nadie, incluso frente a una tormenta de esa magnitud. ¿Has mandado que dé aviso de Limast?

—No vi la necesidad, majestad.

—¿No viste la necesidad? ¿Piensas que vas a continuar disfrutando tus acostumbradas comodidades sin conseguir resultados? Si continúas negándote a seguir mis instrucciones y sin que yo vea resultados dentro de dos semanas, te prometo que vas a ser tú quien verá resultados. —Y palpó la punta de la diminuta daga que le colgaba de una cadena alrededor del cuello.

Endreth se puso blanco. No dudaba por un instante de que cumpliría su promesa, además de saber que con cada hora que pasaba, sus posibilidades de tener éxito disminuían.

—No os fallaré, majestad. Mis hombres no disfrutarán una noche de sueño hasta haberos devuelto vuestros hijos.

Las comisuras de la boca de la reina se subieron por un instante antes de que, con una voz apenas audible, entonara—: Me parece que finalmente te dejas guiar por el espíritu de búsqueda, ministro. Vela el paso de los días.

En cuanto le hizo una reverencia para marcharse, ella le dio la espalda. El sonido de sus pasos al retirarse apenas se registró en su consciencia. Airada y preocupada, caminó hacia las ventanas, empujó una para abrirla, y cerró los ojos debido a la ráfaga de brisa fresca. Más allá del goteo continuo de agua que caía del alero y los destrozos que había dejado la tempestad, las nubes bajas avanzaban rápido hacia el este.

«El viento de poniente ha regresado para aclarar el aire y restaurar el orden», pensó. Estaba convencida de que sería así. Había vivido a la sombra de su marido por demasiados años y le había visto crecer su autocomplacencia y cada vez menos apto para las riendas del poder. Desde el Gran Conflicto, no se había vuelto a ver tal desbarajuste en el reino. Por tanto, cuando ya no pudo tolerar más la situación, se aprovechó de la codicia de unos pocos lores y de las ambiciones de ciertos asesores, y tomó el trono. Si no hubieran desaparecido sus hijos, habría sido perfecto. Ahora, tras haberse ido, existía el riesgo de que cayesen en manos de sus enemigos y su pretexto para tomar el trono se derrumbaría. Después de todo, eran herederos de sangre. Su reivindicación era por medio del matrimonio. El matrimonio, como cualquier institución legal, estaba sujeto a ser cuestionado. El linaje de sangre no podía romperse y se prestaba más para fomentar la lealtad.

«Habría sido perfecto. Habría sido perfecto». El pensamiento se le reproducía hasta creer que se estaba volviendo loca. Al oír carcajadas, se dio la vuelta—. ¿Quién se atreve a reírse? —rugió.

La habitación, oscura excepto por la luz de la ventana y algunas esferas luminiscentes, quedó arropada por un manto de sombra hasta en sus más distantes recovecos, y sus ojos no pudieron discernir lo que acechaba en la penumbra.

—Lo siento, majestad —Fue la respuesta entre una risa reprimida.

—Da un paso al frente para que te pueda ver —ordenó ella—. ¡Guardia! —llamó.

Cuando dos guardias acudieron desde sus puestos en la puerta, la figura dio unos pasos hacia la luz.

—Lamento muchísimo haberme reído, majestad, pero me ha divertido la incompetencia de esos payasos serviles.

Duile se esforzó para reconocer el rostro. Las sombras que cruzaban sus facciones no ayudaban en nada. Estaba agotada y reacia a ejercer el esfuerzo mental necesario para identificar al extraño. Entonces, justo cuando sus hombres lo alcanzaron, empezó a reconocerlo y levantó la mano derecha.

—Deteneos —ordenó ella—. Dejadlo ir.

Se quedaron mirando a Duile, como si no hubieran oído correctamente. Pero una vez vieron que la ira se le mostraba en el rostro, ambos soltaron al intruso. Al unísono retrocedieron un paso y se quedaron pendientes.

—Regresad a vuestros puestos —ordenó.

Los guardias intercambiaron miradas, pero se pusieron firmes, saludaron y regresaron a la puerta. Duile, que no había retirado la mirada del recién llegado en ningún momento, estaba desconcertada.

—Creo que te conozco, pero por Siemas, no puedo recordar tu

nombre.

—Soy Husted Yar, majestad.

—Dime de qué te conozco. ¿Cómo llegaste a este aposento sin ser visto? —A ella no le gustaba esta incertidumbre—. ¿Y por qué no debo quitarte del medio para siempre?

El labio superior de Yar se curvó—. He estado con vos todo el tiempo, majestad, desde que decidisteis tomar el trono. He sido vuestro más cercano confidente.

—¿Mi más cercano…?

—Confidente —afirmó él asintiendo y completando la oración por ella.

—Confidente —repitió Duile, sonando menos confusa.

Duile le dio la espalda, reflexionando sobre esta novedad y preguntándose cómo pudo haber olvidado a un amigo. Se sintió, entonces, bañada por una ola relajante de consuelo que la hizo liberarse de la duda y no volvió a pensar en ello.

El abdomen de Yar onduló y su forma mostró brevemente un ligero temblor. Realmente no había estado con la reina desde que esta decidió tomar el poder. De hecho, fue solo recientemente cuando decidió aprovecharse del caos que se vivía en la ciudadela. Generalmente, de haber intentado colarse en barakYdron, el gran número de guardias le habría hecho imposible su objetivo. Estos días, sin embargo, la mayoría estaba ocupada en el registro. Había sentido que era la mejor oportunidad y se había abierto paso hacia el punto estratégico por excelencia.

—Y, por supuesto —aseguró Yar—, recordáis ahora todos nuestros encuentros. ¿No es así, majestad?

—Por supuesto, querido Husted —sonrió—. ¿Por qué insinúas lo contrario?

—Es cierto ¿por qué? —concordó—. Venga. Hablemos de Regilius y Lith-An.

Duile sonrió. Le extendió la mano a Yar para que se la tomara, y la pareja se marchó hacia aposentos más privados.

## 20

—¡*Wía* no! ¡*Wía* no! ¡*Wía* no!

—Silencio, pequeña. Por favor, para de llorar —suplicó Ganeth.

—¡*Wía* no! ¡*Wía* no! ¡*Wía* no!

—Te lo suplico, Ría. Debemos estar en silencio ahora.

—¡*Wía* no! ¡*Wía* no!

La pataleta continuó y Ganeth se sentía completamente perdido. Nunca se había relacionado con niños y ahora rogaba fervientemente que alguien —quien fuera— le indicara qué debía hacer para que la niña dejara de llorar. «¡Borlon, guíame!», suplicó a la deidad que era la custodia de la vigilancia, la protectora en las horas más oscuras. Se pasó una mano por el cabello. Lo que había empezado como una simple petición de un amigo se había convertido en una odisea enrevesada, con todas las características de una pesadilla. Cuando Barnath entró a su tienda, el asunto parecía sencillo.

«Tengo un amigo que necesita hablar con Pithien Dur», habían sido las palabras de Barnath.

Durante años, Ganeth había insinuado —a veces, incluso manifestado abiertamente a cualquiera que hubiera querido escucharlo — que tenía amigos que conocían al proscrito. Era una forma de lucirse entre sus compañeros y de sacudirse el tedio. Durante todos los años que había sostenido esto, nadie le había pedido que lo probara. Hasta ahora…

Al principio, simplemente había sonreído y con aire condescendiente le había dicho: «Y naturalmente, amigo mío, has acudido a mí…».

No pudo esconder su petulancia y le aseguró a su colega tendero que se trataba de una tarea sencilla. Sin embargo, tan pronto Barnath se marchó, empezó a preocuparse. Hacía años había oído de casualidad la conversación de unos amigos que decían conocer al proscrito. Aunque nunca volvieron a repetirlo —porque quizás se trató de un desliz— se aferraba a la idea porque le hacía sentir importante estar un paso más cerca de Dur. Con los años, siempre que necesitaba sentirse superior, encontraba una forma de desviar la conversación hacia el proscrito para poder presumir de su asociación con él. Esta supuesta intimidad lo excitaba y hacía que sintiera que su vida era más emocionante.

Así que, cuando se vio presionado a honrar su palabra, los miedos comenzaron a invadirlo. Nunca había tenido pruebas de la asociación de sus amigos. ¿Y si se trataba de una fanfarronada vacía y olvidada como la suya? Se sentiría humillado. Ganeth deseaba correr detrás de Barnath para explicarle por qué era posible que no pudiera hacerle este favor, pero no se le ocurría ninguna buena excusa. Así que, a pesar del miedo, se puso el sombrero y se dirigió a meshedRuhan para hablar con Benjin y Jenethra. Estaba muy inquieto, preparado para escuchar lo peor. Sin embargo, para su sorpresa, una vez que les explicó el motivo de su solicitud, admitieron que la reunión podría celebrarse. Naturalmente, tomarían las debidas precauciones. No podían prometer nada, pero contactarían a Dur siempre que Ganeth prometiera no revelar sus identidades. Su corazón dio un vuelco. Naturalmente, accedió.

Todo lo que pasó después se desarrolló con facilidad, hasta el momento en que Marm colocó a Ría en sus brazos. Incluso entonces, se vio tan atrapado por los acontecimientos que no se detuvo a reflexionar qué sucedería cuando se escapase con la niña. Los guardias del palacio estaban por todas partes. Aunque Ganeth no sabía por qué, tenía la clara impresión de que la niña no debía caer en sus manos y que las cosas se pondrían muy feas si la encontraban en su poder.

Al principio, había pensado esperar fuera de la cantina en la oscuridad de un portal cercano, pero pronto resultó evidente que los escuadrones estaban peinando las calles, buscando en todas partes. Al ver a una unidad aproximarse, Ganeth supo qué debía hacer. Arropando a Ría bajo su capa, dio la vuelta y se escabulló por un callejón.

Su siguiente plan fue dirigirse hacia las afueras de la ciudad, deambular o encontrar un amigo con quien pasar la noche. Entonces, cuando amaneciera, podría regresar al mercado de la parte alta de la ciudad para reunirse con Marm. Sin embargo, no pasó mucho tiempo antes de que comprendiera que no era viable permanecer en ninguna parte de la ciudad. Jamás había sido testigo de una actividad tan frenética. Los soldados registraban casa por casa, interrogando a todos los ciudadanos. Más de una vez, Ganeth estuvo a punto de no pasar inadvertido.

Cuando finalmente entendió que debía irse de una vez, ya no tenía ni idea de cómo devolver a la niña. Por el momento, eso no tenía importancia. Con el nuevo día llegaría la solución, si es que lograban llegar tan lejos… Ayudó que Ría se durmiera. Era menos probable que emitiera sonidos inoportunos. No obstante, antes de desaparecer, Ganeth se sintió poseído por una claridad mental inusual. Estando aún en el mercado en la parte alta, llamó a la puerta de una amiga. Le explicó su situación y le pidió que si Barnath o cualquier otro ciudadano se presentaba buscándolo por su nombre, le dijera que había salido de la ciudad con la niña. Le entregó como prueba un pequeño cordón rojo del vestido de Ría y luego se dirigió hacia las afueras de las murallas de la ciudad.

Escapar de danYdron era un asunto. Decidir adónde ir a continuación era otro bien distinto y el punto fuerte de Ganeth nunca había sido anticiparse al próximo paso. Así fue que se encontró a sí mismo mirando letreros.

—Darmaht —imploró al protector de los caminantes—. Dime adónde debo ir. Creo que tengo un tío en No'eth, pero no lo he visto desde que era un niño. ¿Y si ya no está allí? Si mal no recuerdo, mi madre me habló una vez de unos primos en Dar, pero eso está al norte de Limast… No puedo deambular con esta niña por todas las provincias ni puedo permanecer sentado fuera de las murallas. Necesitaremos agua y comida. ¿Cómo sobreviviremos con las pocas monedas que tengo en el bolsillo?

Bajó la mirada mientras Ría se movía en sus brazos. Tendría que encontrar algún lugar donde descansar hasta la mañana siguiente.

—¿*Ma'm*? —preguntó Ría al despertarse.

—No, Ría —respondió Ganeth—. Marm no está aquí.

Quizás al no reconocer la extraña voz en la oscuridad, la niña comenzó a llorar—: ¡*Quero* a *Maam*! ¡*Quero* a *Maam*!

—Shhh, Ría —Ganeth intentó calmarla—. Encontraremos pronto a Marm.

La niña se negó a ser consolada—. ¡*Quero* a *Maam*! ¡*Quero* a *Maam*!

—Por favor, Ría, no llores —imploró Ganeth sin saber qué decir ni qué hacer.

—*Wía* no —chilló ella—. ¡Yo Lith-An!

Confundido por esta declaración y creyendo que la niña aún estaba medio dormida, Ganeth replicó—: Tengo tu muñeca en mi bolsillo, Ría. Lith-An está bien.

La princesa estaba indignada—. ¡*Wía* no! —chilló—. ¡Yo Lith-An!

En vano, Ganeth siguió tratando de calmarla. No podía entender por qué insistía en hacerse llamar como su muñeca. Barnath no le había dicho que Marm y la niña venían del palacio, por lo que nunca se le habría ocurrido que la niña podía ser realmente la princesa.

Mientras intentaba razonar con ella, surgió un nuevo problema: el sonido de cascos que se aproximaban. Los viajes entre ciudades eran insólitos por la noche. Las esferas luminiscentes que colgaban de los vehículos eran demasiado débiles como para iluminar los caminos toscos y llenos de baches de la campiña. Diamath era demasiado pequeña para producir algún tipo de luz utilizable y la luz de las estrellas no mostraba la presencia de baches hasta que ya era demasiado tarde. Sin la luz adicional emitida por las farolas, los viajes nocturnos resultaban sumamente arriesgados. Se sobresaltó, entonces, al oír cascos de caballos. Quizás los jinetes consideraban que el peligro que creaban los guardias del palacio era motivo suficiente para justificar un viaje así, pero él también era consciente de que los bandidos y otros indeseables recorrían los caminos aledaños después de la caída del sol. Se dirigió hacia una zanja a toda prisa y rogó para sus adentros que la niña cooperara y permaneciera quietecita.

—Por favor, Ría —imploró, a medida que se acercaban los sonidos de pisadas—. No llores...

—¡*Quero* a *Maam*!

—¡Por favor, Ría!

—¡*Wía* no! ¡*Wía* no!

Comenzó a sentir pánico. Su respiración se aceleró y el sudor comenzó a bajarle por la frente, las sienes y el cuello.

—¡Por favor! —suplicó, pero la niña continuó protestando.

—¡*Wía* no! ¡*Wía* no! ¡*Wía* no!

Los jinetes acortaron bastante la distancia y se detuvieron, escuchando...

21

—Esto no está bien, general. ¿Está seguro?

Desde que lord Emeil aceptó apoyar a Duile, había contado con que la reina lo traicionase. No tenía idea de la forma en que lo haría ni el motivo que alegaría, pero este asunto le apestaba a ella. Aunque lo había utilizado para sus fines, sabía que no confiaba en él. «Y con razón», pensó. Una vez se diera la oportunidad de eliminar la amenaza que él representaba, la reina haría lo que fuese necesario.

—Mi señor, nuestro agente ha llegado de una reunión urgente convocada por los altos mandos de lord Kareth y lord Danai. Ambos batallones están totalmente desorganizados y lo están acusando a usted y a lord Zenysa. Tanto Kareth como Danai alegan que recibieron anoche una invitación para reunirse con ustedes dos en privado. Poco después de la hora de cenar, cada uno salió de sus dependencias acompañado por un grupo de guardaespaldas para reunirse en un lugar secreto. Ninguna de las partidas ha sido vista desde entonces.

—¿Qué prueba de autenticidad ofrecieron? —preguntó Emeil, y añadió—: Yo no envié esa invitación.

—Los abordaron mensajeros que usaban sus colores y los de lord Zenysa, y portaban un pergamino estampado con los sellos de ambos escudos —explicó el general Meiad.

—¿Quién custodia mi sello, general?

—El comandante Saed, que asegura que en ningún momento ha dejado de estar bajo su custodia. Pudo mostrarlo a solicitud nuestra y fue avalado por tres oficiales veteranos.

—¿Se ha comunicado usted con Zenysa?

—Lo he hecho, mi señor, y su Estado Mayor insiste en que ellos tampoco tuvieron que ver con esto. Si usted no tuviera la reputación que tiene, le estarían señalando con el dedo, aunque lord Ened y lord Hau han estado a punto de hacerlo. Así las cosas, están desconcertados. Debo confesarle que yo también lo estoy.

—No es tan confuso, general. Estamos dentro de barakYdron y

Duile controla estos territorios. Si busca la dominación, sembrar el ambiente de miedo y sospecha constituye su arma más eficaz. Sin duda, tendrá suficientes artesanos para falsificar en poco tiempo uniformes y escudos. ¿Pudo hacerse con un pase para comparar esa impresión con mi sello?

—No, mi señor. Tal parece que se perdieron los documentos junto con cada partida.

—Lo que hace imposible probar si son falsificaciones o no. Qué mala fortuna… Había esperado que mi implicación personal junto a la de lord Kanagh y la de lord Hol aportara control y equilibrio para mantener al menos algo de estabilidad. Ahora, ¿cómo protegemos nuestros intereses y seleccionamos a un nuevo gobernante? Si mis sospechas son correctas y Duile está detrás de todo esto, podría no quedar mucho tiempo para huir con nuestros hombres. Pero si no fue la reina, estoy seguro de que el Estado Mayor de lord Kareth y lord Danai está tramando nuestro fin, precisamente en este mismo instante.

—¿Huir, mi señor? ¿No sería mejor quedarnos donde podamos vigilar cómo evolucionan los acontecimientos? Si nos vamos ahora, garantizamos la victoria de la reina.

—Encerrados en estas paredes estamos a merced de Duile. Huir, si realmente pudiéramos hacerlo, nos aseguraría un mañana desde el cual planificar nuestro próximo movimiento.

—Mi señor, sabe que sus hombres combatirían hasta la muerte por protegerlo —arguyó Meiad.

—Los hombres muertos no me sirven de nada. Estoy donde estoy porque sé escoger mis batallas. Ganar la guerra a veces depende de saber cuándo replegarse. Este es uno de esos momentos.

»Infórmele a la reina de que tengo razones para creer conocer el paradero tanto de su hija como de Pithien Dur.

—¿Dur, mi señor?

—Necesito una razón para desplegar a todos mis hombres. Un suceso inesperado como este debe tomarla por sorpresa y permitirnos marchar si no le damos tiempo para pensarlo. Si realmente fue ella la autora de lo de anoche, es plenamente consciente de mi inocencia y no se arriesgará a perder esta oportunidad para capturar tanto a su hija como al proscrito. Informa a la reina y reúne a los hombres. No les dé el menor indicio de que estamos haciendo algo distinto a lo que le decimos a ella. Ordéneles que lleven provisiones solo para una incursión de pocos días, y protección por si el tiempo empeora. De esta forma, dejarán nuestro campamento intacto y sus pertenencias atrás, lo cual hará creer a cualquier informante entre los nuestros que tenemos intención de regresar.

—Sí, mi señor. De inmediato.

—Un último detalle.

Meiad se detuvo—: ¿Sí, mi señor?

—No vaya usted mismo. Envíe a otro que no esté al tanto de esta información. Si Duile, aunque sea remotamente, llegara a sospechar nuestro engaño, el plan se iría a pique. La reina no debe detectar ni una traza de mentira en los ojos ni en la voz del mensajero.

—Sí, mi señor —replicó Meiad con una sonrisa—. Entendido.

Emeil suspiró. Los sucesos acaecidos desde el derrocamiento no se habían acercado a sus expectativas y, aunque sabía que Manhathus tenía que ser derrocado, no había previsto la ambición de Duile. ¿Quién se iba a imaginar, cuando se sentaba en silencio a la sombra de su marido, que lideraría tal matanza indiscriminada? A él le había prometido, mirándolo directamente a los ojos, que Manhathus sería apresado y juzgado por sus crímenes, y él había creído que sería un golpe sin derramamiento de sangre. Analizando ahora en retrospectiva, estaba consternado por su ingenuidad.

Aunque consiguió engañarlo, no lo haría partícipe de su maldad. Nadie se sorprendió cuando rehusó a participar en los incendios de viviendas. Solo por eso la reina lo habría asesinado, si él y sus hombres no se hubieran prodigado tanto dirigiendo sus propias indagaciones. Él había apresado a más guardias de Manhathus que el espacio que tenía para encerrarlos, pero ante su propuesta de construir una empalizada hasta que se pudiesen edificar celdas permanentes, la reina sencillamente ordenó que los aniquilaran.

Afortunadamente, Emeil era un hombre de decisiones sabias. Ahora que los seguidores de Kareth y Danai se habían vuelto contra él, sabía lo que tenía que hacer. Luego de retirar a sus hombres del peligro inmediato, comenzaría a expandir su fuerza. Zenysa estaría luchando por sobrevivir, por lo cual dejaría de ser una amenaza. Tras la traición de Duile, hasta podría convertirse en aliado. Lord Kanagh y lord Hol, cuyas casas se habían demostrado sistemáticamente dignas de confianza desde el Gran Conflicto, ya le habían jurado lealtad. Como el palacio era una isla con recursos limitados, podrían aislarlo, cortar sus líneas de suministro y poner a Duile de rodillas. Si procedía con inteligencia, podría lograr lo que había procurado desde el principio: el nuevo gobernante sería elegido por el pueblo.

# SEGUNDA PARTE

La resolución

## 22

Cuando Obah Sitheh asumió el control de las tierras que ahora todos conocían como Ydron y adoptó el nombre de Tonopath *el Conquistador*, era un simple caudillo: el exitoso cabecilla de una larga y sangrienta campaña que se había cobrado muchas vidas. En modo alguno tenía ascendencia real, pero, aun así, durante el Gran Conflicto —cuando la anarquía reinaba en la tierra, las familias se atacaban entre sí, los hermanos se asesinaban unos a otros y las guerras entre los dirigentes estaban a la orden del día—, su voluntad, así como su espada, se hicieron valer entre el caos. Los quince años de matanza, rivalidad mezquina y confusión cesaron de repente, ya que, a fin de cuentas, nadie era lo suficientemente valiente ni lo suficientemente ingenuo como para desafiarlo. La fortuna le había sonreído durante todas sus campañas y jamás perdió una batalla. Sin duda, era brillante, pero el clima y las circunstancias lo habían ayudado de tal modo a decidir resultados dudosos a su favor que se convirtió rápidamente en una leyenda. Sus tropas eran temidas como ninguna otra y se le reverenciaba casi como a un dios. Cuando finalmente reivindicó su dominio en la región, nadie hubiera osado contradecirlo.

Obah Tonopath era más que un gran guerrero o no habría sido capaz de ejercer su dominio para siempre. Con el paso del tiempo, incluso un enemigo temeroso habría sido capaz de sentir que su temido oponente se había vuelto viejo y débil. Obah entendía que, para retener el poder, debía ganar aliados y convertir a sus enemigos en amigos. En primer lugar, había decretado que las dieciséis tierras fuesen provincias bajo su reinado. Aunque había mantenido a Chadarr para sí mismo, cambiándole el nombre a Ydron, como la región, cedió las provincias restantes a los generales y caudillos que más respetaba en combate: aquellos que habían peleado con mayor ardor y bravura. Jamás se podía confiar en los cobardes, razonaba, porque ni siquiera podían confiar en sí mismos. Además, el duro de mollera no habría podido apreciar el valor del gesto. Por otro lado, los dotados de inteligencia y coraje entenderían que, aunque tenía el poder de desacreditarlos por completo, los honraba con este reconocimiento a su valor. Honrándolos, compraba su lealtad, y así se rodeó de aliados poderosos y agradecidos.

Después se casó con Esmi, la hija de Hath *el Terrible*. No solo creó lazos de sangre con la persona con más potencial para derrocarlo, sino que también consiguió el control de Sandoval, la provincia que le había cedido a Hath. Aunque Ydron poseía el puerto más importante, Sandoval tenía el único adecuado para transporte aparte de aquel, siendo el litoral entre Monhedeth y Sandoval y las costas de Deth y Pytheral demasiado rocosos e inhóspitos. Esto reducía su dependencia de Nagath-réal y sus caravanas, y aseguraba que pudiera defender los únicos trechos de costa accesibles de potenciales invasiones. Puesto que Esmi era tan hermosa como inteligente, su matrimonio garantizaba que su prole fuese apta para heredar.

Durante el resto de su vida trabajó para traer prosperidad a toda la región. Reclutó a los mejores intelectos, encontró nuevas y mejores formas de cultivar y estableció relaciones comerciales para que nunca hubiera escasez de alimentos y bienes. Este período, inmediatamente posterior al Gran Conflicto, pasó a conocerse como La Unificación. Excepto por el fallido asedio a Ydron después de la batalla y el asedio a menRathan, cuando el reino se vio amenazado por un breve período, Ydron creció y prosperó durante casi doscientos cincuenta años. No fue hasta el reinado de Berin, el padre de Manhathus, que los acontecimientos dieron un vuelco.

Berin, más que ninguno de sus predecesores, buscó inmortalizarse con la construcción de monumentos y ampliaciones masivas de barakYdron, su ciudadela. Esto requería la expansión de las canteras y de más trabajadores. Al principio, utilizó prisioneros. A continuación, sumó a quienes tenían deudas, que trabajarían para saldarlas, aunque estas parecían incrementarse con este sistema. Con el tiempo, también se vio confinada a las canteras gente secuestrada en regiones fuera de Ydron. Finalmente, subyugaron a los pobres y nació un sistema de esclavitud.

Berin encontró nuevas formas de explotar a su pueblo. La opulencia comenzó a fluir a raudales en el palacio a medida que implementó impuestos cada vez más onerosos, y aun así no estaba satisfecho. Para cuando su único hijo Manhathus alcanzó la edad adulta, Berin había empezado a aumentar el tributo que exigía a sus provincias. Lo que antes había sido un intercambio justo por la protección que les brindaba, comenzó a exceder la capacidad de pago de sus súbditos. Su apetito era insaciable.

Cuando súbitamente murió de gula, todos dieron las gracias y expresaron entre sí, a veces incluso abiertamente, que había tenido un final muy merecido. Se extendió un aire de celebración y la coronación de Manhathus fue la más grandiosa que se hubiera visto jamás. Sin embargo, el regocijo no duró, porque pronto resultó evidente que la suerte de los oprimidos no iba a cambiar. Mientras que Berin había sido activo en su explotación, Manhathus se mostraba apático, satisfecho con que todo permaneciese tal como estaba. Aunque no hizo nada para aumentar la carga de su pueblo, tampoco hizo nada por aliviarla.

Manhathus era la antítesis de Obah. Mientras que Obah había sido considerado y astuto, Manhathus era insensible y negligente. Mientras que Obah había sido cuidadoso a la hora de seleccionar a su reina, Manhathus Tonopath no había podido ser más ingenuo al elegir la suya. Por supuesto que Duile era hermosa e inteligente, pero su difunto padre, Armitage Morged de Rian, había sido un debilucho como Manhathus y ella despreciaba la debilidad. Si bien no había celebrado particularmente pasar de una dinastía a la otra, se mostró colaboradora debido a la inmensa riqueza de Ydron. Aunque fue un intercambio de una circunstancia infeliz por otra, por mandato legal las tierras de su padre pasarían al simplón de su hermano. Y cuando, al morir su padre, su hermano no pudiera acceder al trono, todo pasaría al medio hermano de su padre, lord Kareth, no a ella. Como reina de Ydron, podría tenerlo todo. Solo necesitaba encontrar una forma de eliminar a Manhathus. Nunca se le ocurrió que pudiera ser difícil. Estaba en lo cierto.

En el vigesimoprimer aniversario de su hijo, Duile tuvo la oportunidad de visitar la provincia de Borrst. La acompañaban el ministro de Comercio, su delegado y Meneth Lydon, el asesor principal de Manhathus. La comitiva estaba ostensiblemente embarcada en una misión para fortalecer las relaciones comerciales, pero la reina tenía un proyecto distinto. Se reunieron en la capital de danHsar con los gobernadores de otras provincias. Por medio de sus acompañantes, Duile dejó claro que deseaba cambiar el *statu quo* de una forma que redundara en beneficio de todas las partes. Aunque inicialmente recibieron sus propuestas con recelo, ninguno podía darse el lujo de rechazar su ofrecimiento. Una vez entendieron que no se trataba de un engaño, no hubo que esperar demasiado para que los conspiradores se unieran y así se incubó el plan para derrocar a Manhathus.

Con gran rapidez, la causa cobró vida propia y avanzó con una celeridad que Duile nunca hubiera previsto. Incluso lord Emeil la sorprendió cuando le informó de que deseaba unirse a ella, y su aparente ingenuidad le hizo gracia. Los demás, le constaba, participaban más por avaricia que por cualquier otra causa. No obstante, se sintió complacida debido a que Emeil habría sido un fiero oponente y su alianza le confería un aire de legitimidad a sus esfuerzos. A pesar de que inicialmente esto jugaría a su favor, comprendió que posteriormente tendría que eliminarlo. Emeil nunca apoyaría nada que no fuera la coronación de un sucesor legítimo y Duile no permitiría que nada ni nadie se interpusiera en su camino: ni Emeil ni siquiera sus propios hijos. De acuerdo a la legislación reinante, mientras Regilius viviera, él, y no su madre, sería el heredero legítimo. Y, aunque no había precedente de una niña que hubiera ascendido al poder, debido a que Lith-An era un lazo de sangre directo en la línea de sucesión al trono, en caso de que desposara a alguien de la talla adecuada, la redacción de la ley arrojaría dudas sobre el derecho de Duile. Había precedentes de matrimonios infantiles y sospechaba que esto no se le escaparía a ningún aspirante a sucesor.

Ya pasaba de la medianoche. Incapaz de conciliar el sueño y enfurecida por los sucesos recientes, Duile se había levantado de la cama y daba vueltas por sus aposentos. Sintió que alguien llamaba a su puerta.

—¿Sí? —espetó, sin hacer ningún esfuerzo por disimular su irritación.

La puerta se abrió y asomó una cabeza—. Señora. Vi que había luz y me pregunté si os encontrabais bien —Era la doncella de Duile.

—¡Fuera de aquí! —chilló Duile. Entonces, antes de que la aterrorizada doncella pudiera retirarse, lo pensó mejor y la detuvo—. No. Espera.

La chica pareció aliviada como, si por una vez, su señora apreciara sus esfuerzos.

—Manda a buscar a Husted Yar —repuso secamente Duile.

La chica asintió.

—Y que no se te ocurra volver a importunarme hasta que yo te emplace —gritó Duile a pleno pulmón.

Los ojos de la chica se abrieron de miedo, pero mantuvo la cabeza erguida lo suficiente como para responder con una voz que era prácticamente un susurro—: Sí, señora. —Cerró la puerta con cuidado de no dar un portazo.

Si Duile estaba enfadada antes de la intromisión, ahora lo estaba muchísimo más. Estos días, todo y todos se volvían blancos de su ira. Los rumores del paradero de sus hijos siempre carecían de fundamento. Su intento de desacreditar a Emeil no había salido bien y el anzuelo que este le había tirado era obviamente una treta para huir. No sabía si podría seguir tolerando la situación.

Cuando, después de casi media hora de espera, sintió otra llamada a la puerta, Duile casi estalló, pero se detuvo en seco. Una oleada de calma la invadió. Sonrió, se dirigió a la puerta y la abrió a sabiendas de que era su leal asesor. No sabía ni le importaba cómo había llegado a esa conclusión, ni cuestionó por qué su ánimo siempre cambiaba para mejor en su presencia, pero el sereno consuelo que le traía bastaba por sí mismo.

—Mi querido amigo —le dijo al dalcin, extendiéndole la mano—. Muchas gracias por tomar parte de tu tiempo para venir a verme, especialmente a una hora como esta.

—Es un honor, vuestra majestad. ¿Para qué están los amigos?

Si hubieran estado presentes otros de su especie, el dalcin no se habría tomado la molestia de ser tan sutil; pero, hasta que no llegaran los suficientes, sabía que tendría que inventarse infinitas artimañas para apaciguarla. El éxito de su misión se cifraba en seguir el camino de la menor resistencia. Habiéndose abierto paso hasta su ubicación estratégica, no cabía nada más que esperar. En el momento de La Llegada, le tocaría desempeñar un nuevo papel, pero, hasta entonces, intervendría en los asuntos de la reina lo menos posible, actuando solo para sobrevivir. Para eso, Husted Yar calmaría las ansiedades y satisfaría los deseos de Duile, y, por supuesto, se alimentaría discretamente.

Aunque los dalcin no compartían ningún equivalente emocional con estas personas, sí poseían ciertas necesidades fisiológicas que podían expresarse en términos comunes. Una de estas era el apetito. Era una inquietud primordial para Yar, incluso superior que para la mayoría de los de su especie. Para controlar su hambre voraz necesitaba cumplir con dos condiciones: la primera era involucrarse en la menor cantidad posible de actividades extenuantes. Afortunadamente, esto se alineaba tanto con su misión como con su disposición. La segunda era establecer un vínculo con el sector de la población al que nadie echaría de menos. Para esto, Yar había persuadido a Duile de que lo pusiera al mando de los esclavos. Cuando uno de ellos desapareció, nadie se lo cuestionó. Este arreglo demostró ser lo suficientemente satisfactorio, por lo cual continuó complaciéndola.

—Es muy amable de tu parte decir eso —dijo ella sonriendo. Entonces, su sonrisa se desvaneció—. Estoy preocupada, querido Husted. He perdido toda esperanza de encontrar a mis hijos.

—Por favor, no os preocupéis. Mis informantes me indican que estamos a punto de encontrar a Regilius y a Lith-An. Os explicaría más, pero prefiero no hacerlo hasta tenerlos delante, pues sé que vos detestáis las decepciones. Solo os diré que otra persona que usted busca podría aparecer también. Así que os ruego: sed paciente.

—¿Otro? ¿A quién te refieres?

—Os lo ruego, majestad. ¿Acaso os he decepcionado alguna vez?

—No, Husted. Jamás lo has hecho. Confiaré en ti.

—Gracias.

Estaba al tanto de la dirección que Regilius había tomado y, periódicamente, una ráfaga de pensamiento ayudaba a aislar su paradero. Aunque el príncipe estaba tomando el control, un dalcin en el norte le seguía los pasos con paciencia. A menos que Regilius adquiriera un dominio total pronto —lo que parecía bastante improbable— encontrarlo era solo cuestión de tiempo.

La enigmática referencia de Yar a «otra persona» aludía a una telépata que desde hacía mucho interesaba tanto al dalcin como a la reina. Después de que dos dalcin emplazados en Bad Adur hubiesen tropezado con algunos de sus secuaces y en el proceso hubiesen capturado a uno de ellos, no había pasado mucho tiempo hasta que la proscrita acudió en su búsqueda. Sin embargo, aunque tenía más experiencia que Regilius y había logrado evadirlos hasta el momento, consiguieron capturar a otros dos, así como también a un cuarto con el que no contaban. Había pasado mucho tiempo desde la última vez que probara la carne de esa raza.

La telépata había escapado con lo que restaba de su compañía, pero todavía podían atraparla. Habían encontrado la forma de sorprenderla, de engañarla… Era solo cuestión de tiempo.

Un nuevo fulgor, sin embargo, había sorprendido a Yar. La mente había producido un solo destello, pero con un brillo y un poder que no podía ignorar ni pudo evitar reconocer la fuente de esos pensamientos rabiosos.

*¡Ría no! ¡Ría no! ¡Ría no!*

# 23

La Gran Planicie Salada era el mayor paraje de comercio aparte de los mismos mares: una superficie casi perfecta de sal compactada que se extendía a muchos días de viaje desde su centro hacia el exterior en todas las direcciones. Su continua existencia con estas cualidades hacía posible el rápido transporte transcontinental de mercancías que, de no haberse aprovechado de esta manera, de seguro habría resultado explotada exhaustivamente. En realidad se habían excavado algunas de sus orillas, pero la planicie como tal permanecía virgen. Como resultado, las grandes embarcaciones movidas por velas cargadas con mercancías se desplazaban sobre ruedas y cruzaban su superficie, a velocidades de otra forma inalcanzables, gracias a los vientos que casi siempre soplaban.

En cada uno de los puntos que los navegantes de tierra embarcaban o atracaban, florecían ciudades porteñas. Bad Adur, en la provincia de Nagath-réal, era una de ellas. A pesar de la riqueza que pasaba por sus calles, la ausencia de ornamentos contradecía la realidad. Las fachadas de sus tiendas se veían deslucidas y los exteriores de las casas eran lóbregos. Si los interiores estaban bien amueblados, por fuera no había nada que lo revelara a los granujas que a veces acompañaban a las caravanas. En parte porque Bad Adur quedaba tan apartado y, en parte, porque eran tantos los rostros que recorrían sus calles, Pithien Dur lo había elegido como el lugar perfecto para esconderse y desarrollar un plan.

Mientras ella y Marm conversaban en la terraza de un café, un pequeño torbellino recorrió la calzada y cruzó dando vueltas entre un grupo de niños. Marm observó su baile: primero en una dirección y luego en la otra, ahora detenido, y finalmente saliendo a toda velocidad a través del grupo, solo para esfumarse a corta distancia, más adelante. Durante todo ese tiempo, los niños y niñas siguieron jugando, ajenos al paso de la microtormenta. Esta calle distaba mucho de ser el jardín de juego de danYdron, pero los niños le recordaban el increíble giro de acontecimientos registrado hace poco. Ella, como las motas de polvo y restos de basura atrapados en el embudo del viento, se sentía bamboleada e impotente.

—¿Por qué nosotros, Marm? —preguntó Dur, interrumpiendo el ensimismamiento de Marm.

—¿Qué quieres decir?

—Sabes lo que quiero decir —replicó ella—. De toda los seres de todos los mundos, ¿por qué los dalcin nos eligieron a nosotros?

—Muy sencillo. Ellos se multiplican como *mármatas*, y hay muy pocas fuentes de alimento. Hay trillones de estrellas, billones de planetas, millones de mundos con alguna forma de vida reconocible. Pero mundos con una forma de vida realmente avanzada que sea compatible con sus necesidades, solo un puñado. Sinceramente, era solo cuestión de tiempo hasta que os descubrieran.

—¿Compatible con sus necesidades?

—Parece ser que precisan de formas de vida con mentes de cierta complejidad.

—Yo habría creído que preferirían mentes simples… que pudieran moldear.

—Yo también lo creería así. Pero una y otra vez han ignorado a especies más simples en favor de criaturas con mayor inteligencia. Hemos concebido incontables hipótesis y aún no podemos explicarlo.

—Quizás es… ¿Cómo lo llamaste? ¿El sistema nervioso? Posiblemente un sistema nervioso complejo satisface sus… —puso cara de asco— requisitos nutricionales.

—Esa es una explicación verosímil y, francamente, una que nunca habíamos considerado.

—Así que, mientras tanto, vosotros corréis de un mundo a otro, tratando de ir un paso por delante de ellos.

—No tenemos otra alternativa.

—¿Y crees que esta vez lo vais a lograr?

—Realmente, no lo sé. Esperamos no fallar, pero a pesar de todas nuestras teorías, aún no entendemos a nuestro enemigo. En una ocasión, capturamos y matamos a uno de ellos. El examen de sus restos nos arrojó muchos hallazgos nuevos. Pero igual que los que construyeron las primeras máquinas voladoras y las lanzaban desde techos y acantilados, solo para terminar heridos o muertos en el intento, no tenemos nada más que nos anime, sino la esperanza de que con el tiempo prevaleceremos.

—¿Y crees que mi gente tiene lo que se necesita para vencerlos? —presionó Dur.

—Tan solo es una teoría, pero creemos que nuestro plan puede funcionar. Tanto es así que hemos dedicado muchos años y todos nuestros esfuerzos a ese plan.

—Pero podría fallar.

—Podría fallar —aceptó Marm—. Es solo una teoría.

—Cuéntamela.

Marm creía ciegamente en la idea. Su esperanza de que estuvieran en lo correcto era uno de los factores que la habían persuadido a quedarse en este mundo y estaba deseosa de compartirla.

—Los dalcin controlan con sus mentes y, en suficiente número, dominan los pensamientos y percepciones de aquellos que subyugan. Para vencerlos, por tanto, debemos valernos de un medio similar y con un número semejante de individuos. Igual que ellos requieren que las víctimas sean de cierta complejidad, creemos que mentes de esa misma complejidad podrían controlarlos.

»Tú eres telepática —continuó Marm—. Ya hemos tenido esta conversación, pero yo no solo me refiero a tu capacidad de leer la mente, sino también a la de influir en las percepciones.

—Sí, pero yo solo poseo una sombra de lo que describes. Está claro que no puedo ni siquiera comprender los aspectos básicos de lo que me estás contando.

—Sin embargo, tienes esa habilidad. Además, no estás sola —Marm se le acercó más—. Hay otros.

—Naturalmente —respondió Dur—. He sido consciente de su existencia la mayor parte de mi vida. ¿Cómo no? A veces sus pensamientos me llegan como murmullos. Otras, casi me ensordecen. Pero, por lo general, son incoherentes y confusos, sin control, como si hubiesen sido enviados por error.

—No estoy hablando sobre los que tienen destrezas rudimentarias. Cuando oíste por primera vez al príncipe Regilius, ¿en qué te parecieron sus pensamientos distintos de los demás?

Dur reflexionó, sosteniendo un trozo de pan frente a la boca mientras intentaba buscar las palabras correctas—: Definidos. Claros. Enfocados.

—¿No como los pensamientos de los demás? —tanteó Marm.

—En absoluto.

Marm sonrió—. Entonces, quizá lo hemos conseguido.

El retumbar de pisadas rápidas detuvieron la conversación y Dur buscó su daga. Al virarse, vio que Loral se acercaba. Este se dejó caer sobre una rodilla a su lado y ella se relajó.

—Han capturado a Bedya —informó jadeando—. Ha desaparecido.

—¿Quién se lo ha llevado? —preguntó Dur.

—No lo sé.

—¿Qué quieres decir con «no lo sé»?

—Roman, Bedya y yo regresábamos al coche con las provisiones que pediste. Roman y yo estábamos a cierta distancia por delante. Ya sabes lo rápido que camina Roman cuando se pone a hablar.

—Al grano —le urgió Dur.

Se veía pesaroso—. Oímos gritar a Bedya, y creo que Roman pensó, como yo, que Bedya nos estaba pidiendo que camináramos más despacio. Cuando miramos atrás, dos hombres lo tenían agarrado por los brazos y lo llevaban ya doblando la esquina. Soltamos todo y corrimos detrás de ellos, pero cuando nos vieron, se quedaron mirándonos. De repente, nos sentimos enfermos y aterrados, y no podíamos dejar de temblar. No podíamos movernos. Cuando por fin pudimos, ¡se habían ido! Sabes tanto como yo que Roman nunca tiene miedo.

—Ni tú. ¿Dónde está Roman ahora?

—Dijo que los perseguiría mientras yo venía a avisarte.

—Dur, ¿sabes a qué me suena esto? —preguntó Marm.

—A los dalcin.

—¿Qué? —preguntó Loral.

—Te lo explicaré después. ¿Hace cuánto pasó esto?

—Ahora mismo. Hace unos minutos. Vine corriendo.

—Dur —dijo Marm.

La proscrita se giró.

—No los sentiste, ¿verdad?

—No, y eso me preocupa. —Se levantó—. Espera aquí. Vamos a encontrar a Bedya.

Dur siguió a Loral por la calle, esforzándose por localizar a sus compañeros. Aunque solía encontrar a cualquiera de ellos sin dificultad, no podía sentir a Bedya ni a Roman y eso la asustaba también. ¿Habían empezado los dalcin a llevar ventaja? ¿Habían inutilizado de alguna forma sus sentidos? Esta fue la segunda vez, después de la masacre en pelMusha, que se sintió derrotada.

# 24

Una hora después de que Dur y Loral hubieran empezado la búsqueda, Marm empezó a sentirse más y más temerosa. Conocía a los dalcin: los había visto matar. De niña, se había escondido mientras dos de ellos devoraban a sus padres y a su hermano pequeño. No había restos sobre los cuales llorar porque los dalcin no dejaban nada que indicara que las víctimas hubiesen existido jamás. A medida que afloraban los recuerdos, Marm luchaba por reprimir las lágrimas y mantener la compostura que la había mantenido viva a lo largo de los años, sabiendo que derrumbarse no serviría de nada. No ayudaba que el mesero bajara repetidamente, determinado a exprimirle cada moneda que pudiera, presionándola a tomarse una y otra taza de té, dando a entender que necesitaba la mesa. Aunque quería irse y salir corriendo a buscar a su amiga, se quedó donde estaba porque Dur esperaba que ella estuviese ahí. Se sobresaltó, por tanto, cuando la voz de Dur sonó en su cabeza.

*¡Marm!*

La taza se deslizó de sus dedos y cayó en el suelo hecha añicos. No fue consciente de las cabezas que giraban hacia ella ni del mesero que gritaba llevándose las manos a la cabeza con consternación.

—¡Pithien! —gritó y entonces se oyó a sí misma y reparó en que este no era un nombre que debiese invocar en público.

—¿Dónde estás? —preguntó ella con una voz más suave, mirando alrededor.

*En el mercado. Por favor, ven.*

Marm se llevaba las manos a la boca cuando, por un instante, vio el mercado a su alrededor. Había tratado de imaginar cómo sería el contacto de mente a mente, pero experimentarlo en la realidad era perturbador.

—Por supuesto —contestó y entonces se calló, reparando en que hablar era innecesario. *Ya voy.*

Esperando que Dur la hubiese oído, se levantó abruptamente e hizo caer la silla. Rebuscó en su cartera, lanzó unas monedas a la mesa y corrió escaleras abajo hasta coincidir en el camino de un nómada que dirigía una yunta de bueyes. Con apenas tiempo para evitar ser pisoteada, se salió del medio tirándose a un lado. Rápido, se puso en pie, respiró y se sacudió el polvo. Luego, haciendo de tripas corazón, se apresuró para encontrar a su amiga.

No tardó mucho tiempo en llegar al mercado. Una vez allí, sin embargo, todo lo que podía ver eran los puestos de los comerciantes, burros, unas cuantas mujeres y decenas y decenas de hombres cubiertos con turbantes o capuchas para protegerse del calor y el polvo, pero ninguna señal de la proscrita. Marm volvió a sentir pánico y trató de calmarse.

Al mirar alrededor, advirtió que su perspectiva era incorrecta. No había visto la escena desde este lugar. Imaginando que tenía que haberla visto desde el punto de vista de Dur, caminó alrededor del perímetro de la plaza, tratando de replicar su recuerdo. Recordó un edificio alto y encalado, con palomas posadas en el alero del tejado. Estirando el cuello, inspeccionó las estructuras de su alrededor y lo identificó casi de inmediato. Continuó alrededor de la plaza hasta que pensó que ya había dado con el sitio. Entonces se dio la vuelta para ver lo que estaba detrás de ella. Entre dos edificios se perfilaba un pasaje angosto. Marm se aproximó despacio, dejando que sus ojos se adaptaran al resplandor de los soles. A poca distancia de la entrada, amontonada contra una de las paredes, se hallaba una pila de harapos o, por lo menos, era lo que parecía. Marm se acercó más y no pudo creer lo que estaba viendo… ¡Era Dur! Corrió a su lado.

—Pithien —le susurró, esperando su respuesta. Al no contestar, repitió su nombre—. Pithien —la llamó esta vez en voz más alta.

Siguió sin responder.

Se arrodilló y la alivió ver que el pecho de la proscrita subía y bajaba. Su rostro no tenía marcas. Aunque estaba inconsciente, no parecía estar herida. Marm se sentó a su lado, posó la cabeza de Dur en su regazo y lloró.

Después de un rato, se incorporó. Sabía que no podían quedarse en el callejón, ¿pero adónde más podían ir? ¿A quién podía acudir? Ella era una extraña aquí, y no tenía idea de si alguno de los camaradas de Dur seguía vivo. Justan debería estar con el coche, pero ella y los otros se habían bajado antes de que él estacionara. Antes de tratar de encontrarlo, necesitaba hallar un lugar seguro para su amiga.

Determinó que moverla requeriría pagar y recibir cierta ayuda. Aún tenía algo de dinero, así que regresó a la plaza.

La amable señora mayor que vendía alfombras le dio un buen precio e incluso hizo que su esposo transportara a Marm hasta el callejón con la alfombra que les había comprado. Al llegar, Marm saltó de la carreta—. Por favor, espere aquí mientras recojo mis cosas. Tengo algunos efectos personales que no me gustaría que viera un caballero.

Él aceptó y se le quedó mirando mientras se alejaba. Marm no sabía si creería su historia tal cual o si reconocería el contenido de una alfombra enrollada como lo que era, pero con tan poco tiempo para improvisar la historia, fue la mejor solución que se le ocurrió. Arrastró la alfombra hasta el callejón y se alivió al ver que Dur seguía donde la dejó. Así que desenrolló la alfombra y se apresuró a ocultar a su amiga antes de que los ojos del viejo se acostumbraran a la penumbra. Si no actuaba rápido, pronto podría darse cuenta de lo que estaba haciendo. Cuando Marm comenzó a enrollar a la proscrita en la alfombra, se sorprendió al descubrir que Dur la estaba mirando.

—¡Caramba, Pithien! ¿Te encuentras bien?

Dur sonrió débilmente y respondió—: No te preocupes. No sospechará lo que estás haciendo —Cerró los ojos—. Ya me encargué de eso.

A Marm le llevó un segundo entender lo que quería decir, asombrada de cómo su amiga, incluso en tal estado, se ocupara de esos problemas.

—Estoy lista —avisó Marm cuando hubo terminado.

El anciano se acercó, iluminado desde atrás por la luz del sol.

—¿No le habría sido mejor un baúl? —inquirió él.

—Una vez me instale —replicó Marm—, necesitaré una alfombra.

—¿Así que está pensando en hacer de Bad Adur su casa?

Demasiadas preguntas la llevarían a un enredo del cual no podría escapar fácilmente. Para distraerlo, señaló hacia la alfombra—. Por favor, señor.

—Oh, por supuesto. Espero que no pese demasiado.

—Creo que podemos entre los dos —lo animó—. Estamos muy cerca.

Cada uno agarró por un extremo y la levantaron.

—Me alegro de eso —respondió el hombre, que ya respiraba con pesadez—. ¿Qué diantre lleva aquí? Juraría que pesa lo mismo que mi esposa.

Marm hizo un gesto de dolor y replicó—: La tela es de un tejido denso, como sabrá. Por eso su esposa me persuadió a que la comprase. Incluso sin mis pertenencias, pesa dos veces lo que yo esperaba. — Preocupada de que la dejase caer, Marm sugirió—: Avíseme si piensa que se le va a caer. La alfombra contiene algunas cosas que podrían romperse. Debemos bajarla primero.

No respondió, pero asintió, olvidando convenientemente que debía conocer las cualidades de la alfombra. Por fortuna, los temores de Marm eran infundados. Aunque parecía como si se les fuera a caer en cualquier momento, entre ambos llevaron la carga hasta la carreta. Con bastante esfuerzo, lograron subir uno de los extremos. Mientras Marm sostenía el otro, el anciano consiguió trepar a la plataforma y arrastró el bulto hasta el fondo.

Una vez se sentaron ambos, el viejo, chorreando sudor, se volteó hacia ella. Jadeando intensamente, preguntó—: Muy bien. ¿Adónde nos dirigimos?

Marm vaciló. Era reacia a pedir algo más, pero sabía que sería ridículo haberse esforzado tanto para nada. Después de tanto esfuezo, no esperaba que le hiciese otro favor por amabilidad, así que rebuscó en su cartera y sacó una moneda de plata.

—Me temo que no conozco este pueblo. ¿Sabe de algún alojamiento en la zona este?

Justan las había dejado en esa zona, por lo cual supuso que estaría esperando allí.

—La zona este. Hmm… —Se quedó pensando—. Creo que sí — respondió, observando que tenía la ropa sucia—. Usted no parece ser una persona de muchos recursos. —Extendió la mano, pero en lugar de tomar lo que Marm le ofrecía, cerró con su mano la de ella—. No le voy a cobrar nada —le dijo.

—¿Será un sitio bueno, entonces? Quiero decir, para una dama. ¿Será un hospedaje adecuado? Puedo pagar.

—Oh, sí. Me lo imagino. Nunca he estado personalmente en él. Jamás he necesitado hacerlo. Vivo aquí. Pero conozco a Ohaz, y tengo entendido que lo regenta de forma decente. Creo que estará segura.

Si Marm no le hubiera hecho pasar ya por tanto, le habría presionado para que le diese más información—. Muy bien. Al hospedaje del señor Ohaz entonces.

—¡*Señor* Ohaz! —repitió él, riendo—. A sus órdenes. —Con eso, chasqueó el látigo y se pusieron en marcha.

Marm estaba contenta porque habían recorrido solo una corta

distancia cuando un hombre, al pasar, se giró para mirarlos y estiró el cuello para fijarse en sus caras y asomarse a ver lo que cargaba la carreta. Esperó que el escalofrío que sentía fuera imaginario, pero el anciano tiritó, y la yegua se asustó y habría salido corriendo si no hubiera sido por la mano firme que sujetó las riendas y por la voz de su amo—. ¡Tranquila, chica, tranquila! —la calmó—. Qué raro. Nunca se asusta de ese modo. No entiendo qué diablos le ha pasado.

—Siento no saberlo tampoco —respondió Marm. Se abrigó más los hombros con el chal, con temor de mirar atrás—. La verdad es que no estoy familiarizada con estos animales.

## 25

Marm abrió los ojos. Tardó un minuto en recordar que estaba en una fonda. Había dormido poco y se sentía cansada. Se sentó y se estiró, luego deslizó los pies hasta el suelo y observó a su alrededor: lo que el anciano llamaba un lugar decente. Bad Adur, al contrario que muchas ciudades fronterizas, podía presumir de farolas y sus luces exhibían un cuarto escasamente amueblado. Aparte del sofá donde había tratado de dormir —más bien parecía un instrumento de tortura —, había una vieja mesa, desvencijada por el mal uso, donde reposaba una esfera luminiscente cubierta. Contra la pared opuesta había una cama cuyo colchón se hundía bajo el peso de su ocupante. Las paredes se mostraban desnudas como forma de decoración y el piso de madera al natural no había visto una fregona ni una escoba desde hace mucho mucho tiempo. Las ventanas lucían restos de cortinas, muy descoloridas y rotas en las costuras. Marm se levantó con cuidado, dejando que los músculos se asentaran, caminó hacia la ventana y oteó el exterior. No tenía ni idea de qué hora era, pero, como el ruido de la calle se había apagado y el tráfico había desaparecido, debía de estar bastante avanzada la noche o era de madrugada.

Al otro lado del cuarto, la durmiente se quejaba y la ropa de cama se desplazaba cuando daba vueltas debajo de ella.

—Marm —la llamó jadeando.

Marm avanzó hasta el lado de la cama y se inclinó sobre su amiga.

—Aquí estoy. ¿Cómo estás?

—Están muertos —gemía Dur—. Todos están muertos.

—¿Quiénes están muertos? ¿Qué quieres decir?

—Todos ellos: Loral, Roman y Bedya.

De súbito, Dur se sentó y acercó a Marm a su lado. Se aferró a ella llorando tan fuerte que su cuerpo se sacudía.

—No puede ser —repuso Marm—. ¿Cómo pudieron…?

—Los dalcin, Marm. Los dalcin se los llevaron. No pude evitarlo

—le dijo, sofocando las lágrimas.

—¿Y qué sabes de Justan?

—No lo sé. Él no estaba entre ellos. Él está… —Se quedó callada como si estuviera escuchando—. Está bien. Aún está con el coche. Debemos ir a su encuentro. No está a salvo.

Marm agarró los hombros de Dur para evitar que se levantara—. Por favor, no te levantes. Ninguno nos encontramos a salvo, pero tú necesitas descansar.

Dur no estaba por la labor—. Vamos —insistió. Agarró las muñecas de Marm, luego retiró las manos, y la miró con impotencia—. No fui capaz de detenerlos. Todo lo que pude hacer fue mirar. En un momento eran hombres. El siguiente, eran engendros. El vientre de una criatura se abrió y devoró a Loral. Quise desenvainar mi espada, pero no podía mover los brazos. Era como una pesadilla. No pude detenerlos. No pude luchar contra ellos. Cuando vinieron a por mí, no había nada que pudiese hacer excepto tratar de correr. Tampoco pude hacerlo. Era como si mis piernas hubieran quedado atrapadas en algo espeso. Nunca me he sentido tan impotente. Todo lo que podía pensar era que necesitaba esconderme, y entonces parecía que no me podían ver. Miraron alrededor como si estuvieran buscando. Luché por mantenerme fuera de su camino y de alguna forma lo conseguí. No sé lo que pasó después. Debí de haberme desmayado.

—Te desmayaste —le confirmó Marm—. Te encontré inconsciente en un callejón.

—¿En un callejón? Estábamos en el mercado.

—Quizá te arrastraste hasta allá.

—No lo recuerdo. —Miró a Marm y preguntó—: ¿Cómo me encontraste?

—Me llamaste.

—¿Te llamé?

—Con tu pensamiento. Me llamaste y vine.

—Tampoco recuerdo eso —añadió, negando con la cabeza—. Gracias por venir.

—¿Cómo sabes que Roman y Bedya están muertos? ¿Pudisteis Loral y tú encontrarlos?

—No. No pudimos. Pero Loral los vio atrapar a Bedya y yo no volví a percibir a Roman. Justan es el único que detecto.

—¿Qué sugieres que hagamos?

—No estoy segura. Mi intención había sido usar este pueblo como base de operaciones. Ahora no creo que sea tan buena idea.

—No puedes ir a ningún lado hasta que estés más fuerte —insistió Marm.

—Tenemos que irnos. Me puedo recuperar en el coche. Quedarnos es muy arriesgado. En Ydron podía sentirlos. Ahora, no puedo.

—¿Cómo decidirás adónde ir?

—Me dijiste que estas criaturas estaban esperando que se les unieran más, por lo cual deduzco que son pocos. Ellos mismos se han situado en Ydron, un centro político y poblacional, así como aquí, en Bad Adur, un epicentro comercial. Escogí este lugar por su ubicación estratégica. Es probable que ellos se posicionen igual, en puntos estratégicos. Necesitamos encontrar un lugar menos frecuentado. No pueden estar en todas partes. —Se levantó tambaleándose—. Vamos a buscar a Justan.

—Antes de eso tengo que compartir contigo lo que sé del palacio.

—Tendremos tiempo para eso más tarde —repuso Dur.

—No. Podría pasar cualquier cosa. Podríamos separarnos. Hay multitud de motivos que impidiesen en las próximas horas que te explique todo lo que sé. Por favor, dame unos cuantos minutos. Estamos solas y quizá no volvamos a tener esta oportunidad.

La proscrita se destuvo a considerarlo—. Puede que tengas razón.

—Siéntate aquí a mi lado —le pidió Marm—. Tengo mucho que contarte.

Marm comenzó a relatar lo que sabía, pero Dur la interrumpió—. No me lo cuentes. Se me van a olvidar tus palabras. Abre tu mente. Muéstramelo. Recuerdo mejor las imágenes.

Dudando de por dónde empezar, Marm vaciló. Entonces, poco a poco, comenzó a imaginar: al inicio, los predios del palacio; luego, el interior del palacio como mejor lo podía visualizar; y luego, cada pequeño túnel y pasaje que los niños le habían mostrado. Todo el tiempo, Dur fue asintiendo para animarla a seguir.

# 26

Cruzar El Gran Trecho había sido difícil. Salvo por algún riachuelo ocasional de agua fresca y algún animal pequeño que Loral había cazado, al equipo de Reg se le había complicado el trayecto: habían perdido sus provisiones en la ascensión del peñasco, aunque la fortuna fue que ninguno de ellos se cayó. Además, en contraste con la llanura vasta y lisa de Nagath–réal, la topografía ondulante de No'eth dificultaba que pudieran desplazarse más rápido, así que pasaron muchos días antes de que el grupo llegara a Losan, el monasterio de los katan.

Varios residentes descendieron la colina para ayudar a los recién llegados a subir hasta la cumbre el trecho que quedaba, donde era evidente por qué los monjes habían escogido este lugar para que fuera su refugio. Situado sobre un altísimo monolito, Losan dominaba un paisaje inmenso. El viento de poniente aclaró el aire, y, aunque el terreno escarpado de No-eth's podía ocultar a un viajero del otro, desde este punto de observación cualquier extraño era visible antes de que pudiera acercarse. Puesto que no había una ruta de expedición, nadie hacía la travesía a menos que tuviese que tratar algún negocio sustancial.

Una vez estuvo dentro del recinto el grupo de Reg, los monjes se aseguraron de que cada uno tomase un baño, se vistiera y comiera antes de llevarlo a sus dormitorios. Después de haber descansado dos días completos, cada uno fue citado ante el sumo sacerdote para presentarle su versión de los hechos que los habían traído allí.

El sumo sacerdote estaba sentado sobre un cojín en un extremo de una gran sala con superficie de madera y paredes de mármol. Tras él se erguía un altar sobre el cual descansaba abierto en un atril, un gran libro: el *Katan*. Las únicas otras decoraciones eran una estatua de alabastro de su autor Mog'an, y un gran ramo de flores en su base. Había dos enormes ventanales de cristal que ocupaban dos paredes enteras que daban al exterior e inundaban el salón con luz solar. El escolta de Reg le dio indicación de que se sentara en un cojín ante el sumo sacerdote. Hasta el momento, todos sus amigos habían sido entrevistados y él sería el último. Una vez se hubo sentado Reg, el monje que lo había acompañado hizo una reverencia y se marchó, dejándolos solos. Reg se inclinó también según se le había instruido y el sumo sacerdote contestó con el mismo gesto, pero menos pronunciado.

—¿Ha sido agradable su estancia con nosotros? —inquirió el sumo sacerdote.

—Sí, en efecto. Gracias, su reverencia —respondió Reg, usando el título que se le había indicado.

—¿Cuál es el propósito de su visita? ¿Qué busca? —preguntó el sumo sacerdote—. Me han informado que usted es el líder de su grupo.

—Con ello me han honrado, su reverencia. Mis peticiones son sencillas. La tierra de la cual venimos se encuentra en estado de caos, por lo cual procuro para mis amigos un refugio seguro. En lo que respecta a mí, me interesa tener la oportunidad de determinar la magnitud de mis nuevas capacidades, así como recibir una guía de cómo usarlas.

—Con mucho gusto les daremos refugio por el tiempo que lo necesiten. A cambio, les pedimos a usted y a sus amigos que nos asistan en nuestro trabajo diario, pues en un monasterio todos trabajamos.

—Por supuesto, su reverencia.

—Pero estoy desconcertado. ¿Qué guía podemos ofrecerle para las destrezas que asegura tener? Aunque sus compañeros atestiguan la existencia de tales destrezas, sigo siendo escéptico.

Reg sonrió—. Este lugar fue un faro durante mis horas más sombrías. No solo por la filosofía que ustedes profesan, sino también porque, a pesar de la naturaleza de enclaustramiento del monasterio, ustedes se comunican con la mente.

El sumo sacerdote ladeó la cabeza.

—En sus esfuerzos por ser uno con el mundo, cuando usted medita, sus pensamientos se extienden hacia el exterior. Los encuentro centrados y muy coherentes.

—No somos telépatas. No nos comunicamos con los pensamientos —respondió el sumo sacerdote.

—No, es cierto.

—Luego, no le entiendo.

—Aunque ustedes no poseen mis capacidades, sus pensamientos

son más claros, más centrados y mejor controlados que los de nadie que haya conocido. Aunque no estaban dirigidos intencionalmente a mí, eran fuertes, coherentes y los oí. Si voy a desarrollar mis capacidades al máximo, requiero el mismo grado de control que ustedes poseen.

—Debe perdonarme si aún no estoy convencido. Creo que usted es sincero, que cree que tiene poderes extraordinarios y que ha convencido a sus amigos de ello. Pero no tengo forma de determinar si hay alguna verdad en lo que usted declara. Por favor, entiéndame, no pretendo ofenderlo.

Reg perseveró—: ¿Estaría dispuesto a permitirme tocar su mente con la mía? Es importante que me crea.

—¿Qué quiere decir?

—Me gustaría que advirtiera de una forma tangible que usted y yo nos podemos comunicar con el pensamiento, igual que lo estamos haciendo con palabras.

—¿Y cree que sabré lo que ha ocurrido?

—Igual que usted sabe lo que le estoy diciendo cuando sus oídos oyen estas palabras.

El sumo sacerdote lo miró fijamente a los ojos durante bastante tiempo antes de responder—: Muy bien, joven. Ha conseguido picar mi curiosidad. Proceda, por favor.

Con cuidado de no sobresaltarlo, Regilius abrió su mente para comunicarse.

# 27

A lord Emeil le pareció irónico que el lugar al cual huyó fuese el sitio donde se había perpetrado el mayor asedio en la historia de Ydron. Sin embargo, era un lugar magnífico desde el cual organizarse y ofrecía una seguridad incomparable sin riesgo de sufrir una emboscada. El altiplano de menRathan estaba a un largo día de viaje desde danYdron. Fuera del alcance de Duile, sin embargo, se hallaba lo bastante cerca para permitir un retorno rápido una vez estuviesen listos. Dominando una vista ininterrumpida que recorría desde los campos agrícolas de Moza'r occidental hasta las áridas llanuras de Ydron oriental, se adosaba a la cadena irregular de las montañas de Tairenth. El dorso de la cresta de estas montañas, demasiado empinado y prohibido para que alguna fuerza pudiese escalarla o cruzarla sin que se enfrentaran a todo tipo de dificultades, era inaccesible desde la parte posterior. Las llanuras circundantes y las pendientes escarpadas de sus tres caras restantes, así como su única carretera utilizable por la cual habían llegado, impedían protección visual a posibles invasores. Eso, sumado a la ventajosa posición superior que les brindaba menRathan, dejaba a las fuerzas atacantes expuestas a ser asaltadas desde arriba.

Para quienes acampaban sobre el altiplano, los recursos disponibles facilitaban enormemente estadías prolongadas. Manantiales artesianos convergían para formar un raudal que cruzaba la meseta. Con cierto esfuerzo, este podía desviarse para irrigar, de manera que, si las provisiones se agotaban, podía desarrollarse la ganadería, hacer crecer cultivos y, como sucedió cuando el histórico asedio se extendió durante más del año previsto, una gran fuerza militar podía ser alimentada con un racionamiento adecuado. De hecho, el asedio fue la única forma de derrotar a quienes se refugiaron aquí, pero fue una estrategia onerosa que requirió líneas de suministro largas y sostenidas. Medio en broma, Emeil deseó que las circunstancias no forzasen a sus hombres a quedarse por un tiempo suficiente que les permitiese probar sus destrezas agrícolas.

Transcurría el segundo día desde su partida y habían comenzado a establecer su campamento. Debido a que habían salido con escasas provisiones, mandó a algunos de los suyos a cada pueblo y villa por las que pasaban para que buscaran abastecimientos. Eso añadió un día completo al viaje. Incluso había enviado a un grupo hacia el oeste para que visitaran a fabricantes de velas que les vendieran lona con la que hacer tiendas de campaña, no solo para hacer las de cobijo, sino también para una que se usaría de comedor, otra como hospital de campo y otra para un centro de comando. Hasta envió a otro grupo de hombres a Nagath-réal, donde las provisiones podían obtenerse en grandes cantidades. Deberían llegar el día siguiente.

—General Meiad, ¿cuánto falta para que el campamento esté listo? —preguntó Emeil.

—Casi está terminado, mi señor. Todo debe estar en orden antes de la cena. La noche promete una temperatura templada, por lo que los hombres estarán bien con mantas de lona impermeable y esterillas, al igual que mis oficiales y yo. Pueden comenzar a instalar sus tiendas cuando lleguen las lonas. Tengo a un pequeño grupo trabajando con los materiales que tenemos para instalar una tienda para su excelencia.

—Dígales que no se molesten. Hasta que todos mis hombres duerman resguardados, dormiré con ellos bajo cielo raso.

—Mi señor, no sería un gran problema.

—Aprecio su esfuerzo, general, pero cuando comience la batalla, es importante que crean que somos uno solo; de modo que no disfrutaré de más comodidad que ellos.

Meiad sonrió—. Muy bien, mi señor.

—¿Cuánto cree que le llevará a los emisarios llegar a sus destinos? —preguntó Emeil.

En ruta hacia menRathan, entre ambos habían hecho balance de las lealtades, y lo más que podían determinar era que, aunque todas las provincias del sur se habían pronunciado a favor de la reina, en el norte solo Miast se había alineado con ella. No la apoyó ninguno en el oeste ni en el este; motivo por el cual Emeil esperaba que estas regiones le ofrecieran su apoyo.

—Suponiendo que a nuestros emisarios se les conceda audiencia inmediata, deberíamos tener noticias de las provincias orientales en pocos días, aunque Borrst y Yeset probablemente no hayan mantenido tropas con poder militar. Sospecho que Duile ha prescindido de ellos por esta razón. Posiblemente no sean ni amigos ni enemigos con los que debamos contar. Es más probable que recibamos más y mejor ayuda de Nagath-réal y Moza'r.

»La travesía por el norte será más difícil. He ordenado a nuestros emisarios que se mantengan al pie de las montañas de tal forma que, cuando lleguen al río Em, puedan cruzar con facilidad. No'eth nunca ha desarrollado un ejército y no estoy seguro de la respuesta que podamos recibir de Monhedeth, pero sospecho que nos respaldarán. No obstante, podrían precisar de cierto tiempo para reunir sus fuerzas antes de que acudan en nuestra ayuda.

»Es lord Bogen de Limast, sin embargo, de quien creo que recibiremos el apoyo más fuerte. Espero tener noticias suyas antes de que termine la semana.

Lord Emeil había estado haciendo cuentas—. Bien, general, en el mejor de los casos, tenemos el apoyo de cinco de las dieciséis provincias.

—Seis, mi señor. Debemos incluir su propia provincia de Sandoval. Además, aunque probablemente no sean de mucha ayuda, No'eth, Borrst y Yeset suman nueve tierras con las que la reina no puede contar. Pese a que no es probable que lo asistan, tampoco ayudarán a la reina. Sobre las restantes siete aparentemente alineadas con ella, no creo que pueda contar con lord Mon de Deth. Ha envejecido y no tiene ganas de guerra. Por otra parte, la reina se ha granjeado como enemigo a Zenysa, por lo cual Pytheral quizá no la respalde tampoco. En conjunto, las líneas están trazadas en cierta forma en beneficio nuestro. Creo que tenemos oportunidades de cambiar el rumbo a nuestro favor.

—Si la ayuda llega a tiempo —le corrigió Emeil—. No tenemos forma de saber cuánto tiempo pasará antes de que Duile pueda cercarnos. El tiempo es nuestro enemigo. Cuanto más tiempo pase sin que recibamos apoyos, más tiempo tienen la reina y sus asesores para organizar nuestra derrota. La ayuda tardía no es ayuda.

—Tiene razón, mi señor —consintió de modo reservado el general —. Creo que encontrará la respuesta que busca. Roguemos que llegue a tiempo.

## 28

—¿Y a nadie le pareció extraño que Emeil necesitara todas sus tropas para perseguir a un proscrito y a una niña? ¿No pudiste retener a nadie, Lydon?

Los nudillos de Duile lucían blancos mientras agarraba su silla.

—Señora, yo… Dejaron su campamento intacto, por lo que naturalmente asumimos que regresarían.

—Hasta un mozo de cuadra, si hubiera quedado alguno, habría sido un mayor aliciente para el regreso de Emeil que…, a ver ¿qué tenemos?… ¿tiendas de campaña, catres y utensilios de cocina?

Jomal Ethalan, el ministro de Comercio, intentó dar una respuesta, pero Duile lo cortó.

—Caballeros, ya hace un mes que tomamos el poder. Según nuestros planes iniciales, ya deberíamos estar seguros y listos para expandir nuestro dominio. En su lugar, Emeil se ha marchado, llevándose sus tropas con él. ¿Alguno de vosotros pensó en acudir a mí antes de dejarlos ir? —Se levantó de la silla y le dirigió a cada uno de ellos una mirada penetrante—. Por supuesto que no. Eso habría sido demasiado fácil.

—Majestad —se aventuró Lydon—, su mensajero parecía del todo creíble.

Un nuevo interlocutor tomó la palabra para responder ante la reina:

—Estoy seguro de que el mensajero creía lo que le dijo, Lydon. No tenía motivo alguno para cuestionar a sus superiores, pero eso no le confería veracidad a la información. ¿Acaso conoce alguno de los mensajeros que usted despacha el mérito del mensaje que lleva?

Todos se volvieron hacia el interlocutor. Envuelto en sombras detrás del resplandor de las esferas luminiscentes, Husted Yar se había mantenido apartado hasta ahora.

—Si le hubieran preguntado, habría respondido que se dirigían hacia el este y eso habría zanjado el tema. La hija de la reina reside en el sur y su hijo en el norte. Esta simple verdad habría sido suficiente para desenmascarar la mentira.

—Y es por eso —dijo la reina volviéndose hacia Lydon—, que ya no eres asesor principal.

Lydon, quien aún tenía esperanzas de recuperar su estatus anterior, respondió—: Para ser alguien que apenas acaba de congraciarse con su majestad, hace declaraciones fáciles sin prueba alguna. Sería muy sencillo para mí o mis pares decir: «Su majestad, tenemos pruebas de que sus hijos se encuentran en Dethen» o «Se esconden en Monhedeth». Indudablemente, eso la confortaría y, por el momento, obtendríamos su favor. ¿Pero acaso lo hacemos? No, no lo hacemos. ¿Y por qué no lo hacemos? Porque no tenemos ese conocimiento y no deseamos insultar su inteligencia. —Lydon le dedicó a Yar una mirada larga y dura.

—Husted Yar y yo tenemos una larga historia en común —respondió Duile, pasando por alto los rostros perplejos de sus asesores—. Él *no* se acaba de congraciar conmigo —continuó en un susurro ronco que se asemejaba más a un bufido animal que al habla humana—. Es solo por tus largos años de servicio fiel y tu lealtad demostrada, por lo que todavía tienes la cabeza pegada al torso, Lydon. No te diré por qué ni importa que lo sepas o no, pero mi nuevo asesor principal me ha dado prueba fehaciente de que no es un engaño.

Por supuesto que el dalcin no había hecho tal cosa. En cambio, se había limitado a hacer sugerencias adecuadas que ella había aceptado como hechos.

Lydon había soportado la humillación de parte de la reina tanto como había podido. Antes de que Yar asumiera su cargo actual, Duile y sus ministros habían trabajado unidos. Ahora solo prestaba oídos a Yar. Sabía que los demás sentían lo mismo, pero tenían que hablar con cuidado. Se habían enterado de la promesa de la reina a Badar Endreth, el difunto ministro de Relaciones Exteriores. Este había incumplido la promesa de localizar a sus hijos y seis días atrás había dejado de existir. Nadie presenció su ejecución y la reina jamás lo mencionó, pero dos semanas después de la amenaza de la reina había desaparecido.

—Su majestad.

—Dime, Ethalan —replicó la reina exasperada.

—Puede que hayamos dejado que Emeil se nos escapara, pero, al menos por ahora, está solo en el mundo. Ydron está tan seguro como habíamos planeado inicialmente. Deberíamos apresurarnos a ocupar Moza'r y luego Limast antes de que se organicen contra nosotros. Si no lo hacemos, jamás tomaremos las tierras norteñas. Los lores Hau y Ened han dado muestras de estar listos para actuar en nuestro nombre.

Temen que si dejamos pasar mucho tiempo, perdamos nuestra oportunidad de tomar barakMoza'r.

—Por fin eres convincente —dijo ella.

—Es más —continuó—, si nos movemos con rapidez, Emeil quedará aún más aislado. Podemos cercenarle las piernas. Revelaremos su traición y vos ya no precisaréis de su credibilidad porque todos lo considerarán un traidor.

Duile esbozó una sonrisa.

Lydon se sumó—. Vos sabéis que rara vez hemos errado. Saquemos partido de este contratiempo. Si nos movemos con rapidez, podemos demostrar cómo mueren los oportunistas como Emeil por su traición. Después de aislar a Bogen y a Miasoth, podremos aplastarlo antes de que pueda contraatacar. Sugiero que movilicemos las fuerzas de Hau y Ened ahora, mientras Emeil espera una respuesta de sus amigos.

—¿Y qué pasa con las fuerzas de Kareth y Danai ahora que sus líderes han caído? —preguntó ella.

—Tanto Hau como Ened tienen generales de sobra. Sería una recompensa adecuada poner esas fuerzas bajo sus órdenes.

—¿Qué te parece este plan, mi querido Husted?

—Desde luego, vuestra majestad. Parece ser una buena estrategia. Concuerdo plenamente.

—Muy bien, Ethalan. Ponte en contacto con los lores de Liad-Nur y Miast, y comunícales que he notado la sabiduría que encierran sus inquietudes. ¿Sabemos hacia dónde se ha dirigido Emeil, Lydon?

—Sí, vuestra majestad. Se ha dirigido hacia la meseta de menRathan.

—¿MenRathan? —Duile se quedó helada. Si hubiera tenido que escoger un lugar ella misma, no se le habría ocurrido un mejor refugio —. ¿Me estás diciendo que no te preocupa que haya huido hacia menRathan? —le increpó—. ¡También puede haber huido hacia Diamath! ¿Cómo piensas derrotarlo allí?

—Vuestra majestad, no temáis. Lo derrotaremos o vivirá aislado para siempre y dejará de ser una amenaza. De cualquier forma, está acabado.

—Por tu bien, Lydon —hizo una pausa para estudiar la sala—, por el bien de todos vosotros, más os vale estar en lo cierto o esta será la última equivocación de vuestras vidas. —La expresión de sus ojos le indicó que habían captado su mensaje—. Ahora, atrapadlo.

## 29

Dur y Marm se marcharon de la fonda mientras Bad Adur dormía profundamente.

—¿Aún sientes a Justan? —preguntó Marm, mientras asomaban la cabeza por la puerta de la fonda.

—Está durmiendo en el coche —respondió Dur y miró con cautela la calle en ambas direcciones—. Todo parece estar bien, pero, por Siemas, quisiera estar segura.

Se irguió, hizo ademán de moverse, evidentemente frustrada y reacia a dar el primer paso. Transcurrió otro minuto. Quizás advirtiendo que no podían seguir perdiendo el tiempo, inspiró hondo y dijo—: Vamos.

Como una sola, ambas cruzaron la puerta.

—¿Estás segura de dónde se encuentra? —preguntó Marm.

—Seré incapaz de detectar a los dalcin, pero Justan se encuentra en esta dirección —respondió a la vez que señalaba.

A medida que avanzaban, oteaban las puertas, las calles laterales y los callejones por si veían algo sospechoso. Gradualmente se fueron sintiendo más confiadas y apretaron el paso. Pronto mejoró la condición del pavimento y arrancaron a correr. El vecindario mejoró también, y Marm comenzó a relajarse y recordó que no eran los ladrones a quienes debía temer. Roman, Bedya y Loral no habían sido rivales para los dalcin ni ella tampoco lo sería.

—No falta mucho —susurró Dur—. Giramos a la derecha en la próxima calle, luego dos calles más y ya estamos ahí.

Marm asintió, respirando fuerte, desacostumbrada a ese ritmo.

En la siguiente esquina, Dur hizo señas para detenerse. Examinó el cruce de calles mientras Marm observaba la que tenían de frente. Cuando les pareció seguro, Dur le hizo señas a Marm y ambas emprendieron la última etapa de su búsqueda, ahora caminando.

Desde el día anterior, todo parecía transcurrir sospechosamente fácil. Cruzaron al otro lado de la calle, evitando la entrada de un callejón. Marm tenía el corazón en la garganta y los vellos de la nuca erizados. Tenía los ojos en todas partes y creía que Dur estaba asustada también. Mientras pasaban bajo una farola, miró los ojos de Dur y descubrió que tenía las pupilas tan dilatadas como Marm sospechaba que las tendría ella misma.

La calle se curvaba hacia la derecha, lo cual restringía la visión. Era un área comercial con tiendas alineadas a lo largo de la angosta calzada. Un anciano con túnica barría la entrada de su tienda. Mientras cruzaban la calle para eludir a este madrugador, Marm vio a Dur deslizar la mano bajo la solapa de su túnica. Cuando la retiró, observó un leve destello en el movimiento de la mano cuando volvió a estirar el brazo. El cuchillo sobresaltó a Marm. A pesar de los peligros de estos tiempos, nunca portaba un arma. Tales cosas sencillamente no eran parte de sus pensamientos. Una mano en su espalda interrumpió su preocupación.

—¡Corre, Marm!

Dur la empujó y Marm corrió sin cuestionárselo. Solo tras recorrer cierta distancia, miró hacia atrás para descubrir que estaba sola.

—¡Pithien! —gritó.

Intentó detenerse y estuvo a punto de caerse al trastabillar entre los adoquines. Se recuperó y se dio la vuelta.

—¡Pithien!

La proscrita estaba medio en cuclillas en la curva de la calle, de espaldas a Marm. Su postura era abierta, con el brazo izquierdo extendido para no perder el equilibrio y con el otro apuntaba con el cuchillo hacia arriba. Donde había estado el anciano barriendo, surgió una figura más grande y Marm pudo ver su vientre ondular a la luz de la farola. La criatura avanzó y Dur se tambaleó como si hubiera recibido un golpe. Sacudió la cabeza y se recompuso. Se tambaleó de nuevo, recuperó el equilibrio y comenzó a caminar alrededor de ese ser.

—¡Pithien! —Marm llamó de nuevo y el dalcin desvió su atención hacia ella.

El terror la paralizó y Marm gritó, pero no pudo correr. Las rodillas cedieron y se tambaleó hacia adelante. Se agarró el vientre al sentir que se le hacía un nudo en el estómago y las tiendas comenzaron a dar vueltas rápidamente a su alrededor. Empapada en sudor, con la ropa pegada al cuerpo, se cayó de rodillas en medio de la calle y vació el estómago sobre el pavimento. El cuerpo se le estremeció, el sudor le corría por la cara y no podía dejar de llorar.

Algo así como un alarido le desgarró la mente: un grito de agonía.

En sus entrañas, sabía que no era Dur y deseó que fuese el dalcin. Levantó la cabeza, se retiró el pelo de la cara y no podía creer lo que estaba viendo. Dur estaba forcejeando con la bestia, con los brazos y piernas enroscados alrededor de ella mientras la apuñalaba una y otra vez. Cada vez que Dur le hundía la hoja, el dalcin trataba de quitarse a Dur de encima, pero la proscrita lo mantenía aferrada, rehusándose a que se le escapara. La bestia la golpeaba y le daba puñetazos, primero con un apéndice, luego con otro y después con los que le iban brotando sucesivamente. Incapaz de mantenerlo sujeto, Dur saltó a un lado. Trató de reiniciar el ataque, pero ahora se tambaleaba visiblemente ante el ataque psíquico de la criatura.

El dalcin parecía tener problemas cuando dividía la atención, y Marm se percató de que la fuerza le había regresado. Así que se incorporó, sabiendo que tenía que hacer algo.

Aclarando la cabeza, se acercó a los combatientes, al tiempo que buscaba frenéticamente algo que sirviese de arma. Se detuvo ante la fachada de una tienda y se inclinó sobre una vieja mesa de madera, de las usadas para exhibir *chobolas* y *deletas*. Una tabla que impedía que la fruta rodase y cayese de la mesa se movió bajo su mano. Sorprendida por su descubrimiento, la agarró con ambas manos, plantó firmes los pies y tiró de ella. Una vez más la tabla se movió. Animada, tiró de nuevo, esta vez con más fuerza, y consiguió separarla un poco de la mesa. Decidida a arrancarla, tiró de ella repetidamente y, con cada esfuerzo, lograba aflojarla más. Cuando vio que estaba a punto de arrancarla del todo, le dio un tirón con fiereza. La tabla se soltó y ella dio unos cuantos tumbos hacia atrás con el premio entre las manos.

Equipada con un arma propia, el miedo se le transformó en furia y se volteó para encarar el objeto de su odio: uno de los que habían destruido su vida, su mundo y su gente, uno que estaba tratando de matar a su amiga. No se saldrían con la suya de nuevo. Ella no volvería a irse corriendo. Con la tabla en la mano, avanzó hacia la criatura, resuelta a hacerle daño.

Esta debió de haber sentido su intención, ya que, cuando Marm se le acercó, se giró hacia ella, incorporándose hasta erguirse por encima de su estatura. Sin dejarse intimidar, Marm esgrimió su arma. El dalcin asaltó su mente, pero la ráfaga enfermiza de pensamiento solo avivó su furia, lo que la impulsó a precipitarse sobre él, golpeándolo con toda su fuerza. No le importó que los bordes de la improvisada arma se astillaran y le hirieran las manos con cada golpe. En esos momentos, no sentía dolor, enfocada únicamente en el daño que podía infligirle. Le aporreó, una y otra vez sin descanso.

Era improbable que le pudiera provocar alguna herida de muerte, pero su ataque sirvió como distracción. Mientras Marm descargaba su furia, Dur lo acuchillaba. Atrapado entre las dos asaltantes, arremetía contra una y luego contra la otra. Pero, cuando se enfocaba en una atacante, la segunda lo agredía, y pronto las heridas comenzaron a acumularse. El dalcin dejó de luchar y se retiró.

—Ven, Marm. Se está muriendo. Vámonos —conminó Dur jadeando, agotada y sin aliento.

Pero Marm no estaba dispuesta a dejarlo morir en paz. Estaba poseída más allá de la razón con tan solo una meta. Continuó propinándole golpes mientras él retrocedía, disfrutando y animándose más en tanto él se encogía cada vez más a cada tablazo. Él siguió retrocediendo, pero mientras sintiera fuerza en sus brazos, Marm estaba resuelta a continuar. Seguía fustigándolo cuando, en uno de los giros, el dalcin consiguió que le cayera la tabla de las manos. Miró del dalcin a la tabla, mientras calculaba si podría alcanzarla.

Temiéndose lo peor, Dur corrió hacia la criatura. Estaba a meros pasos de ella, cuando el dalcin extendió un seudópodo que rodeó a Marm. Antes de que Dur pudiera impedirlo, la criatura se introdujo a Marm en el vientre. En lo que Dur lo vio y su amiga se le quedó mirando, el tajo se cerró. Así de rápido, Marm se había ido.

—¡No…! ¡Marm…! ¡No…! —Pithien se dejó caer de rodillas y gritó. No podía ser; pero era. Y el dalcin, mientras ella todavía expiraba, lanzó otra oleada de desprecio a la rival que le quedaba.

Dur, que no era cruel por naturaleza, en otra ocasión habría preferido dejarlo que se escabullera y falleciera. Pero esta no era esa ocasión. Se levantó y avanzó, un paso firme de cada vez. La criatura intentó detenerla, herirla, para que saliese huyendo despavorida, pero la proscrita no se daba la vuelta. Acaso estaba en estado de aturdimiento y había dejado de sentir, porque cuando el dalcin la atacó, no reaccionó. La siguiente vez que le lanzó otro golpe, Dur le apuñaló con la navaja en el apéndice amenazante, y el dalcin lo retiró y comenzó a apartarse. Entonces, en un intento final de salvarse, la agarró y habría tenido éxito en rellenarse las entrañas con ella también si Dur no le hubiera contestado al ataque.

Hasta este momento, la mente de la joven no había sido más que una herramienta útil, pero debía de haber experimentado algún cambio durante la lucha o había aprendido algo en un nivel subconsciente, ya que ahora sabía exactamente cómo reaccionar. Con cada fibra de su ser, Dur descargó la plenitud de su odio, dirigiéndolo con toda la fuerza que fue capaz de reunir en una estocada al mismo centro de la bestia. Tan rápido como el dalcin la agarró, así la soltó y un estremecimiento lo recorrió.

Dur sintió su sorpresa y su reacción la determinó a seguir. Lo acuchilló innumerables veces, cada vez encontrando nuevas formas de incrementar la intensidad de su ataque. El terror comenzó a apoderarse de la bestia, y Dur sintió que otros de su especie los estaban mirando. La criatura se replegó lo más que pudo hasta topar contra una pared. Ante esta arremetida, comenzó gradualmente a enroscarse y hacerse un ovillo hasta reducirse a la masa más pequeña en que fue capaz de convertirse. A lo largo de los siguientes dos o tres minutos, los temblores que lo consumían fueron disminuyendo hasta que, finalmente, se disiparon por completo y dejó de moverse. Dur lo miró mientras expiraba. Entonces, se puso sobre él.

A medida que el amanecer se derramaba sobre el horizonte oriental y el cielo se tornaba de un suave tono verde, comprobó si la criatura mostraba ningún signo vital, ya fuese del dalcin o de Marm en su interior. El dalcin estaba muerto y no había ni rastro de Marm.

—¡No!

Trató de llorar, de mostrar su emoción, pero no podía encontrarse el corazón y las lágrimas no le salían. Se quedó quieta durante mucho tiempo, incapaz de moverse. Finalmente, cuando el peso de lo que había ocurrido se hizo demasiado grande, sus piernas cedieron y se sentó con dificultad sobre los adoquines. Metió la cabeza entre las manos y permaneció inmóvil con la mirada fija en el suelo.

Después de un rato —minutos u horas, no sabría decirlo— se fue haciendo consciente de que despertaba la ciudad. Se preguntó qué pensarían los ciudadanos de Bad Adur al tropezarse con este terrorífico cadáver, pero decidió que no le importaba.

Sabiendo que debía partir, Dur se recompuso y se puso de pie. Quería cortarlo y abrirle el vientre para extraer el cuerpo de Marm y darle sepultura, pero no había tiempo. Al menos uno más de estos seres estaba infestando la ciudad y Dur estaba segura de que querría vengarse. Y no lo pillaría desprevenido ni lo aniquilaría tan fácil como a este. Incluso ahora, era probable que viniese a por ella y a por el compañero que le quedaba. Había llegado el momento de marcharse. Era demasiado tarde para Marm, pero esperaba que el tiempo que le restaba fuera suficiente para salvar a Justan.

186

## 30

Desde su llegada a Losan, Reg se había estado esforzando por dominar sus pensamientos. Su progreso era lento y estaba frustrado. Sabía que pasarían años, si ocurría algún día, antes de que adquiriese la concentración alcanzada por los monjes. Su práctica le requería invertir casi todas las horas en vela en meditar o en estudiar con el sumo sacerdote Hazis. La paciencia era una virtud que él creía tener hasta que intentó meditar las doce horas diarias que requería el *Katan*. Sin embargo, había aprendido un poco y estaba ávido de probar sus destrezas.

Sonó la campana que indicaba el término de la meditación matutina y los monjes se levantaron de sus cojines y llenaron los salones y los patios con el susurro de sus sotanas flotantes y las pisadas de sus sandalias. Esta mañana, Reg renunció a desayunar en el comedor comunitario por la oportunidad de enterarse de noticias del mundo exterior. Se detuvo en la cocina para llevar una taza de té y una rebanada de pan al jardín, a continuación caminó hasta un banco bajo un árbol de desh y se sentó. Mientras sorbía la fragante bebida y saboreaba el rico pan de grano, absorto en su sabor, aroma y textura, hizo del comer una meditación. Cuando terminó, cerró los ojos y abrió su mente a la comunicación.

Al principio, simplemente escuchó. Cerca, por supuesto, estaban los residentes del monasterio. Después, a cierta distancia más retirados, los habitantes de…

*¡Ah! Sí. Limast.*

La dirección era correcta. Aunque estaba preocupado por alcanzar Ydron, era más lo que podía ganar en el intento que lo que podía perder. Durante las pasadas semanas, había aprendido a leer por encima de los pensamientos, adquiriendo la identidad del pensante sin interrumpirlo mientras este los generaba. Ahora, cuando trataba de alcanzar su tierra, esperaba localizar un tipo específico de mente sin revelar su presencia.

Así que se quedó sentado cerca de una hora buscando pistas que le indicasen que estaba haciendo lo correcto. Al rato, localizó los suburbios de la ciudad y de ahí se movió a la ciudadela, conteniendo su excitación. Aquí había peligro de verdad, según descubrió. Y también había mucha información importante.

Después de lo que pudo haber sido otra hora, localizó el objeto de su búsqueda, una mente alienígena, aunque no desconocida: la mente de un dalcin. Se asentó entre esos pensamientos, escuchando, evitando pensar. Silenció su respiración y su mente, exactamente como Hazis le había enseñado.

... ... ... ... ...

Al contrario que la mayoría, que estaban posicionados en parejas, Husted Yar estaba solo dentro del palacio. Para ser exactos, 'solo' no era una palabra que pudiera aplicarse a un dalcin a menos que fuese en un sentido puramente físico. Cada individuo estaba unido a todos los demás por una red de pensamiento tan interconectada que cada cual se enteraba inmediatamente de las experiencias y pensamientos de los demás. Estaban muy cerca de ser un organismo único. De haberle pedido a Ai'Lorc que brindase un ejemplo de entrelazamiento similar, el maestro habría ofrecido la imagen de un bosque de árboles de *damasas* ubicado en el extremo norte como el más grande organismo único que habitaba este planeta. Con una extensión de docenas de millas cuadradas, los árboles se encontraban completamente interconectados por un sistema de raíces en común y hacían que fuese imposible determinar dónde comenzaba un árbol y terminaba el otro. Las raíces no estaban meramente entrelazadas, sino que habían crecido una dentro de la otra hasta el punto de que no existía distinción entre ellas. Excepto donde cada tronco emergía de la tierra, dando la apariencia de ser una sola unidad, todos eran uno, y cada uno indistinguible del resto bajo la superficie. Lo mismo ocurría con los dalcin.

En ese momento, en medio de un festín glotón de varios desafortunados, Yar reflexionaba sobre el problema que los hijos de Duile suponían. El dalcin nunca se había encontrado con otras especies capaces de utilizar sus mentes como el macho había demostrado. Y mientras la hembra solo había demostrado que poseía voz, no era irrazonable que con el tiempo proyectara sus talentos sobrepasando los de su hermano. Era el punto incierto hasta el cual sus capacidades aún podrían desarrollarse lo que causaba la preocupación del dalcin.

Entonces, estaba la tercera, la otra que no estaba relacionada. Aunque esta hembra cuando estuvo acorralada en Bad Adur no había exhibido el poder en bruto que el macho había demostrado, su más que probada capacidad de matar la convertía en una rareza de estudio. El dalcin solitario que aún quedaba en ese pueblo necesitaría mantenerse a distancia mientras la rastreaba o correría el mismo destino que su compañero. No podían volver a dejar que un solitario se enfrentara contra ninguno de ellos. Tras la pérdida de siete de su especie, resolvieron eliminar este trío antes de La Llegada.

… … … … …

Reg apenas podía contenerse. Esto era más de lo que había esperado. Con cuidado, se fue liberando de la mente de la criatura, agradecido de que esta se quedase absorta con su festín. Decidió ponerse en contacto con la tercera telépata y conocer en detalle lo que había pasado. Por las capacidades que ella tenía, esperaba que su mente se distinguiera entre las demás, haciéndola más fácil de detectar. También quería localizar a su hermana.

Otro fragmento intrigante con el que se había topado justo antes de separarse de esa mente, sugería que lord Emeil se había vuelto en contra de su madre. ¿Lo habría hecho de verdad? Eso abriría posibilidades que Reg, hasta la fecha, solo había soñado. Aunque esperaba que Emeil fuese más difícil de localizar que la proscrita, lo había tocado en una ocasión; por lo que, quizás, lo reconocería de nuevo. Reg ya había reflexionado sobre lo que haría si alguien osara desafiar a su madre. Si podía comprobar que era cierto que Emeil había hecho eso, reuniría a sus amigos y pondría sus planes en acción.

# 31

El polvo de la caravana le cerró la garganta a Dur e hizo que le ardieran los ojos a pesar del pañuelo que llevaba para protegerse. Ella y Justan se habían sumado a la caravana hacia Liad-Nur, buscando la seguridad que brinda mezclarse con mucha gente. Justan le había sugerido que viajara dentro del coche para evitar las nubes de polvo y, como deseaba estar acompañada, insistió en que se sentase a su lado. No necesitaba su conversación, sino su presencia, por lo que se recostó contra su hombro mientras rebotaban y daban tumbos entre bueyes, caballos y carros, adentrándose en sus pensamientos con el paso de las horas.

Estaba más confusa y deprimida de lo que era capaz de verbalizar. Incapaz de proteger a la mujer que había sido su amiga, tampoco había sido capaz de percatarse de los asesinos de sus amigos de toda la vida. Se lo recriminó a sí misma hasta el cansancio: debió haber permanecido con ellos; debió haberse anticipado al peligro; debió haber tomado precauciones; debió haber sido capaz de sentir *algo*. Por el contrario, había estado tan ajena al dalcin como lo habría estado una persona ciega. Una vez más, como en la habitación de la fonda, rompió a llorar.

Justan la miró tiernamente y la tomó del brazo. Entonces, sin nada más que hacer, la dejó desahogarse y se concentró en seguir conduciendo.

Al caer la tarde y finalizar un día que ya se había extendido demasiado, una nueva determinación comenzó a arraigarse en ella. No estaba acostumbrada a la derrota y estas pérdidas le habían destrozado el corazón. Tan impensable era que sus amigos hubieran muerto en vano como que ella respondiese sentándose a esperar con los brazos cruzados. Aunque aún no sabía cómo se lo haría pagar a los dalcin, se aseguraría de que el plan de Marm no muriera con ella.

—Justan.

—¿Sí, Pithien?

—Vamos a regresar a danYdron.

—¿Vamos adonde Benjin y Jenethra?

—Tú, sí. La ciudad se está volviendo cada vez más peligrosa. Pídeles que empaqueten sus cosas y después llévalos donde Mikah en Limast.

—No parece que vayas a venir con nosotros.

—No lo haré. Tengo asuntos pendientes en el palacio.

—Pithien, te estarán buscando. Nunca antes te he cuestionado, pero ese es el peor lugar donde podrías estar.

—A veces, el mejor lugar para esconderse es a plena vista. Además, estoy cansada de huir. —Justan comenzó a protestar, pero Pithien lo silenció diciéndole—: No estoy de humor para discutir.

El coche cayó en un bache, sorprendiéndolos y poniendo punto final a la conversación. Mientras Dur se acurrucaba en el asiento, hecha un ovillo para combatir el frío de la noche, una mente familiar rozó la suya. Se incorporó. El príncipe Regilius la consultaba acerca del dalcin que había matado y le sorprendió que él poseyera ese conocimiento inmediato. Le preguntó si sabía lo que había ocurrido a su institutriz. Cuando reconoció que no, ella le contó lo que había sucedido con Marm, y la súbita y arrolladora pena de Regilius le hizo olvidar la suya por un momento. Conversaron un poco más y él le advirtió acerca del dalcin que iba tras ella. Una vez se fue, ella sonrió con la tranquilidad de saber que no estaba tan aislada como se sentía.

## 32

—Lo entiendo —dijo Ered, apenas un poco más alto que un susurro—. Sí, Reg. Lo haré. Con esto, se sentó, se frotó los ojos para despertar y miró alrededor.

Su celda acomodaba un catre, una esterilla y un cojín por si quería meditar. También contaba con una pequeña mesa de madera y un cuenco de cerámica para lavarse. Tras casi mes y medio, apenas encontraba tolerables los muebles y la comida. Aunque los monjes eran hospitalarios, Ered solo se quedó allí porque Regilius había decidido hacerlo. Si no hubiera sido por su amigo, habría recogido sus pertenencias y se habría largado a otro sitio de mayor familiaridad. Se levantó, se echó agua en la cara y se secó. Refrescado, se fue a reunirse con sus compañeros como le había pedido Reg.

Encontrar el jardín era fácil. El monasterio lo rodeaba por todos sus lados y numerosas puertas se abrían al extenso espacio abierto. El huerto de verduras, muy bien atendido, suministraba mucha de la comida de Losan. En cada esquina, bajo los árboles de esh plantados para dar sombra, había bancos donde los monjes podían hacer contemplación y estudiar. Ered vio a Reg sentado en el suelo bajo uno de ellos, acompañado por Danth y Leovar, y fue de prisa a unírseles.

—Buenos días —lo recibió Reg—. ¿Qué tal has dormido?

—Bastante bien —respondió Ered, mirando alrededor—. ¿No se nos va a unir Ai'Lorc?

—Ya viene —replicó Reg.

—¿Está bien, entonces?

—Está mucho mejor. De hecho, él ayudó a organizar el desayuno de esta mañana.

Desde que Reg le notificó al grupo la muerte de Marm, todos estaban desolados. Después de todo, ella había sido la única madre verdadera que habían conocido los chicos. Incluso Pedreth estaba conmocionado por su fallecimiento. Ai'Lorc, sin embargo, parecía ser el más afectado. Había estado inconsolable. Apenas lo habían visto y, cuando se lo habían encontrado, un manto de dolor tan grande pesaba sobre él que nadie se atrevía a molestarlo. Comenzaron a sospechar que le había importado mucho más de lo que dejaba traslucir.

—Me alegro —indicó Leovar—. Ya me sentía bastante apenado por él. Él y Marm estaban solos aquí antes de que eso la matara. Ahora está completamente aislado.

—Está separado de su pueblo, pero no está solo y no se siente así —repuso Reg—. Aun en su angustia, sabe que está entre amigos. Se nos ha unido de forma completamente voluntaria. Cuando la pena se le vaya pasando, regresará a nosotros.

—¿Y mi padre? ¿Dónde está? —preguntó Ered.

—Lo hemos enviado a la cocina —contestó Ai'Lorc, acercándose al grupo por detrás.

—¡Ai'Lorc! —Leovar, Danth y Ered exclamaron a la vez.

—Buenos días. —Los saludó en voz baja mientras se hacía espacio entre Danth y Reg—. Gracias por vuestra preocupación. Me siento mejor. Pedreth y yo pensamos que deberíamos romper el ayuno afuera para hacer algo distinto y está ayudando a los monjes a traer lo que han preparado. En una mañana así, comer al aire libre es una idea estupenda.

—No obstante, esta conversación tampoco es para que la oigan los monjes —opinó Leovar.

—Sin embargo, Hazis conoce mucho de lo que os voy a contar —lo corrigió Reg.

Leovar lo miró alarmado—. ¿Seguro, Reg? ¿Cuánto sabe?

—Casi todo.

—¿No crees que es demasiado? La verdad es que no lo conocemos.

—No lo creo —respondió Reg—. Cuanto más perfecciono mis capacidades y toco la mente de otros, más sincero y abierto me siento obligado a ser. La apertura nunca es la amenaza, sino el engaño y la traición del otro. Cuando uno puede percibir claramente la sinceridad de una persona, la confianza es lo que viene a continuación. Naturalmente, cuando uno no puede percibir los pensamientos del otro, el miedo entra en la ecuación y la cautela es el único recurso. Si todo el mundo pudiera ver como yo estoy comenzando a hacerlo, el engaño sería imposible. Y no, los monjes no le hablarán de nosotros a nadie porque, en primer lugar, estamos situados en un lugar demasiado remoto y, en segundo lugar, no está en su naturaleza. Podemos contar con ellos por completo. —Mirando hacia arriba, Reg sonrió—. ¡Ah! Ha llegado el desayuno.

En ese momento, todos se dieron vuelta y vieron a Pedreth acercarse con los brazos cargando un tesoro.

—¡Padre! —exclamó Ered.

—Buenos días a todos. Lo cierto es que el panadero estuvo fabuloso esta mañana. —Con un gesto teatrero, Pedreth retiró el paño de la canasta y la depositó en el suelo. Al acompañamiento de exclamaciones, comenzó a repartir panecillos dulces y pastelitos, de variedades que no veían desde que habían llegado.

—¿Cómo lo convenciste para hacer algo que no fuese pan? —preguntó Leovar.

—Creo que el maestro Regilius tuvo algo que ver con esta extraordinaria demostración de su talento —contestó Pedreth con una sonrisa, haciendo un guiño en dirección a Reg—. ¿Tengo razón?

—Le hice saber que esta era una ocasión especial —respondió Reg.

—¿Especial? —preguntó Ered—. ¿Puede saberse por qué?

—Saboreemos primero este exquisito ágape —sugirió Reg—. A continuación, charlaremos sobre asuntos importantes que nos atañen. —Luego, señalando hacia un grupo de monjes que se aproximaban con una serie de recipientes, claramente para añadirlos al desayuno, preguntó—: ¿Más todavía, Pedreth?

—Pensé que debíamos deleitarnos con un té de *mure* caliente y fruta —contestó.

Los monjes colocaron una jarra, tazas y un frutero grande con *chobolas* al lado de la canasta de pastelitos.

—Gracias, hermanos; extiéndanles nuestro agradecimiento a los que están en la cocina —dijo Reg.

Los amigos devoraron la comida, agradecidos de poder disfrutar de algo distinto a lo habitual.

—Reg —dijo Leovar, limpiándose las migas de la boca—, ¿por qué nunca mencionas a Lith-An? Siempre que conversas sobre tu casa, hablas de tus padres, pero nunca de tu hermana. ¿Sabes cómo está?

—Lith-An está bien, Leovar. Nunca la menciono porque sé que está ilesa.

—¿Está viva?

—Sí, lo está.

—Pero ¿dónde?

—Por el momento, solo estoy preparado para decir que está ilesa. —Hizo una pausa y, luego, percibiendo el pensamiento de Leovar, continuó—: Claro que confío en ti.

—Lo siento.

—Está bien. Ella y yo hemos estado en contacto desde hace varios días y no está expuesta a daño inmediato alguno.

Leovar aceptó la oscura respuesta asintiendo.

La verdad es que Regilius no quería pensar en su hermana más de lo necesario. Todavía no controlaba sus pensamientos tan bien como le gustaría y no quería darle a los dalcin pistas sobre el paradero de la niña. Afortunadamente, detectar una mente no revelaba su ubicación exacta, solo su dirección general, así que no podía ofrecer información específica de modo accidental.

La primera vez que se propuso encontrarla, la había contactado sin mucho esfuerzo, aunque no estaba seguro de haber tocado la mente correcta. Para su gran sorpresa, la de ella ya no era la de una niña en edad de aprender a caminar. Había experimentado una transformación profunda, más radical que la de él, y aún seguía cambiando. La niña tenía mucho para compartir, y la información que le proporcionaba, así como lo que él había averiguado por Husted Yar, le ayudó a darle forma a su plan.

Después de un rato, apartó las sobras de su desayuno y observó a sus compañeros—. Es hora de que sepáis por qué os he reunido —empezó—. Os debo enviar a todos en otra misión. Vinimos aquí juntos porque, en aquel momento, no había otra alternativa. Ydron era un sitio inseguro, como ahora. Pero, mientras a mí me queda mucho todavía por aprender aquí, estas paredes no guardan nada para vosotros.

—Reg —interrumpió Ered—, podemos esperar a tu lado hasta que Jadon crezca tanto como Mahaz. No estamos tan aburridos.

Reg sonrió—. No estoy pensando en vuestro beneficio, Ered. Mi comentario no nace de un deseo de aliviar el tedio de la vida monástica, sino de que soy cada vez más consciente de lo que resta por hacer si queremos cambiar los hechos que nos trajeron aquí. Por ahora, eres tú quien debe atender estos asuntos. Está claro que no debes regresar a casa. Los guardias de mi madre nos están buscando a todos. Dudo de que alguno de nosotros sobreviviese en caso de que nos encontrasen. De todos modos, cada uno de vosotros tiene una gran tarea de aquí en adelante en diversos destinos.

»Emeil está tratando de reunir fuerzas para preparar un ataque contra el ejército de mi madre. Es imperativo que tenga éxito. Pero muchos de quienes podrían unirse a él tienen miedo de hacerlo, posiblemente porque no están al tanto de su verdadera motivación.

»Danth, lord Bogen le debe a tu familia muchos favores y sus tropas tienen en sus filas a más de tres mil hombres. Debes regresar a Limast para persuadirlo de que ayude a Emeil. Lord Jath de Nagath-réal también está en deuda contigo. Es el momento de que les reclames tus favores. Y, Leovar, durante generaciones, la dinastía de Hol ha respaldado tanto la dinastía de Basham como la de Miasoth. Debes solicitar su ayuda. Este viaje requiere que cruces el río Em y será el más peligroso de los dos. Solo lamento no haber previsto que iba a ser mejor enviarte hacia el este desde que partimos.

—Reg —replicó Leovar—, hay un paso fronterizo a un día de camino hacia el este. La ruta que tengo en mente pasa cerca de las minas de Miasoth en danBashad. Puedo visitarlo a él primero, de camino a Yeset, y viajar pasando desapercibido con el fin de llegar en menos tiempo para sellar el acuerdo. De hecho, si consigo un caballo en el camino, puedo llegar más rápido todavía.

—Os trazaré una ruta mejor —le repuso Reg—. Los haroun, la tribu del legendario cazador Bedistai Alongquith, han ofrecido dos valiosos *éndatos* de caza. Aunque los *éndatos* no pueden cargar tanto peso como un caballo, pueden cubrir más de dos veces la distancia recorrida por el equino en un día, por lo cual no necesitaréis casi provisiones y llegaréis varios días antes.

—¿Por qué hablas en plural? —preguntó Leovar.

—Tengo dispuesto que Ai'Lorc vaya contigo. La ruta no es fácil, y será mejor si alguien te acompaña.

Leovar se volteó hacia el maestro de Reg—. ¿Sabes montar? Debo llegar lo antes posible.

—Ha pasado bastante tiempo —le respondió Ai'Lorc—, pero me sentía en esa silla como si hubiese montado toda mi vida. Es algo que nunca se olvida. No te voy a retrasar. —Y volviéndose a Reg, añadió—: Aparte de su velocidad, el paso de un *éndato* es más suave. Mi pobre y suave trasero no estará dolorido al final del día. Te lo agradezco.

—De nada —sonrió Reg. Se giró entonces hacia Pedreth—. Tú vas a ir con Ered y Danth. Tendréis que tomar una ruta por mar para llegar a Limast. Espero que lord Bogen haga honor a su relación con la familia de Danth y os equipe adecuadamente a los tres para que tengáis un viaje seguro hacia Nagath-réal.

Pedreth asintió, pero Ered espetó—: No. ¡Me quedaré aquí! Sé que confías en estos monjes, pero no puedes saber cuándo vas a necesitar a un verdadero amigo.

Antes de que Reg pudiera replicar, Pedreth dio su opinión—. Es una idea excelente. Danth y yo podremos arreglárnoslas solos.

—No estoy de acuerdo —respondió Reg.

—Mi padre está de acuerdo claramente conmigo —insistió Ered—. Me necesitarás aquí.

—Esa no es la razón por la cual tu padre quiere que te quedes aquí. —A continuación, se dirigió a Pedreth, repitió lo que este estaba pensando—: Sin duda estará más seguro aquí…

—…Y dos pueden llegar más rápido y con menos riesgo de que los detecten que si fueran tres —acabó el propio Pedreth.

—Como Ered es más ágil —rebatió Reg—, quizás eres tú quien deba quedarse.

Pedreth estaba indignado—. ¿Te retrasé o parecí el que más jadeaba escalando el peñasco después de llegar a tierra? Podré ser mayor, ¡pero no viejo! No hay un solo cabello gris en mi cabeza, así que no te pongas a hablarme con condescendencia. Y aunque mi hijo es un buen chico y digno de confianza, yo soy más ingenioso y esta misión podría requerir esa cualidad.

Reg cedió—. Tienes razón. Lo siento.

Era evidente, sin embargo, que Ered estaba herido—. ¿Así que soy un lerdo? ¿Es lo que quisiste decir?

—No, hijo. No lo eres. Pero pienso más rápido cuando la situación así lo exige. ¿Recuerdas cómo conseguí que admitieras que habías robado el esquife para practicar el año pasado?

Ered bajó los ojos y asintió.

—No es el momento para bravuconerías —aseguró Pedreth—. Hay vidas en juego. Pero me confundes. ¿Te opones a irte o a quedarte?

—A irme, por supuesto.

—Entonces, baja esa actitud defensiva. Si te vas a ofender por el mínimo comentario que se haga, entonces debes, definitivamente, quedarte. En el ardor del momento de camino a Limast, de seguro tus sentimientos se verán lastimados más de una vez. No tendrás tiempo de ser diplomático.

Ered se encogió de hombros.

—Ya está decidido —dijo Pedreth. Se giró hacia Danth y puso una mano en su hombro—. De modo que, lord Kanagh, ¿crees que puedes emprender esta misión?

—Gracias a Reg —respondió—. No te voy a fallar.

—Nunca lo has hecho —replicó Pedreth.

—Estamos de acuerdo, entonces —resumió Reg—. Ai'Lorc y

Leovar van primero a Moza'r y luego a Yeset. Pedreth y Danth se
dirigirán a Limast y después a Nagath-réal. Bien. Tenemos un nuevo
objetivo. Ered, al parecer, te quedas conmigo. No puedo dejar de decir
que, después de todo, me alegrará disfrutar de tu compañía cuando
pueda, aunque continuaré estando ocupado y no me verás mucho. —Y
se volvió al resto—: Bueno, a ocuparse cada cual de lo suyo. Tenemos
que prepararnos.

# 33

Las grandes zancadas de los *éndatos* resultaron ser tan suaves como decían los rumores, y Ai'Lorc se acostumbró rápido. Incluso las sillas de montar eran blandas y suaves y se amoldaban a los lomos de las bestias; el respaldo de las sillas solo servía para sujetar los estribos. Debido a sus cuellos y colas con forma de serpentina, los *éndatos* semejaban criaturas extintas desde hace mucho, originadas en los albores del tiempo. Con cargas de peso moderado eran capaces de recorrer largas distancias sin apenas cansarse. Teniendo esto presente, los monjes los habían aprovisionado de manera adecuada. Según Ai'Lorc pudo constatar, no habían omitido nada esencial; 'esencial' era la palabra perfecta: llevaban pan para unos cuantos días, dos recipientes de agua y algo de carne y fruta secas. Leovar y Ai'Lorc recibieron un cuchillo a cada uno y una piel de *sándiaz* que les serviría como manta y, doblada, como protección contra el viento y la lluvia durante una tormenta. Como Leovar presumía de arquero, también se le proveyó de un arco con flechas. Los haroun no usaban ballestas, por lo cual Ai'Lorc iba desarmado. No llevaban nada para hacer fuego porque el humo delataría su presencia. Por consiguiente, tampoco se llevaron utensilios de cocina.

Ai'Lorc miró hacia el cielo y notó que Jadon, parcialmente oculto ahora, pronto se escurriría tras Mahaz. Las fluctuaciones de un planeta que orbitaba soles binarios impedían que existiesen las estaciones como las de su mundo de origen. No obstante, había ciclos cálidos y ciclos fríos, y ahora, cuando este hemisferio se inclinaba hacia afuera, ellos se adentraban en un ciclo frío. El gigante anaranjado parecía más distante y más bajo en el cielo de lo normal. Con Jadon oculto por su compañero más frío, este ciclo sería inusualmente helado. Por lo menos no estaban en el mar. Esperando que a Danth y a Pedreth les fuese bien, Ai'Lorc se ciñó más el abrigo.

—¿Cuánto tiempo crees que nos llevará llegar a Moza'r? —

preguntó.

—Pronto llegaremos al río. Una vez lo crucemos, estaremos allí. La fortaleza se encuentra a otro día y medio, como mucho.

Justo entonces alcanzaron una cima y Ai'Lorc se enteró de que el extraño rugido que había estado oyendo todo el día era el del río que discurría entre sus riberas. Creía que se iba a encontrar un meandro que se abría paso con suavidad en su ruta hacia el mar, no el amplio y embravecido torrente que contemplaba. Tiraron entonces de las riendas de los *éndatos* para decidir sus próximos pasos.

—Me parece que nuestro cruce se encuentra a una hora corriente arriba —indicó Leovar.

—De seguro estarás bromeando —reparó Ai'Lorc mientras miraba las cumbres nevadas.

Leovar negó con la cabeza—. Hace mucho oí hablar de un cruce a medio camino entre el delta del río y su nacimiento. Los haroun, que lo conocen bien, me explicaron cómo llegar a él.

Ai'Lorc seguía mirando fijamente la corriente, de modo que Leovar le ofreció una explicación—. ¿Por qué piensas que haroun nunca ha sido conquistado desde el sur? Hay pocas murallas fortificadas tan seguras. Pero, sí, hay un lugar donde el río se ensancha y la fuerza de la corriente se reduce en gran medida. Tampoco yo deseo morir.

Estudiaron el terreno antes de continuar y decidieron bordear la cresta de la montaña para reconocer mejor el cruce. Habían estado cabalgando por más tiempo de lo esperado cuando Leovar ordenó nuevamente detenerse. El Em, efectivamente, se había ensanchado y el agua espumosa y blanca había disminuido. Leovar le hizo señas a Ai'Lorc de continuar, y dirigió su corcel hacia la garganta del río. A medida que se acercaban al Em, el cielo se oscurecía y el viento comenzaba a soplar cada vez más.

—Creo que los dioses no nos favorecen —bromeó Leovar—. Ya en dos ocasiones nos han puesto una tormenta en el camino.

—Quizá debamos buscar un refugio y esperar a que pase —sugirió Ai'Lorc.

—No tenemos provisiones para eso. O seguimos ahora, antes de que el viento se desate con toda su furia o damos la vuelta. En tal caso, pueden pasar varios días antes de que podamos regresar y no nos sobra el tiempo.

Al ver que Ai'Lorc se mostraba inseguro, Leovar le dijo—: Si no puedes continuar, regresa y continúo yo solo.

—No elegí quedarme en tu mundo para dejar que Duile se salga con la suya. Sigamos. —Dicho esto, Ai'Lorc espoleó al *éndato* hacia la ribera del río.

—Espera —lo llamó Leovar, animando a su *éndato* a avanzar. Cuando alcanzó al alienígena, le preguntó—: ¿Alguna vez has hecho algo así?

—No —concedió Ai'Lorc.

—Entonces, sigue de cerca las pisadas de mi *éndato* —ordenó—. El cruce es peligroso incluso cuando las condiciones son las mejores.

Ai'Lorc asintió y siguió a Leovar hacia el río.

Ambas bestias reaccionaron al frío del río con un sobresalto, levantándose sobre las patas traseras. Al mandato de los jinetes, sin embargo, se abrieron paso entre las embravecidas aguas. Cada movimiento que hacían era deliberado. Después de haberse desplazado con velocidad y firmeza en tierra seca, en el agua se sentían inseguros. Sus patas tuvieron que hacer mucha fuerza contra la corriente y tenían que estirar el cuello para mirar dónde pisar a continuación. Cuando estaban cerca del medio de la corriente, empezaron a calmarse y Leovar ganó confianza.

—Ya no estamos muy lejos —se animó. Pero cuando se giró para ver cómo le iba a Ai'Lorc, descubrió que el agua lo empujaba corriente abajo—. ¡Cuidado! La corriente te está arrastrando. Súbela detrás de mí —le gritó.

Ya era demasiado tarde. La *éndata* de Ai'Lorc estaba luchando. Su cola azotaba el agua mientras se esforzaba por mantener el equilibrio. En el próximo instante, pisó un hoyo y Ai'Lorc salió despedido hacia el agua. Mientras la corriente se llevaba a la montura, Leovar tiró de las riendas de la suya. Sin importarle su propia seguridad, se lanzó al río para rescatar a su amigo.

El frío lo estremeció y supo que no podrían sobrevivir por mucho tiempo. Emergió a la superficie y sacudió la cabeza para aclararse la visión. Divisó la cabeza de Ai'Lorc y nadó frenéticamente para alcanzarlo. Al acercarse más, pudo ver los brazos de Ai'Lorc agitándose como las aspas de un molino.

«Muy bien. Está consciente y tratando de mantenerse a flote», pensó y nadó con más ahínco todavía.

—¡Ai'Lorc! —lo llamó.

El viento y el agua le ahogaban la voz, así que esperó hasta acercarse más antes de intentar llamarlo otra vez. El frío le robaba la fuerza, y las extremidades, casi entumecidas, comenzaban a pesarle.

—¡Ai'Lorc! —le gritó jadeando, escupiendo agua. El alienígena se giró—. ¿Puedes mantenerte a flote?

—Creo que sí. ¿Y tú?

—Eso creo.

Ai'Lorc nadó en dirección hacia la orilla con Leovar a su lado. Tan cerca como parecía verse la ribera opuesta desde la montura, ahora parecía mucho más distante. Como para burlarse de ellos, el viento arreciaba cada vez más, rociándole agua en los ojos y en la boca.

Leovar se debilitaba. Lo único que podía hacer era sacar los brazos por encima del agua para iniciar cada brazada. Pero incapaz ya de chapotear con los pies, comenzó a ser arrastrado corriente abajo entre las aguas embravecidas. Estaba abandonando las esperanzas de alcanzar la orilla, mientras procuraba solamente mantenerse a flote. Rogó por poder descansar o dormir o que ocurriese algún tipo de milagro mientras luchaba por mantener la boca sobre las olas. Cuando comenzó a escurrirse bajo la superficie, pensó que sería agradable dejar de sentir el frío. Justo cuando sus brazos dejaron de moverse, su túnica le apretó el pecho.

··· ··· ··· ··· ···

Ai'Lorc agarró la túnica de Leovar. Lo había visto hundirse, lo sujetó y tuvo suerte de poder asirlo por una parte de la ropa. Leovar era demasiado pesado para subirlo hacia la superficie, así que lo aguantó fuerte, no fuera a ser que perdiese a su amigo para siempre, respiró profundamente tres veces y se zambulló. En la oscuridad, solo pudo maniobrar mediante el tacto. Una vez estuvo bajo el cuerpo de Leovar, lo rodeó con uno de sus brazos, se impulsó con fuerza y con el otro brazo subió hacia la superficie.

Emergieron entre las crestas de las olas y Ai'Lorc jadeó. Vio la orilla, rogó que fuese la más cercana y nadó de lado con las fuerzas que le quedaban y la cabeza de Leovar en el pliegue del codo. No sabía si su amigo estaba vivo o muerto y en esos momentos no importaba. Su propia fuerza estaba cediendo. Si no podía arrastrar a Leovar hasta la orilla, ambos morirían. No lo iba a abandonar.

Rechazó pensar en la distancia, el frío y la dificultad, y se concentró en su tarea, una brazada de cada vez. Ya casi se había quedado sin fuerza cuando tocó fondo con los pies. Luchó por incorporarse, cuidando de mantener la cara de Leovar por encima del agua, cuando su cadera izquierda tropezó contra algo duro. Tenía demasiado frío para sentir dolor, pero sabía que le dolería más tarde. Trató de ponerse de pie, pero requería más energía de la que le quedaba, así que gateó hasta salir del río. Sintiéndose más débil a cada segundo que pasaba, arrastró a Leovar hasta la orilla, lo examinó rápido y no le encontró señal de vida. Ai'Lorc necesitaba descansar, pero comenzó a tiritar. Sabía que si no se ocultaban del viento ambos morirían allí mismo, si es que Leovar seguía vivo.

Estaba desesperado por encontrar un refugio cuando divisó un montículo a corta distancia del agua. El lado que miraba hacia ellos había sido ahuecado, quizás por la erosión del agua de anteriores inundaciones. Arrastrando a Leovar mientras avanzaba a gatas, Ai'Lorc llegó justo cuando la fuerza lo abandonaba por completo. El frío era más de lo que podía tolerar y tiritaba sin control cuando divisó algo que lo hizo jadear: un *éndato* se acercaba a ellos por la ribera del río. Después de lo que pareció una eternidad, el animal llegó a su lado. Ai'Lorc agarró las riendas y lo bajó hasta ponerlo de rodillas. Lo último que sintió antes de perder la consciencia fue el calor del cuerpo del animal cuando se acostó al lado de ellos.

# 34

Leovar se despertó con un sabor de boca amargo y cálido. Abrió los ojos y trató de sentarse, pero algo se lo impidió.

—Tranquilo, Leovar —le dijo Ai'Lorc con la mano en el pecho de él—. Quédate acostado y bebe.

—¿Qué es esto? —preguntó desorientado, pero pudo aguantar la taza.

—Encontré algunas hierbas y preparé un té.

—¿Té? ¿Pero cómo?

—¿Te crees el único con conocimientos medicinales?

—No quise decir eso —protestó Leovar—. ¿Cómo pudiste preparar té?

—Con agua y un poco de fuego —explicó Ai'Lorc.

—¿Cómo pudiste hacer fuego?

—¡Oh! Ya veo —respondió Ai'Lorc mientras lo miraba entretenido —. La solución no es evidente.

»Bien, mi distinguido arquero, sacrifiqué una de tus flechas para utilizar su punta. Hice una fina lluvia de chispas frotándola contra la hoja de mi cuchillo. No fue fácil, pero con paciencia pude conseguir que algo de hierba seca ardiera y encendiera un poco de leña. Aprende, mi amigo, o retaré tu reputación como leñador. Ahora, bebe.

—Pero ¿en qué lo preparaste? —preguntó, aún insatisfecho.

—Estás bebiendo de él.

Leovar examinó la taza, incapaz de reconocerla.

—No trajimos ninguna taza.

—No, pero tu aljaba tenía un fondo fino de metal: no muy profundo ni con espacio para más de una docena de puntas de flecha. Conservé parte del borde de piel, de modo que la taza es lo bastante honda para contener tu té. Aunque me temo que la aljaba ya no te es útil.

Leovar examinó la taza, admirando el ingenio de su amigo. Tomó con cuidado varios sorbos y preguntó—: ¿Crees que es prudente hacer fuego?

—Tendré que extinguirlo en uno o dos minutos, pero lo necesitaba para atenderte a ti y, para ser sincero, a mí mismo también. Ahora bebe.

Cuando Leovar terminó la infusión, se sentó derecho—. Gracias. Me siento mejor.

—Probablemente más por sentir algo caliente en el estómago que por la medicina. Eso llevará algo de más tiempo, me imagino.

—Otra cosa, ¿cómo llegamos aquí?

Levantándose, Ai'Lorc sonrió y respondió—: No puedo dejar el fuego prendido demasiado tiempo. Después de preparar una taza para mí, traeré algo de fruta y te explicaré todo. Ahora, acuéstate. —Ai'Lorc se giró y se fue cojeando.

El pequeño recipiente comenzó a hervir rápido. Una vez se tomó el té, le echó tierra al fuego y lo extinguió. Satisfecho de haberlo apagado completamente, dispersó las cenizas hasta que ya no quedaban rastros discernibles, regresó y se metió bajo la manta de *sándiaz*, al lado de su amigo.

—Toma —le dijo a Leovar, extendiéndole una *chobola*.

—Volviendo a mi pregunta —retomó Leovar—, ¿cómo me salvaste? Habría pensado que sería al revés.

—¿Porque eres joven? —preguntó Ai'Lorc.

—Supongo.

—En primer lugar, siempre he sido un nadador fuerte. En segundo lugar, sospecho que existe una diferencia en nuestra complexión. Formado como estoy para sobrevivir aquí, siempre he soportado el frío mucho mejor que Regilius. Sea la razón que sea, ciertamente estoy contento de que uno de los dos haya conseguido llegar a la orilla. —Y le dio un mordisco a la fruta con un crujido intencional.

—Pero las ropas secas, los *éndatos*…

—¡Ah, sí! Los *éndatos*. Esas criaturas tan formidables. Los haroun creen que sienten empatía y son sumamente sensibles a las necesidades de sus jinetes. Necesitábamos calor. Lo proveyeron. Necesitábamos nuestras provisiones y cambiarnos de ropa. Se quedaron cerca.

—Ya veo.

—Hablando de calor, ¿cómo te sientes?

—Un poco débil, pero bien, supongo. Tú, definitivamente, pareces estar bien.

—Me las arreglo como puedo —respondió Ai'Lorc—. ¿Crees que

puedes montar?

Leovar asintió y preguntó—: ¿Por qué? ¿Debemos marcharnos pronto?

—Si sientes que no puedes descansar lo suficiente sobre el lomo de tu *éndato*, entonces nos quedaremos. Pero si puedes, debemos irnos. Comida y albergue esperan por nosotros en Moza'r.

—Tienes razón. Lo olvidaba. Puedo montar. Debemos marcharnos.

—También yo estoy cansado —comentó Ai'Lorc, levantándose—. Descansaremos lo que sea necesario, pero es mejor que no arriesguemos nuestra misión ya sea porque nos precipitemos a hacer las cosas muy rápido o porque nos quedemos descansando demasiado tiempo.

Ai'Lorc trastabilló mientras llevaba la manta a los *éndatos* y Leovar advirtió que estaba ocultando lo mucho que le había afectado la dura experiencia del día anterior.

—Te ayudaré a levantar el campamento —le dijo.

# 35

—Un minuto más y habría llegado tarde a su turno de guardia —lo reprendió el cabo.

—Se preocupa demasiado —dijo el soldado raso, respirando con dificultad tras haber subido a saltos las escaleras del parapeto—. Siempre llego a tiempo.

—Sí, pero por un pelo.

—¿Realmente cree que estoy ansioso por enfrentarme a una corte marcial por algo tan trivial? Escuche, el día que quiera echarme encima al sargento, no va a ser por algo de poca importancia. Créame. Pensaré en algo que de verdad valga la pena.

El cabo sacudió la cabeza—. Solo recuerde —le respondió—. No le voy a encubrir.

—No tiene que hacerlo —le argumentó el soldado—. Aunque tengo que confesar algo: pienso que lord Miasoth está montando demasiado escándalo por lo que está pasando en Ydron. Aquí estamos nosotros a dos o quizás a tres días al este del palacio de Manhathus, del difunto Manhathus; perdón, ya sé que estábamos discutiendo el asunto de mi puntualidad —dijo riéndose entre dientes—. No hay un estandarte a la vista ni se oyen trompetas, pero se ha aumentado la seguridad, se ha redoblado la vigilancia, y usted y yo nos pasamos los días y las noches congelándonos en las almenas para que Miasoth pueda dormir.

Decir que la guardia de barakMoza'r había sido redoblada era una sutileza. Normalmente, esos dos militares habrían sido los únicos haciendo guardia. Las últimas semanas tenían vigilando a alrededor de una docena en la muralla independientemente de la hora.

—Dicen que Moza'r no seguirá a salvo por mucho más tiempo. La reina dice que se encargará de hacérselas pagar a aquellos que no la ayudaron a asegurar el trono —dijo el cabo.

—Querrá decir *tomar* el trono. Pero, ¿de verdad, cree que Duile desea ser reina de la tierra virgen? ¿Dominadora de la frontera salvaje?

—Ni que estuviésemos tan lejos como Monhedeth.

—No estamos sino a un salto de *mármata* de No'eth. El Gran Trecho es nuestro patio trasero. Si no fuera por el Em, los haroun serían nuestros vecinos y nosotros seríamos cazadores.

—Y en eso consiste la diferencia en el mundo —precisó el cabo—. Estos campos cultivados son lo que nos distingue... —Extendió el brazo con un gesto de mucho énfasis, y entonces se detuvo cuando vio algo moviéndose a través de los campos—. ¿Qué es eso? —Se esforzó para ver—. Podría estar equivocado, pero creo que los haroun vienen a unirse a nosotros.

—Tonterías —se burló el soldado. Pero cuando se volteó para mirar en la dirección que su compañero señalaba, se quedó con la boca abierta—. ¿Son *éndatos*?

—Nunca he visto uno, pero deben serlo.

Las tierras de labranza de Moza'r eran regularmente doradas bajo un cielo verde claro —la coloración clara creada por el gigante anaranjado, Mahaz— y los *éndatos* color pardo, perfectamente camuflados en la espesura, debían haber contrastado con el color de los campos. Pero, quizá porque el tiempo nublado tornaba borroso el paisaje, habían pasado casi inadvertidos. Aunque en los últimos tiempos nunca se habían visto por estas partes, ninguna otra criatura compartía el largo cuello y la larga cola de estas legendarias bestias.

—Dé la alarma.

Mientras hablaban sonaron las campanas, haciendo que las palomas saliesen volando de sus nidos asustadas.

... ... ... ... ...

—¡Deténganse de inmediato! ¡Identifíquense! —vino el alto desde las almenas.

Leovar miró hacia arriba desde su montura y trató de identificar la fuente de la voz. Mientras sujetaba la empuñadura de la silla, gradualmente fue advirtiendo que se habían detenido ante la puerta de la fortaleza de Moza'r. Habían pasado tres días desde que cruzaron el Em y los dos anteriores los recordaba confusos. Le había abatido la fiebre hasta casi delirar, y fue todo un milagro que hubieran conseguido llegar hasta allí. Al echar un ojo a su izquierda, se dio cuenta de que Ai'Lorc no estaba en mejores condiciones que él. El remedio que preparó había servido su propósito por un rato. Pero cuando volvieron a necesitarlo, ninguno de los dos había tenido la fuerza para preparar otra dosis. Su travesía había llevado más tiempo del debido por el estado nebuloso de su pensamiento, y habían continuado porque no tenían otra alternativa. Más de una vez se habían descubierto viajando en la dirección equivocada y habían tenido que desandar la ruta. En parte porque habían comido, en parte porque los *éndatos* los mantenían cálidos durante la noche, pero, sobre todo, porque estaban determinados a no fracasar, es por lo que habían llegado hasta tan lejos. Ahora, sin embargo, todo lo que se podía decir era que estaban vivos.

Leovar zigzagueaba sentado en su montura cuando recordó vagamente que debía conseguir una audiencia con lord Miasoth. Incapaz de descifrar quién se dirigía a ellos o qué les habían dicho, supuso que un guardia les estaba dando el alto y procuró ofrecer una respuesta apropiada. Las palabras emergieron como un graznido—. Leovar Hol.

Entonces se cayó al suelo inconsciente.

# 36

El agua se estrellaba contra la proa del bote y los remos hacían un ruido sordo y crujían en los escálamos cuando Danth se puso a remar de espaldas. Esa mañana, cuando él y Pedreth alcanzaron la costa, repararon en lo pobre que había sido su plan. No se les había ocurrido que el denaJadiz pudiera haber quedado reducido a pedazos. Cuando se encontraron con sus restos destrozados, los observaron con pesar porque era imposible atravesar el delta del Em de otro modo que no fuese por mar. Fue entonces, mientras lamentaban su suerte, que habían avistado un pequeño milagro: un diminuto bote de remos, posado sobre un banco de arena cerca del queche. La tormenta había destruido la embarcación grande, pero el esquife había sobrevivido. Estaban encantados de que estuviera en buen estado para navegar, aunque después de todo, no necesitaban ir lejos, por lo menos por mar. Mientras Danth remaba, Pedreth tornó su mirada hacia la costa.

—¿Qué ves? —preguntó Danth.

Pedreth revisó la costa atentamente y respondió—: Veo cascadas.

Danth entrecerró los ojos—. Yo veo neblina.

—Es lo mismo —indicó Pedreth—. Una pared de rocío de una milla de ancho. Cuando no hay viento en alta mar, las cascadas levantan una pared de neblina tan ancha como un río.

—Me alegro de no haber intentado cruzarla.

—No podríamos.

Danth asintió. Luego de un momento, preguntó—: ¿Cómo crees que les ha ido a Ai'Lorc y a Leovar?

Pedreth se quedó pensando—. Se atreverán con lo que les salga al paso. No tomaron una ruta fácil, pero si entre nosotros hay alguien que puede hacerla, apuesto a que son ellos dos.

—¿Tenemos nosotros la ruta más fácil?

—Hijo, no hay rutas fáciles en estos días. Dime —le preguntó, cambiando de tema—, ¿cómo te va a ti? Solías ser bastante peleón, siempre a la ofensiva. En estos días estás más tranquilo de lo que recuerdo de ti. ¿Se te han ido las ganas de pelear? —Pedreth le dedicó una mirada inquisitiva al joven.

—Me he calmado bastante, ¿verdad? Ciertamente entiendo que no soy invulnerable, pero lo que te estarás preguntando es si he perdido mis agallas.

Pedreth asintió—. No estamos precisamente de paseo, muchacho.

—Te lo dije antes. No te defraudaré.

—¿Estás siendo también cauteloso?

—¿Qué quieres decir?

—Si todavía conservas algo de ese espíritu de combatividad, mi otra inquietud es si todavía eres algo imprudente. Necesito valentía sin emoción.

—El solo hecho de haber pasado por todo esto y haber llegado vivo al otro lado no significa que quiera pasar por lo mismo de nuevo. Por supuesto, seré cauteloso.

—Bien.

Danth sonrió—. Sabes que disfruto de tu compañía, pero ¿por qué no insististe en que viniera Ered en mi lugar? Pensé que preferiríais viajar como padre e hijo.

—Ered está donde le corresponde.

—¿Habéis tenido alguna riña de la que no me he enterado?

—Nada de eso, pero veo adónde quieres llegar. Permíteme explicártelo.

»Tanto como lo amo, así también entiendo cuáles son sus fortalezas y cuáles son sus debilidades. Tú y yo estamos en medio de una misión muy peligrosa. Si las cosas toman un giro desfavorecedor, y necesitamos luchar por nuestras vidas, quiero tener a mi lado a alguien que se mantenga lúcido en una crisis.

—Pero en la tormenta él nunca demostró un atisbo de cobardía —protestó Danth.

—Son cosas muy distintas. Luchar contra una tormenta no es como luchar contra una persona. No puede mirarte directo a los ojos para intimidarte. Y tienes razón. Ered fue todo lo valiente y digno de confianza que se le podría pedir. Yo me enfrentaría a los peores mares con él sin pensármelo dos veces. ¿Pero me sentiría igual en una batalla? Pregúntate cuándo fue la última vez que viste a Ered pelear contra alguien. Creo que nunca lo ha hecho. Tú, por otro lado, nunca te echaste atrás. Por eso te pregunté si todavía eras peleón. Tenía una corazonada de lo que ibas a decirme. La gente rara vez cambia de la noche a la mañana y no estaba dispuesto a decidirme por un compañero de viaje guiándome por la diplomacia.

—¿No crees que heriste sus sentimientos?

—¿A ti te pareció que sí? No, y él no hirió los míos. Él quiere estar con Reg, y así se decidió.

—Bueno, tienes razón. No me echaré atrás, aunque espero que las cosas no lleguen hasta ese punto. No estamos precisamente armados.

Solo una espada había sobrevivido al ascenso por el peñasco cuando el quiche encalló, y los monjes no tenían nada salvo bastones y picos con los cuales armarlos: una oferta que declinaron. Los arcos de cazar y los cuchillos que los haroun les habían provisto los dejarían en un triste segundo puesto en una confrontación armada, por lo cual no serían sus capacidades las que los mantendrían con vida, sino su cautela y su astucia.

—Me toca —le dijo Pedreth y se movió para intercambiar posiciones.

Danth no lo discutió—. Necesito descansar. Creo que me he vuelto un blandengue.

—Creo que vosotros, muchachos, erais los únicos nobles que trataban de mantener las manos encallecidas. —Pedreth se rio a carcajadas. Él se hizo cargo del bote y comenzó a dirigirlo hacia la costa —. Quiero acercarme lo suficiente a los peñascos para ver el lugar del cual nos hablaron los monjes —explicó.

A medida que pasaba el tiempo, se fueron quedando en silencio, casi hipnotizados por las olas que golpeaban el casco y por el sonido rítmico de los remos. De súbito, los graznidos de una bandada de rémoles que pasaban rompieron el ensimismamiento de Danth. Miró hacia arriba y entonces notó algo a lo lejos. Las olas no eran muy altas, pero el horizonte desaparecía cada vez que el bote descendía al seno de una ola. Para hacer más difícil la visión, el resplandor de Mahaz en el agua casi lo cegaba. Entre los dos por poco se les escapa: una manchita donde el cielo y el océano se encontraban.

—No estamos solos —informó.

Pedreth inspeccionó el horizonte. Tras un minuto, replicó—: Tienes buena vista, muchacho. Buena vista.

—Más que eso —repuso Danth—. Hay un dalcin a bordo.

Pedreth se quedó mirándolo por un buen rato—. ¿Qué te hace decir eso?

—No puedo decirlo. —Hizo una pausa, pensando en la pregunta —. Pero puedo sentirlo. ¿Qué debemos hacer?

—No mucho, excepto continuar remando hacia la costa y esperar que seamos más difíciles de divisar que ellos. Cuando lleguemos a tierra, esconderemos el bote, si podemos, y nos largaremos.

Danth asintió y propuso—: Toma un remo. Juntos podremos ir más rápido.

Pedreth estuvo de acuerdo y se cambió de sitio.

······ ······ ······ ······

—Lo único que veo es un acantilado —dijo el capitán del barco.

—Ordena a tus hombres que viren hacia la costa —replicó Pudath —. Y que icen más velas.

—¿Con qué propósito? —El capitán estaba irritado. Duile había puesto a este otro a cargo sin motivo alguno.

—No hay más barcos por aquí que el nuestro.

—No es un barco, capitán. —El dalcin se quedó mirando fijamente algo en dirección a la costa que solo él podía ver.

—Un bote. Un bote muy pequeño.

El capitán se esforzó por identificar lo que su huésped estaba mirando. Estaba a punto de decirle al hombre que estaba loco cuando desde la cofa del vigía el marinero avisó—: ¡Un bote, capitán, a estribor!

—¿Estás seguro? —le gritó el capitán.

—Apenas puedo distinguirlo con el catalejo, pero está cerca de la manga de estribor.

—¡A todo estribor! —ordenó el capitán—. ¡Icen las velas!

Con el poco viento que estaba soplando sería imposible alcanzar una velocidad significativa, pero la vela extra ayudaría. Con todo, era probable que el esquife tocara tierra antes de que pudieran interceptarlo.

—Gracias, capitán —le dijo Pudath.

El capitán frunció el ceño. No le gustaba que le dieran órdenes, especialmente si venían de alguien que no quería a bordo, y no le había gustado precisamente que Pudath hubiera tenido razón. Sin embargo, la recompensa que recibiría por una misión exitosa, y el disgusto de la reina si fallaba, lo mantuvieron callado.

## 37

—¡Por ahí vienen, Pedreth!

Pedreth miró hacia atrás. El barco había anclado y estaban bajando una lancha de remos.

—Agarra tus cosas. No hay tiempo para esconder el bote —le dijo mientras sacaban las provisiones y las armas.

—Y ahora —le dijo Pedreth, buscando alrededor—, ¿dónde crees que podrían estar esas pisadas?

—Los monjes dijeron que no serían evidentes de inmediato.

—Bueno, me habría gustado que fuesen un poquito más claras —respondió Pedreth, inspeccionando los peñascos.

Los hombres en el bote de remos habían zarpado y estaban sumergiendo los remos en el agua.

—Caminemos a lo largo de la playa —sugirió Danth—. Quizás desde un ángulo distinto consigamos verlas.

Pedreth rompió a trotar con Danth siguiéndolo detrás, buscando la forma de ascender la pared—. Espero que los monjes estuvieran hablando de esta playa. No sé qué haríamos si se referían a otra.

—Los oíste bien. ¡Espera! ¡Las veo! Comienzan detrás de esa roca.

Danth tenía razón. Cuando pasaron por el lado de una enorme roca, divisaron una serie de pisadas toscamente talladas que conducían hacia una grieta natural.

—No nos regodeemos en formalidades —le dijo Pedreth, corriendo hacia ellas.

—Voy detrás.

Habían ascendido más o menos hasta la mitad de la pared rocosa en el momento en que sus perseguidores llegaron a la playa en la lancha. Varios de los que tocaron tierra hacían señas en dirección hacia ellos.

—Parece que no tuvieron ni de cerca el problema que tuvimos nosotros —refunfuñó Pedreth.

—Estoy seguro de que nos vigilaban; eso o el dalcin nos sintió.

—Me parece que si nos mantenemos en movimiento estaremos bien. Una vez en la cumbre, tendremos la posición superior. Si son lo suficientemente estúpidos como para venir a por nosotros, subirán en fila y podremos deshacernos de ellos uno a uno.

Danth iba a responderle cuando una oleada de náusea lo atacó y su campo de visión comenzó a nublarse. Al mirar hacia arriba, vio que Pedreth tenía la mirada perdida y supo lo que había pasado. Ese toque, una vez se experimenta, no se olvida con facilidad. Se giró para enfrentarse a sus perseguidores, y todos excepto uno estaban corriendo hacia las escaleras. El dalcin estaba de pie, inmóvil, mirándolos fijamente. Cuando Danth se puso a observarlo, se sintió abrumado por una necesidad de regresar a la playa. En ese instante, las flechas de una ballesta comenzaron a dar contra la roca a su alrededor. Una cascada de piedras retumbó en torno a sus pies y miró hacia arriba para ver a Pedreth bajando.

—¡Pedreth! ¡Detente! —le ordenó, pero Pedreth estaba más allá del alcance de sus palabras.

Cuando trató de empujarlo para pasar, Danth lo agarró con ambas manos y lo obligó a sentarse. Pedreth lo miró a los ojos, implorando sin palabras que lo ayudase.

—Todo está bien —le aseguró Danth—. No te dejaré ir.

—No puedo detenerme a mí mismo.

—Está bien. Me voy a encargar de eso.

—¿Qué quieres decir?

Ignorando la pregunta, Danth le dijo—: Cuando esto termine, prométeme que no vas a venir a buscarme. Hay muchas más vidas en peligro que la mía. Debes prometerme que completarás nuestra misión.

—No entiendo.

Danth se quitó un anillo del dedo y lo sostuvo para que Pedreth lo viera—. Este es mi sello —le dijo y se lo metió en el bolsillo de la camisa—. Lo necesitarás para convencer a lord Bogen y a lord Jath de que vas de mi parte. Están en deuda con mi familia y deben responder favorablemente a los pedidos que les haga. Si ponen en duda tus palabras, recuérdales que hace dos años, durante el festival de Samsted, sus hijos mayores respectivos enfermaron mientras visitaban mi casa. Mi padre y yo los cuidamos hasta que recuperaron la salud. Nadie conoce este incidente salvo yo, mi padre y cada uno de los lores y sus hijos. Esta información debe serte de tanto valor como si yo te hubiera escrito, firmado y sellado una carta de recomendación. ¿Lo harás por mí?

Pedreth asintió y le respondió—: Lo haré.

Otra oleada de náusea, esta vez más poderosa que la primera, lo atacó y Danth estuvo a punto de desmayarse por su potencia. Mientras se agarraba a la pared rocosa, luchando por mantenerse consciente, estuvo a punto de dejar que Pedreth se pusiese de pie. Fue solo por su fuerza de voluntad que recuperó el control—. ¡Escúchame! —La voz de Danth se había convertido en un susurro y tenía las cejas salpicadas con gotas de sudor—. Tú no puedes bajar. Debes seguir adelante por los dos.

—No entiendo —repitió Pedreth.

—Pronto se aclarará todo. Me disculpo por lo que debo hacer, pero es la única forma. Si no hago esto ahora, los dalcin podrían ganar. —Antes de que Pedreth dijese una palabra, Danth miró a los cielos diciendo—: Borlon, ayúdame. Solo he hecho esto en una pelea, así que espero hacerlo bien.

Golpeó fuerte a Pedreth en la sien y este se desplomó en las escaleras, inconsciente.

—Lo siento —dijo Danth más a sí mismo que a Pedreth—. Si no sigo adelante con esto, ambos moriremos. Por el bien de todos, espero saber lo que estoy haciendo.

Se desató el bolso, lo dejó caer al suelo y se puso de pie. Levantando las manos en señal de rendición, descendió hasta la playa.

… … … … …

Le llevó un momento a Pedreth recordar por qué estaba en el suelo de espaldas y por qué le dolía la cabeza. Se frotó la cara y trató de aclarar sus pensamientos. De pronto, le retornó la memoria. Intentó sentarse, pero solo consiguió apoyarse en los codos. Se le ocurrió que Danth podría estar en peligro, pero sus pensamientos aún no estaban en orden. Respirando hondo, se esforzó por incorporarse, gruñendo por el esfuerzo. Entonces, encontrando más energía, se puso de pie, tambaleándose un poco. Estuvo a punto de caerse, pero consiguió equilibrarse con una mano, y luego de unas cuantas inhalaciones más, sintió que volvía a ser él mismo. Miró hacia la playa y vio que estaba vacía. Entonces examinó arriba y abajo la orilla para asegurarse. Luego giró los ojos hacia el mar. Entrecerrándolos y protegiéndolos para mirar el ocaso, reconoció la silueta del bote de remos regresando hacia el barco.

«¡Mas'tad! ¿Cuánto tiempo ha pasado?»—. ¡Danth! —gritó.

Estaba demasiado lejos para que se le oyera. Observó la playa y descubrió el bote de remos donde lo habían dejado, pero se paró en seco antes de bajar corriendo a por él. Ni con su más potente esfuerzo podría ser capaz de atraparlos antes de que se alejasen. Descubrir la realidad lo impactó con tal fuerza, que se dio cabezazos contra la pared rocosa.

—Danth —susurró—. ¿Cómo pude permitirlo? Siemas, perdóname. Oh, mi muchacho…

Sus palabras se quebraron. Comenzó a sollozar al no saber si Danth estaba muerto o vivo y a merced del dalcin. Se hundió en los miedos y pensamientos más oscuros.

Cayó la noche.

## 38

Una punzada en el costado despertó a Pedreth de una sacudida. Había estado durmiendo sobre una piedra, y cuando se dio la vuelta, se le clavó una esquina. También tenía un zumbido en el oído que no se le pasaba. Se sentó despacio, se frotó las costillas y trató de estirarse. Sin embargo, cuando vio dónde había estado durmiendo, se puso de pie de un salto. Un prado de guadañas se extendía hasta el horizonte en todas las direcciones. El chasquido de una hoja contra la otra era el sonido que oía. En algún momento durante la noche había recogido el equipo, había subido por las escaleras y había caminado hasta donde la luz de las estrellas dejaba ver un árbol en medio de lo que parecía ser una extensa pradera. Ahora, a la luz del día, podía ver que este terreno vacío bajo sus ramas había sido el único lugar seguro para dormir. Fue solo porque la brisa había estado quieta que las hojas no se habían movido nada. Acostarse sobre la hierba habría significado su muerte una vez se levantara el viento. Durante la travesía, los leotardos de piel de *oreto* le habían mantenido a salvo. Estaba medio dormido y no se había percatado del suave tintineo de las hojas raspándolas.

Estaba claro que no podía quedarse donde estaba, pero regresar al monasterio no tenía sentido y retornar a casa resultaría demasiado peligroso. Inseguro de qué hacer, se comió la ración del día para prepararse para el trayecto que le esperaba a través de la guadaña. Una vez comió, aseguró su equipo. Fue entonces cuando reaparecieron los incidentes del día anterior y lo llenaron de dolor y desesperación. Se quedó ahí parado, perdido e inseguro y, hurgando distraídamente en su bolsillo, se topó con la forma redonda del anillo que portaba el sello de Danth. La pieza le recordó que tenía una promesa que cumplir y Pedreth siempre cumplía sus promesas.

Se subió el saco al hombro, se colgó la bolsa con armas al otro y trató de decidir la dirección que debía tomar. Concluyó que debería encontrar a Bogen en danOzmir, la capital de Limast, al sureste del delta del Em. Mahaz acababa de salir, de modo que lo usó como referencia y partió.

La brisa se hacía más fuerte y batía las hojas de la hierba con un movimiento furioso, rasgando infructuosamente sus leotardos. Más lejos hacia el sur, quizás a media milla, un pequeño rebaño de *oretos* estaba pastando, con su piel marrón oscuro que resaltaba contra el amarillo brillante de la guadaña. Le seguía asombrando que estas bestias no solamente se pudiesen desplazar con libertad entre las hojas de la guadaña, sino que hacían de la vegetación mortífera su alimento. Si no fuese por la piel de esos animales, él no podría arriesgarse a atravesar la llanura.

Pasaron dos horas hasta que desapareció de su vista el árbol bajo el cual había dormido. En cuatro horas más, fue el mediodía. Otras cuatro horas, y ya en los límites de su fuerza y su ingenio, divisó un bosquecillo de árboles de *damasas* sobre una pequeña loma. Nuevamente, como en la noche anterior, encontró un terreno desnudo debajo de ellos. Aunque quedaban casi dos horas para que llegase el ocaso, no podía caminar más. Se desplomó, sucumbió a un sueño profundo y no se despertó hasta el amanecer del día siguiente.

# 39

Comer pan duro de una semana no levanta el apetito, pero para el paladar hambriento de Pedreth resultó un desayuno satisfactorio. Incluso encontró carne seca entre sus provisiones, así que la añadió a su comida. El agua completó su desayuno y le ayudó a bajarlo.

La pérdida de Danth le pesaba mucho y emocionalmente aún estaba muy susceptible. Unido a la muerte reciente de Marm, era más de lo que podía soportar. Sin embargo, su cuerpo había descansado de la dura experiencia de la playa y creía que podía terminar lo que había comenzado.

El bosquecillo donde se había despertado no era grande, pero oscurecía su vista hacia el sureste. De modo que dejó sus pertenencias donde estaban y cruzó entre los árboles para ver lo que había más allá. De pie, a sotavento, avistó los picos en forma de cuchillos llamados Seneth Lagalen, *las Dagas del asesino*. Sonrió. Estaba donde quería estar. Calculó que podía cruzar el siguiente trecho de guadaña en una hora como mucho y llegar a las Dagas en dos, para entonces alcanzar la ciudad al anochecer.

Estaba dando la vuelta para recoger sus pertenencias cuando divisó una nube de polvo que serpenteaba al pie del costado occidental de los picos. Su tamaño sugería que, si no era algo agitado por el viento —y dudaba de que lo fuera—, probablemente sería la estela que dejaba algún tipo de caravana. Decidió observar cómo se movía.

Al rato, se hizo evidente que algo grande se dirigía hacia danOzmir. Este pasaje en particular no era una ruta de caravanas ni tampoco era ventajoso para tropas que invadiesen por el norte o el oeste. Sin embargo, como la procesión venía del sur, posiblemente de Ydron, dedujo que con toda probabilidad eran transportes militares.

«¿Por qué usarán esta ruta?», se preguntó. Incluso desde el sur, la procesión bordeaba la sabana de guadaña salpicada escasamente por árboles de *damasas* y de *duelas*, donde ocultarse era imposible. Después

de eso, debían sortear Seneth Lagalen, una cresta rocosa de ochenta
kilómetros de longitud, que se había abierto a través de la llanura hacía
siglos, el último obstáculo antes de danOzmir. A pesar de que esta
cresta no era tan alta como las montañas y colinas, no había una forma
fácil ni rápida de recorrerla. Los dientes rocosos eran casi verticales.
Cruzarlos llevaba más de un día y dividiría cualquier grupo de más de
una docena en varios grupos más pequeños o, de lo contrario, les
obligaba a que formasen una hilera sinuosa y única. Los equipos
grandes como las catapultas debían dejarse abandonados. La única
forma de cubrir su recorrido peligroso con cierta rapidez era a través
del Paso de Hassa, un pasaje angosto del ancho de tres personas en su
tramo más ancho. Los invasores que elegían esta ruta podían ser blanco
de los arqueros apostados en lo alto de los minaretes rocosos desde
donde se dominaba la garganta.

Los haroun recomendaron a Pedreth y a Danth que fuesen por este
trecho. Cuando llegó, por fin, Pedreth a la entrada, siguiendo a los que
había estado observando, redujo el paso, mirando y escuchando.
Convencido de que ya se habían ido, y al no ver indicios de que hubiese
un guardia vigilando desde los bordes del desfiladero, pensó que este
último trecho sería solitario. Por tanto, se sobresaltó cuando oyó que
alguien lo saludaba poco después de haber entrado en la garganta.

—¡Hola!

Pedreth había bordeado una curva y estaba haciendo una pausa
para soltar la carga durante un rato. La voz lo hizo dar un respingo. Sus
armas estaban envueltas y era vulnerable.

—¡Usted! ¡Hola! ¿Está loco? —Fue un saludo extraño. Una figura
andrajosa, con un bastón en la mano, apareció por detrás de una roca.

Al no ver nada amenazante en la postura del hombre ni en la forma
en que agarraba el bastón, Pedreth replicó—: ¿Por qué lo pregunta,
amigo?

—Vino por la hierba, hombre. Nadie se pone a cruzar la guadaña
salvo que esté loco.

—No veía otra forma de llegar a danOzmir. ¿Qué otra opción
tenía?

—¿Qué otra opción? Bueno, no venir desde el mar es una. Desde
el sur o el este más fácil hubiera sido acceder, como todos los demás
hacen.

A Pedreth le llamó mucho la atención el acento del hombre y su
forma rara de hablar.

—Usted no es de por aquí, ¿verdad? —le preguntó.

El hombre se tomó un minuto en contestar, dedicado a examinar la propia apariencia de Pedreth.

—Ni usted —observó él, todavía estudiándolo—. Por sus leotardos yo a usted como un haroun identificaría, pero el resto de su vestimenta y su semblante lo contrario dice. ¿De dónde viene?

—De No'eth —replicó Pedreth, eligiendo no contestar más de lo que le preguntaban.

—Pero haroun usted no es. ¿O sí?

—En efecto.

—¿Por qué, entonces, desde el mar viene? Más fácil desde el este sería.

—Demasiado lejos —replicó Pedreth de forma enigmática.

—¿Por qué a danOzmir va?

—¿Por qué no, amigo? ¿Adónde debería ir?

—¿Por qué amigo me llama?

—¿No lo es?

—¡Basta! —gritó el extraño y tiró el bastón—. Daño no le estoy haciendo. ¿Por qué de mis preguntas se esconde?

—No lo conozco, amigo. ¿Se abre a todo el mundo que encuentra en la calle? Si utilizara los ojos, no haría tantas preguntas ni se frustraría por las respuestas. Déjeme decirle lo que yo percibo de usted.

El hombre se cruzó de brazos.

—No se viste como un hombre pudiente ni tiene un corcel ni un coche —observó Pedreth—. Sus botas están muy gastadas. Se viste con ropa demasiado ligera para estos climas y su forma de hablar no refleja que sea de esta parte, sino del lejano sur. De hecho, se asemeja y suena como un hombre de Rian o de Pytheral. No es un comerciante. Si lo fuera, sus negocios seguramente le estarían yendo mal. Esto lo deduzco de su atuendo andrajoso. Así que no tiene los recursos para hacer negocios tan lejos de su casa. Tampoco participa en los negocios de otros o le habrían vestido mejor para que los representara. Usted es, por tanto, un ladrón o un caminante. Sospecho lo segundo o habría tratado de robarme. Estará simplemente buscando la fortuna con que se tope, pero de ser así, se habría encaminado a Nagath-réal o a Moza'r, o incluso a Ydron donde las oportunidades son mejores.

El desconocido no le contradijo.

Seguro de que estaba acertando, Pedreth continuó—: Sospecho que no está viajando por placer ni por ningún sentido de aventura. Apostaría a que está huyendo de algo o de alguien, posiblemente de lord Zenysa o lord Kareth.

El desconocido se encogió de hombros.

—Me vienen a la mente solo tres preguntas. ¿Por qué buscan a alguien como a usted? ¿Por qué también usted se encamina a la ciudad desde esta dirección? ¿Y cómo es que consiguió evadir la guadaña? Como respuesta a la última pregunta, si se dirigió hacia aquí desde el sur y caminó ceñido al costado oeste de las montañas, se le hizo fácil evitar la hierba. —Pedreth lo miró a los ojos y el desconocido se retorció, girando para eludir su mirada—. ¿Y mis otras preguntas?

Visiblemente incómodo, el desconocido replicó finalmente—: Que viniera aquí me ordenaron.

—¿Quién? —preguntó Pedreth, pero el hombre no respondió—. Si le dijese que no soy amigo de ninguno de esos lores, ¿le haría sentir más tranquilo?

—Quizás —concedió el hombre.

—¿Me puede contestar lo siguiente?

El desconocido ladeó la cabeza con interés.

—¿Vio al grupo que pasó por aquí más temprano?

Cuando el hombre se mostró lento en contestar, Pedreth presionó.

—Veo las huellas de muchos caballos. Habría sido difícil que pasaran inadvertidos.

El rostro del hombre se oscureció—. ¿De esos hombres, qué busca? —preguntó.

—Hasta que no sepa quiénes son, no puedo decirlo —repuso Pedreth.

—¿Así que a ellos no conoce?

—¿No se lo he dicho? —suspiró Pedreth, cansándose de desafiarlo.

—Y amigo de Zenysa no es, ¿verdad?

Era evidente que Pedreth no estaba conversando con la estrella más brillante del universo.

—¡Por los cuernos de Voreth! ¿Es usted sordo?

El desconocido estudió su cara y entonces replicó—: Hombres de lord Zenysa son o por lo menos lo que dicen sus estandartes eso es. Sospecho que por mí venían.

—¿Qué querrían ellos de usted? —Pedreth intentó en vano reprimir una carcajada—. No quiero ofenderle, pero usted no es un guerrero ni aparenta ser una amenaza.

—Mi pensamiento la única amenaza para la reina es —replicó el desconocido, que parecía preocupado.

Pedreth, divertido por la declaración, preguntó—: ¿Y cómo podría ser eso?

—Seguro no estoy —respondió el hombre—. Diciendo la verdad, que me estoy volviendo loco creo. Pero, verá y, por favor, no sea cruel riéndose: una pequeña niña me envió.

—¿Una niña? —Pedreth intentó disimular cuánto le divertían sus palabras.

—Ella con su mente habla. Sí, con su mente. Con esa cara de incrédulo no me mire. Con sus pensamientos explicó que su hermano, quien en estos momentos reside con el sumo sacerdote de los katan, enviaría amigos a Limast, la ciudad de danOzmir y la casa de Bogen. Transmitirles un mensaje a ellos y encargarles una misión debo.

Pedreth se quedó estupefacto—. Su nombre. ¿Le dijo su nombre?

—Ría la llaman, pero su nombre, de verdad, distinto es. El verdadero no conozco. Uno de los que busco, dijo la niña, la conocería porque trabajaba para su padre.

## 40

—Por los ojos de Borlon, hombre, ¿dónde encontró a esta niña que, según dijo, habla con su mente?

Aunque Pedreth no estaba al tanto de la nueva personalidad de Lith-An, la descripción que le hizo el desconocido dejó poca duda sobre a quién se refería.

—Que estoy loco cree —le dijo el hombre.

—En absoluto. Le creo a pie juntillas.

Ahora le tocaba al caminante el turno de ser sospechoso.

—Nada más de lo que le he dicho ha creído. ¿Por qué me cree esto?

—Esta pequeña niña tenía unos tres años, ¿correcto?

Asustado, el hombre se mordió la respuesta. Sin embargo, sus ojos le dijeron a Pedreth lo que necesitaba saber.

—¿Le dijo ella algo sobre la persona con quien usted se iba a encontrar?

—Sí —concedió con renuencia—. Su nombre, su ocupación y de dónde viene me dijo.

—Mi nombre es Pedreth.

El desconocido se quedó con la boca abierta.

—Vengo de Sandoval y soy el barquero del padre de ella.

—¡No, señor, usted no es eso! Usted que venía de No'eth dijo.

—Y es donde he estado últimamente, pero ese no es mi hogar, solo el lugar adonde me han llevado mis viajes. Dígame, excepto por este detalle, ¿no he dicho todas las palabras que esperaba escuchar?

El hombre estaba al borde de creerle, así que Pedreth presionó—. De todos con quienes usted se ha encontrado, ¿quién más sabía qué decir sin que se lo preguntaran? No le pregunté nada de la niña ni detalles de lo que le habló, pero yo lo sabía, ¿verdad?

—Por Siemas, reconocerlo debo. Sí, Pedreth. En efecto, usted sabía —le dijo, y se pasó la mano entre el pelo—. Que me había vuelto loco pensé. Pero ¡usted sabía! ¡Usted sabía! —El hombre sintió un enorme alivio.

—¿Se sentaría conmigo un momento? —Pedreth señaló hacia una gran roca al lado del sendero—. Quizá me quiera contar su relato y el nombre por el que lo conocen.

—Sí, por supuesto. —Siguiendo a Pedreth, tomó asiento. Entonces, todavía desconfiado, le dijo—: La niña que iban a ser tres de ustedes dijo. ¿Dónde están sus compañeros?

—Mi hijo Ered se quedó allá y el tercero, un joven llamado Danth, fue capturado por los hombres de Duile. Estoy solo ahora. ¿Contesta eso su pregunta?

—En verdad, sí. Esos los nombres eran también —reconoció el desconocido. Sonrió, visiblemente relajado—. Cómo explicarle no sé lo estúpido que al contar mi relato me sentía. Pero cuando la niña entró en mi mente, me sentí tan obligado, que negarme no pude.

—Me lo imagino —le contestó Pedreth, recordando los días a bordo del denaJadiz y los conocimientos de Reg. La presencia de Reg irradiaba tanta honestidad que, aún si hubiera sido un perfecto desconocido, Pedreth no se habría cuestionado ni sus intenciones ni sus pensamientos. Debió de haber sido tan persuasivo como tranquilizador para…

—Y, por favor, amigo, ¿por qué nombre debo llamarlo?

—Samel me llamo, señor. Y en lo correcto está. De la provincia de Pytheral y de la ciudad de danMaz vengo.

—Mi travesía ha sido muy larga y ya se ha acabado la mañana —comentó Pedreth—. No tengo mucho que ofrecerle, salvo algo de carne seca y una *chobola* que podríamos dividir, pero ayudarán a que no nos dé hambre.

—Qué bien, gracias. Compartiré y, si demasiado ordinario no le parece, una corteza de pan para llenarnos un poco más tengo. Es bueno tomarse una pausa y comer, ¿no le parece?

—Sí que lo es. —Entonces, con una sonrisa cuidadosa, Pedreth preguntó—: ¿Fue ahí donde encontró a la niña? ¿En danMaz?

—En las afueras, a decir verdad.

—Por favor, hábleme sobre eso. ¿Cómo llegó a conocerla?

—En un campamento de nómadas de Shash fue. Su tierra lejos se encuentra, en la Planicie Salada, al este de Nagath-réal. De leer la fortuna y de vender productos según los encuentran viven.

«Según los roban», pensó Pedreth, pero se guardó el comentario para él.

—En el camino la oportunidad de ayudarles a vender algunos artículos se me presentó y una visita les hice.

»Estando en su campamento, esperando que me mostrasen los productos, a un hombre encontré, llamado Ganeth, si la memoria no me falla, y a la niña llamada Ría cerca de una fogata parados. Por su color y sus facciones fue, tan distintos de los demás, que mis ojos allá miraron. De hecho, sus ojos en mí, me parece, solo por tal razón se clavaron. Por un rato conversamos, aunque su actitud era cautelosa, hasta que para hablar de negocios me llamaron. Había cruzado la mitad del campamento cuando la niña comenzó a hablarme. Su voz era tan suave que esperaba que detrás de mí estuviese, ahí —y señaló al suelo, a su lado—, pero al voltearme para mirarla, me asusté. Ella al lado de la fogata seguía y desde allí ni me gritaba ni en voz alta me hablaba. Mirándome de frente, directamente a los ojos, continuaba hablándome, pero la boca en absoluto movía.

»¡Ah! A un artista viajero de Liad-Nur me recordó, creo, ¿o habrá sido de Dethen? No importa. —Samel continuó con desenfado, aliviado de estar desahogándose—. Se había puesto en el regazo un muñeco al que parecer hacía que por sí mismo estaba hablando. En realidad, él quien hablaba era o trataba de hablar entre los dientes apretados y los labios abiertos, pero las palabras de forma tan contenida articulando, que era evidente que no tenía en su regazo más que un muñeco sin vida. Sin embargo, por cortesía, el público se reía y aplaudía, y que el artista era un hombre de gran talento consideraba.

»¡Pero esta niña! Le digo, con todo y la distancia que nos separaba, el ruido que el bullicio de la gente en el campamento producía, y sin ella mover la boca, que estábamos uno al lado del otro parecía: así de clara su voz escuchaba.

Samel se inclinó hacia adelante y acercó la cara a la de Pedreth—. Palabras habladas no eran. Pensamientos eran. Y también ver cosas dentro de su mente podía. Ella me permitió verlas. De eso seguro estoy. No era mi imaginación.

Pedreth pudo ver que Samel necesitaba saber que podía sentirse tranquilo con él—. Le creo —le dijo, mirándolo directamente a los ojos —. A mí me ha pasado lo mismo.

Samel abrió los ojos del todo.

—Su hermano —prosiguió Pedreth—, que está viviendo en el monasterio de los katan, me ha hablado exactamente de esa forma.

—¡No me diga!

—Sí, se lo digo.

—¡Ah!

Samel no cabía de emoción y se dio una palmada en la rodilla. Miró alrededor como buscando a alguien más con quien compartir la revelación.

—A mí también me asombró —le aseguró Pedreth—. ¿Puede acordarse de lo que la niña quería que me dijera?

No deseaba presionar al hombre a que le diera la información hasta que este no estuviese listo para ofrecerla. Samel estaba claramente disfrutando su historia y a los cuentacuentos a menudo les gusta llegar a los puntos importantes en momentos escogidos por ellos mismos. Para alivio de Pedreth, Samel no se molestó en absoluto. Sin embargo, su tono cambió a uno de extrema tensión, como su postura, al comenzar a transmitir el mensaje al destinatario de su misión.

—Raro es el mensaje que le traigo. Pero que es verdadero le aseguro. Las palabras en mi mente arden, aunque sentido no les encuentre. Mi esperanza es que lo que le transmita sea importante.

Pedreth asintió, preguntándose qué podía haber traído a este hombre hasta tan lejos para interceptarlo.

Samel hizo una pausa, ya fuese por causar algún efecto especial o por asegurarse de que su memoria era correcta, y entonces dijo sombríamente, y en absoluto con su entonación y acento acostumbrados:

—«Desconfíe de los estandartes de Kareth y Danai, Ened y Hau, los heraldos del holocausto de la madre. Busque refugio en la ceniza púrpura donde se encuentran los amigos. Si Bogen viniese al rescate de la moza mientras los relámpagos asedian el cielo, la marea podría cambiar.» Estas sus palabras son y siento que ningún sentido tengan.

—No suenan a palabras de una niña de tres años —observó Pedreth.

—Sus ojos los de una niña no eran —repuso Samel—. Nunca unos ojos así había visto, y mucho menos en una niñita. Se me prendieron al alma y sus pensamientos hasta lo más profundo me ardieron.

Pedreth indagó la cara del hombre por si mostraba señales de ironía o de engaño. Al no encontrar nada, determinó que no tenía otra alternativa que no fuese aceptar su historia como un hecho, incluyendo el mensaje. Ambos se sentaron en silencio mientras Pedreth repasaba las palabras, tratando de interpretar su significado.

—Creo que entiendo la primera parte —espetó por fin—. Pero no sé qué quiso decir por 'ceniza púrpura' o cuando mencionó lo de la moza. ¿Habrá querido decir que los amigos no dirán la verdad? O, de no ser así, ¿que serán encontrados en la ceniza? Estoy consternado.

—Lo siento —respondió Samel—. Seguro estoy de que las palabras que le he dicho las correctas son. Al ser el mensaje el motivo de mi viaje, ve ahora por qué mi cordura sospechosa es. Mi corazón me dice que las palabras importantes son, pero para mi mente tonterías parecen.

—Si no conociera a esta niña y ciertas circunstancias que la rodean, desestimaría lo que me ha dicho y me despediría de usted. Pero unos acontecimientos que no puedo divulgar, que preceden nuestro encuentro, no me permitirán despacharlo tan fácilmente. Últimamente han pasado cosas mucho más extrañas.

Samel asintió.

—Reflexionaré su mensaje y quizá, con el tiempo, tenga más sentido. —Pedreth se puso de pie y recogió sus pertenencias.

—Vámonos a danOzmir.

# 41

Llovieron guijarros de arriba. Samel levantó la cabeza, protegiéndose la cara con una mano.

—¿Ves algo?

—No, pero sospecho que nos están observando.

—¿Qué piensas que pueden hacer?

—Nos dejarán pasar o nos detendrán. Una u otra cosa servirá a nuestro propósito.

—¿No nos matarán?

Pedreth examinó las paredes del desfiladero y entonces emprendió la marcha haciéndole una señal a Samel de que lo siguiera—. Es difícil saberlo, pero no creo. No representamos una fuerza que los amenace. Sospecho que tienen órdenes de observar o interceptar a los desconocidos. Deben de haber encontrado al grupo de Zenysa, y no veo ningún indicio de conflicto. Si les permitieron pasar, presuponiendo que fuesen suficientes para enfrentarse a ellos, probablemente nos den paso también.

—¿Crees que deberíamos mejor volvernos y a casa regresar?

—Hazlo, si prefieres —le respondió Pedreth—. Yo tengo una misión que cumplir.

Samel, no obstante, decidió quedarse con Pedreth y ya entrada la tarde ambos estaban agotados. Pasaban el tiempo discutiendo las alternativas de platos típicos que podrían cenar, salivando a la mención de cada nuevo plato, cuando doblaron una curva y se toparon con un grupo de soldados.

—¡Alto! —ordenó el que estaba a cargo—. ¡Suelten sus pertenencias y levanten las manos!

Tomado desprevenido, Pedreth fue lento en obedecer. Cuando asimiló lo que el hombre había ordenado, ya era demasiado tarde. El oficial se adelantó y lo golpeó en la cara—. Le dije que levantara las manos.

Pedreth se enderezó y extendió ambas manos hacia arriba.

—Eso está mejor. Ahora dame una razón para que no os matemos.

—Porque lord Bogen aguarda por nosotros —le mintió Pedreth.

Samel lo miró con incredulidad, pero no lo contradijo.

—¡Ah! Esa es buena —se burló el oficial—. Pienso que te rajaré la barriga.

—Si desea responder ante el señor de las tierras, hágalo entonces. Pero somos portadores de un mensaje de parte de la casa de Kanagh y en este mismo momento una paloma se encuentra en ruta hacia la ciudadela para anunciar nuestra llegada. El mensaje que lleva le avisa a su señor de la ruta que estamos siguiendo. De no llegar a presentarnos, seguramente le pedirá cuentas sobre nuestro paradero.

—¿Por qué no nos avisaron de que veníais?

—Pregúntele a lord Bogen. Quizá la paloma acaba de llegar justo ahora. Quizá todavía está por llegar.

—Y quizá nunca lo hará y este es un burdo intento que haces por salvarte el pellejo. —Desenvainó una daga y, pasando los dedos por su filo, le indicó—: Mejor simplemente te mato.

—¿Puede darse el lujo de arriesgarse?

El soldado puso la punta de la hoja en la garganta de Samel. Presionó y un hilo de sangre le bajó por el cuello.

—Quizás debebía matar a uno y permitir que el otro lleve el mensaje.

—Ahora me toca a mí reírme —replicó Pedreth—. Cada uno de nosotros conoce solo la mitad del mensaje. Es de tal importancia que lord Kanagh no podía confiar su totalidad a ninguno de los dos.

El guardia se mostró inseguro y Pedreth continuó:

—Quizá no está al tanto de la agitación que se extiende desde Ydron. Acaso simplemente desea poner en peligro su carrera. Yo, ciertamente, no deseo morir ni tampoco mi acompañante, pero si pretende arriesgar sus años de servicio por un momento de diversión, no hay nada que podamos hacer para detenerle.

Aún teniendo sus sospechas, el soldado presionó—: ¿Qué otra prueba tienes, aparte de tu palabra?

—Me dieron órdenes de presentar una señal al vigía de la entrada del palacio.

—Creo que me la vas a enseñar a mí.

—Haré las cosas como me las ordenaron. Verifique la señal en el momento en que se la presente al guardia, si gusta.

Samel no pudo aguantarse la lengua por más tiempo. A punto de estallar en lágrimas, le suplicó—: Pedreth. Por lo más sagrado, muéstrasela.

—No, Samel —le respondió Pedreth. Y entonces, volviéndose a su inquisidor—. Como puede ver, mi acompañante sabe lo que porto. Está demasiado aterrorizado para engañarlos. Y aunque solo al guardia del palacio le presentaré la señal, tampoco los estoy engañando. Además… —Advirtiendo que cualquier indicio de debilidad los pondría en mayor peligro estando en manos de este bravucón, Pedreth mantuvo un tono de voz fuerte y añadió—: Si encuentran que soy un mentiroso, estoy seguro de que el guardia le dejará el camino libre para que disponga de nosotros. Y usted, amigo mío, podrá darse el crédito de habernos capturado.

El soldado, claramente inseguro, desvió la mirada de Pedreth a sus hombres. Se mordió un labio y regresó a consultar con sus compañeros.

Mientras deliberaban, Samel le susurró a Pedreth—: Pensé que me habías dicho que pasar nos dejarían.

Aprovechando la pausa del soldado, Pedreth repuso—: Lo harán. No se atreven a arriesgarse.

—¿Y si te equivocaras y…?

—Entonces somos hombres muertos. ¿Tienes un plan mejor?

Samel sacudió la cabeza indicando que no.

La consulta se acaloró. O ninguno tenía autoridad para decidir o ninguno quería aceptar las consecuencias de tomar una decisión desacertada. Al rato, el que estaba a cargo regresó a encararse a sus prisioneros.

—Si me estás mintiendo, te veré morir de una forma dolorosa —lo amenazó.

Cuando llegaron a la entrada, su captor se aproximó a uno de los guardias. Tras una breve discusión, el guardia se acercó a Pedreth con el soldado siguiéndolo uno o dos pasos atrás.

—¿Qué asunto te trae para ver a mi señor? —le preguntó el guardia.

—Lo que me trae es de naturaleza privada —repuso Pedreth—. Tengo una misión urgente en nombre de mi amigo, lord Kanagh.

—Tu amigo, dices —le replicó el guardia, con una amplia sonrisa. Caminó alrededor de Pedreth, inspeccionando su atuendo sencillo mientras su captor sonreía con aires de superioridad.

—Mi hijo fue amigo de la niñez de lord Danth Kanagh —comenzó a explicar Pedreth—, al igual que de lord Leovar Hol y el príncipe

Regilius Tonopath. Todos ellos pasaron mucho tiempo en mi casa y a todos ellos los considero mis amigos.

—Y yo considero a lord Bogen mi compañero de copas —se rio el guardia, arrancándole una carcajada al oficial.

Pedreth buscó en su bolsillo y, antes de que el guardia desenvainara su espada, extrajo la sortija de Danth. La sostuvo de modo que pudiera ser vista con claridad y dijo—: Dígale a su compañero de copas que porto un sello que lleva el escudo de lord Kanagh.

El guardia se acercó más y examinó el anillo. Trató de agarrarlo, pero Pedreth se lo echó de nuevo al bolsillo.

—Dime por qué no debo echarte de mi presencia aquí y ahora y, si me preguntaran, decir que nunca te vi. Sé que mi amigo nunca te vio —indicó él. El otro guardia sonrió y asintió.

Sereno, Pedreth replicó—: Veo que está arriesgando su carrera por impresionar a su amigo.

El sarcasmo del guardia se convirtió en ira—. ¿Qué te hace pensar eso, viejo?

Pedreth se pasó una mano entre el pelo y sonrió—. ¿Viejo? Mi pelo apenas comienza a agrisarse. —Le fijó la vista al guardia y le dijo—: Guardia de palacio. No es un mal trabajo, vigilar la entrada… hasta que el clima se pone feo, lamentablemente. Después de todo, podría estar trabajando como guardia en el Paso de Hassa. Puedo entender por qué no elegiría estar dentro del palacio cuando el clima se pone frío y húmedo. Eso es demasiado cómodo para sus gustos. Por supuesto, si de verdad quisiera estar en mayor gracia ante la estima de su señor, ya que es su compañero de copas, le llevaría los mensajes de quienes portan el escudo de nobleza y dejaría que él decidiera si esas personas tienen el mérito que se atribuyen.

El guardia examinó a Pedreth un momento y, volviéndose hacia su compañero, le dijo—: Vigílalo por mí. —Se encaminó hacia la puerta, y de pronto se detuvo, se dio vuelta y regresó—. Pero solo tú. Tu amigo no.

—Mi acompañante viaja conmigo. Si no le permite quedarse, eso revertirá en contra suya. Sea un chico listo —le advirtió—. Cuando vea lo deseoso que está lord Bogen de concederme audiencia, lo pensará dos veces antes de volver a porfiarme con esa prepotencia.

—Ya lo veremos —repitió el guardia y Pedreth sonrió.

Samel se inclinó hacia él y le susurró:

—¿Cómo puedes tan contento estar?

—Hay ocasiones cuando tener la última palabra se vuelve en contra de uno. Esas veces, ayuda parecer estar confiado.

Cuando le hablaron sobre el sello de Danth, lord Bogen les concedió audiencia. Sin embargo, mientras estuvieron esperando en la antesala, Pedreth perdió el optimismo. ¿Acogería Bogen su petición e iría en ayuda de Emeil? O ahora que Danth podría estar muerto y su padre era aliado de Emeil, ¿sería más fácil para él olvidar las obligaciones que contrajo en el pasado?

Samel estaba claramente incómodo. Como la mayoría de las personas de origen humilde, nunca había estado dentro de ningún edificio suntuoso. Por tanto, desde los suelos marmolados hasta las paredes de granito pulido, todo excedía su experiencia.

—Pedreth —le murmuró—, ¿mi mitad del mensaje me dirás?

—No existe, Samel. Eso fue una estratagema para mantenerte vivo. Ahora que nuestro amigo nos ha dejado, no tengo que inventar nada para que lo digas.

—¿Pudiste lograr tanto?

—No lo sé. Nos habríamos enterado —le dijo con un guiño.

—Pedreth, ¿por qué insististe en que viniera? —le susurró Samel— No tengo ningún asunto aquí.

—Si nos hubieran separado, podrías haber desaparecido. Aunque lord Bogen debería ser nuestro amigo, no tenemos garantías; tú menos que nadie. Mantenerte cerca es mi forma de asegurarme de que luego nos vayamos juntos.

Samel asentía, justo cuando anunciaron sus nombres.

—Sígueme —le instruyó Pedreth—. Mantente un poco detrás de mí para que puedas observarme. Haz lo que me veas haciendo a mí, inclínate cuando yo me incline, y mantente callado a menos que lord Bogen te hable directamente. Aun entonces, responde solo a lo que te pregunten. No digas nada más—. Notando el terror en los ojos de Samel, Pedreth sonrió y añadió—: Además, no creo que él tenga mucho que decirte.

A pesar de sus palabras de confianza, la cara de Samel era una máscara de miedo.

El Gran Salón de lord Bogen no era nada comparado con la gran cámara en la que Manhathus celebraba audiencias. Sin embargo, aunque la riqueza de Ydron era inimaginable y la de Bogen se mantenía entre los límites de la comprensión, era evidente que este lord no era pobre. El salón podía acoger con comodidad a doscientas personas. Tapices que recreaban grandes acontecimientos en la historia de Limast cubrían sus paredes y un derroche de esferas luminiscentes iluminaban el espacio como rara vez se veía en algún otro lugar. La mandíbula de Samel se le iba bajando, dejándolo boquiabierto, a medida que, fuera de sí, le seguía de cerca los talones a Pedreth.

—Den un paso adelante y háganse escuchar —ordenó el guardia al pie del estrado.

Cuando ambos llegaron al último escalón, el guardia se inclinó hacia delante y comenzó a darles instrucciones. Se sorprendió, sin embargo, cuando Pedreth, y luego su acompañante, se apoyaron en el suelo sobre una rodilla, se inclinaron profundamente y mantuvieron la postura como si lo hubiesen hecho antes.

—Levántense y acérquense —dijo una voz desde arriba.

Pedreth, quien no era ajeno al protocolo real, se incorporó, y así mismo hizo Samel, y subieron hasta el primer rellano, varios escalones más abajo del nivel superior. Una vez ahí, Pedreth se arrodilló y se inclinó como antes, y Samel, un estudiante de aprendizaje rápido, hizo lo propio.

—Indiquen sus nombres y sus ocupaciones —ordenó el ayudante de Bogen.

—Pedreth de Sandoval, barquero de su majestad, el difunto Manhathus Tonopath —declaró Pedreth—. Soy portador de un mensaje y una petición para lord Bogen de parte de lord Danth Kanagh, hijo de Harven Kanagh.

—S-s-s-samel —se aventuró a decir Samel, con voz quebrada—, de Pytheral, A-a-a-lteza.

Al no añadir nada más, el ayudante se apresuró—: Indique su ocupación a mi señor.

Pedreth respondió por él—. Él es mi compañero de viaje, si le place, mi señor. Solo se encuentra aquí a petición mía.

Hubo un momento de silencio, y entonces lord Bogen instruyó—: Pueden ponerse de pie.

Ambos se levantaron y Pedreth, mirando rápidamente, vio que Samel estaba bañado en sudor.

—Tengo entendido que portas el anillo con el sello de lord Kanagh, Pedreth de Sandoval. ¿Lo puedo ver?

Pedreth lo extrajo de su bolsillo y lo sostuvo en el aire. El ayudante se lo arrebató y lo llevó a la parte superior del estrado. Tras hacer un gesto de reverencia somera, se retiró y regresó al lado de Pedreth. Bogen examinó el anillo, inspeccionando la piedra y las inscripciones que lucía.

—¿Cómo sé que no se lo has robado? —le inquirió.

—Lord Kanagh, preocupado por que usted me creyera cuando le informase que él me lo dio, me instruyó que le recordara que durante el penúltimo Samsted, su hijo mayor, Garth, así como el hijo mayor de lord Jath, Hon, enfermaron mientras visitaban la casa de Kanagh. Me dijo que, aparte de su familia, nadie, excepto su señoría, lord Jath y sus hijos, tenían conocimiento de este suceso. Por este conocimiento singular, su señoría debería reconocer la autenticidad de mi misión.

Se hizo el silencio mientras lord Bogen se acariciaba la barba y pensaba—. ¿Por qué no vino él en persona?

Pedreth temía que le hiciese esta pregunta y decidió ser cauteloso —: Como su señoría entenderá, desde la desafortunada pérdida de su esposo, su majestad Duile Tonopath ha encontrado necesario recurrir a tomar ciertas medidas inusuales. Fue así que, mientras nos encontrábamos de camino con el propósito de visitar a su señoría, ella envió a un grupo para interceptar a lord Kanagh, que acudía conmigo, y se lo llevó. Sus hombres no comunicaron con qué propósito.

—Ya veo. La próxima vez que vea al joven lord, salúdelo de mi parte y dígale que me place recibir a su emisario y a su acompañante.

—Así lo haré, su señoría.

—Dice usted que porta un mensaje y una petición, barquero. Dígame, ¿cuál es su mensaje?

Pedreth hizo una pausa y entonces comenzó a expresar cuidadosamente para no ofender a su anfitrión—: Con posterioridad a los hechos acaecidos en barakYdron…

—Quiere decir, el asesinato —lo interrumpió Bogen—. Debe saber que no veo con buenos ojos ni ese acto ni a los amigos de la reina.

—Eso está bien, su señoría; tanto lord Kanagh como sus parientes y amigos opinan igual.

La expresión de Bogen se suavizó, así que Pedreth comenzó de nuevo—: Con posterioridad al asesinato, algunos hechos demandaron que lord Emeil, amigo de lord Kanagh, huyese con sus tropas del alcance inminente de su majestad la reina, hacia menRathan.

—¡Ah! —le interrumpió Bogen—. ¡Bien que lo haya hecho! ¿Está organizando una campaña de ataque contra ella?

—Se me anticipa, su señoría. Es exactamente lo que está haciendo. Pero, para poder triunfar, debe encontrar aliados.

—Recientemente recibí un mensaje de Emeil y he estado deliberando qué responderle. —Bogen se puso los codos en las rodillas y sonrió—. Ella merece un buen escarmiento. ¿Cómo consiguió escapar Emeil?

—Me temo que no lo sé, su señoría.

—Bueno, no importa. Así que, barquero, usted ha transmitido su mensaje y debo decirle que es bien recibido. Ahora, ¿cuál es su petición?

—Su señoría debe estar al tanto de los múltiples recursos con que cuenta la reina y de que muchas provincias están a punto de aliarse con ella para compartir el poder y las riquezas que ella dispensará. Lord Emeil espera frustrar estas alianzas y apartarla del poder mediante un ataque directo, de ser necesario. Desafortunadamente, aún no ha reunido suficientes fuerzas para hacerlo. Para no ser derrotado, necesitará respaldo. Lord Kanagh espera que su señoría se le una.

—De tener éxito en su intento, ¿quién la sustituiría? ¿Aspira Emeil al trono?

—No puedo decirle, su señoría. Muchos afirmarían que sería un gobernante bueno y justo, pero no puedo decirle que este sea el plan.

—Creo que yo sería un gobernante bueno y justo, barquero. ¿Qué dice sobre eso?

—En efecto, usted podría serlo, su señoría. No soy yo quien debe decirlo. También debe saber que lord Emeil es amigo del legítimo heredero al trono, el príncipe Regilius.

—Pero ¿no es verdad que se desconoce su paradero?

—Es verdad que es desconocido para la reina, su señoría.

Bogen se incorporó en su silla, mirando con agudeza—. ¿Está diciendo que conoce su paradero?

—Si lo supiera y lo revelara, no sería su amigo, ¿no le parece?

Bogen se detuvo a considerarlo—. No, efectivamente. No lo sería. ¿Es su amigo, barquero?

—Lo soy, su señoría.

—¿Y espera lord Kanagh que yo esté dispuesto a arriesgarlo todo por derrocar a la reina?

—Lo espera, su señoría.

Bogen tamborileó con los dedos sobre sus rodillas, y a Pedreth comenzó a preocuparle su silencio. De repente, Bogen se sentó erguido.

—Es un camino sinuoso el que el joven lord me pide que atraviese —repuso— y no es uno que se pueda desandar. Hay mucho que perder. La conspiradora viperina de la reina se merece esto, pero no estoy seguro de estar dispuesto a arriesgar todo por satisfacer mi sentido de justicia. Aunque mis fuerzas, sin lugar a dudas, engrosarían sus filas, no serían suficientes para triunfar. ¿A quién más acudiría?

Pedreth replicó—: Mi señor me ha pedido que vaya a continuación a Nagath-réal para convencer a lord Jath. Además, lord Leovar Hol ha ido a Moza'r para conseguir audiencia con lord Dural Miasoth. Planea ir luego a Yeset para ver a lord Basham. Estoy seguro de que lord Emeil ha enviado a sus propios emisarios también.

—Esas serían posibles alianzas. Si ellos decidieran respaldarlo, quizá yo consideraría unirme a su causa.

Pedreth estaba contrariado por la renuencia de Bogen—. Su señoría, el destino de todos descansa en los resultados del plan de Emeil.

—¿Me está sermoneando?

—Lo siento, su señoría. No pretendía ser irrespetuoso.

—Ignoraré su último comentario mientras reflexiono sobre su petición. Luego de deliberar algo más, le permitiré continuar con su viaje. Mientras tanto, usted y su acompañante se quedarán como mis huéspedes.

Bogen le devolvió el anillo y un ayudante le mostró a la pareja sus habitaciones. Pedreth, consciente de que su visita pudo haber acabado mucho peor, estaba, sin embargo, consternado. El retraso no presagiaba nada bueno.

# 42

Algo húmedo le cruzó por la cara y Leovar se incorporó con un sobresalto.

—No tenga miedo. Todo va bien —le aseguró la voz de una mujer.

Él se volvió, alarmado por su proximidad. La mano que ella le extendió sostenía algo que él no podía identificar, y retrocedió.

—Todo va bien —repitió—. Por favor —insistió. Tenía la mano aún extendida y vio que sostenía un paño—. Tiene fiebre —le explicó —. Déjeme enfriarle la frente.

—Estoy bien —repuso, apartándose.

—Su frente aún está bastante caliente. La fiebre nubla su pensamiento. Si no, no le temería a alguien como yo.

Leovar contempló el cabello marrón oscuro, los ojos de azul intenso y la delicada boca, y encontró atractiva a la joven. De más o menos su edad, estaba sentada al borde de su cama. Lucía un pañuelo azul pálido alrededor de la cabeza al estilo de algunas muchachas campesinas, pero no estaba vestida con ropa de tela burda como la de los pobres. De hecho, su ropa era fina y sobre su regazo tenía una vasija de cerámica de fina elaboración. Ella volvió a poner el paño en la vasija, lo sacó y le extrajo el exceso de agua.

—Si fuese tan amable, señor, de tenderse y permitirme atenderlo, por favor.

A Leovar le daba vueltas la cabeza, así que obedeció, recostándose en las almohadas mientras ella regresaba a su tarea. Al tiempo que ella trabajaba, él examinaba la habitación. Por las paredes finamente recortadas y recubiertas de mármol, así como por los tapices que las adornaban, dedujo que estaba dentro del palacio.

—¿Quién es usted? —preguntó, mientras ella le daba toquecitos con el paño en la frente.

—Pertenezco a la casa de Miasoth. Mi señor me pidió que lo cuidara, lord Hol, hasta que haya recuperado sus fuerzas.

La manera en que ella se presentó le indicó que era una sirvienta. La calidad de su atuendo sugería que era una doncella que trabajaba y vivía en el domicilio de la familia, como Marm.

—¿Cómo sabe mi nombre? —preguntó.

—Su amigo, Ai'Lorc, nos dijo quién era —respondió.

—¿Él está bien?

—Está bien de salud y descansando cerca.

—¿Podría decirme cuánto tiempo llevo aquí?

—Tres días, señor —le replicó ella.

Estaba a punto de preguntarle algo más cuando la puerta de la recámara se abrió de golpe.

—¿Leovar? ¿Leovar Hol? ¿Eres tú?

La joven se levantó, puso el paño en la vasija y la colocó sobre el taburete. Entonces, volviéndose para mirar de frente al que había hablado, inclinó la cabeza con un gesto de reverencia. El visitante la ignoró mientras ella mantenía la pose.

—¡No me puedo creer que seas tú, Leovar! Han pasado tantos años desde la última vez que te vi. Increíble, cuánto has crecido. Me dijeron que estabas enfermo. ¿Te estás recuperando?

Leovar miró más allá de la sirvienta para ver al hombre de larga barba que acababa de entrar. Tenía una constitución maciza y era una cabeza más alto que el guardia apostado en la puerta. Su melena dorada, con destellos plateados, descendía en cascada hasta más abajo de los hombros. Dos mechones blancos que tenían su origen cerca de cada comisura de la boca recorrían su barba dorada y recortada meticulosamente. A pesar de los años transcurridos, Leovar no tuvo problemas en reconocer a Dural Miasoth, gobernante de Moza'r, un gigante entre los hombres.

—Estoy bien, señor. Me ha dejado en buenas manos —replicó Leovar, inclinando su cabeza en dirección a la muchacha.

—¿Qué? —Por primera vez Dural se fijó en la muchacha—. Oh, sí. Así lo he hecho. —Entonces, dirigiéndose a la sirvienta que aún permanecía con la cabeza inclinada, le indicó—: Levántate, niña. Levántate. Recoge tus cosas y déjanos.

La doncella tomó la vasija en uno de sus brazos, agarró el taburete con su mano libre, y de nuevo con un gesto de reverencia como mejor pudo hacerlo, se retiró de la habitación.

—La última vez que posé los ojos sobre ti eras un chico de diez… doce años quizás. ¡Pero ahora mírate! Te has hecho un hombre. Nunca te habría reconocido por mí mismo. Dime, ¿qué te trae a Moza'r?

¿Llegaste a nuestras puertas por casualidad o tu visita tiene un propósito?

—Por, favor, discúlpeme —respondió Leovar. Se esforzó por sentarse antes de contestar, moviéndose suavemente por temor a marearse de nuevo—. Estoy aquí en una misión que reviste cierta urgencia. Perdón por haberlo hecho venir a mí. Hubiera preferido solicitar una audiencia apropiada en uno o dos días, una vez estuviera fuerte otra vez, y presentarle mi petición como requiere la etiqueta.

—Tonterías, mi niño. Tu padre y yo éramos amigos íntimos cuando eras más pequeño. Me gustaría pensar que aún lo somos. Por favor, háblame del propósito de tu visita.

Leovar asintió—. Seguramente está al tanto de los acontecimientos recientes que han tenido lugar en Ydron.

—¿Cómo no estarlo?

—Pues también debe estar enterado de la traición de Duile.

—¿Y qué pasa? Es algo que ha sucedido una y otra vez en esta tierra y en todas las demás. Si uno no es lo suficientemente fuerte para retener el poder, se merece perderlo ante cualquiera que se lo arrebate.

La actitud de Dural tomó a Leovar por sorpresa—. ¿Aprueba lo que hizo?

—Ni lo apruebo ni lo desapruebo. Pasó. Si yo fuese tan débil y descuidado como Manhathus, merecería lo mismo.

—¿Ha oído las noticias recientes sobre Emeil?, ¿que se ha vuelto en contra de ella?

—Por supuesto —respondió Dural, y su cara adoptó una expresión burlona.

—Bueno —añadió Leovar—, pues creo que a menos que usted y aquellos lores que aún conservan sus soberanías se unan a él contra ella, todos ustedes, uno por uno, sufrirán el mismo destino que Manhathus. Duile no descansará hasta que lo controle todo.

Dural negó con la cabeza—. Por mucho que aprecie a Emeil, creo que actuó como un tonto. Las fuerzas de Duile son superiores. Es mejor dejar que se sienta cómoda y no irritarla. Una vez se sienta segura, se calmará, tomará las riendas de sus tropas y las aguas volverán a su cauce. Mientras ella se sienta amenazada, va a continuar actuando como lo está haciendo ahora.

—Entonces mi padre debe ser un tonto también porque se ha unido a Emeil.

—Si ese fuera el caso, quizá debieras llamarlo aparte y convencerlo de lo contrario.

—No puedo creer lo que estoy oyendo —replicó Leovar—. Primero dice que Manhathus se merecía lo que le hicieron porque era complaciente y luego justifica su propia complacencia. ¿Piensa que Duile pasará de largo sencillamente porque no la ha desafiado? No se confíe, Dural, o pagará un precio incluso en el caso que Duile no le arrebate el poder por completo.

—¿Cómo te atreves a hablarme de esa forma en mi propio palacio? ¿Así es como pagas mi hospitalidad?

—Señor, le estaría faltando el mayor de los respetos si no le expresase lo que realmente creo. Con todo mi corazón, le estoy advirtiendo a causa del amor que mi familia le profesa.

—Pues considera, entonces, que solo por el amor que le profeso a tu padre, no te encierro en la cárcel o te hago algo peor.

—Está insinuando que no estoy encarcelado aún. No obstante, tengo la impresión de que su guardia no me dejará salir de esta habitación.

—Supones correctamente —le replicó Dural y se giró para marcharse.

—No lo entiendo. Dice que ama a mi padre, pero veo que apostó un guardia en mi puerta antes incluso de que supiera el propósito de mi visita.

—Vivimos momentos de incertidumbre que requieren tomar precauciones.

—Debería temer a la reina, entonces.

—Una vez más, joven, te advierto, aguanta la lengua.

—¿Y qué ha hecho con mi amigo? —presionó Leovar.

—Nos hemos ocupado de él.

—¿Lo cual significa que ambos estamos en arresto domiciliario?

—Tómalo como gustes.

Dural se dirigió a la puerta y el guardia le hizo un gesto de saludo militar con sequedad.

—Mi padre hablaba muy bien de usted —intervino Leovar—. Decía que era un hombre de honor que no le temía a nada.

Dural se detuvo abruptamente, pero no se tornó para darle la cara.

—Resulta evidente que lo juzgó mal —añadió Leovar—. Tiene miedo de mí y del mensaje que le traigo. En cuanto a Duile, espera no provocar su ira y que lo deje en paz. Me parece patético y pronto verá la realidad de lo que le estoy diciendo. Solo espero que cuando la vea cuente con suficiente tiempo para actuar.

Dural se quedó a la puerta por un momento. Luego, ya fuese

porque no estaba dispuesto a replicar o porque no pudiese hacerlo, dobló por la esquina hacia el pasillo y se fue. El guardia cerró la puerta y regresó a su puesto. Leovar se hundió en las almohadas. El esfuerzo le había agotado la poca energía que había recuperado y estaba completamente consternado por la renuencia de su anfitrión a enfrentarse a la reina. Este no era el hombre que él recordaba ni del que su padre le había hablado. Si este era el tipo de hombre del que Emeil dependía, era solo cuestión de tiempo antes de que Duile lo controlara todo. Quizás era esto con lo que contaba. Sin duda, conocía a los gobernantes vecinos mejor que él y sus compañeros. ¿Podían realmente asumir la tarea de detener un empeño tan bien planificado y armado? Definitivamente, mientras Leovar estuviese confinado en esta habitación, sus esfuerzos estarían frustrados. Leovar intentó imaginar su próximo plan de acción, pero la fatiga y la fiebre lo vencieron y perdió la consciencia.

# 43

—¡Por todos los cielos, hombre! ¿Cómo puede no verlo? Si el enemigo aún no está a su puerta, pronto lo estará. ¿Qué necesito hacer para abrirle los ojos?

Frustrado, Ai'Lorc se pasó la mano entre el pelo y se puso a caminar de un lado a otro. Había estado tratando de penetrar una muralla de indiferencia burocrática durante casi una hora. El causante de su irritación era el rechoncho agente de Dural, que se había presentado como Ghanfor. A Ai'Lorc se le había agotado el ingenio tratando de entender por qué Ghanfor y, por tanto, Dural estaban tan ajenos al peligro inminente. Ghanfor había dejado bien claro que aunque no respaldarían a la reina, no tenían ningún problema con ella. Despreciaban tanto a Manhathus que Ai'Lorc no podía convencerlos de que debían unirse a Emeil. Como todo burócrata sin imaginación, Ghanfor no podía mirar más allá de su comodidad.

—Usted parece creer que si le deja el camino libre a Duile, le va a pasar por al lado sin mirar atrás.

—Señor, por favor, baje la voz.

—¿Mi voz? —Ai'Lorc estaba desconcertado. En vez del peligro más inmediato, lo que le preocupaba a este hombre era la falta de modales.

—Su majestad no está interesada en nuestra pequeña ciudad —le comentó Ghanfor.

—Apostaría a que tiene más que un poquito de interés en sus minas.

—Durante años hemos sido vecinos, si bien distantes, y ella siempre nos ha mostrado una gran amistad.

—Ella nunca ha controlado las fuerzas para tomar esas decisiones.

—Su difunto esposo controlaba…

—Es exactamente eso. Su difunto marido Manhathus recibió suficiente tributo para sentirse complacido. Duile, en cambio, cree que quien no esté con ella está contra ella. Apuesto a que querrá algo más que un tributo simbólico de una provincia que no la ha respaldado.

—Si insiste en pisotear mis palabras, concluiré nuestra conversación aquí y ahora.

Ghanfor alzó la nariz y Ai'Lorc se aguantó las ganas de estrangularlo. Si tenía esperanzas de hablar con Dural, tendría que ser a través de este hombre. Cualquier pequeña victoria que pudiera tener ahora tendría precio a largo plazo. Sabía que sus emociones eran demasiado explícitas, así que se tragó el orgullo y se disculpó.

—Lo siento —respondió, reuniendo toda la paciencia que pudo.

—Espero que sus acciones lo reflejen.

—Lo haré. Lo prometo.

Esto pareció satisfacer a Ghanfor, y Ai'Lorc ya estaba a punto de volver a intentarlo cuando sonaron trompetas en el exterior.

—¡Por Siemas! ¿Qué estará pasando? —Ghanfor caminó hacia la ventana.

—Quizás es el ejército de la reina —sugirió Ai'Lorc, medio en broma.

—No diga disparates —le dijo Ghanfor.

Su conversación enrevesada probablemente se habría reavivado de no ser por un paje que irrumpió en la habitación—. Ghanfor —le dijo sin aliento—, ¡tiene que venir de inmediato!

—¿No ve que estoy ocupado? —Ghanfor se estiró hasta lo máximo que daba su estatura y se puso las manos en las caderas.

—Ha sido citado por lord Miasoth. Requiere de un emisario.

—¿Un emisario? —Ghanfor alzó las cejas— Por lo más sagrado, ¿para qué?

—Venga, por favor. Se lo explicaré fuera.

—Puede decírmelo aquí. —Estaba claro que al hombre rechoncho no le gustaba que le dieran órdenes.

—Por favor, salga afuera.

—¡Ahora! ¡Dígamelo aquí y ahora!

Recobrando el aliento, el paje explicó—: Las tropas de Duile han estado circundando la fortaleza durante la última media hora y su emisario está fuera, esperando a la entrada. Pronto estaremos rodeados.

Ghanfor miró a Ai'Lorc, quien le hizo un guiño.

# 44

Las nubes se agolpaban en el firmamento casi al mismo ritmo que las tropas se desplegaban alrededor de las murallas de barakMoza'r, sin que las unas ni las otras pareciesen tener fin. Momentos antes, Dural había estudiado sus posiciones desde la parte superior de la puerta principal antes de retroceder a la pared del parapeto. Ahí consultó con el general Mo'ed.

—¿Cuántos cree que son? —preguntó Dural.

—Son el doble que nosotros y continúan creciendo, mi señor.

—Pero estaremos seguros, ¿o no?

—Si las puertas resisten. Un soldado de nuestra caballería, que consiguió evadir las fuerzas que se acercaban, nos informó que traen un ariete. Debería llegar al anochecer. —El general vio la expresión de alarma en la cara de Dural—. Sin embargo, van a tener problemas para utilizarlo. Sufrirán múltiples pérdidas si intentan traerlo cerca de las murallas y la puerta es bastante maciza para resistir durante bastante tiempo.

—¿Durante bastante tiempo? —repitió Dural—. ¿Cuánto será eso?

El general Mo'ed vaciló—. Depende del tamaño del ariete, así como de cuántas tropas traiga la reina. Podemos resistir a la cantidad que hay ahora, pero nuestros exploradores nos indican que entre quinientos a mil efectivos más se encuentran de camino y no se sabe cuántos más pueden sumarse. En algún momento la balanza se inclinará a su favor. No estoy seguro de cuándo va a ocurrir eso. Estas murallas no han visto una batalla desde hace más de dos siglos y medio.

—¿Estamos seguros de que son las fuerzas de Duile? —preguntó Dural, señalando hacia las tropas que estaban a la puerta.

—Portan estandartes de Liad-nur y Miast, pero creemos que están aliados con Ydron. Si Duile suma sus propios hombres a los de estas casas, definitivamente, serán suficientes para derrotarnos.

—Creo que es más probable que envíe a sus hombres contra ese arrogante y renegado de Emeil.

—Lo dudo, mi señor —respondió Mo'ed—. Hasta que nos derrote, usará solo la fuerza necesaria para mantener a Emeil acorralado. Su ejército es lo bastante grande para dividirlo en tres o cuatro facciones sin presentar ningún frente débil. Utilizará una de ellas para mantener a Emeil a raya y las restantes contra las provincias opositoras hasta que su posición sea segura.

—Pero aún no sabemos a ciencia cierta si a quiénes nos estamos enfrentando son aliados de Ydron —dijo Dural esperanzado.

—Mi señor, el propio emisario de la reina los acompaña. Eso deja poca duda, pero no tardaremos mucho en conocer su intención, una vez hayamos parlamentado.

—No, no tardaremos. Vamos a ver cuál es nuestra situación. —Entonces, buscando a su alrededor a su asistente principal, preguntó—: ¿Dónde está Ghanfor?

Ghanfor, con toda su corpulencia, permanecía montado a horcajadas en un caballo según había ordenado Dural. Aunque llevaba armadura, era evidente que no era ni un soldado ni un experto jinete.

—Con el debido respeto, mi señor —le indicó Mo'ed—. Me temo que si le da a él la encomienda, se manchará los pantalones.

Mientras Dural caminaba alrededor del caballo, se le hizo evidente que esa no era la imagen que quería presentar. El cargo que Ghanfor ostentaba hacía apropiado que ejerciera como emisario, pero el lord de Moza'r se percató pronto de que debía considerar otra alternativa—. ¿Hay alguien a quien podamos enviar en lugar de Ghanfor?

—Tengo a un comandante bajo mi mando, cuya presencia como emisario no parecería un insulto —aportó Mo'ed.

—¿En cuánto tiempo puede estar listo?

—¡Mi señor! —comenzó Ghanfor a objetar cuando reparó en que estaban a punto de reemplazarlo.

—Con el debido respeto —indicó Mo'ed—, estaba seguro de que su sabiduría lo conduciría a lo evidente. Mientras hablábamos, ya se ha preparado.

El general hizo señas a un jinete que se encontraba a corta distancia. A la orden dada por Mo'ed, el soldado con armadura, sumamente apuesto, espoleó a su caballo y galopó hasta ellos.

—¿Puede hablar? —preguntó Dural.

—Puede expresar sus deseos con toda claridad.

—Instrúyalo enseguida, general, y ayude a este otro a desmontar.

Ghanfor estaba indignado, pero no estaba en posición de

contradecir a su señor.

—De inmediato, mi señor —respondió Mo'ed.

Las puertas comenzaron a apartarse, deslizándose en sus rodillos macizos. Antes de que llegaran a abrirse por completo, ya el comandante estaba urgiendo a su caballo a abrirse paso entre ellas. Solo lo acompañaba su portaestandarte, un chico que aún no parecía de edad suficiente para servir de asistente.

—Yo habría enviado al muchacho con algo más que una bandera —observó Dural.

—Dudo que maten al muchacho —replicó Mo'ed—. Y al comandante de seguro lo dejarán vivir porque no hay otra forma de que le llegue a usted su mensaje. Por otro lado, podrían considerar una escolta armada una amenaza para la que ellos han acercado.

Los jinetes liberaron las murallas, y el comandante, con su portaestandarte al lado, se dirigió hacia el centro de la brecha que separaba las fuerzas. Mantenía a su corcel deliberadamente al trote mientras inspeccionaba al enemigo. Los arqueros y los soldados de infantería se mantenían en sus posiciones y la caballería se esforzaba por quedarse tan inmóvil como le permitía la agitación de sus corceles. Cuando los dos jinetes de Moza'r se acercaron a su destino neutral, dos jinetes del lado contrario emprendieron su recorrido desde las fuerzas apostadas y cabalgaron para encontrarse con ellos. Siguiendo el protocolo establecido por Dural, el emisario de Duile y su portaestandarte galoparon hacia el frente. Llegaron al centro del terreno al mismo tiempo que el comandante y el muchacho. Ya reunidos cara a cara, el comandante habló el primero:

—Han entrado a la provincia de Moza'r sin haber sido invitados. ¿Qué disputa traen Miast y Liad-nur a esta tierra?

—Venimos en son de paz, como aliados de su majestad, Duile Morged Tonopath, reina de Ydron.

—¿En paz, dice? ¿Cómo puede invocar tal declaración cuando llegan con un ejército?

El emisario de Duile respondió—: Su majestad desea conocer su postura. ¿Le jura su lord lealtad y está dispuesto a pagarle el tributo que demande? La reina envía sus fuerzas porque no tiene paciencia con aquellos que no le juran lealtad.

—Mi señor ha sido siempre su amigo y ya le pagó lo correspondiente a este año.

—Estos tiempos han hecho necesario añadir una cuota a las arcas de la reina. Para muchos, como su lord, el tributo podría aumentar, aunque es menos cuando se trata de amigos que cuando se trata de enemigos.

—¿Cuál es el precio de aceptar sus demandas?

—Por el momento, lord Miasoth podrá conservar su título y sus tierras, pero su majestad demanda el pago inmediato de otra mitad del tributo habitual de tu lord. Cualquier otro asunto que ella precise será determinado en una fecha posterior.

—No suena a que haya garantía alguna en esta oferta.

—Que su lord conserve sus tierras y su título dependerá de lo fiel y consistentemente que pruebe su lealtad.

—Esto suena más a extorsión que a amistad.

—Tómelo como le plazca —le repuso el otro emisario sonriendo —. Nosotros los superamos a ustedes y siguen sumándose más soldados a nuestra fuerza. Si su lord desea permanecer en el poder, sería sabio de su parte no ofender a su majestad. ¿Qué me dice?

—A mi señor no le gustan las amenazas, pero no estoy aquí para hablar por él; solo para transmitirle el mensaje. Responderá en poco tiempo. Diga a sus comandantes que no tendrán que esperar mucho—. Con eso, el comandante se tornó con su caballo y le ordenó a su portaestandarte—: ¡En marcha!

Cuando el muchacho dio vuelta a su montura y emprendió la carrera hacia la fortaleza, el comandante espoleó al suyo para que galopara y, en ese momento, oyó primero una y luego varias flechas silbarle en la oreja. Miró al muchacho que corría al galope delante de él. El chico, que se notaba muy familiarizado con el uso de su montura, se había levantado con los estribos en la punta de los pies. Encorvado hacia adelante como un jinete de carreras, cargaba la bandera como si empuñara una lanza.

«Gracias a Siemas que sabe montar», pensó el comandante mientras galopaba de vuelta hacia la seguridad.

# 45

Dargath terminó de comer y se regodeaba en el placer de haberse saciado. Estaba lleno, pero no atiborrado. Aunque el cuerpo del segundo monje parecía tentador, el dalcin decidió que podía cumplir mejor su misión si no le añadía más a una cena ya generosa.

Pensó en los monjes, quienes a su manera se mostraban tan extraños como los hijos de la reina. No habían gritado como otros antes que ellos. En efecto, habían sido estoicos ante el dolor que les infligió. Y, aunque Dargath les llegó a arrancar pistas sobre el paradero del hijo de la reina, rehusaron a ser específicos. Los monjes seguían siendo desafiantes aun cuando la sangre les corría a chorros por los cortes de las caras. Incluso mientras les desgarraba las extremidades, demostraban un control extraordinario y pudo notar que habían disociado la mente del cuerpo.

Dargath contaba con que hubiesen aguantado un poquito más de tiempo, pero el juego llegó a su final. No importaba. La estructura situada sobre la colina que dominaba la región albergaba al único grupo de mentes en la vecindad y Dargath creía que la del varón precoz estaba entre ellas. Con este objetivo presente, quería terminar con todo rápido. Ignorante del destino de su pariente en Bad Adur —sin importar que dos de su especie estuviesen apurándose para acudir a ayudarle— se apresuró y cambió su tamaño y coloración para parecerse a uno de los cadáveres.

… … … … …

Los relámpagos se arqueaban a través del cielo, iluminando la planicie de abajo. Aquí y allá, un árbol gigante de falo'an sobresalía entre los arbustos que cubrían las lomas de No'eth. Al rayo lo siguió de cerca una descarga de truenos que indicaban la proximidad del chasquido. Dos veces más los fogonazos eléctricos erradicaron la oscuridad y dos veces los cielos retumbaron contestando. El viento soplaba ya con la intensidad de una galerna y el monje que vigilaba hizo todo lo que pudo para hacerse oír sobre la furia.

—Hermano Osman, ¡abra la puerta! El hermano Jez'ir ha regresado.

En medio de la cacofonía, era más probable que Osman hubiese respondido a los gestos de Bort que a sus palabras. Con su sotana batiéndose a merced del viento, Osman se tiró contra la manija, y la puerta maciza se abrió gradualmente. Solo cuando el otro monje estuvo dentro a salvo y la puerta que aseguraba el refugio quedó cerrada, ambos clérigos se apresuraron a recibirlo.

—¡Saludos, hermano Jez'ir! ¿Que tal el viaje? —le gritó Osman.

—Sí, hermano —vociferó Bort—. Cuéntenoslo todo.

—No hay nada que contar —replicó Dargath con cara inexpresiva.

Osman y Bort intercambiaron miradas. Jez'ir era probablemente el miembro más alegre y locuaz de la comunidad. Generalmente, habría estado riéndose a carcajadas, entreteniéndolos pasada la cena y hasta tarde en la noche con variedad de anécdotas sobre su travesía. No parecía él.

—¿Dónde está el hermano Mordat? —preguntó Osman.

—Nos sigue con unos días de retraso. Lo retuvieron.

—Está tan callado. ¿No se siente bien? —Sospechando que tenía fiebre, Osman puso la palma de su mano en la frente de Jez'ir, y rápido la retiró rápido—. ¡Por Mog'an! ¡Está como el hielo!

Bort notó también algo extraño—. ¿Dónde está su equipaje? No ha traído nada consigo. ¿Le robaron?

Dargath, advirtiendo que había metido la pata, intentó alterar sus memorias, pero se detuvo abruptamente. Sus mentes estaban sorprendentemente controladas, casi tanto como los otros dos. Volvió a esforzarse, pero descubrió que la tarea era imposible. Bort se agarró la cabeza ante el asalto del dalcin, sin entender por qué le dolía o por qué Osman hacía lo mismo que él. Entonces, mientras observaban con incredulidad, Jez'ir comenzó a transformarse. Su cuerpo se agrandó, cambió de color y rápidamente la sotana se le quedó pequeña. El cordón atado a su cintura se rompió, la ropa se le desgarró y cayó al suelo cuando Dargath se estiró hasta su altura completa. Sobrepasándolos casi dos veces su estatura, avanzó hacia Osman. Tenía la intención de torturarlo hasta que le revelase el paradero del príncipe cuando, de pronto, ya no había necesidad. El engendro llamado Regilius se reveló a sí mismo. Se encontraba en una estructura cercana.

La misión de Dargath estaba llegando a su fin.

Había varios monjes sentados sobre cojines esparcidos por el suelo de la sala de meditación. El antiguo príncipe se sentó cerca del altar, impasible ante el estruendo de la tempestad. Estaba absorto en su meditación cuando sintió la presencia del dalcin y expandió su consciencia para incluir la mente del alienígena. Del mismo modo, sintió que Dargath dirigía su atención hacia él. No había nada furtivo en este contacto. Reg sabía por qué estaba ahí y que el peligro era inminente; no obstante, mantuvo la mente tranquila, estudiando a la criatura hasta poder decidir qué hacer. Luego, como había estado sentado durante varias horas, se levantó con cuidado, dándole tiempo a los músculos para que respondieran. Con una reverencia hacia el altar y a la memoria de Mog'an, se despidió y salió para encontrarse con la criatura.

Un novicio que fregaba el suelo de la antesala era ajeno al acercamiento de Dargath hasta que casi lo tuvo encima. Cuando por fin lo descubrió, trastabilló al ponerse de pie. Agarrándose la sotana, dejó caer el cepillo y tiró la cubeta mientras retrocedía. Como Dargath estaba bloqueando la salida al patio, el joven trató de regresar a la sala de meditación. De no haber estado aterrorizado, si hubiese mirado por encima del hombro habría sabido que estaba a punto de chocar contra una pared.

*Por aquí.* Le dirigió una voz en su cabeza y, de repente, supo por dónde debía retroceder. *Estará bien.* Le aseguró la voz. *Pero apúrese.*

El novicio giró sobre sus talones y corrió hacia la sala sin mirar atrás. Si hubiera mirado, habría visto al príncipe pasar para enfrentarse a la criatura.

*Te has ocultado bien, Regilius Tonopath,* manifestó Dargath. *Eso no es fácil de hacer. Has aprendido mucho en poco tiempo.*

*He aprendido un poco,* replicó Reg sin emoción.

Acercándose a su presa, el dalcin continuó. *Todo es en vano. Te mataré y luego le explicaré a tu madre las tristes circunstancias que rodearon tu muerte.*

*No lo creo, Dargath,* repuso Reg. *O te vas tranquilamente o te mato.*

*Sabes mi nombre. Eso es todavía más impresionante. A pesar de ello, necesitas saber que estoy entre los más aptos de mi clase. Sencillamente, debes rendirte, pues ninguna de tus habilidades te valdrá de nada.*

*Estoy entre los más aptos de los míos,* replicó Reg. *No me doblegaré ante ti.*

Como respuesta, Dargath lanzó un ataque mental. Con una facilidad que alarmó a la criatura, Regilius hizo a un lado la descarga.

Regilius, a cambio, le lanzó un contraataque y Dargath neutralizó su esfuerzo con facilidad. Este volvió a atacar y Reg resistió sin problemas. Así siguieron por varios minutos hasta que pareció que el empate continuaría indefinidamente. De súbito, el dalcin titiló para asumir una nueva forma. Inseguro sobre cuál sería el producto de su metamorfosis, Reg lo atacó físicamente antes de que la transformación pudiera completarse. El alienígena gimió, retrocedió y la transformación se detuvo. Tras otros ataques, Dargath se retiró sin configurarse como dalcin ni como otra cosa, retorciéndose y titilando mientras intentaba fusionarse.

—¡Maestro! ¿Te encuentras bien? —se oyó una voz desde el pasillo.

Era Ered, parado más allá de donde estaba la criatura, sosteniendo una escoba como si fuese un arma.

—¡Vete de aquí! —le advirtió Reg.

La interrupción le dio a Dargath la pausa que necesitaba para transformarse en un *samanal*, un lagarto enorme y feroz con cola de púas, garras afiladas y dientes puntiagudos. El ser dio un latigazo a Ered con una de las púas. La cola diseccionó el aire, Ered cayó al suelo y la pared que tenía a su espalda explotó en una lluvia de astillas. Cuando el *samanal* devolvió su atención al príncipe, este le dirigió otra descarga de pensamiento y el *samanal* le brincó encima, siseando y tratando de darle zarpazos con sus garras. Reg se tiró hacia un lado y el lagarto cayó donde había estado el príncipe. Comenzó a dar vueltas, resoplando por sus fosas nasales, y Reg volvió a ponerse de pie, justo a tiempo para retroceder a una esquina mientras el lagarto se acercaba. Estaba a escasos pasos de él y Reg no tenía a donde ir.

Volteándose hacia los lados y blandiendo sus púas —cada una del largo de medio brazo de Reg—, Dargath levantó la cola para atacarlo. La capacidad que Dargath había demostrado para resistir los ataques de Reg hizo que el príncipe comenzara a preguntarse si realmente podría matarlo. No había respondido al juego de ataques que Dur había usado en Bad Adur. ¿Sería efectivo uno de los que utilizó en el denaJadiz? El problema era que por más que quisiera intentarlo, si fallaba, la fuerza requerida para lanzar ese ataque le drenaría toda su energía y lo dejaría vulnerable.

Temía estar a punto de morir cuando el lagarto lanzó un grito. Ered le estaba golpeando las costillas con el mango de la escoba. Era solo una distracción, pero le dio a Reg la oportunidad de atacarlo nuevamente. Dargath se estremeció, pero le dio tal patada a Ered que lo lanzó lejos y cayó espatarrado; entonces se volvió a Reg.

*Ríndete y te perdonaré la vida.* Le ordenó.

*Ríndete tú a mí y te perdonaré la tuya.*

Antes de que Reg pudiera reaccionar, Dargath dio un salto al frente. Todavía arrinconado, Reg no tenía por dónde escapar. Se agachó y el *samanal* le abrió el hombro con una garra. Mientras caía de rodillas agarrándose la herida, el dalcin recuperó su forma natural. Se estaba abriendo el vientre para devorarlo cuando Ered corrió hacia él gritando—: ¡Lárgate! Déjalo en paz.

Había partido con la rodilla el palo de la escoba y su punta ahora era una cuña afilada. Corrió hacia la criatura gritando, blandiendo el arma con ambas manos. Lo embistió, descargando el peso completo de su cuerpo en la estocada y le enterró el extremo en la espalda.

Dargath se volteó para atacarlo, pero una nueva voz ordenó—: ¡Vete de aquí ahora mismo!

Reg miró hacia arriba y vio a Osman y a Bort flanqueados por una docena de monjes que portaban cada uno un arma. Algunos sostenían bastones, pero para la sorpresa de Reg, la mayoría cargaba picos.

Osman se adelantó y una vez más ordenó—: Vete de aquí o nunca saldrás.

*Si me voy, será con la persona por la que vine.* Replicó el dalcin.

—Nadie se va de este lugar en contra de su voluntad —gritó Osman.

Con esto, los monjes avanzaron. Dargath intentó detenerlos, pero Reg le arrojó otra descarga de pensamiento. Dargath se estaba girando para enfrentarse a él cuando dos monjes arremetieron desde lados opuestos, enterrándole los picos al unísono. El dalcin produjo seudópodos para librarse de los picos, pero otros monjes lo golpearon con bastones y Dargath se vio forzado a replegarse. Al tratar de huir, los monjes lo rodearon y lo atacaron por todas partes. Trató de metamorfosearse, pero Reg lo fustigó con más pensamiento y nuevamente se vio atrapado en el punto medio del esfuerzo en el que no era ni dalcin ni la transmutación, incapaz de defenderse ni con la mente ni con el cuerpo. Mientras la criatura titilaba, sin poder asumir una forma, los monjes lo rodearon y lo atacaron sin piedad.

Cuando, por fin, murió, se echaron atrás y observaron el extraño cadáver que yacía a sus pies. Se preguntaban entre ellos lo que podría ser y cómo dispondrían de él, cuando Ered reparó en Reg. Se había desplomado y yacía sobre un charco de sangre. Ered tomó a su amigo en los brazos y vio que sangraba con profusión. Sin poder contener el sangrado, gritó—: ¡Osman! ¡Ayúdeme!

El monje se giró hacia él y, al ver la sangre, convocó a los demás. Algo tenía que hacerse rápido, pero como no acababan de decidirse, Ered asumió el mando, gritando—: ¡Llévenlo a la enfermería!

Mientras sacaban a Regilius corriendo de la sala, Ered los acompañó corriendo a su lado, decidido a que no muriera su amigo de toda la vida.

# TERCERA PARTE

El ajuste de cuentas

# 46

*Te encontraron, hermano.*

*Uno sí, pero ya está muerto.*

*En tres o cuatro días llegarán más.*

*Entonces, me tengo que ir.*

*Eso sería sabio.*

*Lith-An, ¿qué te ha pasado? Has cambiado tanto que apenas te reconozco.*

*Y sigo cambiando, incluso mientras hablamos.*

*Pero ¿por qué ha sido tan… drástico?*

*Lo hablaremos en otro momento.*

*¿Estás bien? Pareces tan distante, como si fuésemos extraños.*

*Estoy bien, Regilius, pero debes entender que ya no te conozco. Mis recuerdos de ti son casi los de una niña en edad de gatear. Ya no soy esa niña. Y aunque amo al hermano que recuerdo, sé que no es quien realmente eres. Con el tiempo, si todo toma el curso que sospecho, nos reencontraremos como familia.*

*¿Dónde estás?*

*Estoy con unos comerciantes que me han acogido.*

*¿Y Ganeth?*

*Lo estoy cuidando.*

*Querrás decir que él te está cuidando a ti.*

*Ya pasamos ese punto.*

Reg hizo una pausa para sopesar lo hablado, y luego preguntó:

*¿Cuándo te veré de nuevo?*

*Cuando llegue el momento oportuno.*

*¿Cuándo será eso?*

*Pronto, pero ahora debes prepararte para irte.*

*Tengo más preguntas.*

*A su debido momento. Vete ahora.*

*Está bien. Te amo, Lith-An.*

*Y yo a ti.*

Reg recreó la conversación en su mente. Lith-An era ahora su única familia. La niña que ya no lo era tenía razón sobre lo que debería hacer; por lo que, dejando los sentimientos a un lado, se preparó para marcharse.

··· ··· ··· ··· ···

—Despiértate, Ered —le dijo a su amigo mientras lo sacudía.

Ered se dio la vuelta en el catre, se estiró y se sentó recto. Se había ido acostumbrando tanto a la seguridad del monasterio que la mano en el hombro no lo asustó. Abrió los ojos—. Buenos días, Reg. ¿Qué hora es?

—Todavía no ha amanecido. Es buena hora para partir.

—¿Te vas? —le preguntó, luchando por aclarar su cabeza.

—Nos vamos a casa. Vístete. Ya todo está empaquetado y listo.

—Pero ¿podrás viajar con ese hombro así? —Ered señaló el vendaje.

—Los monjes se han sacado de la manga algún que otro remedio, de los que incluso Leovar podría aprender un par de recursos. La cataplasma que me aplicaron anoche me paró la hemorragia, y la tintura de *kezna* que me están dando me ha quitado casi todo el dolor. Cierta hierba, cuyo nombre no consigo pronunciar, me ha dado la energía que necesito y puedo dormir en la montura mientras cabalgamos. Ahora prepárate. Un guía de los haroun nos está esperando en la puerta con varios *éndatos*.

··· ··· ··· ··· ···

—Su reverencia —le había dicho Reg a Hazis la noche anterior—. Me gustaría irme. —De hecho, los monjes apenas habían terminado de curar su herida cuando Reg abordó el tema—. ¿Tienen provisiones suficientes para una expedición corta?

—¿Qué tipo de expedición, Regilius?

—Ha llegado el momento de que Ered y yo regresemos a Ydron, su reverencia.

—¿Y cuál es el motivo? —inquirió Hazis—. Ya saben que se pueden quedar aquí por el tiempo que gusten.

—Entiendo, pero los dalcin han descubierto Losan y mi presencia pone en peligro la vida de todos ustedes.

—No tenemos miedo. Nos mantendremos a su lado sin importar el riesgo.

—Se lo agradezco, pero, por favor, compréndalo. Aunque lo de anoche no hubiese ocurrido, de todas formas elegiría marcharme. Me queda mucho por hacer en casa y, después de meditar bastante este asunto, he decidido que ahora es el momento de hacerlo.

—En ese caso, por supuesto, les aprovisionaremos, pero no van a viajar solos. Enviaré a dos hermanos con ustedes.

Reg sacudió la cabeza—. Eso los expondría al peligro.

—Nadie se encuentra a salvo de los peligros de los tiempos.

—Iremos Osman y yo —afirmó Bort mientras retiraba los vendajes sin usar.

Hazis asintió—. Me parece que ustedes dos serían unos acompañantes idóneos. Y como están tan avanzados en el aprendizaje, pueden dejar sus estudios a un lado por un tiempo. Osman, ¿piensa del mismo modo?

—Sí, su reverencia.

—Muy bien. Regilius, ¿tiene alguna objeción a esta elección?

—Me cuestiono la sabiduría de exponerlos a ambos al peligro.

Hazis sacudió la cabeza—. Esperaba que emitiera un juicio más racional. Cualquier cosa que garantice su regreso seguro salvará más vidas que las que pueda poner en peligro.

Reg asintió ante la observación de Hazis.

—Debe saber también que tenemos a otros huéspedes entre estas paredes que los pueden asistir. Ayer un grupo de haroun que regresaba de la costa llegó a nuestra puerta. En su camino de vuelta a No'eth desde Monhedeth, se toparon con los restos de su barco. A pesar de que la embarcación está encallada cerca del delta del Em, pudieron abordarla y salvar alguna que otra cosa. Por casualidad, nos trajeron esos artículos con la esperanza de que pudiésemos usarlos. Se sorprendieron y se alegraron mucho al enterarse de que el dueño del barco residía entre estas paredes. Les dejaré examinar lo que trajeron, pero también hablaré con estos viajeros por cualquier ayuda adicional que puedan ofrecer.

Ered se había levantado del catre y se había vestido. Esta era la noticia que estaba esperando. Reunió sus pertenencias y siguió a Regilius al patio.

Como Reg había sugerido, este era un buen momento para marcharse. Durante este lapso entre una tormenta y otra, las estrellas alumbrarían lo suficiente para discernir el camino hacia el este; el día aún estaría lo suficientemente oscuro para partir sin ser observados.

Reg sintonizó su mente para ver si detectaba alguna señal de peligro, pero le dijo a Ered que por el momento no encontraba nada. Bort le hizo señas al portero y la puerta maciza se abrió. Más allá estaban los *éndatos* y un haroun llamado Bakka Oduweh. Ered nunca había visto a ningún nativo de este pueblo y se impresionó al verlo. Sabía que conformaban una civilización apartada, de cazadores, pero no esperaba ver a su guía ataviado completamente con cueros y pieles. Además, los *éndatos* lo maravillaron con unas colas y cuellos largos que les hacían parecer prehistóricos, casi míticos. Era tan rara la vez que se avistaban fuera de No'eth que nunca se imaginó montando uno.

Bakka aseguró sus pertenencias en la parte posterior de las sillas y ordenó a Reg y a los demás que se montaran. Cuando Ered se acercó al *éndato* que le asignaron, caminó alrededor del animal buscando por dónde trepar, porque sus largas patas hacían que el estribo le quedase demasiado alto para su pie.

—¿Cómo me monto? —preguntó.

Bakka sonrió—. Permítame ayudarle —replicó. Enlazando los dedos para que lass manos hicieran las veces de escalón, le indicó—: Ponga aquí el pie.

Ered obedeció y cuando estiró los brazos hacia arriba Bakka lo impulsó. Una vez sentado en la silla, se avergonzó de su incapacidad hasta que vio que los monjes y su amigo herido también necesitaban asistencia. Sentado ya en la montura, Reg se agarró el hombro e hizo una mueca, pero no mostró ninguna otra señal de no poder cabalgar. Cuando los cuatro estuvieron ya montados, Bakka se acercó a su corcel y con tres pasos rápidos y un salto aterrizó sobre el lomo del *éndato*.

—¡Por los cuernos de Voreth! —exclamó Ered.

Una vez en marcha, Reg permanecía callado y Ered lo observaba con detenimiento. Si bien estaba agotado y dolorido, sabía que Reg lo estaría mucho más. Podía sentir que la tormenta se acercaba, así que dirigió su *éndato* al lado del de Reg. Ered ató a su amigo a la montura y lo arropó con una piel de *sándiaz*, deseando que el trote de la criatura lo dejase dormir. Rezó para que no partiesen demasiado pronto, aunque les quedaba un largo camino por delante y mucho por hacer.

## 47

En los momentos en que Duile se encontraba a solas y Husted Yar no estaba presente para moldear sus pensamientos o apaciguar sus miedos, las dudas la acechaban. El escenario ordenado que había vislumbrado se había hecho trizas y los acontecimientos habían tomado cursos insospechados. De niña había estudiado la confusión que precedió a la Unificación. Ahora temía que las cosas se salieran de control como ocurrió entonces, dejándola con un reino fragmentado y con mucho menos de lo que poseía hasta ese momento.

«Con que solo tuviera a mis hijos —pensó—, todo iría bien».

Este no era un pensamiento maternal. Duile era madre solamente en el sentido estrictamente biológico. El suyo era un elemento más en el proceso de ejercer el control. Era una ultrasimplificación, pero, a medida que su reino se sumía en el caos, se consolaba con cualquier plan que condujera hacia el orden. Curiosamente, si alguien le hubiera garantizado que sus hijos desaparecerían para siempre, le habría molestado menos que si aparecieran sanos y salvos lejos de su alcance, pero cerca de sus enemigos.

Yar continuó ofreciéndole garantías vagas de que los tenía localizados, pero, a medida que un grupo de búsqueda tras otro regresaba con las manos vacías, cada semana se convencía más de que se habían perdido para siempre. Por consiguiente, cuando un grupo regresó con Danth Kanagh no cabía en sí de la alegría. Ahora que lo tenía confinado en el palacio, sus esperanzas se renovaron. Se dirigió apresuradamente hacia las mazmorras y tenía el corazón sobrecogido ante la idea de que pudiera revelar dónde se ocultaba Regilius. Habría corrido, pero su sentido de dignidad le impidió mostrar cualquier indicio de debilidad, así que caminó tan rápido como le permitía el decoro. Cuando descendió a las entrañas de la fortaleza y llegó a la mazmorra, el carcelero y el capitán del barco que había traído al prisionero la condujeron a la celda. Al abrir la puerta, retrocedió. A bordo del barco lo habían dejado tirado sobre sus propias inmundicias y el hedor era insoportable.

—¿No se les ocurrió asearlo antes de traerlo aquí? —se quejó.

—Lo siento, vuestra majestad. Seguí las órdenes de Pudath —explicó el capitán.

Por mucho que le disgustasen las excusas, la perspectiva de interrogar a Danth se antepuso a las demás preocupaciones. Oteó hasta que las pupilas se adaptaron a la oscuridad. Pasado un momento, distinguió una forma en el suelo. Poco después, reconoció al joven lord encadenado de espaldas, con los brazos y las piernas extendidos hacia afuera. Apenas cabía en la celda.

Ella sonrió—. Te llevaste a mi hijo, joven Kanagh, y ha llegado a mis oídos que no has estado muy cooperador desde que fuiste apresado.

—Tus hombres no han sido de lo más cordiales, vuestra majestad. Pensé que debía corresponderles en iguales términos —respondió y sonrió débilmente.

—Descubrirás cuán hospitalaria puedo ser si me dices dónde está mi hijo —le indicó ella, imitando su fingida cortesía.

—En cierto modo, no creo que eso fuese lo mejor para él.

Ella se hizo la ofendida—. ¿Crees que le haría daño a mi propio hijo?

—No os hubiera imaginado capaz de matar a vuestro marido y, sin embargo, lo hicisteis.

—No podrías entender qué hechos llevaron a esa situación —siseó.

—Entiendo que habéis ido dejando una estela de cadáveres, que todavía no tiene fin.

—¿Serás uno de ellos? —Su paciencia pendía de un hilo y temblaba iracunda. Husted habría podido calmarla, pensó, pero «él» no estaba allí —. ¿No me crees capaz de causarte dolor extremo?

—Oh, no me cabe la menor duda. Vuestros esbirros ya se han encargado de infligirme un poco.

—¿Es esto algo que te deleita, muchacho? Porque de ser así, no escatimaremos.

—Os creo. Qué pena que no pueda ayudaros.

—¿Me estás diciendo que no puedes o que no lo harás?

—Interpretadlo como gustéis.

—En la mayoría de las circunstancias, la lealtad es una cualidad admirable y mi hijo puede sentirse afortunado de contar con un amigo tan leal, pero, cuando haya terminado contigo, dudo que te sigas sintiendo como ahora.

—Siempre me sentiré privilegiado de poder llamarlo mi amigo. Nada de lo que sucede ha sido por su culpa. Lo único que me rompe la cabeza es tratar de entender cómo pudo ser engendrado por el torpe de Manhathus, y cómo un alma tan buena y amable pudo haber salido de vuestras entrañas.

—Solo porque eres su amigo comenzaré siendo amable —le dijo apretando los dientes—. Tendrás únicamente agua durante tres días. Espero que para entonces te hayas encontrado la lengua. Si colaboras, recibirás comida, bebida y comodidades adecuadas a tu rango. Tu familia podrá ver incluso cuán generosa puedo ser con los amigos de la corona. De no ser así, volveremos a evaluar la situación.

Duile se giró para marcharse, pero entonces decidió que quería ser clara—. Confía en mí. Te arrancaré la verdad así tenga que fustigarte, quemarte, triturarte y cortarte cada sílaba de tu terco pellejo. Y, de fallarme, tu querida madre también sentirá mi ira. ¿Qué tal le va estos días?

—¿Estáis segura de que no se os ha ablandado demasiado el corazón? —le preguntó Danth—. No queremos que nadie vaya a pensar que os habéis vuelto demasiado amable.

Duile apretó los puños, pero se refrenó—. Encárgate de que la próxima vez que venga a verlo, no apeste a cloaca —le ordenó al carcelero.

—Sí, vuestra majestad —respondió, haciendo una reverencia exagerada. Cuando se fue, le escupió encima al prisionero—. ¿Así que no regresará en un par de días? —le dijo—. No sueñes con ese baño antes. —Cerró la puerta y echó el cerrojo, dejando la mazmorra sumida en la oscuridad.

… … … … …

Danth respiró hondo y trató de contener sus temores. La superficie le lastimaba la espalda y la cabeza, y los grilletes se le clavaban a las muñecas y tobillos. Sin embargo, estas eran unas molestias menores comparadas con las que el futuro le deparaba. Le aterrorizaba lo que Duile estuviese planeando y no estaba seguro de poder resistir más palizas. También esperaba que no involucrara a su madre en esto. Y, aunque no sabía lo que haría bajo esas circunstancias, creía que haría lo correcto y su madre lo entendería. Rogó vivir lo suficiente para asistir a la coronación de Reg y ver a Duile recibiendo el castigo que se merecía.

## 48

Deslumbraban los relámpagos y retumbaban los truenos.

—¡Por los cuernos de Voreth! —gritó Pedreth.

Se incorporó en la cama y abofeteó las sábanas. El pensamiento que le había estado rondando la cabeza se había materializado. Desde que había oído el mensaje de Samel, había estado afligido. No le encontraba sentido y en sueños le fue revelado que lo había estado interpretando incorrectamente. En parte, se debía al acento de Samel, pero ahora Pedreth creía que ya lo había comprendido bien. Lith-An no había dicho ceniza púrpura. Había dicho el púrpura Zenysa. De ese color eran los estandartes que sus tropas ondeaban mientras entraban a Limast: púrpura. Tampoco se refería a ninguna moza. Esa era la forma en que Samel pronunciaba Moza'r. El mensaje que portaba era, entonces: «Desconfíe de los estandartes de Kareth y Danai, Ened y Hau, los heraldos del holocausto de la madre. Busque refugio en el púrpura Zenysa, donde se encuentran los amigos. Si Bogen viniese al rescate de Moza'r mientras los relámpagos asedian el cielo, la marea podría cambiar». Ella se refería a una tormenta —esta tormenta— y lord Zenysa debía de estar aquí, entre estas paredes. Por muy raro que sonara, Pedreth necesitaba encontrarlo.

Hizo a un lado las sábanas, destapó el globo de luz y puso los pies en el suelo. No tenía idea de la hora que podría ser, pero estaba oscuro. Aunque localizara a Zenysa, no podría verlo hasta que amaneciera. Con todo y eso, no podía quedarse sentado, así que se levantó, fue donde estaba la vasija y se echó agua en la cara. Se vistió y se revisó los bolsillos para asegurarse de que todavía conservaba el sello. Cargando las botas en la mano para pisar sin hacer ruido, salió al pasillo dudando de si debía despertar a Samel. Decidió que no. A pesar de que Samel era cautivador, también era parlanchín y no le convenía a Pedreth.

«Y ahora —se dijo a sí mismo—, ¿hacia dónde voy?».

Su éxito podría depender de la cooperación de un sirviente del palacio y el problema a esta hora era dónde encontrar uno. Le pareció que la cocina era un buen lugar para comenzar a buscar. Tal vez, alguno de los panaderos del palacio estuviera ya faenando en sus labores. Confiando en su instinto, se abrió paso en dirección al sitio desde donde lo habían traído.

El interior de barakOzmir, el palacio de Bogen, era vasto hasta decir basta. Después numerosas vueltas erróneas, Pedreth empezaba a frustrarse. Luego, mientras se apoyaba en una pared, tratando de discernir cómo estaban distribuidos los pasillos, le pareció oír voces. Eran casi inaudibles, así que aguantó la respiración para escuchar, pero el pulso en sus oídos las enmascaraba. De todas formas, se acercó al sonido y después de un rato las voces comenzaron a oírse más altas. Empezó a distinguir varios interlocutores y, con el paso de un minuto tras otro, cada voz se diferenciaba más. Pronto estaban acompañadas por golpes metálicos y fue reconociendo que eran sonidos de ollas y sartenes. Con el espíritu animado, se tomó únicamente el tiempo suficiente para ponerse las botas y se apresuró en dirección al jaleo.

··· ··· ··· ···

—¡Déjalo! ¿Estás tratando de estropearlo todo? ¡Mantén la puerta del horno cerrada o juro que te hago despellejar!

—Sí, Orim; lo siento —replicó un joven.

—No sabes cuánto lo vas a sentir —respondió Orim.

Orim había pasado la mayor parte de su vida preparándose para ocupar el puesto de jefe de panaderos. Habiéndolo conseguido, llevaba una vida cómoda. Ningún aprendiz descuidado estropearía otra tanda de pan perfecta, si podía evitarlo. Contento de haberse impuesto, dirigió la mirada a los pinches de cocina y asistentes, que se apuraban para estar listos a la primera luz del día. Las hogazas y los panecillos se estaban enfriando en los estantes con cada una de sus cortezas luciendo un marrón dorado. Fue entonces que se fijó en la cara que estaba oteando hacia dentro.

—¡Usted! —le gritó, señalándolo—. ¿Quién es y qué está haciendo? Usted no tiene vela en este entierro. ¡Salga de aquí!

Todas las cabezas se voltearon a mirar a Pedreth mientras avanzaba quedando a plena vista—. Lamento interrumpir —respondió—. Solo quería ver si esta cocina está al nivel de la que hay en mi casa.

Esto pilló a Orim fuera de juego—. ¿Y dónde estaría esa cocina?

—En barakYdron —replicó Pedreth.

Orim nunca había salido de Limast. En realidad, rara vez había estado fuera de barakOzmir. En su mente provinciana, todo lo que portase el nombre de Ydron lo asociaba con imágenes de grandeza. Recibir la visita de alguien que reclamaba vivir en ese legendario palacio, en una mañana rutinaria como esa, de inmediato lo desarmó y lo impresionó. Sin ser capaz de saber por qué, se sintió honrado por la presencia de Pedreth.

—¿Trabaja en la cocina del palacio? —preguntó.

—No —confesó Pedreth—. Soy el barquero real, pero mi amigo Satsah es el jefe de panaderos y en ocasiones me ha permitido mirarlos mientras trabajan.

A Orim le picó la curiosidad—. ¿Por qué un barquero desearía ver una cocina?

Pedreth, quien sencillamente disfrutaba la buena comida, sintió que decir toda la verdad podría no ser suficiente, así que mintió—: Siempre deseé que mi destino hubiese sido la cocina, por lo cual de vez en cuando él me enseña a hacer alguna que otra cosa. Debo admitir —dijo, cambiando el tema de conversación— que esta cocina parece que la llevan tan bien como la de él.

De cualquier cosa que Pedreth pudo haberse inventado, esta mentira apelaba al ego de Orim, y lo convirtió instantáneamente en su amigo. Resplandeciente y con su estatura más alta, el panadero le invitó —: ¿Me permite mostrarle las instalaciones?

—Por supuesto —contestó Pedreth—. En toda esta tierra, no hay nada que me gustaría ver más.

Mientras Orim lo guiaba en el recorrido, presumiendo de sus ollas y bandejas relucientes y dejando que probara un poquito de esto y un poquito de lo otro, Pedreth cayó en cuenta de que no había podido inventarse un plan mejor. Si algo debía ser llevado a lord Zenysa esa mañana —aun de madrugada—, sería comida. Había dado con la clave. Si se mantenía alimentando el ego de Orim sin que fuese evidente, podía colarse entre los que le llevaran el desayuno. En esa cocina sin ventanas, Pedreth no tenía idea de qué hora podría ser, pero, mientras su anfitrión lo deleitaba con exquisitas elaboraciones culinarias, otros trabajadores comenzaron a llegar y a ponerse a trabajar. Al rato notó que la comida preparada se estaba colocando en bandejas.

—¿Ya es hora del desayuno? —inquirió—. En casa, la reina suele desayunar más tarde.

—Lord Bogen no es madrugador tampoco —le confió Orim—, pero esta mañana tenemos visitas y han expresado su deseo de desayunar temprano.

—Supongo que les sirve a visitantes bastante a menudo.

—De hecho, sí los tenemos, aunque lo más corriente es que desayunen con el lord en el palacio.

—Sus huéspedes deben ser bastante importantes para ordenar tal servicio especial.

—En efecto —replicó Orim. Sacando el pecho, se jactó—: Hoy tengo el honor de preparar la primera comida del día a lord de Pytheral y a sus oficiales.

Pedreth fingió sorprenderse—. ¿A lord Zenysa?

—Efectivamente. Después de hoy podré decir que les he servido a todos los lores de Ydron —alardeó Orim.

—Todo un logro. He oído que es bastante temible.

—En lo más mínimo. A pesar de su reputación, realmente es un hombre decente.

—Nunca me lo hubiera imaginado.

—Debería ver lo bien que trata al personal de servicio. Cambiaría la opinión que tiene de él para siempre.

Pedreth vio su oportunidad—. ¿Cree que podría?

—¿Podría qué?

—Ver cómo trata a los sirvientes.

—¿Y qué propone para hacer eso?

Pedreth respiró profundamente. Era ahora o nunca—. Generalmente, nunca trataría de aprovecharme de la bondad de alguien en su posición para un favor así, pero nunca tendré esta oportunidad de nuevo. Si me permitiera llevarle una bandeja para poder echarle una ojeada a lord Zenysa por un momento, le prometo comportarme mucho mejor que cualquier aprendiz.

Como Orim pareció vacilar, Pedreth le doró la píldora—. Y, si algún día pasa por Ydron, me aseguraré de que Satsah le permita visitar su cocina para que pueda observar con sus propios ojos cómo la suya es comparable a la de él.

Orim no podía creer lo que oía. A menudo había soñado con visitar Ydron, pero ahora era un sueño con un propósito: ¡ver si su cocina de alguna forma era comparable con la más fina del mundo! Era más de lo que podía esperar.

—Le conseguiré el uniforme apropiado —le dijo—. Pero debemos darnos prisa. Ya son casi las siete horas y no podemos retrasarnos.

—Vamos a apurarnos entonces. Prometo que no le haré quedar mal.

····· ····· ····· ····· ·····

El desayuno estaba listo y el personal de cocina transportaba los alimentos al comedor donde lord Zenysa había reunido a sus oficiales. Tras ordenar a su personal quedarse en la entrada, Orim se acercó a la mesa donde el lord y su séquito estaban sentados. Se inclinó en señal de reverencia y Zenysa reconoció el gesto, indicándole a Orim y a su personal que podían servir el desayuno. En silencio y con la deferencia aprendida, el personal de cocina comenzó a servir los platos. Todo transcurrió con fluidez hasta que Pedreth colocó su bandeja en la mesa. Entonces, antes de que nadie pudiera reaccionar, se acercó a lord Zenysa, echó una rodilla al suelo y, extendiendo la mano para mostrar el sello, espetó—: Perdón, mi señor, pero porto una petición de la casa de Kanagh.

Lord Zenysa se volteó hacia él en la silla. Con las cejas levantadas miró al sirviente arrodillado, tomó el anillo de los dedos de Pedreth y lo examinó cuidadosamente. Volviendo a mirar a Pedreth, le preguntó—: ¿Cómo llegó esto a tus manos?

—Mi buen amigo, lord Danth Kanagh, me lo dio y me envió con este encargo, señor.

—¿Un cocinero de Limast es amigo de un lord de Ydron? ¿Cómo puede ser?

Pedreth replicó—: No, lord. Soy Pedreth, el barquero del difunto Manhathus Tonopath. Lamento haber tenido que engañar a Orim, el jefe de panaderos, para que me permitiera vestirme así.

—Así que estás acostumbrado a engañar.

—No, señor. No lo estoy. Pero no se me ocurrió nada mejor para acceder a su audiencia y el mensaje que porto es de suma urgencia.

—Y debería creer a un mentiroso.

—Perdóneme, señor. —A Pedreth le aporreaba el corazón en el pecho—. Fue un error nacido de la desesperación. Me preocupa tanto que las cosas le vayan mal a lord Emeil si fracaso en mi misión, que decidí aprovechar la oportunidad. Temo haberlo estropeado todo.

—¿Emeil? Te ha dado por mencionar los nombres de los poderosos. ¿Qué tiene Emeil que ver con esto? ¿O lord Kanagh? Me tienes confundido —le respondió Zenysa mientras se echaba el anillo al bolsillo.

—Al joven lord y a mí nos enviaron con la misión de buscar ayuda para lord Emeil. De camino, lord Kanagh fue capturado por un contingente enviado por la reina. Antes de que lo apresasen, me dio el anillo para que pudiese ser creído.

A lord Zenysa se le estaba acabando la paciencia y presionó más—: ¿Y quién sugeriría que yo podría ser amigo de Emeil de Sandoval?

Pedreth no podía permitirse contestar con el nombre de Lith-An. Las cosas ya le estaban yendo bastante mal. En cambio, respondió:

—El verdadero heredero de la dinastía de Tonopath, el príncipe Regilius.

Los ojos de Zenysa se agrandaron.

Pedreth continuó—: Mi príncipe nos indicó que lord Emeil había huido de la reina Duile y se había ido con sus tropas a menRathan. A lord Kanagh le encargaron recabar aliados que se unan en apoyo a lord Emeil, y a mí me enviaron para ayudarle en esta misión. —El sudor le bajaba por la cara en riachuelos, pero se esforzó por mirar hacia arriba de forma que Zenysa pudiera ver la verdad en sus ojos.

Si Zenysa hubiera estado preparado para escuchar un relato falso, estas noticias lo desarmaron. Pasaron varios segundos hasta que pudo hablar—: ¿Y solo yo podría cambiar el rumbo de los acontecimientos? ¡Es una necedad!

—Perdóneme, señor. Aunque no soy más que un barquero, puedo ver ciertas cosas y, no, mi señor, usted solo no podría cambiar los acontecimientos. Ahora mismo usted trae consigo, ¿cuántos?, ¿quizás doscientos o trescientos hombres? Pero tiene más tropas en otros lugares y, en cuanto a asistencia más inmediata, usted se encuentra en estos momentos en la casa de lord Bogen, que tiene un ejército completo. Si ambos saliesen a rescatar a lord Miasoth, al que estan asediando mientras hablamos, los tres juntos podrían comenzar a marcar la diferencia. Además, aparte de lord Kanagh y de mí, lord Leovar Hol y el maestro del príncipe, Ai'Lorc, fueron enviados a procurar la ayuda de otros: nosotros debíamos preguntarle a lord Bogen y a lord Jath; y lord Hol y Ai'Lorc iban a rogar la ayuda de lord Miasoth y lord Basham. Si se me permite opinar, ustedes cinco representarán una oposición formidable.

En ese momento, entró un paje a la habitación, se acercó a Zenysa y se arrodilló al lado opuesto de Pedreth.

—Levántate —le ordenó Zenysa—. ¿Qué noticias traes?

El paje se levantó, se acercó más y le susurró al oído.

—¿De Miasoth? ¿Una paloma? —preguntó Zenysa.

El paje asintió y le susurró algo más.

Zenysa se volvió a Pedreth—. Moza'r está sitiado como indicaste, barquero. Para ayudar a Emeil, lord Miasoth debe, en efecto, ser rescatado. Quizá pueda convencer a Bogen de que se nos una. — Zenysa se extrajo del bolsillo el sello de Danth y se lo devolvió a Pedreth, añadiendo—: Has hecho bien. —Se levantó y, seguido por sus oficiales, se marchó.

Pedreth disfrutó la sensación de alivio. Se levantó despacio. Al darse la vuelta, Orim estaba de pie ante él. Tenía las manos en las caderas y fruncía el ceño.

## 49

—¡Más flechas y bodoques para las almenas! —gritó alguien, y los soldados corrieron a la armería.

—¡Están acercando un ariete! —gritó otro.

El general Mo'ed subió las escaleras del parapeto de barakMoza'r para hacer un reconocimiento de las fuerzas desplegadas alrededor. Duile no permitiría a Dural rechazar su extorsión sin castigo, así que sus tropas continuaron engrosándose. El número había crecido de cientos a miles, y atacaban sin pausa. Por la luz de la antorcha que iluminaba la planicie, Mo'ed pudo reconocer una falange distante que se acercaba. En un instante, numerosos destellos de relámpagos iluminaron la planicie, dejando el ariete a la vista. El corazón se le detuvo. Si ese ariete conseguía forzar las puertas, la fortaleza caería.

A pesar de los recelos previos, Dural había accedido a que el general se preparara para un ataque. Los acontecimientos que siguieron justificaron sus esfuerzos, pero Mo'ed no podía sentirse satisfecho. La vacilación de Dural había echado a perder cualquier ventaja que podría haber tenido, y eso limitaba sus opciones. Si le hubiera permitido establecer una defensa en el exterior de la fortaleza, habría sido capaz de cortar las líneas de suministro de los enemigos e incluso reducir el número de efectivos con ataques desde la retaguardia. Sin embargo, confinados dentro de estas murallas, no había adónde ir ni nada que hacer excepto intentar ganar tiempo. Solo podía esperar que las flechas, la comida y el agua duraran hasta que ocurriera un milagro.

—¡Mo'ed! —llamó Dural.

El general se volvió para atender a su señor que subía al parapeto. Dural examinó el campo de batalla y entonces se volteó para mirarlo directamente.

—Deben de creer que estamos listos para rendirnos —se burló Dural.

—Creo que perciben que no podremos resistir —replicó Mo'ed.

—¿No podemos?

—Si consiguen abrir una brecha en las puertas, será cuestión de horas hasta que acaben con todos. Sin ayuda, estamos perdidos.

—¿No hemos recibido respuesta de las palomas mensajeras?

—Solo Bogen ha contestado y su respuesta no era prometedora. En términos diplomáticos nos hizo saber que no pondría en riesgo su relación con Ydron.

—¡Ese borracho bebedor de *kezna*! Espero que acuda a nosotros cuando la reina enfile sus tropas contra él. Según están las cosas, con ayuda o sin ella, lucharemos hasta el final. Si nos hundimos, lo haremos con valentía.

Mo'ed no iba a recordarle a su señor que hace poco tiempo su respuesta a Bogen habría sido parecida. Sus hombres pelearían hasta el final porque no había otra alternativa, pero el resultado sería funesto. El ejército de Duile no tomaba prisioneros.

—¡General! ¿Qué cree que pretenden hacer esos hombres?

Mo'ed miró hacia donde estaba apuntando Dural y vio a un grupo de ocho hombres corriendo hacia la fortaleza. Cargaban una estera de caña tejida parecida a un toldo. Un grupo de arqueros que corrían a su lado disparaban flechas esporádicamente. A pesar de las bajas, el grupo llegó hasta la puerta y tiró la estera a un lado. Llovían flechas, pero los soldados que no cayeron se pusieron a trabajar frenéticamente. La estera ocultaba algo grande, redondo y, por los destellos que producían las antorchas en su superficie, algo metálico. Mientras otro grupo apilaba manojos de leña contra la puerta, el primer grupo vaciaba el contenido de un objeto esférico sobre los manojos. Les arrojaron antorchas encendidas y el fuego rugió al cobrar vida. Las llamas pronto revelaron que el objeto en cuestión era una olla que contenía aceite. El asalto a la puerta había comenzado.

Se oían gritos encima de las murallas:

—¡Fuego! ¡Están quemando la puerta! ¡Agua! ¡Por el amor de Siemas, traed agua! —Mientras tanto, los soldados que prendieron el fuego corrían hacia atrás para protegerse. Con todos los ojos puestos en el incendio que se expandía, nadie en las almenas pensó en acabar con ellos.

Al darse la vuelta para movilizar a sus hombres, Mo'ed no pudo pasar por alto la mirada de incredulidad y consternación que mostraba la cara de Dural.

··· ··· ··· ··· ···

—Despiértese, lord Hol. Abra los ojos.

Leovar se despertó y destapó la esfera luminiscente que tenía al lado de la cama—. ¿Quién es? —preguntó.

—Soy quien le ha atendido durante estos últimos días —respondió la joven.

—Te recuerdo —replicó Leovar—. ¿Qué deseas?

—La fortaleza está en llamas. Debe vestirse y marcharse.

Leovar, vestido con pijama, puso los pies en el suelo y se levantó.

—¿Dónde está mi ropa? —preguntó.

—La puse en aquella silla —contestó ella, señalando—. Me quedaré fuera mientras se viste.

—Primero, dime, ¿ha penetrado el enemigo en la fortaleza?

—No, mi señor. No lo creo.

—¿Y el guardia de mi puerta?

—Se fue a unirse a la batalla.

—¿Has despertado a Ai'Lorc?

—Le iba a informar ahora.

—Una vez lo hagas, por favor, tráelo aquí.

La joven asintió y salió corriendo. Leovar comenzó a vestirse. Probablemente estaban rodeados, por lo que no podrían dejar la fortaleza, pero al menos no morirían atrapados en sus habitaciones. De todos modos, él y Ai'Lorc necesitaban idear una estrategia para sobrevivir, no solo dentro de las murallas, sino también fuera, en caso de que consiguieran escapar.

Un minuto más tarde, Ai'Lorc apareció en la puerta.

—¿Cómo estás? —le preguntó Leovar.

—Realmente, estoy bastante descansado —le respondió Ai'Lorc. ¿Y tú? Poniendo a un lado todo lo demás, se te ve recuperado.

—Gracias a esta joven.

Ai'Lorc asintió—. Debemos marcharnos.

—¿Tienes alguna idea de adónde debemos ir?

—No creo que salgamos de estas murallas pronto —contestó Ai'Lorc—, pero tenemos que evaluar nuestras opciones y no podemos hacerlo aquí.

—Tienes razón —dijo Leovar. Entonces se dirigió a la joven—. ¿Vendrás con nosotros?

—No, mi señor. Me he arriesgado demasiado. Puedo sugerirles dónde podrían esconderse por un tiempo, pero no me convendría que nos encontraran juntos. —Entonces, bajando la mirada, se disculpó—:

Espero no haberle ofendido.

—En absoluto —dijo Leovar.

Ella les habló sobre una habitación donde se almacenaban los alimentos, un lugar en el que era improbable que inspeccionaran en pleno ataque.

—Siento que no les pueda ayudar más —añadió—. Fue un honor servirles.

Hizo un gesto de cortesía, sonrió por última vez, se dio la vuelta y corrió deprisa por el pasillo.

—Sería sabio seguir su ejemplo —propuso Ai'Lorc—. Sin duda, alguien se acordará de vigilarnos.

Cuando se marcharon, los tambores comenzaron a retumbar.

Mo'ed miró por encima de la muralla y vio que el ariete había llegado. Su poste, originalmente el tronco de algún árbol grande, estaba revestido de metal y tenía un aro en el extremo usado para golpear, con el fin de concentrar ahí la fuerza y que no se partiera. Por encima de la máquina colosal, entre descargas de flechas, los soldados de Mo'ed intentaban apagar el fuego que ahora se había propagado con tal intensidad que era imposible extinguirlo.

—La puerta no tardará mucho en ceder —observó Mo'ed—. Cada minuto que pasa se debilita más.

Por primera vez, Dural cayó en la cuenta de la gravedad de la situación—. Lamento no haberte escuchado.

—No importa. Dudo que pudiéramos imponernos contra tantos. Las provincias se han aislado tanto que es solo cuestión de tiempo hasta que Duile nos domine a todos.

El golpe del ariete en la puerta detuvo la conversación.

—¡Capitán! —llamó Mo'ed a un oficial—. ¿Dónde están tus arqueros?

El oficial, deshabituado al estrés de una batalla, estaba paralizado. Ante la reprimenda, recuperó los sentidos y dispuso a sus arqueros contra los soldados que retrocedían el ariete para una segunda embestida. Cayeron muchos y pasaron varios minutos hasta que llegaron reemplazos. Para ese momento, los que estaban manejando el ariete concibieron una estrategia nueva. Se emparejaron con soldados que sostenían escudos sobre la cabeza. Juntos embistieron la puerta con el ariete por segunda vez. De ahí siguió una tercera y una cuarta embestida ante las cuales la puerta se estremeció. Las tropas de Duile lanzaron vítores de triunfo anticipando la victoria inminente. La máquina retrocedió a su lugar de nuevo, pausando como para impresionar, y entonces embistió. No pasaría mucho tiempo hasta que la puerta cediera. Las llamas alcanzaron media altura y los comandantes en las murallas comenzaron a dar órdenes de reforzarlas. Los tambores de guerra comenzaron a sonar. No obstante, Mo'ed había desviado su atención del asalto inmediato a algo que avistaba en la distancia.

—¡Capitán! —llamó—. ¿Tienes un catalejo?

El oficial hizo señas de que no podía oír, así que Mo'ed lo representó con mímica—. ¡Un catalejo! —vociferó.

El capitán asintió expresando que había entendido. Miró alrededor y al ver uno, lo tomó de un recoveco y lo sostuvo en alto.

—¡Pásamelo! —le gritó Mo'ed, extendiéndole un brazo.

El oficial se lo puso bajo el brazo y corrió hacia su comandante. Mo'ed se lo quitó con brusquedad, se lo puso delante del ojo y dirigió el catalejo hacia el horizonte. Lo ajustó repetidamente, incapaz de discernir nada en la oscuridad. Entonces, como respuesta a una pregunta que nadie hizo, un relámpago iluminó el campo de batalla. Abruptamente, Mo'ed bajó el instrumento y se lo pasó a Dural.

—Hay esperanza —indicó.

# 50

No se había utilizado el Gran Trecho desde la Unificación. Se construyó durante el Gran Conflicto para facilitar el movimiento de tropas y suministro desde Limast contra su mayor adversario: la tierra de Moza'r. Ahora servía para una función parecida, pero esta vez las legiones de soldados que venían de Limast estaban ayudando a un amigo.

A lo largo de los siglos, la superficie de la carretera había quedado enterrada bajo capas de tierra y encima habían crecido matorrales, pero quien le dedicara tiempo a despejar la maleza de un área y cavar se toparía con una carretera plana y casi sin obstáculos, compuesta de piedras hexagonales. Su curso aún era fácil de delinear porque la superficie casi intacta impedía que creciera mucha vegetación que la tapara. De vez en cuando, un retoño conseguía brotar entre las fisuras, y en esas ocasiones, el árbol que crecía forzaba hacia arriba las piedras subyacentes de tal modo que quedaban inclinadas rodeando al intruso. En general, sin embargo, el pasaje de esa ruta antigua permanecía relativamente despejado y las tropas lo atravesaron con rapidez.

Bogen se dio vuelta en la montura para observar la columna de soldados que lo seguían. Su reino, en comparación con sus vecinos, no era ni grande ni populoso. No obstante, de su ejército compuesto por tres mil efectivos, había decidido dejar solo una sexta parte protegiendo danOzmir, con la esperanza de que si obtenía la victoria, la reina tuviera que tornar su atención hacia menRathan y Emeil. Corría un gran riesgo, pero se requeriría una fuerza significativa para igualar las posibilidades, por lo cual se llevó consigo a tantos soldados como se atrevió.

—¿Sabes una cosa, amigo mío? —concedió Bogen—. Esgrimiste un argumento muy convincente.

—¿Te das cuenta de cómo ha traicionado a cada uno de sus aliados? —preguntó Zenysa—. Te dejaría sin piernas si tuviera la oportunidad.

Bogen tuvo que reconocerlo. Como Miasoth, se había engañado a sí mismo creyendo que si no representaba una amenaza, la reina lo dejaría tranquilo, pero Zenysa le explicó cómo había sido forzado a huir Emeil. La forma de ser de Emeil era de tal naturaleza que nadie, ni siquiera Bogen, podía concebirlo como un traidor, por lo cual se hizo evidente que Duile había asesinado a Kareth y a Danai. A Bogen le sorprendió que ella le hiciera eso a dos de sus aliados más leales —uno de ellos tío de ella— con el fin de cercar a Emeil. Zenysa, a quien igualmente cercó, interpretó por esta estratagema que era solo cuestión de tiempo antes de que su cabeza rodara también y le confiscara las tierras. Al ser incapaz de convencer a Hau y a Ened para que se le unieran, Zenysa había huido hacia Limast con su guardia personal y un pequeño número de soldados, dejando a la mayor parte de su ejército protegiendo Pytheral. Hasta que no se asegurara de quiénes eran sus amigos, no estaba dispuesto a arriesgarse de la misma manera que Bogen.

Había huido a Limast por la antigua amistad que unía a sus familias. Bogen lo había acogido como a un hermano que hubiera estado perdido por mucho tiempo, por lo que, cada vez que podía, se lo llevaba aparte para educarlo sobre lo ocurrido desde el derrocamiento. Con el tiempo lo convenció de que debía movilizar a su ejército. Desafortunadamente, como Bogen ya había soltado a la única paloma que regresaría a Moza'r con un mensaje poco comprometedor, no podía avisar a Dural de la ayuda que estaba en camino.

Para tratar de compensar su tardanza, el lord de Limast consultó con Pedreth. Ambos coincidieron en que ya era demasiado tarde para que el barquero completara su misión, así que Bogen despachó palomas a Borrst y a Yeset, a pesar de que no tenía forma de saber si llegarían ni qué respuesta les darían los lores de esas provincias.

Mirando hacia el cielo, observó las nubes. Estaban oscuras y el viento las movía con una furia que presagiaba tormenta.

—Este no es un momento que yo hubiese elegido para participar en una batalla —comentó.

—Entonces no puede haber un momento más propicio para hacerlo —repuso Zenysa—. Llegaremos después del anochecer y los generales de Duile no contarán con nosotros. No podríamos haber trazado un plan más ventajoso para nosotros.

Bogen asintió. Nunca había pensado en que tendría que ir a la guerra, pero, ya que debía ir, prefería tener el elemento sorpresa de su parte. Mejor era iniciar la ofensiva que quedarse sentado en casa, como había hecho Dural, y dejar que le sobreviniera la batalla en los términos del enemigo.

Era la hora décimo novena cuando llegaron al altiplano desde donde se dominaba barakMoza'r. Aunque había caído la noche, no había sido difícil localizar la fortaleza. El campo de batalla estaba en llamas y su resplandor era visible sobre la cresta de las colinas circundantes. Mientras Bogen, Zenysa y sus generales miraban desde lo alto el campo de batalla, observaron que las tropas de Duile estaban aparentemente desplegadas de tal forma que pudiesen interceptar a cualquiera que intentara escapar de la fortaleza, pero no para repeler fuerzas que llegasen de afuera.

—No creo que tengan muchos más hombres que nosotros —indicó Bogen—. Si podemos liberar el castillo y sumamos el ejército de Dural al nuestro, los superaremos en número.

Su general asintió—. La reina es una engreída, mis señores, y cree que nadie está a su altura. Si atacamos con el grueso de nuestras fuerzas, apostando unos cuantos cientos de soldados en cada lado del pasaje occidental por el que llegaron sus fuerzas, podremos obligarlos a replegarse y acabar con ellos cuando traten de huir por la brecha. Los generales de Dural disfrutarán la oportunidad de unírsenos.

—¿Cuánto tiempo llevaría tenderles la emboscada?

—Media hora debería bastar —respondió el general.

—Tengo suficientes hombres para vigilar el pasaje —se prestó lord Zenysa.

—Perfecto —contestó el general de Bogen.

—¿Como sabremos que estará listo y así hacerle una señal? —preguntó Bogen.

—Cuente con que estaremos listos. En cuanto a la señal, la movilización de dos mil quinientos soldados será más que suficiente —le respondió Zenysa sonriendo, luego dio la vuelta con el caballo y se marchó.

A pesar del tamaño de su ejército, lord Bogen estaba comprensiblemente nervioso—. ¿Cómo cree que nos irá, general?

—Si hubiesen tenido tiempo de prepararse, mi señor, la batalla habría estado bastante nivelada y el resultado habría sido imprevisible. Pero, como están dispersos, podemos abatir el grueso de su fuerza sin recibir mucha resistencia. Nos dará ventaja no solo física, sino también psicológica.

Lord Bogen se recostó en la montura, más tranquilo.

··· ··· ··· ··· ···

—Preparen el ariete.

—¡Listo, señor!

—A mi señal, ¡prepárense para embestir!

—¡Sí, señor!

—¡Hacia Moza'r! ¡Adelante!

—¡A la carga!

Al escuchar la orden, dos docenas de cuerpos se encorvaron hacia adelante sobre las barras protectoras de cada lado del cilindro, haciendo fuerza para vencer la inercia. El suelo sobre el cual descansaba la gigantesca máquina estaba blando, por lo cual había que hacer un gran esfuerzo para ponerla en movimiento. Gradualmente, sin embargo, el aparato comenzó a moverse. Una vez comenzó a rodar, ganó rápidamente impulso. Sus grandes ruedas atravesaron fácilmente el terreno lleno de bultos y baches y la preocupación que tenía el mariscal de campo de que la máquina fuese demasiado pesada se tornó en optimismo.

Por delante del ariete, las tropas se fueron abriendo y haciéndose a los lados para despejar el camino que diera paso al asalto. Mientras el mastodonte seguía avanzando, comenzaron a escucharse vítores en anticipación de la victoria. A través de la llanura, los capitanes comenzaron a dar órdenes, preparando a sus unidades para el momento en que las puertas cayeran. Cuando incendiaron la puerta, los soldados elevaron más vítores. Los tambores de guerra empezaron a retumbar y cuanto más aceleraban la cadencia, más aumentaba la excitación. El ariete pegó un embite tras otro y cuando la puerta comenzó a ceder, corrió la voz de que el final se acercaba. El comandante de una compañía que se dirigía hacia el frente exhibió una sonrisa de felicitación y saludó al mariscal de campo que contestó el saludo antes de volverse a observar el avance de las unidades de retaguardia. Su sonrisa se desvaneció, sin embargo, cuando la marcha de las tropas, que había sido tan ordenada, empezó a convertirse en un caos en la parte posterior. Anheló silencio para poder entender lo que estaba pasando, pero los vítores ahogaban cualquier otro sonido. Por ello, se estiró para ver qué problema podría haber. Luego, una unidad tras otra comenzó a mirar hacia atrás y según lo hacían, los vítores se convertían en alaridos de desesperación al advertir que estaban bajo ataque.

Ahora era el turno de los defensores para exclamar vítores. Los estandartes de los aliados aparecieron en la distancia. Los arqueros de las murallas despedían lluvias de flechas sobre los atacantes al no quedarles más bodoques ni fustes tras el prolongado asedio. La puerta se abrió de par en par y salieron los soldados a caballo. A la caballería, siguió la infantería, blandiendo espadas, picos y hachas. Ante el inesperado asalto, los tambores se silenciaron y cundió el pánico.

Al principio, no recibieron orden de retirada, y aquellos que dieron vuelta para huir fueron atajados fácilmente o abatidos por las fuerzas de Zenysa. Para el momento en que se dio la orden, las fuerzas de Duile habían quedado atrapadas entre los ejércitos de Dural y de Bogen. Superados en número y maniobra, intentaron contraatacar, pero sus oponentes no tuvieron misericordia. De haber sido otros tiempos y en otras circunstancias, Bogen y Zenysa habrían tomado prisioneros, pero este era el comienzo de su campaña y no tenían soldados suficientes para vigilarlos, por lo cual no dejaron a ninguno vivo.

Al llegar la mañana acompañada de lluvia, la llanura que rodeaba barakMoza'r se había tornado silenciosa y la paz había regresado. Dural abandonó las murallas y cabalgó bajo el aguacero para recibir a los rescatadores. Desde lo alto de una cresta, mientras observaba la llanura y los cuerpos de los caídos, todavía luchaba en su interior resistiéndose a creer la hipocresía de la reina.

—Nunca me imaginé que fuera a hacerme esto. Le tenía lealtad y habría defendido su causa —lamentó.

Bogen, viéndose a sí mismo en Dural, le dijo—: Todos nos volvimos ingenuos y complacientes. Ella se aprovechó de nosotros y se lo permitimos.

## 51

Aun después de que las lluvias hubiesen extinguido el fuego, la puerta maciza continuaba ardiendo, esparciendo humo por la llanura. Los soldados que no perseguían a las tropas de Duile se ocupaban de los heridos o recogían a los muertos. Con tantos que enterrar, una vez que las lluvias comenzasen a amainar, construirían piras funerarias. Ai'Lorc y Leovar estaban sentados en medio de esta actividad.

—No podemos quedarnos aquí —dijo Ai'Lorc, sentado sobre el yelmo de uno de los caídos—. De seguro alguien nos reconocería. La pregunta es ¿adónde vamos? Es peligroso salir fuera de las fronteras.

Leovar, estudiando los cuerpos que yacían en la llanura, coincidió —. El peligro está en todas partes.

—¿Y entonces?

—Deberíamos continuar trabajando para acabar con el reinado de Duile.

—¿Pero cómo? Somos dos y es evidente que no soy un soldado —protestó Ai'Lorc.

—Ni yo, aunque es muy probable que tengamos que luchar antes de que todo esto acabe.

—¿Qué sugieres?

—Tengo una idea. Aunque somos poca cosa en el esquema general de esta contienda, si sumamos personas a nuestras filas y sembramos más caos, podemos complicarle la existencia a Duile.

—No te sigo —dijo Ai'Lorc.

—¿Quiénes están más descontentos en este reino y tienen menos control sobre su destino?

Ai'Lorc reflexionó un momento y después se aventuró—: ¿Los esclavos?

—Sí, y les encantaría verla padecer si estuvieran libres para hacerlo.

Ai'Lorc sonrió—. ¿Estás proponiendo que intentemos liberarlos?

—Así es. Las minas y las canteras están mal custodiadas porque nadie lo ha intentado antes. Aun así, pueden arrestarnos al acercarnos a las canteras a menos que parezcamos amigos de la corona. Si decidimos intentarlo, debemos conseguir disfraces.

—Eso no es difícil. Estamos rodeados de una gran abundancia de ellos. El campo de batalla está repleto de uniformes, aunque unos en peor estado que otros.

Leovar se detuvo a reflexionar—. Pero vestidos como soldados de Ened o Hau, las tropas de Miasoth nos aniquilarían antes de que pudiémos llegar al desfiladero.

—Por eso mismo solo recogeremos ahora lo que vayamos a necesitar y ya encontraremos la forma de esconderlo. Antes de cruzar hacia Ydron, podemos cambiarnos.

Encontrar uniformes que pudieran utilizarse fue más difícil de lo que esperaban. La mayoría estaban ensangrentados y deteriorados. Sin embargo, después de una hora, habían encontrado un uniforme completo de la talla de Leovar, así como una mochila, un par de botas y un yelmo para Ai'Lorc. Naturalmente, habían recuperado espadas y dagas, pero no habían tenido éxito en lo demás. Estaban empezando a sentirse cansados y abatidos, cuando Ai'Lorc gritó—: ¡He encontrado a un oficial! Creo que murió casi como el tuyo. Tiene la cabeza aplastada. Su tamaño parece adecuado, también.

—¡Qué maravilla! Podríamos necesitar su autoridad antes de que acabemos.

Examinaron el uniforme de cerca. Uno dañado o ensangrentado podría suscitar preguntas. Cuando decidieron que este pasaba la prueba, lo doblaron para que no estuviera demasiado arrugado cuando lo necesitasen. No podrían limpiarlo ni colgarlo, así que no luciría tan inmaculado como debería, pero no estaba marcado.

—Lo que más me gustaría es encontrar a nuestros *éndatos*. No podemos recorrer a pie todo el camino hasta Ydron —dijo Ai'Lorc.

Leovar señaló algo—. Parece que los dioses nos sonríen hoy. Veo a dos caballos descuidados.

Algo lejos, dos soldados de Miasoth se habían desmontado y estaban atendiendo a los heridos. Sus caballos se habían alejado un poco y pastaban.

—Después de habernos ofrecido un alojamiento tan catastrófico —dijo Leovar—, Dural nos debe al menos esto.

—Debemos darnos prisa antes de que los jinetes se den cuenta.

Se acomodaron las mochilas sobre los hombros y corrieron a toda prisa.

—¿Hacia dónde nos dirigimos? —resopló Leovar mientras corrían

— ¿Por el desfiladero?

—Demasiado peligroso —dijo Ai'Lorc—. Eso nos dejaría al norte de menRathan, justo en el corazón de la batalla. Una vez vine a través de Moza'r antes de que hubieras nacido y tengo un vago recuerdo de un camino que conduce hacia el sur o el sudoeste. —Rastreó visualmente la distancia—. ¡Allí! ¿Ves esa hendidura en las colinas? Ese es un cañón que nos llevará hasta barTimesh y hasta las canteras de Ead.

—Adelante. Te sigo.

## 52

—Boudra, saca el estofado del fuego. Ya debe de estar listo.

—No te molestes —respondió Ganeth—. Yo lo hago.

—Que no se te derrame —le advirtió Sa'ar.

—Ya no soy un niño, Sa'ar. Puedo arreglármelas —replicó con una sonrisa.

Cuando los nómadas llevaron a Ría y a Ganeth a su campamento, Boudra y Sa'ar los acogieron. No era porque estos errantes de Shash fueran amables y generosos. A menudo capturaban a niños y los usaban o los vendían como esclavos. Pero Sa'ar y Boudra habían traficado con esclavos lo suficiente como para reconocer que Ría era excepcional, así que decidieron conservarla para ellos. Como era más cooperativa cuando Ganeth estaba cerca, encontraron también una función para él. Al pasar el tiempo, sin embargo, ambos llegaron a sentir un cariño casi de padres por la niña. Y al ser Ganeth tan llevadero, llegaron a considerarlo como a uno de los suyos.

Durante los meses siguientes, también Ganeth se dio cuenta de que Ría era excepcional. Con el paso de los días, su vocabulario aumentó a un ritmo asombroso y pronto hablaba como una adulta, no como con los tres años que en realidad tenía. No sabía qué pensar, pero si le impresionó mucho su precocidad, más le asombró la primera vez que ella se dirigió a él en sus pensamientos.

Una tarde, había salido a recoger leña. Estaba perdido en sus pensamientos mientras rebuscaba a través de la maleza cuando, de repente, la voz de Ría llenó su cabeza.

*¡Ganeth! Deja lo que estás haciendo y regresa al campamento.*

Tomado por sorpresa e inconsciente de que las palabras no eran verbalizadas, se irguió y miró alrededor. No podía concebir que ella hubiera caminado tanto desde el campamento.

*Ganeth, no puedes quedarte donde estás. El peligro es inminente. Un camarro se está moviendo en tu dirección. De momento, no te siente, pero pronto lo hará.*

Había oído hablar de este gran felino únicamente en cuentos, pero de solo escuchar el nombre se le detuvo el corazón. Los cuentos decían que un *camarro* era capaz de matar a una batida completa de cazadores, y Ganeth estaba solo y desarmado. Hasta ese instante no se le había ocurrido que esas criaturas pudieran ser reales, pero las palabras de la niña portaban una urgencia que no podía pasar por alto. Sin embargo, no vio nada, así que retomó su tarea.

*Ganeth, ¡regresa al campamento de inmediato! Me creas o no, regresa a casa. No es momento de tener razón o estar equivocado. Por favor, ¡apúrate!*

—¡Ría! —la llamó, mirando alrededor.

*Ganeth, ¡cállate! Creo que te ha oído.*

Luego, como continuaba buscando, los pensamientos de ella regresaron.

*Ganeth, no estoy donde tú estás. Sigo en el campamento. Por favor, ¡date prisa! No tienes mucho tiempo.*

Por increíbles que sonasen esas palabras, Ganeth no tenía tiempo de cuestionárselas. Un grupo de arbustos distantes se agitó y decidió que no quería ver qué había causado la sacudida. Comenzó a caminar, pero cuando la criatura gruñó, soltó el bulto y echó a correr.

Al llegar al campamento, encorvado y sin aliento, buscó a Ría. Se estaba preguntando si se estaba volviendo loco cuando la localizó y la llamó—: ¡Ría! ¿Fuiste tú quien…?

Antes de que pudiera terminar, ella lo miró y le dijo—: Me escuchaste. Muy bien —espetó y se fue.

Pasmado y sin habla, se oyó a sí mismo decirle a nadie en particular:

—Te escuché. —Boquiabierto, salió a buscar un lugar tranquilo donde pudiera reflexionar sobre lo que le había pasado. Mientras caminaba, los pensamientos de Ría lo encontraron de nuevo.

—*No, mi querido hombre, no estás loco.*

Si antes no había pensado que estaba desvariando, ahora lo dio por hecho y vaciló entre aceptar lo que le había ocurrido y cuestionar su cordura. Según fueron pasando las semanas, sin embargo, tanto él como el resto de los residentes del campamento comenzaron a reconocer la habilidad de la niña.

… … … … …

—El estofado huele maravilloso, Sa'ar —comentó Ganeth, mientras lo llevaba a la mesa—. ¿Qué lleva?

—Boudra tuvo suerte esta mañana —le respondió—. Consiguió hacer un intercambio por un poco de *úmpal* fresco. Tuve que usar la verdura que nos quedaba, pero debe darnos para comer dos o tres días.

—Eso es bueno —comentó Boudra—. Este horrible clima ha acabado con el comercio. Había pensado que debíamos seguir moviéndonos hacia Rian, pero ahora creo que debemos regresar a casa. Tenemos suficiente comida para llegar a Nagath-réal, y en Bad Adur podemos reabastecernos.

Los ojos de Ganeth se abrieron del todo y comenzó a sentir pánico. En efecto, estas eran malas noticias. Siempre y cuando estos nómadas se quedaran en Ydron, estaba contento de seguir con ellos. Pero si regresaban a Shash, más allá de la frontera oriental de la Gran Planicie Salada, no sabía lo que haría. ¿Cómo podría lograr que Ría regresara con Marm?

—Ganeth.

—Sí, Sa'ar. —La interrupción lo devolvió al mundo real.

—Me gustaría que me escucharas. ¿Podrías ir a buscar a Ría y decirle que la cena está lista?

—Por supuesto —le respondió.

La encontró en la tienda que ambos compartían, examinando algunas de sus pertenencias.

—Por favor, vente a cenar con nosotros.

—Claro —le respondió y se levantó para seguirlo.

—¿No vas a traer tu muñeca de trapo?

Se volvió y miró la muñeca—. Ya no estoy para jugar con muñecas. Sa'ar y Boudra pueden llevársela a casa para que otro niño la disfrute.

—¿Qué te hace pensar que regresan a casa?

—¿No estabas escuchando a Boudra?

Con desazón, Ganeth vaciló y contestó—: Tus palabras suenan como si planearas no ir con ellos.

—No iré. Regresaré a casa.

—No nos lo van a permitir, Ría. Por muy agradables que parezcan, les pertenecemos.

—Regreso a casa esta noche y, aunque no puedes acompañarme, en el campamento reinará la confusión. Si te mantienes cuerdo y recoges tus pertenencias, puede que tengas oportunidad de escapar.

—No seas tonta. Eres demasiado pequeña para viajar sola.

Lith-An no replicó, pero acompañó a Ganeth a cenar.

—¿Estás seguro de que debemos irnos? —preguntó Sa'ar mientras comían.

Boudra levantó la mirada de su plato—. La única razón que teníamos para quedarnos era la oportunidad de hacer intercambios por más esferas luminiscentes. Habrían conseguido un precio atractivo.

—Debí haber dejado que las compraras cuando me preguntaste.

—Está bien, querida. En aquel momento pensé que tenías razón.

Justo entonces, un extraño con hábito entró en la tienda y Boudra notó que otros dos ataviados de forma parecida se quedaron esperando en la oscuridad del exterior. Él odiaba que lo visitaran de sorpresa, pero se dirigió al recién llegado con una sabia cortesía de negociante.

—¿En qué podemos ayudarle, amigo? —inquirió.

—Hemos venido a por la niña —espetó el extraño con rotundidad.

—¡No va a hacer eso! —repuso Sa'ar—. ¿Cómo se atreve a entrar en nuestro hogar con tal rudeza? ¡Lárguese! —Y lo empujó con la mano.

—No sé quién es ni quién le puso esa idea en la cabeza —le dijo Boudra levantándose para enfatizar—, pero no le daremos nada. A menos que tenga un asunto legítimo que tratar con nosotros, le ruego que se vaya.

Boudra trató de expulsar al intruso, pero la figura del hábito titiló y creció hasta que quedó tirante el techo de la tienda, mostrando su forma verdadera. El dalcin generó un seudópodo y lo lanzó al otro lado de la tienda.

Aunque horrorizada, Sa'ar gritó—: ¡Lárguese! Déjenos en paz. ¡No se llevará a la niña! —Agarró la olla del estofado, preparándose para tirársela encima, y Ganeth se levantó también.

*¡Deteneos! Ganeth, Sa'ar, Boudra. ¡Deteneos!*

La fuerza de los pensamientos de Lith-An los paró en seco. Hasta el dalcin se quedó quieto. Entonces, suavemente, añadió: *Me voy con ellos.*

—¡Niña! —dijo Sa'ar con la voz entrecortada—. ¿Qué estás diciendo?

—No te puedes ir con… con… ¿Qué es esa cosa? —demandó Boudra, señalando con el dedo.

*Es una criatura con mucho poder,* replicó Lith-An. *He estado esperando su llegada, así como a sus acompañantes.*

—¿Esperando por ellos? —preguntó Ganeth—. Que Darmaht me proteja, Ría. ¿Qué quieres decir?

—Querido Ganeth —contestó, cambiando de pensamientos a palabras verbalizadas—. Me has cuidado tanto. No espero que lo entiendas, pero esta criatura no me hará daño.

Ganeth no quería escuchar—. Eso no tiene sentido. Mira eso… Por los cuernos de Voreth… ¿Qué es ese engendro?

—Es un dalcin —respondió ella.

—Pues bien, el dalcin no te llevará. Le prometí a Marm que te mantendría a salvo y lo haré. —Entonces, tornándose hacia el alienígena, se irguió tan alto como nunca lo había hecho, e insistió—: —No puedes llevártela.

Antes de que nadie pudiera reaccionar, Ganeth agarró un cuchillo y corrió hacia él. El dalcin apartó el arma y entonces, abriendo el vientre para adaptarlo a su tamaño, levantó a Ganeth, se lo introdujo y cerró el vientre tras él.

—¡No! —gritó Lith-An. Aunque su mente se había desarrollado tanto, sus pocos años no la habían preparado para esto—. ¡Suéltalo! —ordenó, pero el dalcin no se conmovió. Ella lo atacó con su mente, pero aunque la bestia tambaleó ante la fuerza, se negó a obedecer. En su lugar, creó una boca con la cual hablar y se expresó de forma audible.

—Ven con nosotros ahora o mataremos a tus amigos.

—Suelta a Ganeth —gritó ella— o te haré daño.

—No puedo. No hay nada que hacer. He drenado casi toda su fuerza vital. Aunque hiciera lo que me pides, no sobreviviría. Ven con nosotros. Si rehúsas, devoraremos a este hombre y a esta mujer y le haremos mucho daño a este campamento.

Lith-An desvió su mirada del dalcin hacia sus padres de acogida y volvió a mirar al dalcin. Por mucho que le doliese, no estaba en posición de negarse. Intentó sentir a Ganeth, pero el dalcin tenía razón; ya estaba muerto o a punto de morir. Quería hacer daño a estas criaturas, pero no deseaba provocar perjuicios a Sa'ar o Boudra. Además, necesitaba que estos invasores la llevaran a casa. Demasiado pequeña para hacer el viaje por su cuenta, se tragó su furia y le dijo—: Iré contigo, pero no le harás daño a nadie más.

El dalcin accedió—. No haremos daño a nadie más si vienes de inmediato.

Ella se dio la vuelta hacia la pareja y trató de explicarse—: No podréis impedirlo y, aunque no puedo esperar que lo entendáis, os ruego que no nos intentéis detener. Creedme cuando os digo que todo es como debe ser.

—Ría, no puedo quedarme como si nada viendo que te rapta este monstruo —le dijo Boudra.

—Los dos que esperan fuera son iguales —les informó—. Ganeth no habría podido detenerlos. Yo no puedo y vosotros tampoco. Broudra, toma a tu esposa y regresa a Shash. Estaré bien. No puedo explicaros por qué, pero estas criaturas necesitan mantenerme viva.

—Por favor, no te vayas —le rogó Sa'ar y se volvió a su marido—. ¿No podemos hacer nada?

—Morirías de la misma forma que Ganeth —le dijo Lith-An. *Regresad a casa* —continuó comunicándoles con el pensamiento—. *Hay mucho más en juego de lo que vosotros podéis entender. Confiad en mí. Id a casa y sed felices. Todo irá bien.*

Mientras Boudra y Sa'ar miraban impotentes, Lith-An se puso la capucha y se adentró en la noche con los tres que habían venido a por ella.

# 53

Dur estaba furiosa. Estaba furiosa con el dalcin, furiosa con Duile, pero, sobre todo, furiosa consigo misma. Nunca había sido una cobarde ni se permitía a sí misma regodearse en la autocompasión. Aunque había dejado de culparse por las muertes de Bedya, Roman, Loral y —bendita fuese la afable mujer— Marm, no podía consentir el temor en el que se había sumido desde entonces. Ahora, mientras se agachaba bajo la lluvia y en la oscuridad bajo el puesto de control del palacio, esperando una oportunidad para cruzar la carretera, juró que acabaría con eso.

El plan que Marm había delineado se centraba en entrar en el palacio y abrir las puertas a las fuerzas de Emeil, y así revertir el derrocamiento. Según los planes de Marm, Regilius podría acceder al trono y decidir el destino de su madre. Desafortunadamente, Emeil todavía estaba atrincherado en las alturas de menRathan y Dur no iba a quedarse esperando que los eventos se tornasen a favor de él. Aunque sentía que Reg estaba de camino, no tenía idea de cuándo podría llegar. Por consiguiente, lo mejor que podía hacer era encontrar y matar a la reina por su cuenta. No podría hacer menos. Asimismo —y ella encontraba este hecho particularmente seductor— había un dalcin tras las murallas. Por si nunca fuera a toparse con otro, haría que este pagara por lo que los demás habían hecho.

De ordinario, la carretera que entraba al palacio no estaba tan transitada. Pero las medidas de seguridad que Duile había establecido eran tan estrictas que cada control llevaba varios minutos. La fila de personas y vehículos se había extendido tanto que estaba empezando a parecer evidente que Dur podía quedarse atascada allí hasta la mañana siguiente. Mientras se ceñía más la capa, preguntándose cómo resolver esta dificultad, recordó las instrucciones de Marm. Como había evitado recordar y recrear su último encuentro, la fórmula para entrar al castillo sin ser detectada descansaba olvidada dentro de algún recoveco de su mente. Ahora, mientras la lluvia repiqueteaba sobre su capucha y su capa, comenzó a repasar las «memorias» que Marm le había transmitido.

*¡Mas'tad! Son tantas.*

Marm conocía la fortaleza perfectamente y la información que le había pasado estaba dirigida a ayudar a Dur en caso de que ocurriera algún contratiempo. A diferencia de las memorias reales, estas no estaban clasificadas aún, por lo cual no podían evocarse fácilmente ni lo conseguiría hacer hasta que Dur las examinara y estudiara como se relacionaba cada una con las otras. Se rio por lo bajo. Gracias al tráfico que había estado maldiciendo hasta hace un momento, tenía tiempo de hacer lo que no podría hacer más tarde, cuando le corriese prisa.

Gradualmente, la distribución del palacio, los suelos y el área exterior de las murallas se entrelazaron en una configuración ordenada. Poco a poco, la forma en que un pasaje conducía a los otros se hizo más clara hasta que se sintió confiada en que todas esas imágenes se habían fusionado en un conocimiento metódico.

Miró alrededor y descubrió una alcantarilla de desagüe con una rejilla suelta a corta distancia a su izquierda. La llevaría bajo la carretera y a través de la muralla. Se levantó y caminó en paralelo a la carretera superior, confiando en la oscuridad para no ser vista.

—¡Alto! —gritó alguien. Como no hizo caso, repitió—: ¡Usted! ¡Allá abajo! Deténgase de inmediato.

Dur se detuvo, preguntándose cómo podrían haberla visto. Estaba a bastante distancia del puesto de control y, aparte de las pequeñas esferas luminiscentes que llevaban los guardias, la noche era negra como el carbón.

—¡Acérquese al puesto de control! —gritó el hombre.

Dur vaciló, extendió el alcance de su mente y descubrió a un dalcin. ¡Era eso! Los guardias de Duile no eran los únicos que estaban inspeccionando los vehículos.

El dalcin era insistente—. ¡Acérquese!

Ella no iba a dejarse atrapar. Evaluando la distancia que la separaba de la alcantarilla, echó a correr. Con el corazón latiéndole a toda velocidad, siguió corriendo, tropezó y cayó sobre el suelo mojado en la oscuridad, y esperó que sus perseguidores tuvieran igual dificultad para seguirla.

Aproximándose a la cuneta, chapoteó en una corriente que esperaba que fluyera de ahí. Se arrodilló mientras las voces de sus perseguidores sonaban cada vez más cerca y buscó con las manos la boca del desagüe. Miró hacia atrás y vio las esferas luminiscentes acercarse. No podía quedarse donde estaba, así que, al no encontrar nada, se levantó y se movió corriente arriba, más cerca de la carretera bajo la cual pasaba el conducto de la alcantarilla. Se le enganchó un pie y, al caerse, se golpeó la cara contra algo duro. Aturdida, tratando de levantarse y buscando de dónde aferrarse, extendió las manos y agarró unas barras de metal verticales. Era la rejilla. Se puso de rodillas y sintió que se movía bajo su peso. Tiró de ella y se desplazó. Las voces sonaban casi al lado de ella, así que haciendo acopio de todas sus fuerzas, tiró más fuerte y sintió que comenzaba a inclinarse. Otro intento y casi le cae encima. Empujando la rejilla hacia arriba y usándola para sostenerse, se puso de pie. La mantuvo firme y se acercó por el lado buscando sentir la abertura. Sonrió cuando la palma de la mano cayó por el labio curvo del desagüe.

—Está cerca —dijo el dalcin y ordenó—, dispérsense.

Sin más, Dur rodeó el disco, se metió en el túnel y volvió a poner la tapa. Algunas de las voces se oían cerca, así que tanteó a ciegas y los dedos rozaron una pared. Guiándose por el tacto, se fue escondiendo dentro del túnel, dejando atrás la abertura.

··· ··· ··· ··· ···

Los dalcin no experimentaban regocijo ni ninguna otra emoción, pero Husted Yar estaba lo más cerca que nunca estaría de sentir satisfacción y alegría. Sus esfuerzos estaban produciendo frutos. Aunque de los hijos de la reina, el macho había eludido la captura, regresaba por propia voluntad. Llegaría en cuestión de días, y su hermana también regresaba escoltada. Ahora, por razones que excedían su entendimiento, la hembra que había eludido su captura en Bad Adur estaba entrando en la fortaleza. Una vez la reina se aplacara y los tres estuvieran en sus manos, ella ya no precisaría de tanta atención y Yar podría descansar. Pronto arribaría la nave de los dalcin y tanto él como sus compañeros serían recompensados con una vida cómoda y desahogada. Dentro de unos días, todos sus problemas acabarían.

··· ··· ··· ··· ···

El agua de la lluvia caía en torrentes por el túnel, haciendo difícil el esfuerzo de subir. Dur temía ampliar el alcance de su mente para detectar lo que pasaba atrás, no fuera a ser que el dalcin que la perseguía la detectara a ella. Sin embargo, la corriente de la alcantarilla lavaría el rastro de su paso mientras que la lluvia debía borrar cualquier indicio de que ella había entrado.

A cierta distancia encontró el primer desvío hacia la ruta que estaba siguiendo. Hasta ahora no tenía idea de lo lejos que había llegado, pero este punto de referencia indicaba que estaba a medio camino de la muralla exterior. El próximo de esos ramales la llevaría justo dentro. Poco más allá, encontraría una escalera de mantenimiento que llevaba a la primera salida. De subir por ella, emergería en medio de un patio. Si la fortaleza no estuviera tan bien vigilada, habría elegido esa salida, pero la abertura estaba demasiado a la vista. En vez de esa, buscaría la próxima escalera de mantenimiento por donde saldría a la parte posterior de la vivienda del personal de servicio.

Habiendo resuelto su orientación, continuó hacia adelante. Una o dos veces se detuvo para escuchar, pero la tubería amplificaba el sonido del agua y el ejercicio resultaba inútil. Ya que hacer estas paradas solo serviría para que sus perseguidores ganaran terreno, siguió adelante a través de la oscuridad rastreando la pared con la mano.

Había recorrido más distancia de la esperada y le preocupaba haber pasado la segunda salida, cuando notó una tenue luz arriba. Mirando hacia el cielo, sus pupilas enfocaron gradualmente y pensó que podía discernir estrellas a través de las barras de una rejilla. Buscó por encima de su cabeza, palmeando un lado del hueco, luego el otro, hasta que la mano cayó sobre el peldaño de una escalera. Ya era hora. Detrás de ella apareció la primera esfera luminiscente, luego una segunda y una tercera.

El peldaño más bajo estaba encima de su cabeza y Dur lo agarró con ambas manos. Se impulsó hacia arriba lo más que pudo, y colocó las suelas de sus botas contra la pared del túnel, usando el agarre adicional para impulsarse más alto. Cuando el torso estuvo al mismo nivel que las manos, empujó con los pies. Le resbalaron, pero no antes de que pudiera agarrar el segundo peldaño. Ahora tenía suficiente apalancamiento para impulsarse más alto y agarrar otro. Para el momento en que había conseguido agarrar el cuarto, encontró el peldaño más bajo con su pie. El ascenso ya no era una lucha y mientras seguía escalando, las esferas luminiscentes se veían más cerca. Al alcanzar la rejilla, agradeció a los dioses que las esferas no podían despedir luz a esta gran distancia. Empujó la barrera, esperando moverla a un lado, pero no se desplazó. Intentó de nuevo y falló. Nada de lo que Marm le había relatado le indicaba que estas rejillas estuvieran cerradas, así que esperando que su «memoria» fuera correcta, y la tapa estuviese simplemente atascada, subió por la escalera tan alto como pudo. Bajando la cabeza y poniendo ambos hombros contra la tapa, agarró las barras con las manos y empujó fuerte con ambos pies. No hubo suerte. Las voces estaban casi por debajo de ella. En cualquier momento podrían verla. Respiró hondo varias veces y, luego, reprimiendo un gemido, dio un empujón con todas sus fuerzas y la tapa cedió.

Ya desatorada, notó que la tapa no pesaba en absoluto. Se irguió completamente y recibió como recompensa en su cara la humedad que traía la brisa. Para evitar caerse, echó la rejilla a un lado y apoyó los codos a cada lado de la abertura. Por lo que parecía, no había nadie arriba, así que se impulsó para salir por completo. Tras poner la tapa de vuelta, se apartó de la entrada para evitar que la ubicaran.

Se le erizaron los vellos de la nuca cuando pasaron voces debajo. No podía distinguir las palabras, pero sintió alivio cuando, tan rápido como llegaron, continuaron alejándose por el túnel hasta que se desvanecieron. Respirando con dificultad, tanto por el esfuerzo como por la emoción, se tiró de espaldas. Abrió la boca a la lluvia y se deleitó con su frescura.

Después de unos momentos, cuando la tensión hubo pasado, se puso de pie. Las ventanas iluminadas, las esferas luminiscentes en los postes, todo a su alrededor mostraba las formas de este lugar que hasta entonces solo había imaginado. Sonrió. ¡La ciudadela era suya!

## 54

—Bienvenida, Pithien Dur. Hemos estado esperándote.

Dur se volteó para toparse con una figura pequeña y achaparrada, con atuendo de cortesano.

—¿Quién eres? —preguntó. No podía imaginarse quién la conocería en el palacio.

—En este lugar, me hago llamar Husted Yar.

Un velo se descorrió y entendió que se trataba de un dalcin. Un escalofrío la traspasó como un cuchillo, una mezcla de ira y repulsión. Hasta ese momento, la criatura había ocultado su identidad. Ahora, sin embargo, ella veía lo que realmente era.

El ocultamiento era una herramienta que el dalcin había adquirido solo recientemente. El día que el príncipe Regilius por primera vez erigió barreras contra sus pensamientos, los dalcin vieron en ello una nueva aplicación. Construir muros alrededor de sí mismos los escondía de los demás. Ahora, el dalcin dejó caer su escudo y se presentó tal cual era.

—Por mucho tiempo hemos esperado tu compañía. Has sido una gran adversaria, aunque, para tu desgracia, no lo bastante eficaz, y tu llegada marca el primero de tres hitos. En un rato, te entregaré a la reina. Mañana le entregaré a su hija. El día siguiente llegará su hijo. Poco después dispondremos de los tres y nuestro trabajo en este lugar será perceptiblemente más fácil. Ahora vendrás conmigo y mi escolta.

Como si les hubieran hecho una señal, media docena de guardias de la reina se abrieron paso. Mientras los soldados la rodeaban, Yar le advirtió—: No opongas resistencia. Con todo lo inteligente que puedas ser, yo soy mucho más poderoso. Tu seguridad y, por el momento, tu supervivencia dependen totalmente de tu cooperación. Te mantengo viva solo porque la reina así lo desea, pero tengo poca paciencia con los que se intentan resistir. La reina nos aguarda.

Por primera vez en su vida, caía prisionera y no tenía ningún plan.

Superada ampliamente en número y dominada mentalmente, no tuvo otra opción que seguirlos.

Después de caminar una media hora, llegaron a su destino y a Dur le pareció evidente que estos soldados la iban a interceptar incluso si se hubiese quedado agazapada bajo el puesto de control. Para cuando entraron al palacio, estaba empapada y se sentía abatida y al borde de la desesperación. Con Yar a la cabeza, la condujeron a través de un pasaje estrecho y con poca luz y luego la bajaron por una serie de huecos de escaleras y pasillos que ella reconoció como una de las rutas hacia las mazmorras. Cuando al rato llegaron, la ataron y la sentaron en una sencilla silla de madera en medio de un cuarto que de otra forma estaría vacío. Una vez los guardias se aseguraron de dejarla bien sujeta a la silla, salieron del cuarto y la dejaron sola con el dalcin.

Una puerta se abrió de golpe.

—¡Mi querido Husted! —exclamó la reina, casi sin aliento y sin ocultar el placer que le causaba—. ¿Has capturado al proscrito? ¿Dónde está? —preguntó, mirando a ver si lo veía.

—Está sentada ante vos —replicó Yar, señalando la silla.

Duile posó los ojos en Dur, y Dur la miró fijamente.

—¿Esto? —apuntó hacia ella—. ¿Esta *mármata* empapada? Husted, esto es una mujer. ¿Estás tratando de decirme que esto es la nefasta calamidad de Ydron? ¿Esta cosa diminuta y patética? Por favor, dime que estoy equivocada.

—No, vuestra majestad. Os lo aseguro. Esta es la verdadera criminal que habéis estado buscando.

—No lo creo. —Le dirigió una mirada dura y larga, y entonces comenzó a caminar alrededor de la silla, analizando cada milímetro empapado de la muchacha—. No. Esta no puede ser la temida guerrera que venció a mis soldados. —Se detuvo un momento, miró a Yar, de nuevo a Dur, y continuó caminando—. ¿Cómo pudo ser esta la persona que secuestró a la princesa Vintyara? ¿Pudo esta pequeña roedora alimentar a la chusma? No lo creo. —Se detuvo de nuevo—. Aunque te amo, mi querido Husted, me temo que te has equivocado. ¿Te dijo ella que ese era su nombre?

—No, vuestra majestad. No estoy equivocado. He seguido las actividades de esta por mucho tiempo. Estoy seguro, más allá de toda duda, de que efectivamente es a quien buscáis. ¿Os dais cuenta de por qué era tan difícil encontrarla? Cuando todo el reino está buscando a un hombre, ¿habría habido un disfraz más perfecto para ocultarse?

—Bueno, definitivamente, vamos a saber si tienes razón. Nos

aseguraremos de que no se atreva a decirnos nada menos que la verdad.

—Oh, prometo que él dice la verdad —le aseguró Dur.

—¡La roedora tiene voz! —exclamó Duile. Entonces, acercando su cara a la de la prisionera, le gruñó—: ¿Quién te dio permiso para hablar?

—Lo siento, majestad. Pensé que ese era el propósito de un cuarto de interrogatorio, pero ¿qué voy a saber yo? Es mi primera vez.

—Te prometo que también será la última. —Mirándola de cerca a los ojos, le preguntó—: ¿Cuánto dolor puedes aguantar? Apuesto a que no mucho. Pronto sabré quién eres. Si realmente eres Pithien Dur, sé exactamente qué hacer contigo. Y, si no lo eres, vas a lamentar haber entrado a mi fortaleza.

Dur le devolvió la mirada e hizo acopio de valor y sonrió.

—Llévala a una celda —soltó Duile—. Debo atender otros asuntos, pero regresaré cuando haya terminado. Quiero estar aquí durante cada minuto de su interrogatorio. No se atrevan a comenzar sin mí.

—Sí, majestad —respondió el carcelero.

—Querido Husted —canturreó Duile—. ¿Me acompañas, por favor? Un diplomático de Deth aguarda por mi audiencia. Supongo que ha venido a rendirme tributo.

El dalcin consideró si sería prudente dejar a la prisionera en las manos del jefe carcelero y no encontró problema. La superaban en número por mucho y estaría en sus manos hasta que le llegara la muerte.

—Por supuesto, majestad —respondió Yar—. Será un placer.

Casi tan pronto como se fueron, el carcelero comenzó a atormentar a su custodiada.

—Hey, preciosa. Creo que te voy a ir preparando. ¿Qué prefieres, un atizador candente o un filo puntiagudo?

Dur no estaba dispuesta a darle el gusto—. La reina no se quiere perder un solo minuto de tus servicios. ¿Crees que la hará feliz enterarse de que la desobedeciste?

—Pero ¿quién se lo va a decir? —escupió.

—Pues yo, por supuesto.

—¿Crees que eso hará que sea más compasivo contigo?

—¿Planeabas ponérmelo fácil?

El carcelero se mostró desconcertado.

—No lo creo. Ahora, si no te importa, quiero que me lleven a mi celda como ordenó la reina. —Y rematando con una mirada dura, continuó—: Si eres tan amable…

—¡Oh, mi pequeña señorita! Lo voy a pasar tan bien contigo.

Hizo una señal y los guardias se adelantaron para ayudarle. Pero, mientras la estaba desatando para que pudiera levantarse, otros pensamientos invadieron la mente de la mujer.

*¿Pithien Dur?* Sonó una voz en su cabeza.

Se quedó sin aliento y se le fue la cabeza. Su carcelero malinterpretó su reacción.

—Oh, no te lastimamos, ¿verdad?

Dur sacudió la cabeza.

—¡Contesta cuando te hable! —rugió él.

—No —respondió—. Estoy bastante cómoda, gracias.

El carcelero la abofeteó con el dorso de la mano y gritó—: ¡No seas insolente!

—Lo que gustes —replicó ella mientras un hilo de sangre le corría por la comisura de la boca.

Cuando regresaron las preguntas, ya los guardias la habían llevado a su celda.

*¿Pithien Dur?*

*¿Quién es?* Preguntó, un poco molesta.

*Soy Regilius Tonopath.*

*¿Y a qué le debo el gran honor?*

Entonces, reflexionando sobre el tono empleado se corrigió:

*Lo siento. Por favor, perdonad el sarcasmo. Es un viejo hábito.*

*Mi hermana me pidió que me comunicara contigo para solicitar tu ayuda.*

*¿Vuestra hermana?*

*Ella sabía que estabas aquí.*

*¿Quién, aparte de los dalcin, sabría dónde estoy?* Trató demasiado tarde de suprimir el pensamiento.

*Mi hermana posee unas habilidades destacadas y no es amiga de esas criaturas. Debo decir que me sorprendió que al llamarte por tu nombre tu mente me respondiera incluso antes de que lo hicieras en un nivel consciente.*

*Las mentes lo hacen automáticamente. Ahora, por favor, no tengo mucho tiempo.*

El carcelero había hecho sonar un timbre y estaba moviendo las llaves con los dedos.

*¿Qué deseáis, príncipe de Ydron?*

*Tengo a un amigo en las mazmorras. Quería saber si puedes localizarlo y liberarlo.*

*Es mucho lo que pedís. ¿Por qué no lo liberáis vos mismo?*

*Me quedan aún dos días de camino y temo que le hagan daño antes de que llegue.*

*Bueno, vuestra alteza, le ayude o no, necesito liberarme yo primero. Pero dígame, asumiendo que decida liberarlo, ¿quién es?*

*Se llama Danth Kanagh.*

*¿El de la nobleza? Sí, claro. ¿A quién más conoceríais?*

*Tengo muchos amigos, no solo entre la nobleza. Por favor. Te compensaré cuando pueda. Conoces los peligros que hay ahí; tengo miedo de que no sobreviva. De ser posible, por favor, libera a Danth Kanagh.*

*¿Peligro? ¿Se refiere a su madre o a su asesor dalcin?*

*Hay dos dalcin dentro de esas murallas.*

Eso la impactó. No había sentido la presencia del segundo. Esa información sola era de gran valor. ¿Era el segundo el del puesto de control o quería decir que aún había otro más dentro? En cualquier caso, estaría más alerta. Reflexionó sobre la petición y entonces le respondió:

*Lo liberaré si puedo.*

*Gracias,* respondió, y desapareció.

La conversación le dio en qué pensar. Nunca se había topado con una mente como la de él, y mucho menos había conversado con una. Fue una experiencia tan clara e inequívoca que tuvo problemas para regresar al presente. Retornó, sin embargo, cuando el carcelero abrió su celda. Para no pasar un minuto más confinada entre sus paredes, necesitaba alterar las percepciones del carcelero. Esa parte era rutina. Lo había hecho muchas veces antes. Permitiría que la viesen en el momento en que le aflojaran las ataduras, de modo que sus manos quedasen libres. A continuación, haría que el carcelero y el guardia se «vieran» a sí mismos encerrándola mientras, en realidad, ella se escabullía.

Una vez estuvo inmovilizada, en sus mentes, y la celda cerrada, se pusieron a bromear sobre su captura, incluso deteniéndose para burlarse de ella. Mientras se retiraban, vio al carcelero dejar las llaves en su sitio y, una vez se hubieron marchado, se apoderó del manojo, esperando que incluyera las llaves de todas las celdas de la mazmorra, no solo las de esta parte. Muy pronto lo averiguaría.

## 55

Bakka Oduweh giró las brochetas y olisqueó la carne. Ante la insistencia de Regilius y Ered, había tenido que aceptar a regañadientes que se cocinara la comida. Encontró un buen sitio para acampar. Una formación rocosa rodeaba el área por tres lados, oscureciendo la mayor parte del resplandor del fuego, y una especie de bolsillo en una de las caras interiores de la formación se prestó para servir como un horno excelente en el cual hornear pequeñas hogazas de pan sin levar.

Los monjes Osman y Bort, quienes preferían la comida vegetariana, estaban de vuelta de su incursión en busca de hierbas, raíces y lo que pudieron hallar. Ered había encontrado leña y agua. Reg, por su parte, estaba de pie a algo de distancia, invirtiendo el tiempo en analizar lo que les aguardaba por adelante. Con su capucha puesta para protegerse del viento, acalló la mente y trató de contactar con Lith-An. Se sorprendió cuando respondió casi de inmediato.

*Saludos, hermano.*

*¡Lith-An! Pensé que me iba a llevar más tiempo localizarte.*

*Tus pensamientos son claros y nítidos, Regilius. Me llamaste y respondí. ¿Qué ocurre?*

*Necesito resolver muchos asuntos.* Hizo una pausa para analizar su pregunta. *Has cambiado tanto en tan poco tiempo. Tu mente ya no es la de una pequeña. ¿Cómo pasó esto?*

*Yo era mucho menor que tú cuando ocurrió el Cambio. Las mentes jóvenes son más simples que las más adultas. Aprenden con mayor facilidad y absorben rápido los conceptos nuevos. Los niños aprenden idiomas sin esforzarse por absorber o comprender. Aprender a comunicarse con los pensamientos es como aprender un idioma. Probablemente porque vivir aislado no es natural, la comunicación es una de las habilidades más primitivas de la mente.*

*En cuanto a mi madurez,* añadió, *he visitado docenas de mentes de adultos desde que comenzó el Cambio. He compartido su pensamiento, sus emociones y, lo más importante, sus experiencias, de las cuales he aprendido y nunca volveré a pensar como una niña.*

*Qué triste. Has perdido tu infancia.*

*Tengo las infancias de todos a quienes he tocado. En ese sentido, soy bendecida. No te entristezcas por mí.*

Reg cambió de tema. *Me fui de Losan, como me recomendaste, y estoy de camino a Ydron.*

*Igual que yo. Un grupo de dalcin me está llevando y llegaremos allá mañana.*

*¡Dalcin! Por lo cuernos de Voreth, Lith-An, son peligrosos.*

*Son manejables. Cada día me vuelvo más fuerte. Ayer me sentí casi impotente frente a ellos. Hoy me las arreglo. Tú mismo ya has experimentado un poco de eso. Con el tiempo, como me pides, te enseñaré más.*

*Sigo preocupado. ¿Cuántos están contigo?*

*Son tres, aunque dos más se encuentran en el palacio.*

*Suman entonces cinco,* le dijo Reg. *Su poder se multiplica según crecen en número. Puede que seas capaz de manejar a tres, pero no estoy seguro de que puedas manejar a cinco. Me da miedo que te maten.*

*Si he llegado a ser más que capaz de manejar a tres, entonces nosotros dos estaremos a salvo ante la presencia de cinco. Lo que es más, creo que pretenden mantenerme viva hasta después de que llegues. Se los ve ansiosos de llevarnos ante nuestra madre.*

*¿Será esa idea suya o de nuestra madre? En otras palabras, ¿estaremos haciendo lo correcto regresando a casa?*

*Tu decisión de regresar es correcta. Tú y yo necesitamos estar cerca para enfrentarnos a ella. Esta tierra sufre una enfermedad que debemos sanar.*

*Entonces, te veré mañana.*

*¿Regilius?*

*Sí, Lith-An.*

*He visitado la mente de nuestra madre y me he enterado de unas cuantas cosas. Tienes trabajo que hacer antes de llegar. Encarceló a Danth Kanagh y me temo que quiere hacerle daño.*

Esa revelación lo alarmó.

*Sin embargo,* continuó, *hay otra persona en las mazmorras que podría ayudar a liberarlo. ¿Has oído de alguien que se llama Pithien Dur?*

*Sí. De hecho, ya hablé con ella una vez.*

*Así que sabes que posee una mente similar a la nuestra. Procura contactarla de nuevo. Pídele que libere a tu amigo. La ayudaré cuando llegue. Los tres nos ayudaremos unos a otros.*

*Lo haré.*

*Me despido por ahora, querido hermano.*

Reg podía oír a Ered llamándolo para comer. Pero antes de

regresar, esperó para contactar a Dur. No consiguió encontrarla tan rápido como a su hermana, pero los pensamientos de ella todavía resaltaban. Se alegró mucho cuando respondió. Una vez le hizo su petición y le advirtió sobre los dalcin, se arropó con la capa y se fue con los demás. Se comería lo que Bakka había preparado, pero solo porque su cuerpo necesitaba comida. No tenía apetito. El peligro que acechaba a su hermana y su incapacidad para ayudarla lo carcomía por dentro. La traición de su madre lo afligía todavía más. ¿Cómo podía dar ese brinco mental de aceptar que quien le dio la vida fue también quien asesinó a su padre? Incluso después de haber transcurrido todo este tiempo, su mente se negaba a asimilarlo.

Además tenían el problema de recuperar su tierra. No hacía mucho tiempo, todo parecía tan sencillo. Regresar a casa, enfrentarse a su madre, de algún modo exigir su derecho al trono, luego enmendar los males que aquejaban al reino. Regilius se rio de su ingenuidad. Podía haber nacido heredero de todo ese reino, pero arrebatárselo a ella no sería fácil. Era absurdo esperar que su madre viera el error de sus actos, aceptara su punto de vista y renunciara a sus atribuciones y aspiraciones. Además, gran parte de su plan dependía de la victoria de Emeil, en caso de que la alcanzara. Intentó poner a un lado las preocupaciones. Las cosas son como son, se dijo a sí mismo. En todo caso, su padre estaba muerto y su madre, si podía, los mataría a él y a Lith-An. Su hermana, aunque aún la amaba, estaba irreconocible. Sus pocos amigos leales estaban dispersos por la tierra. De regreso al campamento a través del ocaso, se sentía solo.

Pero bueno, eso no era completamente cierto, determinó. Ered estaba aquí, y, en medio de todo este infortunio, esta pequeña verdad entrañaba una bendición. Confiaba completamente en Ered. Quizá ya era tiempo de contar con su amigo de toda la vida y aliado. Nadie más estaba a su lado con tanta decisión. Comprendido esto, las cosas no se veían tan sombrías. Retomó su paso usual y advirtió que le estaba dando apetito.

Llegando al campamento, reparó en que existía otro peligro. Decidió que sería mejor ocuparse de él más tarde, en algún punto entre el campamento e Ydron, cuando surgiese el momento apropiado. Ahora pondría todo a un lado y cenaría con sus amigos. Ellos ya estaban comiendo y se alegró de que no le hubiesen esperado.

—Gracias por esta cena, Bakka —le dijo mientras se sentaba entre Ered y los haroun—. Gracias a todos. Lamento no haber ayudado a prepararla.

—Has estado haciendo cosas que nosotros no podemos —replicó Ered—. ¿Puedes compartir con nosotros lo que has aprendido?

—Nada que no supiésemos ya. Nos espera el peligro y me estoy preguntando si ha sido sabio invitaros a terminar este viaje conmigo.

Reg se dirigió al cazador.

—Bakka, nos ha traído hasta aquí, pero la batalla que estoy emprendiendo no es suya ni tiene relación con su pueblo. Los haroun han permanecido siempre ajenos a la política de esta tierra y no le puedo pedir que arriesgue su vida por nuestra locura. Será mejor que regrese a su casa. Tiene mi gratitud por traernos hasta aquí.

—Ha sido un privilegio, príncipe Regilius.

—En cuanto a ustedes dos —se dirigió esta vez a los monjes—, dadas las dos opciones de enviarlos de regreso o de llevarlos conmigo…

Bort lo interrumpió—. Continuaremos.

—El hermano Bort habla por mí también —irrumpió Osman—. Le acompañaremos hasta las puertas de la ciudad y, de ser necesario, hasta el seno de su hogar. No lo abandonaremos aquí.

—Como dije en Losan, no estoy convencido de la prudencia de su decisión.

—Maestro Regilius, regresar al monasterio no nos pondría más a salvo. Hay peligro a lo largo de todo el camino hasta llegar allá. Somos afortunados de haber alcanzado este punto sin incidentes.

Aunque Reg estaba intranquilo, transigió—. Muy bien —dijo, y los monjes se mostraron complacidos de haberse impuesto—. En cuanto a ti, Ered…

Al mencionar su nombre, Ered levantó la vista—. ¡No, Reg! ¡No! Yo voy contigo. Mi deber es estar a tu lado.

Reg sonrió—. Es lo que esperaba que dijeras. —Ered estaba boquiabierto, pero no añadió nada—. Te necesito —le dijo Reg—. La batalla de Ydron es tan tuya como mía. Necesito a alguien de quien me pueda fiar que me cuide las espaldas. No hay nadie en quien confíe más que en ti y tú has probado tu capacidad de defenderte en una pelea.

—Gracias, Reg. No te defraudaré.

—Eso es incuestionable. Nos protegeremos el uno al otro.

Hablaría más extensamente con Ered luego, cuando encontraran un minuto para estar a solas.

Girándose nuevamente hacia Bakka, le dijo—: Necesito pedirle un favor.

—¿Cuál sería? —le preguntó el cazador.

—¿Podemos quedarnos con los *éndatos* hasta concluir nuestro viaje? Nos acortarán enormemente el trecho final.

—Regilius —respondió Bakka—, puede conservarlos como un obsequio. Aunque no pueda ver como llega hasta el final de su misión, no me perdonaría no haberle provisto al menos esta asistencia.

—Bueno —resumió Reg—. Está todo hablado. Si están todos de acuerdo, cuando terminemos de comer, nos marcharemos de inmediato. Tenemos una gran distancia que recorrer y no podemos darnos el lujo de pasar la noche aquí.

—Yo ya he terminado —dijo Ered—. Come tú ahora mientras yo preparo los fardos. Podemos salir en una hora.

—¿Les parece bien, hermanos? —preguntó Reg.

Los monjes asintieron.

Aunque el peligro que Reg sintió le preocupaba, la tormenta que se estaba formando amenazaba con retrasar su regreso a casa. Estudiaría cómo solucionar el problema más inminente una vez estuvieran en marcha.

# 56

Las mazmorras de la ciudadela eran lugares nauseabundos con un hedor acumulado por años de condiciones de vida intolerables. Los pasadizos eran oscuros, alumbrados apenas por suficientes esferas luminiscentes para poder recorrerlos, y las celdas carecían de luz, lo que impedía a los prisioneros controlar el paso del tiempo. En consecuencia, cualquier confinamiento parecía interminable. Un hueco en la superficie era la única amenidad brindada, si acaso se lograba encontrarlo en la oscuridad. Ni siquiera había un catre para dormir. Tampoco se les celebraban juicios a los acusados. Se consideraba culpables a todos, y sus destinos quedaban a merced de los caprichos del carcelero y la reina. La desesperación y el dolor impregnaban a cada alma y los carceleros se deleitaban en hacer del lugar una pesadilla viviente. Que la reina visitara ese sitio decía mucho de ella.

Mientras Pithien Dur se abría paso a través de los pasillos, se preguntaba por los numerosos sonidos que escuchaba: algunos provenían de los prisioneros; otros, de pequeñas criaturas que no se veían; muchos, de procedencias irreconocibles. Dur reprimió sus miedos y se dio prisa. Cuando por fin sintió que se había alejado bastante, se dispuso a localizar a Danth. Inició su búsqueda de celda en celda, arriesgándose a ser descubierta por los dalcin.

Marm no conocía este sitio, por lo que Dur se vio forzada a explorar sector por sector. Querría liberar a todos los que encontraba, pero no podía. Con el tiempo, si todo salía como lo había planeado, todos serían libres, pero, por ahora, mantendría su promesa y luego se iría. De modo que buscó celda por celda, mente por mente. Utilizó una técnica que había descubierto hace muchos años. Como le había dado a entender a Regilius, si uno meramente inquiría —se preguntaba, más bien— la identidad de la mente que había tocado, el alma en el núcleo de ese ser le revelaría su identidad involuntariamente. Fue así que mientras le inquiría a otro prisionero, la mente le dijo el nombre que estaba buscando.

—Danth Kanagh —lo llamó desde el otro lado de la puerta. Danth se despertó—. ¿Quién es? ¿Quién está ahí?

—Soy una amiga. Trataré de abrir la puerta.

Él no respondió y ella se dio cuenta de que en un lugar así cualquiera sería naturalmente desconfiado. Sin más preámbulos, comenzó a tratar de abrir con cada llave. Suspiró aliviada cuando, tras solo unos intentos, el cerrojo cedió y la puerta se abrió de golpe.

—¡Darmaht! —exclamó medio ahogada. El hedor le provocó arcadas—. ¿Qué te han hecho?

—Lo siento —vaciló Danth y no pudo mirarla a los ojos—. Se suponía que me tenían que bañar.

—Bueno, al menos eso significa que hay un sitio donde puedes darte ese baño. No podemos irnos mientras estés en estas condiciones Vamos a lavarte y a buscar ropa para que te vistas.

Cuando le quitó los grilletes, él hizo un esfuerzo para levantarse.

—Lo siento —repitió una vez se puso de pie y se cubrió con las manos. Miró a Dur con ojos inquisitivos y le preguntó—: ¿Quién eres?

—Soy Pithien Dur. El príncipe Regilius me pidió que te ayudara —explicó ella.

—¿Está Reg aquí?

—De camino, pero aún se encuentra a cierta distancia. —Danth abrió la boca para responder, pero ella levantó su mano, diciendo—: No nos preocupemos por nada más ahora. Hasta que te bañes, no podemos ir a ninguna parte. Hasta un ciego podría encontrarte. ¿Sabes adónde te iban a llevar?

Él sacudió la cabeza.

—¿No tienes idea de dónde puedes quitarte la inmundicia de encima?

—No. Me trajeron directamente a la celda.

—¡Mas'tad! —maldijo—. ¿Qué vamos a hacer ahora?

—¡Pssst!

Alguien trataba de llamar su atención. Ella miró alrededor, pero no vio a nadie.

—¡Pssst! Aquí, en la celda de al lado.

—¿Qué quieres? —le preguntó ella.

—Sácame de aquí y te llevaré al baño.

—No tengo tiempo —replicó ella de forma exasperada, al no saber cuánto tiempo durarían sin ser detectados.

—Si no quieres pasarte todo el día buscándolo, suéltame.

Estaba enojada, pero el prisionero tenía razón. Marm no conocía las mazmorras, así que, sin alguien que les mostrase cómo llegar, no irían a ninguna parte.

—De acuerdo —cedió—. Te voy a liberar, pero te las verás conmigo si me estás mintiendo.

—Solo quiero salir —repuso la voz—. No estoy mintiendo.

Dur se acercó a su puerta y por una corazonada probó con la misma llave. La puerta se abrió, y salió un hombre vestido con un uniforme sucio y arrugado.

—Eres un soldado —le dijo ella—. Del ejército de la reina, si interpreto bien los colores. ¿Cómo terminaste aquí?

—Es una larga historia —replicó él—. Digamos que no mostré suficiente respeto. —El hombre hizo una exagerada inclinación de reverencia y le expresó—: Ahora estoy en deuda contigo.

—Puedes devolver el favor mostrándonos el baño.

El soldado miró a Danth. Se tapó la nariz y comenzó a reírse—. Y tanto que necesita un baño, ya lo creo.

—El baño —le siseó ella— o para adentro de nuevo.

—Lo siento. Seguidme.

El soldado avanzó rápido por el pasillo, aparentemente familiarizado con el lugar. Tras doblar varias esquinas, se encontraron en un cuarto pequeño y sin muebles, con una tina de metal en su centro. Al lado había una bomba de agua y una cubeta. Contra una pared se veía una estufa y una pila de madera.

—Uno de vosotros, que agarre la cubeta —ordenó el soldado—. El otro maneja la bomba. No creo que queráis perder tiempo en hacer fuego. —Se hizo a un lado y se recostó contra una pared.

—Puesto que te estoy liberando —replicó Dur—, eres tú quien va a bombear. Y cuando la tina se llene, buscarás jabón, algo con lo que se pueda secar, y ropa; al menos un pantalón.

El soldado comenzó a caminar hacia atrás—. Si me encuentran aquí, me matarán. Ya cumplí con mi compromiso.

Ella le agarró la túnica, sacó su cuchillo y se lo puso en la garganta —. Si no haces lo que te estoy pidiendo, si me fastidias más de lo que ya lo has hecho, seré yo quien te mate.

El soldado tragó saliva—. Muy bien —respondió, y luego se dirigió enfadado a Danth—. Agarra la cubeta. No tenemos todo el día.

Se pusieron a ello y Dur decidió invertir el tiempo en explorar. Media hora después, regresó y admiró la transformación del joven lord: de bestia apestosa a hombre apuesto.

—Ni tu madre te reconocería, Danth Kanagh. Ahora tengo que decidir lo que voy a hacer contigo. Necesito dejarte en algún sitio para poder completar mi misión

Danth alzó la cabeza y abrió los ojos. Fue a la puerta y oteó fuera.

—Por ahí viene un dalcin. Todavía no está aquí, pero tenemos que irnos.

—¿Los conoces? —se asombró Dur.

Danth asintió.

—¿Como sabes que viene uno? —le preguntó a Danth.

—Una vez me atacaron y, por alguna razón, ahora puedo sentir su presencia.

Dur buscó por los pasillos con su mente. Tenía razón. Quizás confiado después de capturarla, e ignorando que se había liberado, Yar ya no se ocultaba—. Tienes razón —le confirmó ella.

—Necesitamos esfumarnos —le indicó Danth—. ¿Tienes una solución mágica que te puedas sacar de la manga?

—Nada de magia —replicó ella—. Pero si nuestro amigo soldado puede mostrarnos la forma de salir de aquí, podré deshacerme de ese ser una vez nos encontremos fuera del palacio. ¿Sabes cómo salir?

—Seguidme —les pidió el soldado.

Caminaron por un pasillo que subía, comunicándose con gestos y hablando solo cuando era necesario. Minutos más tarde, Dur reconoció el sitio al que habían llegado.

—Conozco este lugar —Por fin había regresado a uno de los lugares conocidos por Marm—. Por el momento, estamos a salvo, pero los guardias de la reina están por todas partes. Como no puedo llevarte conmigo, buscaré un sitio donde te puedas esconder. El problema es dónde.

El soldado sugirió—: Hay un almacén en los cuarteles de la guardia. Lo usan para guardar los estandartes y toda la parafernalia de las celebraciones y procesiones importantes. Dudo que alguien se meta a buscar ahí en mucho tiempo. Sería un escondite perfecto.

—¿Los cuarteles de la guardia? ¿Eras de la guardia? —preguntó Dur.

—Lo fui hasta que a la reina le pareció que no saludaba con suficiente distinción. Era un gesto de falta de respeto, ya sabes. Tenía razón. Después de degradarme, tampoco le gusté como soldado. No puedo decir que ella me gustase tampoco.

—Bueno, eso dice mucho —observó Dur—. Pero, dime, una vez escondidos en el almacén, ¿qué vais a comer y a beber?

De nuevo, sonrió—. Todavía tengo un par de amigos entre la guardia. Ellos saludan con mucho estilo, pero no les gusta la reina más que a mí. Estaremos bien.

—Vámonos —dijo ella y arrancaron de nuevo.

## 57

—¡Jinetes, mi señor! ¡Se acercan jinetes! —le avisaron gritando.

Dos jinetes enfilaban sus caballos por la enlodada ladera de menRathan bajo una lluvia de flechas. Uno de los corceles resbaló y se cayó, tirando a su jinete al suelo. El hombre quedó inmóvil mientras su compañero continuaba corriendo hacia la cima. En cuanto Emeil advirtió el accidente, llamó a un soldado que tenía cerca.

—¡Sargento! Mande a algunos soldados a que lo recojan. No dejen a ese hombre ahí.

—Mis hombres ya están de camino, mi señor —le respondió el sargento, señalando a un grupo que corría en dirección hacia donde estaba el jinete.

Seis arqueros entre ellos tomaron posiciones y comenzaron a contestar al ataque. Los otros cuatro aseguraron sus escudos a sus espaldas para protegerse, se inclinaron, recogieron al jinete herido y lo llevaron al campamento. En ese momento, el segundo jinete ya había llegado al área donde se desplegaban los estandartes de Emeil. Se apeó, corrió hasta Emeil y se postró sobre una rodilla.

—Levántese y hable —ordenó Emeil.

—Traigo buenas noticias, mi señor. Lord Aman de Monhedeth se comprometió a ofrecerle su apoyo total. Su ejército ya casi nos pisa los talones.

—Son noticias maravillosas —exclamó el general Meiad.

—Además —continuó el jinete—, lord Aman recibió por paloma mensajera el aviso de que Dar se nos sumará también. Las fuerzas de lord Yued seguirán a las de lord Aman en uno o dos días.

—No esperábamos eso. Está empezando a parecer que, después de todo, podemos tener alguna oportunidad, general —le indicó Emeil a su jefe del Estado Mayor.

—En efecto, así es, mi señor —respondió Meiad sonriendo.

Emeil se volvió al sargento—. Asegúrese de que este hombre tenga comida, agua, un lugar para descansar y atención médica si la necesita. Después, localice a su compañero. Cuando se asegure de que también lo están asistiendo, regrese para informarme de su estado.

—De inmediato, mi señor —respondió el sargento y se apresuró.

—Mi señor, no creo que vayan a llegar más jinetes —indicó Meiad —. No tendremos más noticias hasta que llegue la ayuda como tal.

—Ojalá nos llegue pronto, general. Mire allá abajo.

Las fuerzas que apenas habían estado frenando al ejército de Emeil, ahora se reposicionaban según pasaban hacia el frente nuevas armas: las catapultas.

—No creo que vayan a esperar hasta que lleguen nuestros refuerzos —observó Meiad.

—Ni nosotros tampoco. Movilice a sus hombres para que se retiren del borde de la meseta. Creo que el asalto finalmente ha comenzado.

—¿Que se retiren, mi señor?

—No tenemos defensa contra las catapultas que no sea la distancia. Necesitamos evaluar su capacidad.

—Inmediatamente, mi señor.

Mientras Emeil observaba a las fuerzas de la reina maniobrar, advertía que ella se había empeñado en no dejar que se volviera a escapar. También sabía que no tenía intención de que se convirtiera en un granjero dedicado a sus cultivos. Sus propias tropas, engrosadas por las llegadas recientes desde Sandoval, aún eran duplicadas, quizás incluso triplicadas por las de la reina. Y aunque animaba el hecho de que dos ejércitos más estuvieran de camino, Emeil no creía que tuvieran suficientes para inclinar la balanza a su favor. Necesitaba a Limast y a Moza'r, e incluso a Nagath-réal, para alcanzar una superioridad real. Además, aunque vinieran todos, tendrían que llegar pronto. Las catapultas constituían una parte de la ecuación a la cual no tenían con qué responder. No habían sido inventadas en la época del asedio que le dio a este lugar su página en la historia; dudaba de que las personas que habían resistido en aquel tiempo sobre el baluarte pudiesen haber durado tanto si esas armas hubiesen existido de aquella. De seguro serían lentas causando daño, pero no había escasez de municiones. La llanura estaba cubierta de grandes rocas. Por otro lado, su peso y tamaño irregulares harían de acertar con el tiro en cualquier objetivo una partida de dardos con principiantes. Aunque inicialmente serían en gran medida ineficaces, como meras armas psicológicas, las rocas que sí dieran en el blanco podrían causar mucho daño. Cuanto más durara el asalto, más grande sería la devastación.

Justo en ese momento, una roca destrozó una tienda cerca de él, matando a tres soldados y a un oficial. Iba a ser difícil mantener a sus tropas calmadas mientras esperaban la llegada de los refuerzos. Las flechas no eran nada comparadas con esas armas. Emeil ordenó desmontar las tiendas y volver a montarlas más atrás. Esta noche caería mucho más que agua de lluvia.

··· ··· ··· ··· ···

A la mañana siguiente, Emeil se levantó temprano, preguntándose por cuánto tiempo más continuarían acorralados. Renunció a desayunar y caminó hasta la orilla de la meseta para inspeccionar la llanura.

—¡Mas'tad! —maldijo y alejó el catalejo del ojo. El aguacero hacía que ese instrumento fuese inútil. Hoy, como cualquier otro día, examinaba la llanura buscando un estímulo. Aunque las tropas de Duile no podían subir hasta la cima sin ser atajadas, sus propias fuerzas eran tan pocas en comparación con las enemigas que ordenarles que descendieran al valle habría sido el peor de los disparates.

—¿Nada nuevo, mi señor?

—No podría decirle, general. Todo se ve empañado. ¿Tendrá alguien un paño seco?

El general Meiad le instruyó a uno de sus hombres para que le trajera a Emeil lo que necesitaba. El soldado hizo el saludo militar, se fue corriendo y regresó pronto con un paño. Emeil le dio las gracias, secó con la tela las lentes del catalejo como mejor pudo y se guardó el paño en la túnica. Una vez más lo levantó y trató de ver algo antes de que nuevas gotas le oscurecieran la vista. No pudo identificar nada nuevo y comenzaba a alejárselo, pero hizo una pausa. ¿Había visto algo? Dudando de que la imagen que retuvo su mente fuese real, secó de nuevo el objetivo del catalejo. Se aferró a la esperanza, volvió a ponerse el catalejo frente al ojo y examinó el horizonte: primero a la izquierda, luego a la derecha, y se detuvo cuando localizó lo que estaba buscando.

—¡General! —exclamó—. Creo que veo estandartes. Si no me equivoco, Limast y Moza'r han llegado.

—¿De verdad, mi señor?

—En efecto. ¡Espere! Están acompañados por los púrpura de Pytheral. Zenysa es un aliado de la reina. ¿Habrán venido a pelear con nosotros o contra nosotros?

—Mi señor, Bogen y Miasoth nunca se aliarían en contra nuestra. De eso, estoy seguro. En cuanto a lord Zenysa, Duile lo traicionó cuando lo traicionó a usted. Sospecho que la está viendo ahora tal cual es.

—Bueno, no podemos continuar ociosos. Dé la alarma. Si ha llegado ayuda, quiero estar listo para unirme a ellos a la primera señal de enfrentamiento contra el enemigo.

Meiad sonrió satisfecho. Esa era la orden que él y todos los hombres habían estado esperando.

—¡Sí, mi señor!

Sonaron las trompetas y el campamento entero se puso en acción. Reunieron las armas, ensillaron los caballos y alzaron las voces a medida que les embargaba la emoción al comprobar que el ejército comenzaba a movilizarse.

—¡General Meiad! —llamó Emeil cuando todos ya estaban en formación.

—Sí, mi señor.

—¿Están listos los hombres?

El general sonrió.

—Lo están, mi señor. Aguardan a que les dé la orden.

—¡Magnífico! Bogen y Miasoth se han desplegado por los flancos y avanzan hacia nosotros por ambos lados de la llanura. Las tropas de Zenysa parecen ser más pequeñas en número, pero yo diría que están tratando de abrirse paso cortando derecho por el centro. Ese es el curso que debemos tomar. Si no son devorados por las fuerzas que los rodean, nos necesitarán para interceptarlos. Informe a sus oficiales de nuestra estrategia, y luego toque a rebato. La velocidad será nuestra aliada.

Meiad giró su corcel y lo espoleó hacia el grupo de oficiales que esperaban cerca. En cuanto se les informó de las órdenes, uno tras otro corrieron a la cabeza de cada columna. Tan pronto se transmitieron las órdenes, se alzaron en vítores, sonaron los cuernos, ondearon los estandartes y el ejército de Sandoval, finalmente libre para combatir, arrancó a todo galope desde menRathan hacia la batalla.

# 58

Una vez Dur dejó a Danth y al antiguo guardia en el escondite, probó a abrir la puerta de un depósito de armas que estaba cerca, para poder armarse. Estaba cerrado con llave. Afortunadamente, todos los guardias del palacio portaban algún tipo de arma. Solo tenía que desarmar a uno de ellos para completar su misión. Dur se paró un momento para sondear el palacio y averiguó que la reina seguía ocupada. Aunque el Gran Salón era un lugar demasiado público y bien vigilado para cometer un asesinato, confiaba en que podía interceptar y despachar a la monarca cuando esta regresara al calabozo para comenzar su interrogatorio.

Dur ya estaba a punto de interceptarla cuando sonaron los cuernos por todos los pasillos. Sorprendida, se preguntó el motivo, y cayó en la cuenta de que Yar debía de haber regresado a la mazmorra y descubierto que se había fugado. No pasaría mucho antes de que aparecieran más guardias de los que podía controlar. Explorando con su mente, encontró que un cuarto cercano estaba vacío. Probó a abrir la puerta y, para su alivio, este cerrojo sí cedió.

La recámara estaba decorada con telas y muebles más finos que los que podía tener la mayoría de los sirvientes. Pero, como esta parte del palacio comprendía las habitaciones de la servidumbre, Dur dedujo que pertenecía a algún jefe de sirvientes o a algún familiar de posición alta. Igual que el apartamento de Marm, carecía de puerta trasera. Si encontraban a Dur en ese sitio, estaría atrapada. Los gritos le indicaron que apenas quedaban unos momentos antes de que sus perseguidores llegaran. Así que oteó el interior de un ropero que tenía suficiente espacio para esconderse. Se metió dentro y, con cierta dificultad, porque el mueble no tenía una manija interior cerró la puerta y se escondió detrás de la pila de ropa y abrigos colgados, tratando de silenciar su respiración.

Casi en ese instante, la puerta del cuarto se abrió. Temiendo que el segundo dalcin estuviese entre los que llegaron, cerró su mente. Las pisadas y voces indicaban que varias personas estaban en la habitación. Sonaban apuradas y esperó que no se quedasen a merodear. Cuando uno de ellos se acercó, contuvo la respiración. El ropero se abrió y luego se cerró casi de inmediato.

—Nada —aseguró a sus compañeros el que había mirado en el armario.

Cuando la puerta del cuarto se cerró, Dur soltó la respiración y escuchó las pisadas de botas desvaneciéndose. Quería marcharse, pero se quedó escondida hasta que los sonidos de la búsqueda desaparecieron por completo. Cuando todo estuvo en silencio, emergió entre la ropa. Salió del ropero y echó un vistazo alrededor, pero la habitación estaba vacía. Respiró hondo y sonrió. De pronto, la puerta se abrió de golpe. Su corazón se detuvo. Se llevó rápido la mano al pecho y jadeó, pero entonces se relajó. Era una sirvienta que cargaba ropa limpia doblada.

Dur exhaló. Fingiendo despreocupación, se le ocurrió—. Vaya agitación hay hoy en el palacio, ¿verdad?

La muchacha se detuvo abruptamente y abrió ampliamente los ojos —. ¿Qué estás haciendo aquí? —preguntó—. No pintas nada en este cuarto. ¿Quién eres?

—Lo siento. —Olvidando dónde estaba, trató de improvisar—. Estaba buscando a lord… —balbuceó un nombre ficticio— y entré aquí sin querer.

—No hay nadie de la nobleza en esta parte del palacio —dijo la muchacha—. Estás mintiendo. —Entonces, como las circunstancias de la búsqueda y la presencia de Dur coincidían, cayó en la cuenta—: ¡A ti es a quien están buscando! ¡Guardias! ¡Guardias! —Tiró la ropa, abrió la puerta y gritó—: ¡Guardias! ¡Está aquí! ¡La encontré! ¡Guardias!

Dur consideró callarla, pero pensó en algo mejor. La muchacha solo hacía lo que creía correcto. La empujó hacia un lado y salió al pasillo mientras le asaltaban pensamientos de todos lados. Eligió el camino por donde los pensamientos provenían de más lejos y se marchó.

Se detuvo en el punto en que el pasillo se dividía en tres y se puso a escuchar. Varias mentes venían de uno de esos tres pasillos, pero de los otros dos, uno parecía estar vacío. Con suerte, al escogerlo todavía podría interceptar a Duile, quien en estos momentos habría concluido su audiencia. Por las prisas, Dur estuvo a punto de pasar por alto al segundo dalcin. Aunque estaba cerca, no podía ubicarlo con precisión.

Sopesó el peligro contra su mejor oportunidad para concluir su tarea. «Darmaht, protégeme», rezó. Sabía lo que podía suceder, pero se armó de valor contra esa posibilidad. Ahora más que nunca, necesitaba un arma. No encontrarla significaría matar a Duile con las manos desnudas. Suspiró, sabiendo que haría lo que tenía que hacer. Esto ya no era un ejercicio de astucia y sigilo, sino de velocidad y audacia. Sin tomar ninguna precaución, se fue por un pasaje que atravesaba el pasillo que Duile estaba tomando, y bajaba a saltos un corto tramo de escaleras cuando, casi demasiado tarde, detectó a un grupo de guardias a la vuelta de la próxima esquina. Probando sus mentes, y habiéndose asegurado de que todavía no la habían detectado, contó las cabezas. Eran cinco. Iba a ser difícil, pero creyó que podría con ellos.

—Hola, muchachos —los llamó.

Esperaba que su presencia los distrajera, luego correría, les arrebataría una espada o una daga y se esfumaría. Estaba comenzando a plasmar su idea, cuando la mente del dalcin tocó la suya. Trató de detectarlo entre los soldados, pero no lo identificó entre ellos ni en ningún otro sitio más adelante. ¿Habría conseguido ser más hábil que ella? Pensando eso, se le erizaron los vellos de la nuca y el cuero cabelludo se le puso de punta. Cautelosamente, se volteó y estuvo a punto de pegar un grito. Estaba flotando por encima de ella, casi rozándole la cara. Sus tentáculos se retorcieron y gotearon fluido en ella.

*Cómo disfrutaré digerirte,* le dijo.

A Dur le dio náuseas y comenzó a sentirse débil mientras la bombardeaba con pensamientos. Las rodillas se le empezaron a doblar y Pudath extendió un seudópodo.

—¡Por los cuernos de Voreth! —se oyó una voz a sus espaldas—. ¿Qué es esa cosa?

La proscrita alzó la vista y vio a un grupo de guardias boquiabiertos. Cuando desenvainaron sus espadas, Pudath retrajo su extremidad nueva y tornó su atención hacia ellos. Casi inmediatamente, comenzaron a encogerse de miedo ante las pesadillas fabricadas. Dos empezaron a llorar. Aprovechándose de la distracción, Dur corrió hacia el que le quedaba más cerca, le arrebató la espada y se cuadró ante Pudath.

*Ven, si tienes las agallas,* le dijo ella. *¿Tienes hambre, tú, horror de los horrores? Te daré algo para que comas.*

La criatura avanzó y comenzó a transformarse.

Esperando alcanzarla antes de que completara su transformación,

Dur se aprestó a atacarla con la espada extendida para matarla. Pudath, sin embargo, llegó a completar su metamorfosis, esquivó su ataque y el *camarro* le lanzó un zarpazo con una de sus garras.

Dur hizo un alto. Echó un vistazo a su brazo derecho para ver el daño recibido. Cuatro rasgaduras sin sangre en su manga mostraban lo cerca que había estado de herirla. Tasando a su rival, comenzó a caminar en círculos a su alrededor, forzándolo a cambiarse de postura continuamente. Pensaba que le estaba sacando ventaja cuando el dalcin le asestó el golpe de mente más violento que jamás había experimentado. Se cayó de rodillas, abatida por las náuseas. Entonces, advirtiendo que podía utilizar la caída a su favor, fingió incapacidad y dobló el cuerpo, aguantándose el vientre. El *camarro* la estudió por un segundo, y saltó. Con la misma rapidez, Dur irguió la punta de su espada a la barriga de la criatura aún en el aire y la empaló cuando cayó sobre ella. La hoja penetró hasta la empuñadura. Dur sujetó el puño de la espada con ambas manos, hundiéndola más hasta que se aseguró de haberla dejado incrustada. Supo que había dado en algo vital porque el dalcin se estremeció una vez, volvió a estremecerse, dejó de moverse por completo y quedó inmóvil sobre ella.

La victoria, sin embargo, tomó un giro inesperado. Aunque el dalcin había adoptado la forma más pequeña del felino, su peso permaneció igual y el cadáver aplastó a Dur contra el suelo. Empezó a respirar con dificultad. Luchaba frenéticamente por liberarse cuando Pudath comenzó a agrandarse, asumiendo de muerto su forma real. En vano Dur empujó, pataleó y trató de hacerlo rodar a un lado. Cuando el cadáver alcanzó su verdadero tamaño, la cubrió totalmente. Incapaz de moverse, intentó gritar, pero la carne muerta le hacía presión en la cara, sofocándola.

Mientras su fuerza se desvanecía y su cuerpo clamaba por aire, la ironía de la situación la devolvió al punto inicial. ¿Era este su gran esquema? ¿Terminaría todo en un epitafio? «Aquí yace Pithien Dur, el azote de Ydron.»

Al matar a la criatura, ¿se había matado sin querer a sí misma?

# 59

El viento de poniente agitó el lago Atkal, produciendo crestas blancas que se deslizaban con rapidez. Los *éndatos* luchaban contra el vendaval y el paso se fue tornando lento. Esa mañana, muy temprano, Reg había detenido al grupo dos horas para evitar encontrarse con una división de tropas de su madre. Afortunadamente, la visibilidad era tan pobre que no les habrían visto a menos que la columna se tropezara directamente con ellos y Reg se había asegurado de que eso no pasara. Ahora, sin embargo, le preocupaba llegar a casa un día más tarde. Lo que también aumentaba la demora era que los monjes se estaban quedando muy atrás y sus corceles parecían tener dificultades en continuar.

—¿Reg? —preguntó Ered.

—¿Sí?

—Algo anda mal con los *éndatos* de Osman y Bort.

—Lo sé. Se debe a que los jinetes no son Osman ni Bort.

—Por supuesto que son ellos. ¿Quién más si no?

—Osman y Bort fueron asesinados anoche mientras buscaban hierbas.

Ered se quedó sin aliento.

—¿Qué quieres decir?

—Esos son dalcin, y los *éndatos* están sufriendo bajo su peso. No creo que duren mucho más.

Ered se ajustó la capucha para poder ver mejor a su amigo—. ¿Por qué no dijiste nada? ¿Cómo permitiste que sucediera algo así? Por otro lado, ¿cómo permitiste que estas *cosas* nos acompañaran? —Se giró sobre la silla para verlos mejor.

—Los asesinaron cuando estaban lejos del campamento. Lo percibí cuando me senté a cenar. Ninguno de nosotros pudo haberlo prevenido. Cualquier cosa que pudiera haber dicho o hecho después de eso, habría puesto en peligro a Bakka. Y eso no habría expresado mucha gratitud de parte nuestra, despúes de todo lo que hizo por nosotros. Además, como estamos tan escasamente armados, posiblemente tú y yo también habríamos muerto, a pesar de mis habilidades.

—Pero pudimos haberlo intentado. Pudimos haber muerto, pero habríamos conseguido vengarlos.

—Probablemente tienes razón, pero eso no habría cambiado el hecho de que Bort y Osman estaban muertos.

—No lo entiendo —dijo Ered, frunciéndole el ceño a Reg—. Yo opinaba que eras valiente.

—Ese tipo de valentía podría apaciguarnos la ira, pero no sirve de nada. Tenemos un trabajo importante que hacer y, sin darse cuenta, estas criaturas me quieren ayudar. Muchas vidas se beneficiarán si tenemos éxito y estos dalcin tal vez al final paguen por lo que han hecho.

—Quizá no lleguemos a Ydron. Pueden matarnos en cualquier momento.

—No creo que lo hagan. Tienen la intención de llevarme a casa. Igual que los tres que están escoltando a Lith-An: quieren entregarnos a nuestra madre.

Todavía mirando hacia atrás, Ered dirigió a los dalcin una larga y dura mirada.

—Necesito tu consejo —le dijo Reg. Cuando Ered volvió a mirarlo, le explicó—. Cada vez que reflexiono sobre cómo arrebatarle el poder a mi madre, cada solución que termino proponiéndome parece incorrecta. Todas implican violencia y, quizá por ser contra mi madre, rehúso tenerlas en cuenta. No encuentro la forma de suceder a mi padre en el trono.

—Lo entiendo —le respondió Ered—. Pero, dime, ¿tienes que ser tú?

—¿Qué quieres decir?

—Yo también he estado pensado en eso, y me hago una y otra vez esa pregunta. ¿Tienes que ser tú quien gobierne Ydron? Durante todos nuestros años juntos, nunca te has referido a ti mismo como rey. He pensado que, si alguna vez te hubieras visto desempeñando esa función, habrías comentado algo que lo reflejara. Pero nunca lo has hecho. Ni una sola palabra. Incluso a bordo del denaJadiz indicaste que quizás no era ese tu destino. Por lo tanto, me pregunto, ¿tienes que ser tú?

Reg se puso a ponderar esta particular sugerencia mientras Ered continuaba—. Desde hace siglos —añadió Ered—, todos en Ydron han seguido los pasos de sus padres. Yo, de hecho, nunca me he visto a mí mismo desempeñando otro papel que no sea el de barquero. Pero ahora parece que hemos llegado a una encrucijada. Las cosas ya no son como eran antes y puede que nunca vuelvan a serlo. No sé qué aconsejarte. No tengo contestación a nada de esto. Pero sospecho, por primera vez en mi vida podría añadir, que la vida puede tomar un derrotero distinto.

Reg sonrió. De todas las palabras que habría anhelado, esta sinceridad tan simple era la que más necesitaba.

—Gracias. Me alegra que me hayas dicho esto. De algún modo he tenido la misma impresión, pero no había podido expresarla. Sospecho que tienes razón. Voy a reflexionar sobre ello.

De súbito, Reg se tensó y su rostro palideció—. ¡Ered! Algo terrible ha pasado en barakYdron.

—¿Qué?

—Algo le ha pasado a Pithien Dur.

—¿A la proscrita?

Concentrado en lo que estaba pasando en la distancia, Reg no parecía haberlo oído. Ered miró a su amigo por un momento, pero como la atención de Reg se quedó en otra parte, se volvió para mirar a los dalcin. Pese a las garantías que le había dado Reg, no podía tolerar seguir dándoles la espalda. Deseaba poder penetrar sus pensamientos o verlos mejor a través de la lluvia. Aunque se habían quedado demasiado atrás y el aguacero los oscurecía, se imaginó que uno le devolvía la mirada fija.

Al rato, Reg se cambió de postura en la silla, y Ered pudo ver que había regresado—. ¿Todo bien? —le preguntó.

—No estoy seguro —respondió Reg, con cara de preocupación—. He puesto en marcha ciertos eventos, pero no estoy seguro de qué va a ocurrir.

Ered quiso presionar para que le diera más información, pero algo estaba pasando con su escolta—. ¡Reg, mira! Uno de los *éndatos* se ha caído.

El príncipe se giró a tiempo para verlo desplomarse, demasiado débil para levantarse. «Osman» comenzó a cambiar de forma, empezó a titilar, y luego a transformarse en...

—¿Y ahora qué? —exclamó Regilius.

... un *éndato*.

—De modo que así es como esperan seguir nuestro ritmo —

reflexionó Reg.

—La verdad es que no se cohíben de que los veamos —comentó Ered.

—Ya se dieron cuenta de que lo sabemos. Me sorprende que hayan mantenido esta farsa tanto tiempo.

Como si le hubiera dado la señal, «Bort» desmontó, imitando a su compañero, y su corcel más afortunado se dirigió al lado del *éndato* caído.

—Vamos a ver cómo se las arreglan junto a los *éndatos* reales, Ered.

—¿Qué quieres decir?

—Si quiero cumplir la promesa que le hice a Lith-An de llegar al palacio mañana, debemos dormir sobre la montura. Los *éndatos* no duermen como nosotros, y nuestros corceles podrán continuar avanzando indefinidamente. —Reg sonrió—. No sé si un dalcin puede hacer lo mismo.

—Pero los otros *éndatos* no pudieron avanzar indefinidamente.

—Se recuperarán pronto. Hay una diferencia entre cargar un peso horrendo y cargar el peso más habitual que llevan nuestros corceles.

—Entonces, pongámonos en marcha hacia Ydron —añadió Ered.

Ambos amigos se calaron las capuchas y se ataron a sus monturas, preparándose para la larga noche que les aguardaba.

# 60

—¿De verdad, Husted? ¿En serio?

—Sí, Majestad. Ella está aquí.

Igual que las tropas de Emeil habían estado bajo asedio en menRathan, Duile creía que era ella ahora la asediada. La sublevación en Ydron había fracasado. Las provincias se rebelaban. Sus ejércitos sufrían derrotas. Sus consejeros eran lo más incompetentes que se podía alguien imaginar y el constante recordatorio de que sus hijos no aparecían desacreditaba el optimismo expresado por su brigada en cada una de sus búsquedas. Y, encima, una aspirante a asesina había entrado al palacio. Por consiguiente, el informe de Yar de que Lith-An finalmente estaba entre las paredes del palacio era demasiado bonito para ser cierto.

—¿Cuándo la puedo ver? —Estaba exaltada y se notaba, pero no le importaba haberse saltado el decoro.

—Pronto, vuestra majestad. ¿Deseáis que os la traigan a este lugar? —Yar gesticuló de forma exagerada para enfatizar que estaban en la mazmorra—. ¿O preferís que os vea en alguna estancia más agradable?

—Tienes razón, mi querido Husted. Siempre tienes razón. Estoy tan ansiosa por verla, que dejé de pensar. ¿Podrías llevarla a mis aposentos? Ah, ¿y podrías pedirle a mis sirvientas que se aseguren de que haya comido, tomado un baño y se haya puesto uno de sus vestidos? No puedo imaginarme por lo que ha pasado, pero estoy segura de que debe estar hecha un espectáculo.

—Por supuesto. Eso llevará algo más de una hora y os dará a vos tiempo de sobra para terminar lo que habéis comenzado aquí.

—Sí —casi siseó al responder, deslumbrada por la postración de reverencia que Husted hizo ante ella—. Estoy segura de que estaré de mucho mejor humor para encontrarme con mi hija una vez haya terminado contigo. Te garantizo que no te volverás a escapar.

Su prisionera no pareció intimidarse en lo más mínimo.

—No estéis tan segura, querida. Tampoco yo he terminado contigo.

Duile contempló a la proscrita y se burló—. ¿Realmente crees que puedes aflojar estos grilletes? ¿Puedes imaginarte lo que está sufriendo el bobalicón que permitió que te escaparas, justo mientras hablamos en este instante? ¿Lo puedes oír?

Los gritos guturales provenientes de la celda contigua describían el precio de la incompetencia del carcelero. Duile tenía razón. No había forma de zafarse de esos grilletes y Yar tenía control completo sobre el nuevo capataz de las mazmorras.

Todavía atontada por su cercanía a la muerte, Dur intentó recordar cómo había llegado a ese sitio. Recordó haber enviado un pensamiento desesperado a cualquiera que pudiera oírla antes de que se desmayara, y recordó vagamente al príncipe Regilius contestar. Quizá fueron los guardias en el pasillo quienes vinieron a rescatarla. Tiró de sus cadenas y no supo si estar agradecida o indignada.

—Supongo que estamos empezando a conocernos —consiguió responder Dur.

—Cuánto me subestimas, mi pequeña *mármata* —siseó la reina—. Pretendo conocer cosas de ti que ni siquiera tú conoces.

Duile parecía ansiosa de comenzar, y Dur intentaba no pensar lo próximo que podría pasarle.

—Desafortunadamente —dijo la reina— tendremos que esperar hasta que el nuevo carcelero haya terminado con su predecesor. No le gusta interrumpir lo que ha comenzado: una cualidad admirable, ¿no te parece? Siempre y cuando tenga la fuerza para hacer un trabajo apropiado contigo, espero con gusto.

—¿Iréis de aquí a un agradable encuentro familiar con vuestra hija? —preguntó Dur—. Naturalmente, puedo entender lo importante que es acudir con el espíritu adecuado a una reunión familiar tan delicada.

Duile abofeteó a Dur con la palma de la mano y la proscrita sonrió —. Oh, mirad, vuestra majestad: sangre. Os habéis ensuciado las manos. Supongo que eso debe ayudar a despertar los instintos maternales. ¿Fue por eso que vuestra pequeñina abandonó el hogar?

La monarca levantó la mano una vez más, pero antes de que pudiera abofetearla de nuevo, un paje irrumpió en la celda y la interrumpió.

—Vuestra majestad —le dijo jadeando. Sin aliento, cayó postrado en una rodilla—. ¡Gracias a Siemas que la encontré! Le traigo noticias urgentes.

—¡Por los cuernos de Voreth! Más vale que tenga importancia o haré que el carcelero te muestre lo que le pasa a quien interrumpe a la reina por nada.

—Sí, majestad —respondió, inclinándose hasta el suelo—. Lo entiendo.

—¿Qué es? No tengo todo el día.

—Su majestad —dijo respirando entrecortado—. Los esclavos... —se calló, tratando de recuperar el aliento.

—¿Sí, muchacho? —gruñó impaciente—. ¿Qué esclavos? ¿Tengo que arrancarte las palabras de la boca?

—No, vuestra majestad —replicó el paje y se recompuso—. Acaba de llegar una paloma de la cantera de Ead. Alguien ha liberado a los esclavos y se han sublevado. Huyeron después de asesinar a sus guardias.

—¡Si no tienen armas! —protestó.

—Vuestra majestad, con el debido respeto, es una cantera.

—Sé que es una cantera.

—Tienen rocas.

Duile estaba encolerizada: no solo por las noticias, sino también por la insolencia del paje.

—¿Qué te crees que soy?

Esta vez, el paje comprendió que más le valía quedarse callado.

La reina vaciló mirando primero a Dur y luego al paje. No soportaba que la interrumpieran, pero no podía ignorar la noticia. Los esclavos representaban una porción sustancial de su riqueza. La proscrita podía esperar, pero los fugitivos debían ser capturados de inmediato. Estaba temblando de rabia.

—Me ocuparé de ti cuando regrese —dijo y se marchó furiosa.

# 61

Menos de tres meses habían pasado desde que Marm se la había llevado lejos de los asesinos y la matanza. Pero ahora, de retorno al palacio, este difería mucho de sus recuerdos. Lith-An supuso que era ella, más que su hogar, la que había cambiado.

Los rostros de las sirvientas reflejaban una mezcla de emociones. Por un lado, estaban encantadas de verla y sonreían ampliamente, y hasta se reían con nerviosismo cuando se dirigían a ella. Sin embargo, al hablar entre ellas, sus voces y expresiones reflejaban la confusión que había sacudido al reino. Una niña tan pequeña habría permanecido ajena a tales mensajes de fondo y, aunque el personal procuró ocultarlo de la princesa, su aflicción era evidente, de modo que el hogar ya no era la estancia de calor y acogimiento que una vez le había parecido.

A esto se sumaba la pérdida de su niñera, quien de muchas formas había sido su verdadera madre. La madurez que había adquirido durante estos pasados meses en nada disminuía el impacto de tal pérdida. Marm había representado lo más importante de su corta vida y el vacío causado por su ausencia se hacía casi insoportable. Hasta hoy, había podido arrinconar la muerte de Marm en la trastienda de su mente, y se distraía ocupándose en las actividades diarias del campamento. Aquí, sin embargo, donde Marm había sido casi todo para ella, su pérdida era ineludible y la memoria de su presencia llenaba cada habitación y cada acto.

Lith-An se secó una lágrima del ojo y fingió que estaba emocionada por el vestido que las sirvientas le trajeron y por los dulces que la esperaban en la mesita de noche. En otra ocasión, habría disfrutado estos detalles dirigidos a deleitar a una niña pequeña.

—Por favor, quedaos quieta, majestad —le imploró una sirvienta —, para poder prenderos estos lazos al pelo. Debéis lucir tan feliz como lo estará vuestra madre cuando os vea.

»La verdad es que estabais hecha un desastre cuando llegasteis —

continuó la sirvienta—. ¿Cómo terminasteis teniendo toda esa mugre? Una princesa debe estar siempre regia —le decía mientras reconstruía en Lith-An la imagen de una infanta, en lugar de la de una niña que vive entre nómadas—. Ahora, por favor, quedaos quieta.

—Sí, tienes razón. No he sido colaboradora en absoluto. Me disculpo y me esforzaré por no mostrarme inquieta —concedió Lith-An.

La joven sirvienta se detuvo y levantó la vista del ajuste que hacía en el dobladillo del traje, evaluando a la pequeña. Excepto por su manera de hablar, no encontró nada inusual y siguió con su trabajo.

De reojo, Lith-An notó que un paje estaba mirando por la puerta. Cuando una sirvienta se le acercó, este le susurró algo al oído y la chica se tensó. La sirvienta echó un vistazo por el cuarto y corrió hacia cada una de las sirvientas, quienes, a su vez, reaccionaron con nerviosismo. De tranquila y comunicativa, la atmósfera se transformó en crispada. Una doncella, casi una niña, corrió hacia la sirvienta que estaba vistiendo a la princesa, le susurró algo, y salió corriendo.

—Vuestra madre está de camino —le explicó la sirvienta—. Estará aquí en un minuto.

—Entiendo —replicó Lith-An—. Haz lo que tengas que hacer para dejarme lista. No me molestaré si me produces algún menoscabo sin querer.

La sirvienta miró con recelo a la princesa. Aunque la respuesta era inapropiada para alguien tan joven, jamás osaría comentarlo—. De acuerdo —le dijo y siguió con su tarea—. Bien, ya estáis casi lista. Si solo pudierais quedaros quieta otro segundo… —Insertó un alfiler y examinó su trabajo— ¡Listo! Hemos acabado. Estáis preciosa.

—Muchas gracias. Estoy segura de que has hecho un trabajo admirable.

Otra mirada de incredulidad—. Gracias, alteza.

La sirvienta se incorporó, hizo una reverencia y retrocedió para unirse a sus compañeras. Se dispusieron a ordenar la habitación con prisas, recogieron sus utensilios y se arreglaron a sí mismas. Cuando todo estuvo como debía estar, se colocaron en formación y aguardaron la entrada de Duile.

… … … … …

De repente, sin anuncio ni escolta, Duile Morged Tonopath, reina de Ydron, irrumpió en la habitación.

—¡Por las murallas de Ydron! Eres tú, Lith-An.

Toda la espera vino a parar a este momento y Duile sintió que las rodillas le temblaban. Ignoró las pleitesías de las sirvientas. Estas mantendrían sus posturas hasta que la reina las dispensara.

—Estás bien, ¿verdad?

—Sí, madre. Estoy bien. Gracias por preguntar.

—Y estas muchachas te han cuidado bien, ¿no es así?

—Sí, madre. El esmero que he recibido ha sido ejemplar.

—El esmero que has recibido ha… —repitió ella, y entonces se interrumpió. La respuesta de su hija, o más bien su forma de hablar, comenzó a hacer mella en la reina—. ¿Lith-An?

—¿Sí, madre?

—Tú no eres mi pequeña. —Duile la miró de arriba abajo—. ¿Quién eres?

—Si bien es cierto que soy tu hija en el sentido biológico, también es cierto que aparte de eso no te tengo en gran estima.

Duile miró de cerca a Lith-An y no pudo identificar ninguna diferencia entre la niña que tenía ante ella y la niña que recordaba. Casualmente, notó que todas las sirvientas seguían manteniendo la postura de genuflexión. Su presencia la fastidió y quería que se fueran.

—¡Largaos! —les gritó.

Las muchachas, sobresaltadas por su arrebato de cólera, se pusieron de pie, aunque no lo bastante rápido para su señora.

—¿No me habéis oído? —demandó Duile. Cuando empezaron a retirarse lentamente de la habitación, con sus rostros llenos de incertidumbre, la reina gritó—: ¡He dicho que os larguéis!

Eso fue suficiente. Se recogieron las faldas, se dieron la vuelta y se esfumaron por la puerta.

—Ahora —prosiguió Duile, respirando hondo—, ¿dónde me quedé?

—Estabas expresando incredulidad —replicó Lith-An.

—Me llamarás 'vuestra majestad' cuando te dirijas a mí —le ordenó Duile, segura de que quien tenía de frente era un fraude.

—Eso es un tanto extraño, madre. Nunca antes me exigiste eso.

—¿Antes? ¿Qué quieres decir por 'antes'?

—Quiero decir antes de que asesinaras a mi padre y me forzaras a huir por el riesgo a perder mi propia vida.

Duile no podía relacionar a esta cría y su forma adulta de hablar con la niña de quien tenía un recuerdo tan fresco.

—¿Por qué insistes en llamarme madre? —demandó la reina.

—Yo misma me he preguntado eso. Será por la costumbre, supongo.

—Si no me dices quién eres, haré que te encierren.

—Bueno, definitivamente, eso es mejor que el destino que he estado esperando.

Entonces cambiaron las tornas y Lith-An comenzó a caminar en torno a Duile.

—Estaba convencida de que a mi regreso me mandarías ejecutar. Después de todo, mi hermano y yo somos tus únicos obstáculos para retener el trono, ¿o no? —Duile comenzó a protestar, pero Lith-An continuó—. Entiendo que tienes problemas para aceptar quien soy. He cambiado mucho durante mi ausencia y veo que no puedes comprender la transformación. Quizás ayude si te recuerdo cómo le decías a Marm que me cantara la nana *Calla niñita que se despierta la luna* al ponerme a dormir, y que me gustaba que Satsah me horneara pastelitos rellenos con *deletas*. O acaso si rememoro el carrusel móvil de soles, lunas y estrellas suspendidos sobre mi cuna. No muchos conocerían estas vivencias, ¿estás de acuerdo?

—¿Cómo sabes…? —demandó Duile.

—No cabe duda de que mi apariencia no ha cambiado en los últimos dos o tres meses. Me reconociste de inmediato cuando entraste. Admito que mi forma de hablar ha cambiado, digamos que, ¿ha madurado? Así que te perdiste mi niñez. Te la habrías perdido de todos modos. Qué lástima. Pero, para ahorrarnos una larga explicación, ¿podríamos decir sencillamente que soy un prodigio? El resultado es el mismo. Me creas o no, soy Lith-An.

—Todavía me cuesta creerlo.

—Pues entonces has perdido a una hija.

Duile se quedó mirando a Lith-An por un largo minuto. No podía negar que esta niña parecía ser la suya. Reconocía que la forma de hablar era lo que no podía aceptar. Pero sí, este prodigio se parecía a su hija, así que no tenía otra opción—. Muy bien, Lith-An, ¿qué te gustaría hacer ahora que has regresado?

—Buscaba tener un encuentro con mi madre, esperando que fuese alguien distinto a la que sus acciones llevan a creer. Como eso no va a ocurrir, esperaré a reunirme con mi hermano.

—¿Y cuándo esperas que suceda eso?

—Está de regreso en este momento. Llegará por la mañana.

—Así que Husted tenía razón —exclamó Duile, juntando sus manos—. Es maravilloso.

—Sí, madre —coincidió Lith-An—. Todo irá mejor una vez esté aquí.

Por un momento, la reina estaba absorta en sus cavilaciones.

—Un pequeño favor —le pidió su hija.

—¿Sí, Lith-An? —preguntó Duile.

—Tienes a una prisionera. Una mujer.

—¿Qué pasa con eso?

—Prométeme que no le harás daño.

—No te puedo prometer eso. El carcelero tiene sus instrucciones.

—Entonces, prométeme que no le harás daño hasta que regrese Regilius y él y yo nos reunamos. ¿Es mucho pedir?

Duile se detuvo a considerar la petición. Había decidido que, ya que regresaban sus dos hijos, podía permitirse ser más magnánima.

—Muy bien, niña. Si el carcelero no ha empezado ya, daré órdenes de que espere.

—Gracias, madre. No tienes idea de cuán importante es eso.

—Pero tengo curiosidad. ¿Cómo te enteraste de la prisionera y por qué te preocupas por ella?

—Todo se aclarará cuando llegue Regilius. Lo prometo. Ten paciencia y todo se aclarará.

# 62

La tormenta había pasado, dando paso al amanecer. Las almenas de barakYdron, bañadas con el resplandor matinal de Mahaz y la franja de Jadon atisbando desde atrás, brillaban surrealistas sobre la ciudad. El aire nuevo de la mañana era tan fresco y vigorizante que hacía difícil imaginar la ferocidad del día, ya fuese en la batalla que se libraba en menRathan o en el derramamiento de sangre en Ead.

Reg redujo la velocidad de su *éndato* hasta detenerlo y el de Ered se le emparejó a su costado. Habían vuelto al punto de partida. Aunque cada fibra de su cuerpo le decía que regresar era lo que tenía que hacer, seguía sin saber cómo desharía el daño. ¿Podrían las tierras reunificarse ante tanta desconfianza? ¿Era él quien debía hacerlo? Mejor dicho, ¿podría siquiera sobrevivir si lo intentaba?

Acercó su *éndato* más a su acompañante, se inclinó desde su montura y sacudió con suavidad a Ered.

—Despierta, querido amigo. Ya es por la mañana y estamos en casa.

Ered miró hacia arriba. Respiró profundamente y sonrió.

—¿En casa ya?

—Casi.

Ered contempló las almenas y las torres altas—. Había olvidado lo hermoso que era.

—Tuve el mismo pensamiento. Damos por sentado las cosas y no tenemos garantía de nada, ni siquiera de la próxima respiración.

—¿Qué has planeado para que podamos entrar?

—No creo que eso vaya a ser un problema. De haberlo, el dilema sería cómo salir —respondió Reg riéndose.

—¿Qué es tan gracioso?

—Hablo sobre llegar a casa y me siento como si fuera a asistir a mi funeral. Es todo tan retorcido.

Ered asintió—. Nos espera un día duro. ¿Tienes ganas de comer algo? Tengo sobras de la comida que preparó Bakka y algo de agua. Pensaremos más claro con comida en la barriga.

—Creo que tienes razón —coincidió Reg, dando la vuelta para mirar sobre el hombro—. Le dará tiempo a nuestra escolta para que nos alcance.

—La verdad es que no me importan; ni de una forma ni de otra.

—A mí tampoco —le dijo Reg, irguiéndose sobre sus estribos—. Desmontemos. Estoy cansado de estar en la silla.

Se bajaron y dirigieron a sus *éndatos* a una loma cercana.

—Tengo un trozo de *sándiaz* sobre la que nos podemos sentar —ofreció Ered—. El suelo está empapado.

Reg asintió—. Vamos a ponernos cómodos y a disfrutar el momento. Es una mañana preciosa y podría ser la última para ambos.

—Ni lo pienses, Reg. Tenemos mucho que lograr y no hemos llegado hasta tan lejos para nada. —Ered desdobló y extendió el retazo, acomodó las provisiones y entonces elevó el zurrón de agua para brindar—. Muerte a los malhechores. Que marquemos la diferencia.

—Estoy cansado de tanta muerte —dijo Reg—, pero sí, que marquemos la diferencia.

Habiendo comido, Reg y Ered se dirigieron en sus *éndatos* hasta la entrada principal del palacio, temblando. Aunque esperaban que simplemente los dejasen entrar, no creían que fuera a ser tan sencillo. La cantidad de guardias era mayor y en lugar de los uniformes acostumbrados, vestían armaduras ligeras como si esperaran entrar en combate.

A corta distancia delante de ellos, se formó una pelea. Apartaron a un hombre, lo registraron y se lo llevaron al palacio. Cuando les tocó el turno, se acercaron al guardia y fueron recibidos con un saludo desafiante:

—Alto. Identifíquense.

—Soy Regilius Tonopath, príncipe de Ydron y heredero legítimo al trono.

El guardia le hizo señas a su compañero para que se le uniese—. ¿Tiene alguna prueba? —preguntó.

—No, lo siento. Tuve que salir de imprevisto y no tuve tiempo de hacer el equipaje. —Reg advirtió que la indagación no era necesaria, pero estaba cansado—. ¿Es nuevo en este puesto? La mayoría de los guardias me conocen de vista. A usted no lo he visto antes.

—Sí, señor. No llevo mucho tiempo como guardia. —Entonces, aparentemente determinando que ya estaba bien de tanta charla, le indicó—: Señor, necesito una identificación.

—En primer lugar, soldado, la forma apropiada de dirigirse a mí es 'vuestra alteza', no 'señor'. En segundo lugar, mi madre estará más que dispuesta a identificarme. Por favor, cítela o mande a buscar a uno de sus asesores.

—¿Su madre?

—¿No le ha dicho nadie que Duile Morged Tonopath es la reina de Ydron? —demandó Reg, perdiendo la paciencia.

El guardia desenvainaba su espada cuando su compañero le agarró la mano y le susurró algo—. Enviaremos a por alguien que lo identifique. —El guardia envainó su espada—. ¿Puede responder por quienes le acompañan? —le preguntó, señalando a Ered y a los demás. Los dalcin los habían alcanzado y habían vuelto a asumir la apariencia de los monjes.

—Una vez me identifiquen, nos dejarán pasar a todos. Mi sola presencia responde por mi compañía.

Ered se inclinó hacia él—. Reg, ¿tienes que ser tan rudo con él?

—Lo siento. Quizá tengas razón, pero he recorrido un largo camino y no estoy acostumbrado a que me interroguen en mi propia entrada.

El primer guardia se quedó con ellos mientras el segundo salió corriendo. Reg y Ered no tuvieron que esperar mucho. En unos minutos, estaban rodeados por docenas de guardias armados cuyas espadas estaban desenvainadas y con intención clara de arrestarlos.

—¡Guardias! —gritó Reg—. ¿Qué se creen que están haciendo?

—Siguiendo exactamente las instrucciones de vuestra madre— respondió alguien.

Reg giró y se topó con un cortesano—. ¿Quién eres tú? No te conozco —le dijo Reg.

—Eso es cierto, príncipe Regilius. Pero yo os conozco y eso es lo que importa. Soy Husted Yar, el consejero de su madre.

Sin mediar más palabras, los guardias bajaron a Reg y a Ered de sus monturas, los maniataron y se los llevaron al palacio.

# 63

No fue al Gran Salón a donde escoltaron a sus hijos. Como la reina tenía la intención de celebrar esta reunión en un tono informal, no quiso la ostentación de ese espacio. El lugar que había elegido era una sala más pequeña donde a veces ofrecía audiencia a dignatarios visitantes, y estaba muy bien ambientada para recordarle a sus hijos en qué manos estaban las riendas del reino. Después de todo, este encuentro no era para reunir a una madre y sus hijos, sino para informarles a ambos sobre lo que venía a continuación. Tenía la intención de dejar atrás para siempre toda la incertidumbre y ansiedad que la habían acosado en los pasados meses. Estaba segura de que los resultados de la reunión no cumplirían ninguna de las expectativas de Reg ni de Lith-An, pero eso era intrascendente. A partir de hoy, no tendría que preocuparse porque ninguno de ellos fuese a arrebatarle el trono.

—Buenos días, Regilius. Buenos días, Lith-An. Qué alegría veros. —Consiguió exhibir una sonrisa de alegría genuina—. Estuve tratando de localizaros a ambos durante bastante tiempo. No sé cómo comenzar a expresar cuánto me complace que hayáis regresado por vuestra propia voluntad.

—Mi hermana y yo pensamos que era importante que regresáramos. Tenemos muchos temas que discutir y muchas preguntas que hacer.

—¿Como por ejemplo… ? —curioseó Duile.

—¿Por qué mataste a nuestro padre?

—¡Por todos los cielos! —exclamó Duile—. A ti sí que te gusta lanzarte a tumba abierta. ¿Dónde están los modales que te enseñé?

—Actúas como si te estuviera avisando que se te ven las enaguas. Me parece increíble que te preocupes por trivialidades mientras te muestras indiferente a la magnitud de tu acción. Mataste a nuestro padre, el hombre que nos dio la vida. No tiraste el agua del fregadero.

—Libré a esta tierra de basura incompetente. Todos están mejor por eso.

—No, madre. Nadie se encuentra mejor que antes. De seguro, a la gente no le va mejor. Los dirigentes de las tierras circundantes, en su mayoría, se encuentran peor también.

—Todos ellos se adaptarán a la nueva realidad —afirmó la reina.

Reg luchaba por mantenerse calmado—. Hasta tus aliados se están cuestionando en que bando han ido a caer. ¿Crees que no están enterados de quién asesinó a Kareth y a Danai? No son estúpidos. Tu traición es harto descarada. El miedo no retendrá su alianza por mucho tiempo. Tu codicia seguro que tampoco. No fue así como nuestro grandioso abuelo Obah unificó esta tierra. Tendrás suerte si conservas el trono hasta que regresen los meses de calor.

Lith-An intervino—: Justo en este instante, el ataque a menRathan está tomando un giro inesperado. Emeil y sus aliados están triunfando. Para mañana o pasado mañana a lo sumo, se impondrá como el vencedor. ¿Dónde estarás entonces? ¿De qué lado se inclinarán tus aliados?

Una sombra de preocupación cruzó el rostro de Duile, y luego desapareció—. ¿Cómo sabéis estas cosas? Habéis estado lejos durante meses. ¿Con quién habéis estado conversando?

Lith-An respondió—: Hemos cambiado, madre. Cuando llegué, notaste mi transformación. La de mi hermano, aunque menos obvia, no ha sido menos profunda. Con esos cambios viene una nueva consciencia.

—No hay duda de que tú no eres la pequeña niña que recuerdo. Todavía me cuesta entender lo que ha fallado. Y tú, Regilius, ¿qué ha sucedido con el hijo agradable y solícito que conocía?

—Eso requeriría dar ciertas explicaciones y no estoy seguro de que vayas a creer una sola palabra.

—Sin embargo —añadió Lith-An—, tendrás las pruebas bastante pronto.

—Niños…, entended que eso es lo que sois, niños, mi ascenso al poder no fue accidental. Fue planificada y orquestada cuidadosamente. Lo tengo completamente asegurado, os lo garantizo.

—¿Realmente crees que te puedes aferrar al poder? —preguntó Lith-An—. No me puedo creer que estés tan ajena a lo mal que ha ido todo.

—Bueno, desde luego tú no tendrás el poder, chiquitina. Me encargaré de eso —repuso Duile.

—¿Qué te hace estar tan segura de que alguno de nosotros lo quiera? —preguntó Lith-An.

—Yo no deseo ser rey —le dijo Reg—. El hecho de que sea el próximo en la línea sucesoria no significa que esté capacitado para gobernar.

Lith-An recogió el hilo—. Ydron y su gente estarían mejor si Manhathus y Berin hubieran llegado cada uno a esa misma conclusión.

—El gobierno hereditario ha mantenido unida a esta tierra por generaciones —interpuso la reina.

—¿Por qué, entonces, decidiste interrumpirlo? —demandó Reg—. ¡Qué hipocresía! Madre, tu única motivación es la avaricia. Cuando nuestro padre gobernaba, la riqueza de Ydron era fabulosa, no tenía comparación. La mitad de ese tesoro habría superado lo que cualquiera podría llegar a usar y todavía no era suficiente para ti. ¿Cuánto es suficiente, madre?

Duile sonrió, pero no replicó.

—Aunque poseyeras las dieciséis provincias, seguirías encontrando su riqueza insuficiente. Qué triste.

Lith-An intervino nuevamente—: Y eso es lo que te hace peligrosa. Afortunadamente, muchos se han dado cuenta. Cuando llegue bastante gente a esta conclusión, caerás. Solo espero que vivas lo que está por pasar.

Los ojos de Duile se agrandaron—. ¡Lo sabía! Estáis planeando mi muerte.

—En absoluto —respondió Reg—. No somos como tú. No nos interesa asestar otro derrocamiento. Aunque lo deseáramos, no necesitamos hacer nada. Serán tus aliados…

—Podría ser hasta tu mismo pueblo… —intervino Lith-An.

—O los esclavos, que ya armaron una revuelta… —continuó Reg.

—… quienes precipitarán tu caída del poder —concluyó Lith-An —. De ninguno de nosotros dos tienes nada que temer.

—¿No lo tengo? Os habéis unido contra mí, incluso ahora.

—Veremos que se haga justicia —dijo Reg—, pero no seremos nosotros los agentes que la hagan. No tenemos interés en propiciar tu caída.

Sacudiéndose la cabeza, Lith-An apuntó—: Tristemente, sería redundante. Ya has asegurado el fin de tu breve, pero deplorable reinado. Qué pena. Definitivamente, nuestro padre necesitaba ser depuesto y, posiblemente, tú habrías asumido el poder legítimamente. Las cosas marchaban mal en el reino. La gran admiración que algunos te tenían, las virtudes que te hicieron ganar aliados…

—Aparte de la avaricia —añadió Reg.

—… te habrían conseguido suficiente respaldo para permitirte salvar a Ydron del abismo en que había caído.

—Eso pudo haberte permitido retener el poder.

—Y nuestro padre aún estaría vivo —concluyó Lith-An.

—Y es por eso que desconfío de vuestro perdón —argumentó Duile—. En efecto, yo asesiné a vuestro padre, a mi… se me atraganta la palabra… marido. Y aunque vosotros sois el fruto de mis entrañas, nunca quise ser vuestra madre. Os tuve por cumplir con mi deber. Pero no os tengo amor. Por lo tanto, me sorprende cuando decís, con esa sabiduría que pretendéis hacer creer que habéis adquirido, que no deseáis mi muerte.

—No somos asesinos, madre —replicó Reg—. Oh, claro que lo hemos pensado. Indudablemente quisiéramos haber nacido de otra mujer y tampoco es que seamos unos santos. Pero incluso aunque hayan nacido pensamientos violentos a causa de nuestra indignación, y estamos muy indignados, lo que nos diferencia de ti es que no actuaremos dejándonos llevar por esos pensamientos.

—Tu fin se aproxima —sentenció Lith-An—. Provendrá de las manos de muchos cuyas vidas has hecho intolerables.

—No los privaremos de su satisfacción —añadió Reg—. Los miles de desafortunados tienen el derecho de fijar un precio por el mal que has causado.

—Bueno, para ser dos niños con una gran cantidad de preguntas —se mofó Duile—, tenéis una gran cantidad de respuestas. ¿Qué fuente de sabiduría, si me permitís preguntar, os ha dotado con tal profundidad en vuestras reflexiones? ¿Muñecas? ¿Juegos? ¿Cuántos años de experiencia tienes tú? —se dirigió a Reg—. ¿Veintiuno? —Y luego a Lith-An—. ¿Tres?

—Traigo conmigo la profundidad y experiencia de docenas mucho mayores que yo —replicó Lith-An.

—¡Qué estupideces! —respondió la reina—. Ya me he cansado de vuestro sermón. Ya no eres mi hijo, Regilius. Y en cuanto a ti, Lith-An, mi hija ya no existe en absoluto.

—Me alegro de que ya no exista —repuso Lith-An—. De haber continuado siendo la niña que recuerdas, si me hubieras permitido vivir, habría sido inconsciente de tu maldad. Ahora mismo, miro tu corazón y percibo que no tienes intención de que sobrevivamos al día de hoy. ¿Nunca te cansas de los baños de sangre?

—No, mi niña. No me canso. Aunque todo el tiempo esperé tu regreso, visualizaba un tipo de encuentro distinto; nada demasiado dulce, pero con algo de conversación agradable.

—Hasta el punto de haber ordenado ya nuestra ejecución, supongo. —Reg no hizo ningún gesto para ocultar su disgusto.

Duile le hizo caso omiso—. Ya que, por lo visto, no tendremos el placer de ese pequeño lujo, me gustaría pasar a otros asuntos.

Caminó con pasos largos hacia el capitán de la guardia y le dijo algo entre dientes. Él, a su vez, caminó hacia una de las puertas de la recámara, la abrió y le habló en voz baja a alguien que no se veía, y entonces se hizo a un lado para dejar entrar a Husted Yar.

—Queridísimo Husted —le dijo efusivamente la reina—. Cumpliste tu promesa.

Yar se inclinó.

—Me trajiste a mis hijos y ahora puedo continuar con mis planes sin ninguna distracción. Tengo un último favor… una última petición, si te complace.

—¿Vuestra majestad?

—¿Te importaría llevarlos a las mazmorras y quitármelos de mi vista ahora mismo?

—Cómo no, vuestra majestad. Será un placer.

—Gracias.

La reina se calmó notablemente, se dio la vuelta y, sin ni siquiera echar un vistazo atrás, abandonó la sala. A Reg le pareció que dio un brinco mientras salía. Entonces, se los llevaron a él y a Lith-An para nunca regresar al esplendor.

## 64

La distancia entre las habitaciones reales y las mazmorras era considerable y el capitán de la guardia aprovechaba esta oportunidad sin precedentes para divertirse.

—Qué bien habéis conseguido disgustar a vuestra madre —los regañó—. Así que este no será un día agradable. Espero que disfrutéis de vuestros nuevos aposentos —continuó entre risitas— por el poco tiempo que os reste entre nosotros —Se rio a carcajadas, igual que unos cuantos de sus subordinados.

Tras la reunión con su madre, Reg había sucumbido a una tristeza profunda, destrozada su esperanza de que le quedara algo de familia. Sin embargo, respondió conteniéndose—. Capitán, siempre ha servido bien a mi familia. Ahora mismo cree que está actuando a favor de los intereses de mi madre. Cree que su situación personal es segura, pero espabile: el reino se encuentra en medio de una gran confusión y las suertes están cambiando. Mañana será distinto, así que debería actuar con prudencia y respeto, incluso ahora mismo.

Nuevamente, el capitán se rio—. Por supuesto que mañana será distinto. ¡No estaréis aquí!

—Quizás —admitió Lith-An—, pero podría toparse con que deba requerir el apoyo de lord Emeil.

—¿Y quién se lo va a decir? Está claro que no serás tú, niñita.

—No, yo no —le dijo ella—. Pero está rodeado de testigos. ¿Quién sabe lo que vayan a admitir en un juicio o una investigación?

—Correré el riesgo —espetó. No estaba claro si reaccionaba a la verdad en las palabras de la niña o a que le estaba estropeando la diversión, pero levantó la mano, amenazando con golpearla—. Más te vale que cierres la boca o…

—¿O qué? —le interrumpió Reg—. ¿Le va a obligar a callarse la boca a bofetadas? ¡Vaya, vaya, vaya! Qué valiente y audaz. Apuesto a que sus hombres están impresionados. Yo mismo lo estoy.

El capitán los miró uno a uno. Aunque lo desaprobasen, sus caras seguían impasivas. Él vaciló un momento y bajó la mano, sospechando probablemente que abofetear a una niña no le granjearía la simpatía de nadie.

—¡Callaos los dos! —les gritó.

Los comentarios de los hermanos cargaron el aire de tensión y siguieron el camino en silencio.

Reg se estaba rompiendo la cabeza buscando cómo liberar a su hermana cuando los pensamientos de ella lo alcanzaron.

*Por favor, no vayas a hacer ninguna tontería por mí. Son demasiados. Por favor, espera. Si no me equivoco, todavía puede presentarse una oportunidad.*

Reg suspiró. *Es tan difícil quedarse sin hacer nada.*

*A veces, no hacer nada es lo mejor.*

Cuando llegaron a la mazmorra, pasaron por delante del calabozo donde Ered y Dur estaban atados con correas a unas mesas.

—Ered —lo llamó el príncipe—. ¿Estás bien?

—Estoy bien, Reg. No les des ninguna satisfacción.

Un hombre que Reg supuso que era el carcelero se abalanzó sobre Ered y le dio un puñetazo en la cara—. ¿Quién te dio permiso para hablar? —le recriminó.

*No te preocupes, Ered*, se comunicó Reg. *No van a escuchar de mí una sola palabra.*

*Ni de mí*, replicó Ered.

Los pensamientos de Dur interrumpieron: *¿Príncipe Regilius?*

*Sí, soy yo. Gracias por liberar a Danth. No tuve tiempo de localizarlo. ¿Sabes si está bien?*

Dur pausó un momento y entonces contestó: *Aún está a salvo, aunque no puedo deciros por cuánto tiempo más.*

*Estará bien*, aseguró Lith-An. *Ahora que nosotros tres estamos juntos, todo estará bien.*

*¡Caramba!*, observó Dur. *Tu mente es tan clara. Tus pensamientos, tan nítidos. Me gustaría creerte, pero…*

*Ahora que nosotros tres estamos juntos, todo irá bien*, insistió Lith-An. *Todo*, fue enfática. *Puedo percibir que comienza.*

*¿Percibir qué?*, preguntó Dur.

Reg contestó: *Mi hermana parece comprender cosas que se escapan a mi entendimiento, pero estoy aprendiendo a confiar en ella. Créela cuando dice que todo irá bien, no importa lo que pase aquí.*

Los guardias dirigieron a Reg a una de las mesas que el encargado de las mazmorras empleaba para torturar, y a Lith-An a otra. Cuatro guardias, uno por cada extremidad, levantaron a Reg y lo tumbaron de espaldas sobre la mesa, manteniéndolo sujeto mientras lo aseguraban.

—Muy bien, muchachos. Está preparado para mí —dijo el carcelero y los guardias se alejaron—. ¿Les importaría dejarme a solas para hacer mi trabajo?

El capitán de la guardia ordenó a sus hombres apostarse contra una pared, pero el carcelero protestó—. Su majestad quiere que esto sea, ¿cómo decirlo? —sonrió—, un asunto íntimo. Me pidió que los despachara a todos ustedes una vez los prisioneros estuvieran asegurados.

—No creo que eso sea aconsejable —dijo el capitán.

—Capitán, ¿ve alguna forma de que estos —enfatizó la próxima palabra— *niños* se puedan escapar? No lo creo. ¿Debo decirle a su majestad que se han negado a cumplir sus órdenes?

El capitán estaba claramente contrariado pero, acorralado entre su propio juicio y la ira de la reina, prefirió la discreción. La guardia se retiró, pero Yar y otros dalcin se quedaron. Yar no estaba seguro de si dos o incluso tres de su especie serían suficientes para controlar al trío, por lo cual había citado a todos los demás que estaban en la ciudad.

—Nosotros nos quedaremos hasta que su majestad nos dispense —dijo Yar.

—Muy bien. —El carcelero cedió de mala gana, sabiendo que Yar era especial para la reina—. En tal caso, por favor, manténganse a un lado.

Se apostaron a lo largo de una pared, y el carcelero, irritado por la falta de cooperación y respeto, le apretó a Reg todavía más una de las correas.

—¡Mas'tad! ¿Qué crees que estás haciendo? —gritó Reg.

—Asegurándome de que estáis bien sujeto. Espero tener una tarde divertida. Nunca lo he hecho con alguien de la realeza. Vuestra madre ha sido muy buena conmigo hoy. De hecho, me ha mantenido a mí y a mi antiguo jefe muy ocupados desde que tomó el poder. —Soltó una risita—. Hubo días en que creí que perdería los brazos por todo lo que tuve que hacer pero, ¿sabéis?, siempre me las arreglo para sacar fuerza de donde no me queda y terminar mi trabajo. Y cuando digo terminar es terminar, no sé si lo pilláis. —Guiñó un ojo y se dobló de la risa. Cuando se enderezó, tenía los ojos llorosos—. Lo que me gustaría es que disfrutarais esta tarde tanto como yo. Una verdadera lástima: nadie aprecia el trabajo que hago, salvo la reina. Ni a mi exjefe le gustaba mucho cuando tenía que presenciar la demostración de mi talento.

Bueno… ¿Qué se le va a hacer?

»Ahora, antes de que ella baje y me ordene que comience, porque creo que va a querer estar presente… a veces lo hace…, debo decidir por dónde comenzar y con qué. ¿Qué pensáis?

Señaló una pared llena de instrumentos. Había una gran variedad de látigos y garrotes, así como muchos otros cacharros que parecían más bien concebidos para el gremio de reparación de carruajes. Reg no quería ni pensar en cómo se usarían aquí, pero sospechó que hoy no necesitaría imaginarlo. Sacudió la cabeza, más para contestarse a sí mismo que como una respuesta al carcelero, pero este le cruzó la cara de una bofetada.

—Os hice una pregunta. Jamás, repito ¡jamás! sacudáis la cabeza ante mí cuando os esté preguntando algo. Me importa una mierda de caballo quién sois. Cuando os hable, me vais a contestar con cortesía. ¿Ha quedado claro?

—Lo siento —replicó Reg con una deliberada pizca de sarcasmo. Pensé que podía confiar en tu pericia.

El carcelero sonrió y limpió con cuidado la gota de sangre que se escurrió por el labio de Reg. Puso ambas manos en el borde de la mesa, le acercó la cara, y le dijo en voz baja—: ¡Uf…! No tenéis ni idea de cuánta pericia tengo, alteza.

El tufo de su aliento estuvo a punto de hacer que Reg se girase, pero anticipando cómo reaccionaría el carcelero, le sostuvo la mirada fija sin pestañear.

—Te vas a enterar de lo experto que soy. Me encanta mi trabajo. ¿Lo sabías? La mayoría de las personas no tienen estómago para lo que hago, pero yo lo gozo. Soy muy afortunado de haber encontrado un empleo que me sienta como un guante. La mayoría de la gente no soporta su trabajo, pero todas las mañanas yo me levanto ansioso por conocer lo que me aguarda en el día. De hecho, tengo mucha suerte y sospecho que hoy experimentaré el momento culminante de mi carrera.

—¡Carcelero!

Volteó la cabeza y se cuadró—. Sí, vuestra majestad.

—No has comenzado sin mí, ¿verdad que no?

—No, vuestra majestad. Nunca empezaría sin que me lo ordenarais.

—Te lo agradezco —le dijo Duile y sonrió—. Déjame un minuto a solas con mi hijo. Me gustaría tener unas palabras con él antes de que comiences.

—Sí, vuestra majestad.

—Hola, madre —le dijo Reg, estirando el cuello para verla—. Tengo que reconocer que nunca me imaginé realmente lo que me tenías guardado.

—¿No, Regilius? —Duile caminó alrededor de la mesa hasta llegar a un punto donde podían verse el uno al otro—. Por cierto, yo también había imaginado un escenario distinto con un final más abrupto. Pero Husted Yar, mi querido amigo, sugirió que, después de nuestra tensa reunión de hace un rato, podía desprenderme de algo de mi ira y frustración comenzando de esta forma. Francamente, luego de pensarlo un poco, me convenció la idea.

—A la luz de lo sucedido en las últimas semanas, no me sorprende. Aunque, por la forma en que dispusiste de mi padre, esperaba que ya hubieras terminado conmigo.

—Bueno, tú sabes, cariño, que me has causado mucho sufrimiento y angustia estos últimos meses. Detesto vivir así y pensé que deberías probar una muestra de lo que estuve padeciendo.

—Escondes muy bien tus cicatrices.

La cara de Duile se ensombreció—. Debería ordenar al carcelero que comience contigo ahora.

—Hazlo, si te apetece. Lo que tengas guardado para mí se acabará en un rato. Para ti, sin embargo, apenas es el comienzo. Habrás pensado que nuestro retorno te aseguraría el trono. Te prometo que no lo hará. No te sentarás en él ni con comodidad ni por mucho tiempo.

—El poder que poseo es tan excitante que quizá debería ofrecerte algo.

—No es tuyo para que lo puedas regalar. Y después de que me hayas matado, está Lith-An, que se enfrentará a ti. No has visto ni un poco de lo que es capaz de hacer.

—Te seguirá a ti hoy, te lo prometo.

—¿De verdad? ¿Torturarás y matarás a una niña pequeña? Eres increíble.

El rostro de Duile se tornó sombrío—. Basta ya. ¡Carcelero! —llamó. Entonces, devolviendo su atención a Reg, le dijo—: Él nunca se encuentra lejos. Comenzaremos para que yo pueda regresar a atender asuntos más importantes.

Reg se giró, negándose a mirarla más.

—¡Carcelero! —llamó con mayor intensidad.

—Sí, vuestra majestad —jadeaba mientras entraba al cuarto—. Regresé tan rápido como pude. ¿Qué os place?

Sin tratar de ocultar su coraje, replicó—: Deseo que el castigo de mi hijo empiece de inmediato. Lo quiero muerto esta tarde, pero procura que cada minuto que se encuentre en tu mesa le parezca una eternidad. ¿Podrás lograr eso?

—Os aseguro que haré todo lo que pueda. ¿Seríais tan amable de retiraros de la mesa? No querría que las finas telas de vuestro vestido se manchasen ni con mi sudor ni con su sangre. —Le hizo una pequeña reverencia.

—Por supuesto. ¿Dónde le gustaría que me acomodara? —le preguntó, mirando ávida alrededor, como una niña ansiosa de recibir un premio.

Terminó su reverencia con un gesto rápido señalando hacia el rincón más alejado de la mesa—. Creo que estaréis bien resguardada aquí, vuestra majestad. Podréis verlo todo mientras, al mismo tiempo, permanecéis apartada de nuestras idas y venidas. De vez en cuando puede que mi asistente me ayude —explicó—. ¿Puedo ofreceros un asiento? Esto se va a alargar un rato.

—No, gracias. Quiero verlo todo —repuso ella mientras se situaba donde le había indicado—. Será mejor que me quede de pie.

—Muy bien. Comenzaré despacio. —El carcelero caminó hasta la pared que exhibía los instrumentos de su oficio y palpó con los dedos media docena de látigos antes de detenerse en uno—. Ajá. Creo que empezaremos con este. Es el más corto de mi colección, pero me dará un buen margen para determinar cómo ir intensificando la tortura. No nos gustaría que se desmayara pronto, pero creo que le transmitirá el mensaje correcto a su delicada piel. —El carcelero lo descolgó del gancho y lo examinó cuidadosamente mientras se acercaba a la mesa. Caminó alrededor del príncipe, alternando la mirada del látigo al cuerpo postrado un par de veces.

—¿No será mejor quitarle la camisa primero? —inquirió Duile.

La voz del carcelero sonó distante cuando respondió—: Oh, se le desprenderá por sí sola. No se preocupe.

Sin avisar, como un bailarín al completar su movimiento, arqueó la espalda, se puso de puntillas y le cruzó el pecho a Regilius con un latigazo de revés. El cuerpo de Reg se arqueó instintivamente y apretó los dientes, pero logró mantenerse en silencio. El carcelero continuó caminando alrededor y Duile miraba con entusiasmo, inclinada hacia adelante para no perderse detalle. Cuando el carcelero llegó al lado opuesto de la mesa, descargó otro latigazo. El príncipe continuó sin emitir un sonido. Su cuerpo se estremeció, sin embargo, haciendo evidente lo eficaz del azote. Le brotaron gotas de sudor en la frente y mantenía los ojos cerrados.

El carcelero se detuvo, puso el látigo en el borde de la mesa y se dirigió nuevamente a la pared donde colgaban los instrumentos. Se quitó la camisa y la enganchó con cuidado de donde había descolgado el látigo que estaba usando. Entonces, como si de súbito recobrara la consciencia, se disculpó con la reina.

—Perdonad mi falta de pudor, vuestra majestad. Este trabajo hace que se pase mucho calor, ya que este sitio no tiene ventilación.

Duile no respondió, sino que volvió a contemplar a su hijo. La mirada de sus ojos mostraba con cuánta ansiedad esperaba lo que venía a continuación. El carcelero no le prestó más atención mientras volvía a tomar el látigo y retomaba la tarea. Se detuvo un momento y, haciendo acopio de toda su fuerza, asestó en el cuerpo de Regilius media docena de latigazos, uno tras otro en rápida sucesión.

# 65

—¡Mas'tad! —maldijo Dur cuando sintió que algo le trepaba por la cara.

Forcejeó para sacudírselo de encima, pero tenía los grilletes tan apretados, que solamente consiguió arañarse las muñecas. Estaba tan enfadada porque la hubieran encadenado como por haber fracasado en su misión. Ahora parecía que Duile se iba a salir con la suya, no solo con ella y el amigo del príncipe, Ered, sino también con Reg y Lith-An. Si Dur ya la despreciaba antes, lo que proyectaba hacer Duile a sus propios hijos hizo que la odiara más. Manhathus le había robado su infancia cuando sus soldados secuestraron a su padre, forzándolas a ella y a su madre a vivir en la clandestinidad. Esta experiencia la sumergió en una existencia carente de normalidad, especialmente privada de tener una familia y llegar a ser madre. Quizás por esto soñaba con niños. Que a Duile se le pudiera pasar por la cabeza, no ya llevar a cabo, actos tan reprobables como la tortura y asesinato de los suyos hizo que la proscrita decidiera eliminarla, aunque fuese lo último que hiciera en la vida.

—¡Hola, preciosa!

Su cabeza se tensó hacia arriba al escuchar la voz del carcelero.

—No estamos demasiado incómodos, ¿verdad?

—Qué amable por preguntar. Estaba admirando lo bueno que eres decorando.

—Así que te quedan ganas de ser sarcástica, ¿eh?

Levantó una mano, aparentemente para golpearla, pero cambió el gesto y, con una sonrisa que demostraba quién era el jefe, le acarició la mejilla. Ella se estremeció, pero ocultó su repugnancia. Relajada, podría manipularlo más fácil que si le mostraba rabia.

—Tengo la solución perfecta para el sarcasmo, pequeña señorita. Tendrás que esperar hasta que me encargue de dos que van antes que tú, pero no te preocupes; anoche dormí mucho con previsión del día de hoy. Cuando llegue tu turno, tendré fuerza suficiente y más.

»Sabes, hoy es un día histórico —continuó—. Tendré que marcarlo en mi calendario para no olvidarme de celebrar su aniversario. Imagínate: tendré el placer de aplicar toda una vida de destrezas cuidadosamente adquiridas nada más y nada menos que al príncipe Regilius, a la princesa Lith-An y a la legendaria Pithien Dur, y a todos en un solo día. ¡Por todos los cielos! ¿Cómo llegué a ser tan afortunado? Debería retirarme inmediatamente después. No hay forma de igualar jamás, y mucho menos superar, un día tan memorable, ¿no te parece?

—Tienes razón —le aseguró ella—. Hoy será un día histórico, aunque no en el modo que imaginas.

—¿Sí? ¿Cómo es eso?

Dur sonrió—. Permíteme que te lo demuestre.

Sin decir otra palabra, entró en su mente. Revisó el cuarto contiguo para asegurarse de que la atención de los dalcin estuviera en cualquier otro sitio y ninguno interrumpiera. Luego, complacida al verlo todo bien, alteró las percepciones del carcelero. Este creyó que estaba apretándole las cadenas cuando, en realidad, estaba haciendo justo lo opuesto. Cuando se las hubo aflojado, ella se sentó y se bajó de la mesa, aunque él la seguía viendo tumbada. Dur había calculado el tiempo a la perfección. Justo en ese momento, Duile lo llamó para que fuera donde ella, y Dur permitió que él la oyera. Cuando se volteó para irse, el carcelero comprobó que Dur estuviese encadenada fuertemente, y ella se aseguró de que él percibiera exactamente eso.

Después de que se marchara el carcelero, Ered, que había estado observando esa situación grotesca, preguntó—: ¿Qué acaba de pasar?

—No tengo tiempo para explicártelo —replicó ella.

Dur comenzó a salir y entonces se detuvo. Tenía la intención de ir al cuarto de al lado para liberar a los hijos de Duile, pero mientras aún lo consideraba, cayó en un trance profundo. Un proceso, posiblemente al que Lith-An se había referido, estaba en marcha y ella era parte de él. Su mente comenzaba a entrelazarse con la de Reg y la de Lith-An como si las tres estuvieran convirtiéndose en una. La intimidad era embriagadora. Ella «oyó» a Lith-An asegurarle a su hermano que la tortura se acabaría pronto, y aunque Pithien no entendió cómo podría ocurrir eso, se sintió confiada en que así era. Aunque era tentador tomarse una pausa y disfrutar esta fusión de mentes, esto la estaba distrayendo de su misión. Se llevó un dedo a los labios, indicando que la conversación había concluido.

—Tengo trabajo que hacer. Necesito un cuchillo y necesito pensar —dijo ella.

De hecho, había una gran cantidad de cuchillos en el cuarto donde estaban los chicos. La reina estaba ahí también, y eso le convenía. Lamentablemente, también estaban los dalcin. Si pudiera conseguir que se fueran, podría hacer con Duile lo que le diera la gana. Cómo lo haría era lo que no se le ocurría. Estaba caminando de un lado a otro al ritmo del látigo del carcelero, por un momento desorientada, cuando se le ocurrió una idea. ¿Podría alterar las percepciones de los dalcin como lo había hecho con las del carcelero? ¿Podría hacerlos ver, oír o reaccionar a alguna ilusión? Sabía que no podía influir en los siete cuando el mayor número de personas que podía manipular era cuatro o cinco, pero quizá podía manipular a uno. Si era el apropiado, los demás le seguirían. La estrategia era arriesgada, pero no había una alternativa segura. Dur alcanzó con su mente el cuarto de al lado y las mentes de los dalcin estaban al frente. ¿La habrán sentido?, se preguntaba. No. Sus pensamientos estaban puestos en los hermanos. Con el mayor de los cuidados, le preguntó a cada uno su identidad hasta que una de las mentes respondió:

*Husted Yar.*

Con mucha delicadeza, no fuese a darse cuenta, exploró la estructura de su mente. A medida que siguió ahondando, se fue sintiendo más confiada de que podría hacer lo que se había propuesto. Aunque las mentes de los otros estaban entrelazadas con la de Yar, descubrió que caminando entre sus pensamientos, por así decirlo, podría atraer la atención de Yar hacia ella y entonces hacerlo percibir lo que ella quisiese que percibiera. Todo lo que necesitaba era interrumpirlo para que…

¡Jadeó! Tan pronto lo sacudió, como se despierta a alguien que está durmiendo, Yar advirtió su presencia. Tenía que actuar rápido. Se mostró a sí misma levantándose de la mesa y preparándose para huir. Su intuición demostró que tenía razón. Si algo podía llamar la atención del dalcin era eso. Yar había trabajado demasiado duro para capturarla y no iba a permitir que se escapara. Impulsado a actuar como pocos de su especie lo estuvieron jamás, Yar no cuestionó la autenticidad de su percepción. Los demás dalcin, habiéndose percatado al instante de lo que Yar estaba viendo, se giraron cuando este se dio la vuelta y todos juntos salieron a perseguirla. Uno detrás del otro cruzaron el cuarto en fila pasando por delante de Ered y Dur. Mientras el joven permanecía atado con correas a la mesa, ella se había escondido —aparentemente había desaparecido—, por lo cual continuaron hasta el fondo del pasillo, en la dirección que ellos creían que ella había huido. Dur esperó hasta que se alejaron y a continuación fue a la mesa de Ered y lo desató.

—Mantente escondido. Pasará un rato hasta que puedas estar a salvo —le previno.

—Gracias —le dijo Ered, frotándose las muñecas—. ¿Qué vas a hacer tú?

—Tengo asuntos urgentes que tratar con la reina —respondió ella. Ered alzó una ceja.

—Cuando haya terminado, debes ir a por Regilius y su hermana.

Dur corrió hacia la sala contingua. Por el vistazo que echó por la puerta, notó que el carcelero perdía el entusiasmo y estaba aturdido. Duile parecía confundida también y Dur advirtió que también ellos estaban atrapados en el proceso de entrelazamiento mental.

Una vez decidió que su oportunidad había llegado, Pithien encaró un nuevo problema. ¿Cómo podía matar a la reina delante de sus hijos? Era inconcebible. Por el contrario, se enfrentaría a ella con la esperanza de que saliese huyendo. Luego, tras una breve persecución, la rebasaría y la eliminaría. Los hijos sabrían lo que estaba pasando, por supuesto, pero no serían testigos directos del asesinato. Esto la dejó con un sabor amargo en la boca, pero no se le ocurría una mejor alternativa.

—Vuestra majestad —le dijo Dur con voz alegre entrando al cuarto—. ¿Nos estamos divirtiendo? Pensaba que unas buenas nalgadas serían suficientes para estos niños traviesos. Pero no es así. Por lo visto, de mi niñez para acá las técnicas usadas por los padres han cambiado.

Duile se frotó la cara, tratando de aclararse la mente, y miró alrededor con pánico—. ¡Guardias! —gritó—. ¡A mí la guardia!

—Me temo que se han ido, querida. Tú los despachaste. ¿Recuerdas? Ahora solo estamos nosotros. —La proscrita guiñó un ojo. Caminó lentamente hasta una mesa que estaba cerca y eligió uno de los cuchillos que se hallaban encima de ella.

—Carcelero —ordenó Duile—, ayúdame.

El carcelero miró el látigo en su mano y miró el cuchillo en la mano de Dur.

—Por favor, carcelero —dijo Dur, acariciando la hoja con el dedo —. Ayúdala. Me encantaría que acudieras a su defensa.

—Buscaré a uno de sus guardias, vuestra majestad —respondió él y caminó lentamente hasta la entrada.

—¿Me estás abandonando? —chilló Duile.

—No, señora. Regreso pronto —respondió el carcelero mintiendo, y desapareció.

La reina se lo quedó mirando, boquiabierta.

—Parece que solo quedamos nosotras dos. ¿A qué jugamos?

Duile echó una última mirada por todo el cuarto, y entonces se recogió las faldas y salió huyendo. Pithien miró hacia atrás, por la puerta por la que había entrado.

—Ered —gritó—, ven a ayudar a Reg y a Lith-An.

A continuación, salió corriendo por la puerta para perseguir a la reina.

# 66

El primer golpe vino de sorpresa y Reg apenas pudo hacer otra cosa que contenerse. Se negó a darle al carcelero o a su madre la satisfacción de oírlo chillar. Para el segundo latigazo estaba mejor preparado y consiguió mantener la compostura. Durante la ráfaga que siguió, estuvo a punto de gritar cuando el carcelero empezó a llevar un ritmo constante. Todo lo que pudo hacer fue cerrar los ojos. Tras pasar unos minutos más, no sabría decir si estaba gritando de verdad o imaginándoselo. Inexplicablemente, los pensamientos de su hermana intervinieron y él ya no estaba dentro de su cuerpo.

*Hola, hermano.*

*¿Lith-An? ¿Estoy muerto?*

*No, no lo estás.*

*¿Qué está pasando? Todo parece distante, aunque te siento tan cerca.*

*Y yo a ti también.*

*No quiero decir físicamente.*

*Entiendo. La proximidad a la que te refieres es distinta, más profunda.*

Al recordar que su hermana sufriría su misma suerte, Reg sintió pánico.

*Debes irte de aquí, Lith-An.*

*No será necesario. El carcelero se detendrá pronto. Todo lo malo que está pasando aquí terminará pronto. ¿Lo sientes? Ya no estás simplemente sintiendo mis pensamientos. Nos hemos entrelazado, y no solo tú y yo. Ahora Pithien Dur es parte de nosotros. Debido a esto, algo extraordinario está pasando. Cuando dos mentes se juntan, se hacen mucho más fuertes que una mente más otra. La adición de una tercera multiplica el efecto aún más, igual que ocurre con los dalcin. Sin embargo, como nuestras mentes son tan diferentes de las suyas, algo sucedió durante el Cambio que intensificó la singularidad. Incluso Pithien se ha transformado.*

*Dur no formó parte del Cambio,* dijo Reg.

*Todo el mundo formó parte. Todos resultaron tocados por él. Marm fue capturada en las visiones mientras me cuidaba en el campo de juego donde te caíste.*

*Todas las personas, en todas partes, se vieron involucradas en la transformación, entendieran lo que estaba pasando o no.*

*Pero ellos no cambiaron como nosotros.*

*A ti y a mi nos alteraron para ser especiales. No creo que los que trabajaron en nosotros entendieran todo lo que su trabajo lograría o cómo responderíamos, pero fuimos escogidos porque nuestros sistemas nerviosos se parecían a los de los dalcin. Cuando su nave se acercó lo suficiente, y el número y la proximidad de todas estas mentes —en la nave y aquí, en Ydron— alcanzaron la cantidad de colectividad decisiva, respondimos y nos transformamos.*

*Dijiste que nosotros tres estamos causando algo extraordinario,* dijo Reg.

*Lo dije. Justo cuando el grupo de mentes sintonizadas alcanzó la colectividad decisiva, ocurrió el Cambio, hoy, aquí, ahora, en este lugar. La estrecha proximidad existente entre tú, Pithien y yo ha alcanzado una clase diferente de colectividad. Algo mucho más grande se ha puesto en marcha.*

*Pero a Dur no la alteraron,* objetó Reg.

*No. Ella es especial. Ha evolucionado por sí misma a algo similar a aquello en lo que nosotros nos convertimos, pero mucho antes de que ocurriera el Cambio. Lo que le está pasando a ella, sin embargo, no tiene por qué sorprender. El pueblo de Marm reconoció nuestra propia naturaleza especial. Pudimos convertirnos en lo que somos ahora, no tanto por la forma en que nos configuraron, sino por lo que éramos ya. El trabajo que realizaron aceleró aquello en lo que nos habríamos convertido con el tiempo suficiente y tras pasar suficientes generaciones. Todas las personas de este mundo poseen de forma innata estas capacidades, algunas más que otras. Hasta Dur ha notado cómo ciertas mentes responden a sus pensamientos en diversa magnitud.*

*»Hoy, sin embargo, está pasando algo especial. Por primera vez desde el Cambio, tú, Pithien y yo nos hemos juntado en el mismo espacio físico. Aunque yo sospechaba que era importante para ti y para mí hacerlo —que algo bueno podría resultar—, el encuentro de nosotros tres parece haber catalizado un proceso que yo no preveía. Mi intuición me dijo que esta convergencia era necesaria y sentí la pertinencia de hacerla, pero no entendía el motivo. Ya se está experimentando una transformación global que, de habernos tenido a nosotros dos como los únicos factores, habría tardado años en ponerse en marcha, en caso de que lo hiciera alguna vez. Pero ahora, a solo unas horas de tu llegada, aquellos que se encuentran en tu entorno inmediato están experimentando un cambio nuevo. Fíjate que el carcelero dejó de azotarte.*

Reg se rio a carcajadas. Su mente estaba tan apartada de su cuerpo que reparó en que podría no haberse dado cuenta de su propia muerte, si hubiesen continuado los latigazos, aunque al regresar al mundo físico, cobró consciencia del dolor de su cuerpo.

*Se ha detenido,* admitió Reg, aunque su risa se convirtió en lágrimas.

*Está cambiando ahora mismo,* dijo Lith-An. *Hasta nuestra madre está afectada. Y el cambio se está extendiendo todo el tiempo. Pronto se extenderá hasta más allá de estas murallas. Sospecho que se extenderá a todo lo ancho de la tierra y hasta más allá.*

*Los dalcin no parecen estar afectados por este proceso. No lo entiendo.*

*Somos parecidos, pero no idénticos.*

En este momento, Dur entró al cuarto y Regilius supo con qué intención venía. Aunque él había pensado en dar muerte a su madre, a la hora de la verdad, cuando se enfrentaba con esa posibilidad, retrocedía. A pesar de todo lo que Duile había hecho, a pesar de todo lo que había infligido, seguía siendo su madre.

*Pithien, ¿es necesario?*

*Sí, vuestra alteza. Lo es.*

*Lith-An y yo íbamos a dejarle la justicia al pueblo.*

*Y lo habéis hecho, vuestras altezas. Yo soy el pueblo.*

A decir verdad, si alguna persona podía ser la representante del pueblo, esa era Dur. Reg lo sabía. También entendía que, aunque de pronto lo liberasen, ni él ni nadie podrían detenerla. Lith-An era demasiado pequeña, el carcelero era un cobarde, y Duile, cuyas súplicas de socorro habían sido ignoradas, no era, desde luego, una luchadora. Mientras Reg y Dur hablaban, su madre se recogió la falda y salió del cuarto huyendo.

Reg estudió a Dur y supo que podía sentir el pánico de Duile. Dur sonrió. La venganza por todos los años vividos escondiéndose, por todos los crímenes cometidos contra su familia, sus amigos y los ciudadanos que se referían a ella como su héroe, estaba literalmente a la vuelta de la esquina. Se volteó hacia Lith-An.

*Cuida de tu hermano. Invoca a un médico.*

A Ered le gritó—: ¡Ered, ven a ayudar a Reg y a Lith-An! —Y salió a cumplir su misión.

## 67

—¡Guardias! —gritó Duile.

Por supuesto, no iban a responder. Nunca habían pasado por alto sus órdenes y ella les había ordenado que se fueran. En retrospectiva, haber dado esa orden parecía lo más absurdo que jamás había hecho, pero en aquel momento tenía perfecto sentido. Sus hijos representaban dos de los muchos actos repulsivos que había tenido que realizar para adquirir poder y satisfacer el apetito de Manhathus. Cuando llegó la oportunidad de deshacer esos actos y hacer pagar a sus hijos por cada experiencia dolorosa que había padecido por haberlos traído al mundo, quiso disfrutar de sus muertes en privado. En cuanto a esa rata, la proscrita, muchos hombres más fieros, grandes y fuertes habían sido mantenidos muy seguros en las mazmorras sin ocasionar ningún incidente. Así que, ¿cómo podía adivinar que se le iba a presentar este problema? Cómo deseaba que sus guardias la hubieran desobedecido. Habrían sido idiotas si lo hubieran hecho. Aun así, quiso que por una vez hubieran sido idiotas. Les habría perdonado la falta, les habría perdonado cualquier cosa si le respondiesen ahora, pero se habían ido. Nadie más estaba ahí excepto sus prisioneros y la asesina que la acechaba. No había duda de que era ella.

*Corred, vuestra majestad. Corred y escondeos. Estoy a punto de llegar. No tardaré mucho. Os encontraré.*

Duile pensó que se estaba volviendo loca, pero la huella de la proscrita en esos pensamientos era inconfundible. Aunque no emitieran sonidos, sus pensamientos transportaban su voz. Duile deseó que fuesen producto de su imaginación, pero podía jurar que no lo era y eso la asustaba. Corrió como nunca lo había hecho desde que era niña, pero las piernas le temblaban, rebelándose bajo ella.

—¡Guardias!

Su grito se volvió un poco más que un graznido cuando el miedo la atragantó. Le latían las sienes; los brazos y las piernas le hormigueaban y el pecho se le había ido tensando tanto que empezó a respirar entrecortadamente, con pequeños jadeos. Mientras corría, suplicando socorro, la población de las mazmorras revivió ante su angustia. No era una visita ordinaria y su miedo era audible. Como en un coro, se unieron a la arenga de Dur, y sus voces la siguieron a lo largo de los pasillos.

—¿Qué pasa, vuestra majestad? ¿Os ha pasado algo?

—¿Tenemos miedo, vuestra majestad?

—¿Necesitáis ayuda, vuestra majestad?

—Dejadme salir y os ayudo. ¡Ja! ¡Ja! ¡Ja!

Duile echó un vistazo sobre el hombro y tropezó. Al caerse, se dio contra la piedra, golpeándose las rodillas y raspándose las manos. Trató de levantarse, pero los pies se le enredaron en las enaguas, se cayó de bruces y se dio en la boca. Temió que su perseguidora estuviese a punto de caerle encima y, de nuevo, echó un vistazo atrás, pero no vio a nadie. Esta vez, antes de levantarse, se arregló los pliegues del vestido y se tambaleó al ponerse de pie. Le dolía la boca y la sintió húmeda. Se llevó la mano a los labios y gritó cuando la retiró ensangrentada.

*¿Tenemos miedo? Corred, vuestra majestad. Tened mucho miedo.*

La reina miró hacia atrás, en la dirección por donde había venido, pero el pasillo permanecía vacío. Se puso a buscar, insegura de por dónde seguir huyendo. Estaba de pie donde convergían varios pasillos. Aunque conocía bien las mazmorras, no reconocía este lugar. Un pasillo subía ligeramente, por lo cual siguió por ese, sabiendo que el camino para salir estaba hacia arriba. Echó una última mirada para ver si la proscrita la había encontrado, pero continuó sin ver a nadie. Eso debería haberla tranquilizado, pero no.

*No os preocupéis, vuestra majestad. Os encontraré.*

La reina soltó un gemido de terror, se recogió las faldas con ambas manos y corrió.

··· ··· ··· ··· ···

A punto de salir de las mazmorras, Husted Yar hizo que su cuadrilla se detuviera al advertir que habían sido víctimas de una artimaña. Yar todavía no sabía que la proscrita había sido la responsable, pero tuvo sus sospechas. Olisqueó los pasillos por los que habían llegado, y vio que los hijos de la reina se habían liberado. ¿Habrían sido ellos quienes crearon el engaño? Buscó a la reina y la vio corriendo y agitada emocionalmente. Eso sí que era raro. Esperaba que estuviera calmada tras el regreso de sus hijos. Hurgando más hondo, pudo sentir que esa agitación era el estado emocional llamado miedo. ¿Por qué tenía miedo la reina? ¿Por qué estaba corriendo? Cuando se dio cuenta de que la hembra capturada se había escapado, entendió que ella era la causa.

El dalcin entonces percibió un curioso proceso en curso. Yar siempre había dado por sentado el entrelazamiento de mentes, el rasgo más distintivo de su especie. Les había proporcionado dominio sobre todos los demás. Mientras que las razas inferiores estaban constituidas por individuos aislados, la habilidad que los dalcin poseían para interconectarse les ofrecía una mayor consciencia y la capacidad de colaborar con facilidad. Ahora, sin embargo, se estaba formando una red que no estaba integrada por dalcin. Por el momento, se encontraba solo en estado germinal, pero estaba creciendo. Si se le permitía continuar, podría unir las vidas de este planeta en una entidad que los dalcin no podrían subyugar. Yar dedujo que la tríada —la prole de la reina y esta otra— eran el nexo del fenómeno. Esto, a su vez, llevaba a concluir que si destruían a los tres antes de que este proceso tomara impulso, la nueva red podría reducirse y desaparecer antes de que llegara a completarse. Decidió que debía eliminarlos a los tres lo antes posible.

Yar envió a los otros seis a interceptar al hijo y a su hermana, que cada vez era más peligrosa. La reina y su perseguidora se dirigían hacia donde estaba Yar. Sería lógico que fuese él mismo quien las interceptase.

······ ··· ··· ···

Duile estaba atrapada entre la rabia y las lágrimas. ¡Era la reina de Ydron! Cuando esto terminara, se las haría pagar a todos por partida doble; no, por partida triple por esta indignidad. Nunca superaría este abuso. ¿Cuándo se acabaría? Duile se puso las manos en los oídos, pero esto no ayudó mucho a silenciar el clamor. Como para añadir a la humillación, le fallaron las piernas y no pudo avanzar más. Necesitaba un sitio donde esconderse.

Oteó por una entrada hacia uno de los lados del pasillo. Se abría a una sala grande y casi vacía que albergaba una bomba de agua, cubetas y otros utensilios similares. La entrada no tenía puerta, así que la descartó. Frente a esta sala había otras puertas sin las típicas aberturas con mirilla de las celdas. Tal vez una de ellas serviría.

Sus manos lucharon por abrir el primer cerrojo, pero estaba

cerrado bajo llave. Y aunque tiró de ellas con todas sus fuerzas, las dos puertas siguientes tampoco cedieron. Entonces, justo cuando estaba desesperándose, la cuarta puerta abrió cuando empujó. Miró adentro. El aire era rancio y el cuarto estaba oscuro y lleno de... ¿qué eran?... cajas, quizás. Tendría que valer. Cerró la puerta y buscó a tientas en la oscuridad. Se golpeó las rodillas contra lo que pareció ser un contenedor pequeño, lo bastante bajo para sentarse en él. Le temblaban las manos mientras buscaba los bordes y se aseguró de que la parte de arriba estaba despejada. Dando pasos lo más cortos que podía, maniobró para acomodárselo justo detrás de ella, y entonces puso las manos encima, y se sentó a esperar no sabía qué.

«Todo esto está mal», se dijo a sí misma. «Esto no debería estar pasando.» La reina de Ydron estaba sentada en un almacén, en la oscuridad. Sola. Su plan se había enmarañado y no encontraba forma de resolverlo. Jamás le admitiría a nadie que sus hijos tenían razón. Era cuestión de tiempo hasta que todo acabara. Pensó que se iba a poner enferma. Sollozó una vez, con fuerza, y luego todo su cuerpo se estremeció mientras se deshacía en lágrimas. Estaba perdida y nunca escaparía de ese agujero.

Se quedó así durante varios minutos, escuchando a través de la puerta, pendiente del destino que lo más seguro la encontraría, cuando la puerta se abrió y la luz se derramó dentro.

—Majestad —dijo alguien.

La puerta se cerró de nuevo y la luz de la antorcha del pasillo fue sustituida por el suave azul de una esfera luminiscente. Duile jadeó y dejó escapar un suspiro profundo cuando reconoció la voz de su amigo de confianza—. ¡Oh, Husted! ¿Cómo me encontraste? He tenido tanto miedo.

Husted Yar puso la esfera luminiscente en uno de los contenedores.

—Se acabó —dijo.

—Estoy tan feliz de que estés aquí. ¿Has traído a mi guardia? —preguntó, abrigando esperanzas por el comentario de Husted.

El dalcin no respondió. Se le acercó y, mientras lo miraba, desconcertada primero, y luego horrorizada, se transformó de cortesano en su verdadera forma y creció hasta sobrepasar la altura de ella, con varias protuberancias retorciéndose y el vientre abriéndose y cerrándose.

—¡Qué Darmaht me proteja! —resolló—. ¿Qué eres tú?

Yar no respondió. Duile quiso gritar, pero no pudo. Trató de levantarse, pero se le doblaron las piernas y se cayó sentada. El dalcin alargó un seudópodo, le agarró el brazo y Duile chilló. En todas las pesadillas que tuvo alguna vez, jamás invocó algo así. Perdió las fuerzas. No podía moverse ni llorar. Sintió el poder de su agarre y supo que, aunque tratara de escapar, no podría.

—¿Por qué? —Fue todo lo que pudo decir.

Sin conmoverse, se la acercó, la introdujo en sus entrañas y cuando la abertura se cerró, la reina de Ydron dejó de existir.

La puerta se abrió con un estruendo.

—¡Mas'tad! —gritó una nueva voz.

*Ah. La hembra.*

El dalcin se volvió para encararla, y Pithien se dio cuenta de que había llegado demasiado tarde. Dejó caer la mano con la daga a un lado.

—¡Te adelantaste a mí! —gritó. Mirándole hacia arriba a los ojos, le dijo—: Estoy tan cansada de los de tu especie. Estoy tan cansada de ti.

El dalcin observó brevemente a esta otra hembra y se dispuso a engullir su segunda comida.

—¡No, no! —exclamó Dur—. ¿Es eso lo que estás pensando?

Ya no sentía miedo ni inseguridad como en Bad Adur. En cambio, animada por lo que había aprendido en ese lugar, así como por la inyección de fuerza de la red que se estaba formando, se mantuvo en su sitio.

—Tengo un regalito para ti —espetó y enfundó la daga.

El seudópodo de Yar la rodeó, pero Dur era ajena a su toque. Pithien reunió toda su rabia y la convirtió en una masa, ignorando la amenaza y tornando su odio en algo útil. Cuando el dalcin la elevó del suelo, se concentró en dar forma a la energía, infundiéndole una intención clara y segura. Hasta cuando el abdomen de la criatura se abrió para recibirla, ella se mantuvo enfocada, sin apurarse en su tarea. Fue solo cuando Yar la hubo encerrado en su vientre y le apagó a sus ojos la luz del mundo y los jugos digestivos comenzaron a quemarle la piel que se sintió satisfecha de que lo había hecho bien.

Dur liberó su creación.

... ... ... ... ...

En ese instante, Yar cayó en la cuenta sobre unas cuantas verdades terribles. Cuando decidió eliminar a la reina primero, en lugar de encontrar y destruir antes a esta hembra, había cometido un error garrafal. Como resultado, la red de mentes había crecido más allá del punto donde podía desmantelarse. Más importante aún, recordó demasiado tarde que Dur podía matar con el pensamiento y ahora todos lo que formaban parte de la entidad formada recientemente también compartían este conocimiento. Crecían en número de forma exponencial por lo que, en cuestión de días, cuando finalmente llegara la nave, sus ocupantes serían muy pocos. Por primera vez en la historia de su raza, los dalcin habían fracasado.

… … … … …

Pithien recuperó sus sentidos en el instante que el dalcin comenzó a digerirla. Marm había muerto tras unos pocos instantes, así que sabía que no tenía mucho tiempo. Rebuscó su cuchillo y estuvo a punto de dejarlo caer. Todo su cuerpo estaba ardiendo, pero no se atrevió a flaquear. Dejando de lado el dolor, agarró la empuñadura y enterró la hoja en la pared abdominal del dalcin. Esperando, aunque sin saberlo, que hubiera penetrado lo suficiente, apretó la empuñadura con ambas manos y forzó el filo de cortar hacia abajo, como si estuviese serrando. Cerró los ojos y la boca para protegerlos de los fluidos agrios, pero no pudo proteger las fosas nasales. El dolor casi la detuvo. Poniendo todo su empeño y esfuerzo, se apoyó en su herramienta, animada únicamente por la sensación de que la hoja se estaba moviendo. Se estaba quemando. Gritó, pero no paró.

Justo cuando pensaba que no podía más, la resistencia contra la hoja cedió y su cuerpo se lanzó hacia adelante. Cayó del vientre al suelo, pero su agonía continuó mientras los jugos la digerían.

Se incorporó como pudo y corrió hacia el pasillo, buscando frenéticamente, tratando de decidir qué hacer, adónde ir. De repente, se dio cuenta. Frente al pasillo estaba el baño, el glorioso baño. Corrió hacia la tina, pero estaba vacía. Avistó la bomba y, doblándose hacia abajo, puso el hombro contra la tina y empujó, ajustándolo hasta que posicionó el labio bajo la boquilla del grifo. Se subió a la tina y tiró con fuerza de la manija de la bomba. El agua bendita salió a chorros. Puso la cabeza y luego cada brazo bajo la corriente mientras seguía bombeando, contorsionando el cuerpo y esforzándose por poner todas las partes bajo el flujo frío y sanador. Mientras bombeaba, la tina se fue llenando. Ahora estaba atontada, sin parar a preguntarse cómo había encontrado la fuerza. Quizás era simplemente su instinto de supervivencia, pero bombeó, bombeó y bombeó hasta que la tina se llenó casi hasta el borde. Exhausta y herida, se dejó caer en ella y se hundió en el líquido frío y bendito. Solo entonces la envolvió el bálsamo de la inconsciencia.

# 68

La dulce fragancia de las flores de *morrasa* colmó su nariz, así como un olor algo herbario, un tanto medicinal. Todo el cuerpo le ardía.

—¡Por fin! Está abriendo los ojos —dijo alguien—. Buenos días, Pithien. ¿Cómo te sientes?

Dur luchó para poder ver frente al resplandor de la luz del sol, trató de enfocar la mirada, y las dos formas borrosas que tenía ante ella se convirtieron lentamente en dos rostros.

—Estoy viva —les dijo a Regilius y a Lith-An. Intentó sentarse, pero se hundió en la almohada—. Vamos a dejarlo así. ¿Qué tal vos? —le preguntó a Regilius—. Estoy sorprendida de veros de nuevo en pie.

—Vine cuando percibí que te estabas despertando. Ahora mismo me vuelvo a acostar.

—¡Por los ojos de Borlon! —Su rostro se ensombreció. Dio la espalda y se cubrió con las manos—. Estoy tan avergonzada. Perdonadme. Traté de asesinar a vuestra madre. ¿Qué os voy a decir? Lo siento mucho.

Lith-An tomó las manos de Dur en las de ella.

—Pero no lo hiciste, Pithien. No la mataste.

—Lo habría hecho de haberla alcanzado a tiempo. Fue solo porque el dalcin la encontró primero…

Reg la interrumpió—. Muchos habrían hecho lo mismo. Para mí es difícil decirlo. Todavía en estos momentos sigo tratando de hacerme a la idea de lo malvada que era. Tú no eras la única que deseaba su muerte. De hecho, me abochorna admitir que hasta mi hermana y yo tuvimos esos pensamientos.

—Pero no muchos la habrían matado de verdad —arguyó la proscrita.

—Pocos, si algunos, podrían haber llegado a estar lo suficientemente cerca para hacerlo —dijo Reg—. Si le hubiéramos dado más tiempo, Emeil podría haber hecho lo mismo.

Pithien sacudió la cabeza—. No. Emeil la habría juzgado y encarcelado. No le habría quitado la vida.

—Sin embargo, no te guardamos rencor —insistió Lith-An.

—Te perdonamos —le dijo Reg—. No importa lo que hubieras intentado, no fuiste tú quien la mató. No es lo mismo intentarlo que hacerlo. Si lo fuera, todos estaríamos encarcelados por nuestros pensamientos. No haberte apresurado a matarla, haberte demorado mientras la perseguías demuestra que algo te estaba frenando para no hacerlo.

—La estaba haciendo sufrir más, alargando su miedo.

—Quizá para una parte de ti sentir su terror era suficiente —sugirió Reg.

Lith-An añadió—: Así que esperaste por otra posibilidad. Afortunadamente, se presentó sola. El hecho sigue siendo que no fuiste tú quien la mató.

—Incluso aunque lo hubieras hecho —intervino Reg—, creo que te habríamos perdonado.

—Sí —consintió Lith-An—. Incluso en ese caso.

—Gracias, vuestras majestades —les dijo mirándolos a cada uno —. Gracias a los dos.

Cuando los ojos comenzaron a anegarse de lágrimas, trató de sonreír, pero le dolió la cara. Tenía la piel rígida y encontró que no podía gesticular. Se tocó la cara y las puntas de los dedos se retiraron cubiertas de una sustancia viscosa.

—¿Qué es esto?

—Es un ungüento —le explicó Reg—. Un grupo de médicos desde Rian hasta Monhedeth colaboró en crear su composición. Otro del hospital unió sus componentes. Según dicen, te van a quedar pocas cicatrices. Todo lo que hiciste inmediatamente después de salir del vientre del dalcin fue lo que te salvó. Y por favor, Pithien, nos gustaría prescindir de los títulos de una vez por todas. Nunca volveré a vivir como príncipe ni Lith-An como princesa. Por favor, llámanos por nuestros nombres.

—¿Qué? ¿No vais a asumir el trono?

Hizo un esfuerzo por sentarse recta y Lith-An trepó a la cama para ajustarle las almohadas.

—Renuncié a todos mis derechos —replicó Reg mientras su hermana se bajaba de la cama de un salto—. Las cosas han cambiado… están cambiando incluso en este instante. Es tan improbable que regresemos al palacio como que tú continúes viviendo al margen de la ley.

—Abre tu mente a la comunicación. Te darás cuenta de que puedes tocar a otros que se encuentran tan distantes como en las provincias más lejanas, aunque escucharás ruidos dentro de tu cabeza hasta que aprendas a silenciarlos.

Reg esperó mientras ella seguía su sugerencia. Dur abrió los ojos con asombro mientras tocaba y le tocaban las mentes muchas personas distintas. Sin embargo, su expresión cambió a una de incomodidad al tratar de silenciarlos. Tras unos pocos minutos, lo consiguió.

—Cada vez es más fácil —le aseguró Lith-An—. Aunque todavía hay ocasiones en que las voces me abruman.

—Se siente tan distinto —comentó Dur—. Antes, las voces eran confusas y no se oían bien definidas. Ahora, hay tantas que se oyen claras y enfocadas.

—Todo es distinto —dijo Lith-An—. Cuando ocurrió el primer Cambio, el que nos transformó a Reg y a mí, solo nosotros dos quedamos afectados de un modo notable. Había muchos alrededor de nosotros que experimentaron algo palpable, como, por ejemplo, visiones. En caso de que hubieran cambiado, solo se trató de una alteración preparatoria. Danth es el mejor ejemplo. Aunque nunca llegó a desarrollar la capacidad de iniciar una conversación psíquica, después de que el dalcin lo tocase, desarrolló sensibilidad a su presencia. Aquellos más distantes del lugar original no demostraron nada de esto.

»Esta vez, sin embargo, la transformación fue muchísimo más poderosa y cada mente se ha despertado. Quienes no se afectaron inmediatamente por nosotros tres, desde entonces fueron alterados por el número cada vez mayor de mentes transformadas a su alrededor. A estas alturas, el despertar ya se ha extendido por todo el reino y siento que ha comenzado a afectar a gente que se encuentra en sitios mucho más distantes. A medida que el número de mentes continúa creciendo, el cambio gana más ímpetu. Pronto el mundo entero se despertará. Todas las mentes cobrarán vida. Es muy emocionante.

—Decidme —inquirió Dur—, si no vais a regresar al palacio, ¿quién gobernará?

Reg se rio—. Creo que va a ser el mismo pueblo. No puedo decir cuál será el tipo de gobierno nuevo ni cómo se implementará, pero con cada una de las mentes tocándose unas a otras, será imposible que ningún individuo se haga con el poder de la forma que lo hizo nuestra madre o que haga abuso del poder como nuestro padre. Posiblemente se formará un cuerpo central. Algo de eso será necesario.

—Hasta que eso pase —observó Lith-An—, somos afortunados de que no se haya desatado la anarquía. Se han suspendido muchas funciones gubernamentales, pero todavía hay orden.

—Como el encuentro de esclavos —se burló Reg—. Además, la guerra parece estar llegando a su fin. Los ejércitos en menRathan han depuesto las armas. No tiene sentido luchar contra alguien cuando tu oponente puede anticipar cada uno de tus movimientos, y tú los suyos. Tendremos que buscar otras formas de resolver los conflictos.

—Con el aumento de los niveles de empatía —dijo Lith-An—, estoy segura de que así será.

Dur estaba perdiendo fuerzas. Sentía que el cuerpo comenzaba a hundirse y que los ojos le pesaban.

—Habrá tiempo suficiente para debatir esto en los próximos días —dijo Lith-An—. ¿Qué te parece si descansas?

—Sí —coincidió Reg—. Recuéstate. Vas a necesitar dormir mucho si quieres ponerte bien.

—Creo que tienes razón —respondió Pithien con una voz que reflejaba el esfuerzo que había hecho.

La ayudaron a acomodarse en el colchón, le arroparon las sábanas y le cerraron las cortinas. Cuando Regilius y Lith-An terminaron, se marcharon tomados de la mano. La paz regresaba a Ydron. Mientras el pueblo se despertaba y la tierra comenzaba a sanar, llegaba la hora de que este hermano y esta hermana sanaran sus propias heridas y volvieran a conocerse.

# Sobre el autor

Raymond Bolton divide su tiempo entre Santa Fe, Nuevo México y Portland, Oregon. Antes de comenzar a publicar, fue reconocido con varios premios por su trabajo. Más recientemente, bajo el título provisional, *Renunciation*, ahora *Awakening* (*El despertar*) fue finalista en 2013 en el certamen literario Pacific Northwest Writers Association (Asociación de Escritores del Pacífico Noroeste) entre cientos de participantes de Estados Unidos, Reino Unido, Canadá, Europa y Australia. Fue también el ganador del certamen First Chapter (Primer Capítulo) de writerstype.com en junio de 2013. Desde abril de 2011 hasta su disolución en diciembre de 2012, Raymond fue colaborador destacado e invitado del blog de escritores, Black Ink, White Paper.

## ESTIMADO LECTOR

Espero que hayas disfrutado la lectura de *El despertar*. Si estás esperando más historias que le sigan a esta, no voy a decepcionarte. Ya publiqué la edición en inglés de *Thought Gazer*, el primer volumen de una trilogía precuela, el uno de junio de 2015, y comencé a escribir *Foreteller*, el próximo volumen de la trilogía.

Si quisieras figurar entre los primeros en saber cuándo estarán a punto de publicarse y de cómo van quedando, por favor, visita mi página web: **http://www.raymondbolton.com** y regístrate para recibir mi boletín. También espero que te guste mi página de autor en Facebook: **https://www.facebook.com/RaymondBoltonAuthor**, y sígame en Twitter, @RaymondBolton.

Ah, y si fueses tan amable, por favor, pásate por Amazon o Goodreads para escribir tu opinión y hacer saber a los demás lo que piensas sobre la lectura de esta novela.

Gracias por comprar *El despertar*. Espero unirme a ti para juntos adentrarnos en la saga de Ydron.

Made in the USA
San Bernardino, CA
22 December 2018